U0658281

Best Time

白 马 时 光

我站在桥上看风景

典藏版

顾西爵

著

百花洲文艺出版社
BAIHUAZHOU LITERATURE AND ART PRESS

图书在版编目（CIP）数据

我站在桥上看风景：典藏版 / 顾西爵著 . 一南昌：
百花洲文艺出版社，2018.2
ISBN 978-7-5500-2648-3

Ⅰ.①我… Ⅱ.①顾… Ⅲ.①言情小说－中国－当代
Ⅳ.① I247.5

中国版本图书馆 CIP 数据核字（2018）第 007333 号

我站在桥上看风景 ：典藏版
WO ZHAN ZAI QIAO SHANG KAN FENG JING：DIAN CANG BAN

顾西爵 著

出 版 人	姚雪雪
出 品 人	李国靖
特约监制	何亚娟　夏　童
责任编辑	游灵通　程　玥
特约策划	何亚娟
特约编辑	夏　童
封面设计	小　茜
版式设计	王雨晨
封面绘图	VIVID 雨希
出版发行	百花洲文艺出版社
社　　址	南昌市红谷滩世贸路 898 号博能中心 I 期 A 座 20 楼
邮　　编	330038
经　　销	全国新华书店
印　　刷	三河市金元印装有限公司
开　　本	880mm×1230mm　　1/32
印　　张	10
字　　数	297 千字
版　　次	2018 年 2 月第 1 版第 1 次印刷
书　　号	ISBN 978-7-5500-2648-3
定　　价	36.00 元

赣版权登字　05-2018-23
版权所有，侵权必究
发行电话　0791-86895108
网　　址　http://www.bhzwy.com
图书若有印装错误，影响阅读，可向承印厂联系调换。

此间的风景

很多时候，青春死于哀伤。

爱情是一种暗疾，发作时间不定，恼人得很。病根在你的心底，但你就是不想治愈它。

但隐忍毕竟是痛苦的，所以那个叫萧水光的女孩子，不顾一大院家长的惊诧眼光，在欢声鼎沸庆贺子女高考得中的宴席上，突然站起来，对着暗恋已久的于景岚说："我喜欢你。"

那一刻的萧水光让我感动。虽然这在一本言情小说里并不是多么特别的情节。但我天生就不能抗拒一个主动去爱的女孩子，因为勇敢这件事，向来比我们想象的难。尤其在爱情里，我们早已习惯了畏首畏尾，在一个人的等待中享受空欢喜。

然后，就是一次别离。不是景岚哥哥上大学，与水光怎么怎么擦肩而过，而是景岚的意外死亡。这同时也宣判了水光的相思无效。天真烂漫的岁月因此画上了休止符。人很多时候就是被这些生命中突然的遭遇逼得刀枪不入——时隔三年的萧水光，在大学校园里，沉默如一座冰山，虽然样样出类拔萃，还会擒拿格斗，却把自己关在另一个世界里，看起来仿佛"生人勿近"的女神。

是谁说的，我们都高估了自己对爱情的忠贞。分手后，当你还在进行着对前一任恋人辗转反侧痛哭流涕的"重复动作"，只能说，是下一个更好的Mr.Right还没有出现。但对于水光而言，上天给她的是一份彻头彻尾的不甘心。哪怕她能听到景岚冲她吼一句"我并不爱你，滚吧，傻妹妹"都是幸福的。但她永远听不到。

所以，当另一个男人章峥岚闯入她的世界时，我们可以理解水光一次次对这个男人的抗拒甚至伤害——虽然是无心的。一度，我们变得和水光一样，在所有人的注视里故作坚强，其实内心脆弱到不堪一击，但仍然不敢伸出手去触碰那唾手可得的幸福，不是不想爱了，只是有时候，不敢相信爱情。

也就在这个时候，顾西爵展现了她细腻过人的创作能力。将一个一男一女的单线条爱情故事讲述得百转千回。倾注在其中的悲喜，也便有了格外庞大的力量，让每一个置身爱情的人，都如同为拯救末日而负伤累累的英雄，充满了大片式的感动。

他们为爱拼尽了全力，每个人都做了画地为牢的蠢事。在一次次的言不由衷里困斗，像一场押了生死的赌气。在让无数读者心碎的离别里，他们还要强拾心情，继续把那个违心的自我扮演下去。"她不恨他，却也残忍地不想他过得太好。因为她过得不好。"

但真爱是最纯粹的试金石，往往会拨开迷雾，验明真相。原谅我的剧透，但是在顾西爵的笔下，萧水光和章峥岚，这是一对必须在一起的名字。

也许很多人会说，这只是一个言情故事，甚至是 YY 向的。但，谁的爱情不曾经是一个昂贵的、奢侈的、撒满金黄色圣辉的美梦？在人间，还有什么比一场让灵魂交融的爱情更干净、更坦荡？我们愿意流泪，愿意感动，愿意跟着这一本本好看的爱情小说沉醉、忘我。至少说明，无论现实多么不堪，无论个体多么卑微，我们都还愿意相信爱情。并且，至少有那么一天，我们可以亲自开启它的旅程。

而且，最终，你会发现，青春并不会教会你很多事情。而爱情，才是你一生的导师。

当然，我坦白，近年来，我已经很少看这种温馨派的"爱情小品"了，可能内心苍老了吧，总觉得已经过了那种缠缠绵绵的年代，所以闲暇时光多用一些重口味的东西来打发。比如恐怖片，我几乎一部都没有落下过，连动画片都是恶趣味的，比如催·帕克导演的《美国战队：世界警察》，以及最近才看的帕特利斯·勒孔特导演的《自杀专卖店》。我真的已经不确定自己是否已经失去了一颗玲珑的少女心。也正是在这种恐慌的心境下，我拿起了这本小说。

最终，我狼狈不堪的眼泪告诉我：姑娘，我还青春着呢。

好吧，那就一起为爱感动吧。

此间的风景，真的很好。

目 录
Contents

楔子
给你的信

　　我很抱歉忍不住给你写信，我知道这可能会给你造成困扰。抱歉，我只是……想念你。如果你不想再看接下去的内容，把它扔进垃圾桶也没关系。但我一厢情愿地当你看了，因为那样我会好受一些。这两天，胃一直不好，疼了一天两夜了，我总想它疼着疼着就好了。

　　最近很忙，中午吃饭的时候虽然稍事休息，可还是觉得累得喘不过气来，午休的时候，我带着爱德华出去散步，我在那里等了你好久才见到你，这是我一天中最快乐的时候。

　　你今天忙吗？

　　我很想念你。

水光
2007 年 3 月

　　你看信了吗？看了对不对？我很紧张，一想到你可能会在看信的时候想到我一下，哪怕只是几秒钟，我也开心极了。

　　你今天穿的白毛衣很好看。

　　我没有监视你，我只是……刚好从那里经过。今天一大早便遇上你，让我一天都处在非常好的状态。

　　我依然想念你。

水光

2007 年 3 月

今天身体有些不好受，应该说最近几个月来都觉得不好。心情很低落。

我可能会离开这里一段时间。

你今天过得顺利吗？

我想，一定是好的。

我很想念你。

水光

2007 年 10 月

我坐在图书馆里，坐在你对面。

看你拿起书离开，我笨拙地马上抱着背包跟出去。

我很安静，怕你看到我，又怕你……永远看不到我。

现在是 11 月了，晚上的风有点冷，路灯的光很幽暗，可是，能够让我看到你的身影，这就足够了。

你在打电话，温柔的声音，轻声细语的……

为什么，我会那么难过。

水光

2007 年 11 月

因为昨天晚上忙得太晚，所以干脆等到了清晨，在晨光下给你写信。

我明天要出去一段时间，你会想念我吗？我想，应该是不大会的。

我死皮赖脸地给你写这种信，多少让你觉得有点头疼吧？

所以，接下去几天，你可能会因为没有我的骚扰信件而松一口气。

水光

2007 年 11 月

今天，我等了好久都没有等到你。爱德华肚子饿了，我只能带它回家。

你去了哪里呢？我等了你很久，手脚都冷了。

我很想念你。已经……太久没有见到你。是真的太想念。

水光

2008 年 1 月

我总是在想，我只要站在这里看着你，总有一天你会注意。

可是，也许我错了。

你走过的路，我永远都是踩着你的脚印在走。

你说过的话，我永远是在心里反复陈述。

而你却不知道我在想什么。

水光

2008 年 2 月

我想放弃了，我觉得自己的状态越来越差。

这份单恋太辛苦。

你太高高在上，我看着你总是觉得你很遥远，很遥远。

祝你……什么呢？突然觉得你什么都好，除了被我纠缠。

那么，就祝你以后不会再被我纠缠。

水光

2008 年 4 月

Chapter 01

年少的时光

　　萧水光的老家，是典型的西安大院，院里一共三户人家，虽不算亲戚，却有些革命感情，这革命感情自然是上一辈的。

　　要说水光这一代，算她在内，院里一共有四个小孩儿，两男两女，年纪都差不多。

　　萧水光最小，1997 年时，她十岁，于景琴十一岁，另外两个男孩子同龄，罗智和于景岚是十三岁，一个大院出来的小孩子关系自然要比外面来得好。水光虽比景琴小一岁，但两人自小念书就是同班，性格又合，加上一起上下学的关系，更是又添了一道感情。

　　而她跟男生的关系，因为罗智较为开朗，于景岚稍显老成，所以很多时候萧水光都会跟罗智凑一块。于景岚也习惯跟他妹妹于景琴一道，他们兄妹关系融洽，景琴时不时就在水光跟前夸她哥哥如何博学多才，如何刻苦聪明。好嘛，水光想，欺负我没有哥哥可以炫耀，于是就说："是的是的，你哥哥什么都好，他是最棒的。哪天你不要他了，把他让给我，让我也骄傲一次。"这时候总是惹得于景琴大笑。

　　萧水光、罗智、于景岚和于景琴是真正的青梅竹马，从会认人开始就认识了彼此，对彼此知根知底。

　　水光上高中之后跟景琴分开了，到了不同的班，罗智笑着说连体婴儿总算是分开了。

高一的时候萧水光成绩很好，都是在班级前五，年级前二十，当然，能取得这种优异成绩，中间自己付出了多少努力、耗费了多少心血也只有自己清楚。

水光同桌有一次在期中考试后说："萧水光啊，又是班级前五，你运气真好！"

水光想，同志啊，你说我成绩好是因为运气，我完全不觉得开心啊，我多努力啊，每堂课都用心听，晚上回家复习、预习、自习从不间断，不到十一点不睡觉，完全是后天努力。当然，也不是说我不聪明，水光心里补充。

那天下课，萧水光就靠在窗边沉思，她分析自己，然后发现要比聪明她比不过于景岚，比运气比不过阿智，比勤奋……不如景琴。景琴是那种上厕所都拿着唐诗宋词、吃饭都会想相对论的人，永保年级前五，真是兄妹俩都是厉害角色。于是，萧水光硬是生出一种悲观来，最后叹了一声，"我怎么就这么倒霉呢！"

萧水光的同桌睨了她一眼，说："哟，得了便宜还卖乖哪？"

"姑娘，你怎么老是戳我脊梁骨？你怎么不去针对年级第一呢？"

大小姐"切"了一声，说："鞭长莫及嘛，只好就近下手了。"

这耿直、嘴毒、擅长嫉妒的姑娘叫茉莉，姓汤。但她讨厌她那姓，觉得特别俗，于是刚开学时就跟周边人员指明了叫她就得去姓直接唤"茉莉"，"莉莉"也成。好嘛，刚开学大家互相间脸都还没认熟呢，她就已经被群众亲切地叫"莉莉"了，功力可见一斑。

后来，近十年后，汤茉莉揽着水光的肩膀说："萧水光啊萧水光，见到你我就像见到了七八点钟的太阳，唯有你见证了我最美好的青春啊。"

这话说的，水光想回一句，我也是，却因为觉得暧昧而作罢了。

高中的日子萧水光其实过得挺懵懂的，她唯一确定的事是，好好学习考上某一所大学，以及，她喜欢着于景岚。

这后一件事，要问从什么时候开始的，萧水光自己也有点说不上来。他话不多，但她喜欢；他给她跟景琴补课时沉静的眼神，水光更是喜欢。她还喜欢他身上干净的味道，喜欢他黑亮的头发，喜欢他说话时慢条斯理的语调……

唉，水光又习惯性地看向窗外，这春暖花开时，总是容易思春。

老师拖堂了十多分钟后，最后一堂课总算结束了，班级里立即响起噼里啪啦收拾东西的声音，回家的回家，住校的去食堂吃饭。

萧水光慢腾腾地把今天晚上要看的书放进包里，后门有人叫她，自然是于景琴。

"水光，走了！"

萧水光出教室跟景琴并排走着，边走边说："肚子饿死了，小琴，包里有饼干吗？"

"没，早上被我哥拿走了，他说今天有一场足球比赛，估计得饿。"

于景岚是天才啊是天才，都高三了，还有时间有心情有兴趣踢足球。

说起来，于景岚喜欢足球，很难得。毕竟这清清爽爽的男生，围棋、游泳什么的才比较适合。可她看过一场于景岚的比赛，阳光照在他的脸颊上呈现出缤纷光影，青春从发肤间洋溢出来，明媚得让人怦然心动。可水光的心动不是因为这一刻的耀眼，她是一点一点地积累，一点一点地收藏，好多年之后才变成了：我喜欢着于景岚啊。

萧水光跟景琴一路说笑着往校门口走，远远就看到了于景岚，挺拔的身姿站在夕阳中，旁边是罗智，一走近就听到罗智在那说着："今天太痛快了！这周压力式大了，不是联考就是模拟，果然运动出汗最能出淤气。"

于景岚点头，他总是先看到萧水光的那个人，于是朝她们招了招手。

水光跟景琴走上去，景琴诧异地问："今天怎么那么好心肠等我们？"

罗智说："哥哥们什么时候心肠不好了？"说着过来搂住萧水光，"水光，干吗低着头啊？"

水光说："我害羞。"

罗智"靠"了一声，说："娘喂，鸡皮疙瘩都起来了。"

萧水光本质上挺文气的，但因为从小跟罗智混一起，再温婉，坏脾气小无赖还是有的，他自然最清楚。

水光笑，然后捂着肚子说："肚子饿了，饿死了，回家吧，我要吃肉。"

罗智说:"你说你一姑娘家,动不动就嚷着吃肉,太难看了。"

"但确实是肉比较上口,哎呀,想想就更饿了。"

小琴已经笑死了,说:"还是水光最实诚。"

罗智感叹,"幸亏身材标准,没有吃成那啥——猪样儿,否则小心以后嫁不出去。"

这话啊,当水光很多年后成了那啥——剩女,觉着,罗小智这嘴还真是乌鸦嘴了。当然后来那好几年的生活没让她胖一分。当然当然,这些那些都是后话了。

罗智刚感叹完,旁边于景岚就从包里拿出了一袋饼干给水光,说:"水光,先吃着。"

水光开心地接过,说:"谢谢!"

于景琴"咦"了一声说:"哥,饼干你没吃啊?"

于景岚说:"忘了。"

那年,于景岚和罗智高考结束,之后就要飞往其他市上大学。

他们俩都是金榜题名,大院里摆了三大桌酒席,请了亲朋邻里来庆贺。罗智的大学在邻省,不算远,名校;于景岚北上,自然也是名牌大学,只不过,很远。

而就是这年夏天啊,萧水光她做了一件蠢事。在那棵大槐树下,好多人喝醉了,水光好像也喝醉了,她紧紧捏着空的啤酒罐,看着身边的人都在祝贺他,然后站起来,说:"景岚,我喜欢你。"然后又轻声重复了一次,"我喜欢你。"

周围安静了许多,那个比她大三岁,那个比她高好多的男生,转过头看着她,他的眼睛是那么黑,那么沉静,一如他给她补习时那样,他的声音也一如往常,平缓而温和,他说:"水光,你喝醉了。"

我喝醉了?水光后来,跟大学的同学喝酒,可以以一敌三,他们说:"萧水光,女中豪杰,我他妈怎么就没见你醉过!"

于景岚啊,我从小就能喝酒,会喝酒,爱喝酒,你怎么会不知道?

萧妈妈尴尬地说:"小姑娘瞎闹腾呢,别理她别理她!"

长辈们都宽容地看着她。

小琴轻轻扯她的袖口，"怎么了啊水光？"

罗智望着她皱眉头。

没有人觉得这是好事情，有不当回事的，有不相信的，有闹腾的。

可水光还是看着他，一点一点地想，因为我比你小，你觉得不靠谱所以你不信，还是因为你不想接受所以选择忽视？其实，你只要随便给我一个理由，什么都好，只要别那么……忽视。

水光趴回桌子上，举了举啤酒罐，说："妈妈，我喝醉了。"

萧妈妈哭笑不得地拍了拍女儿的脸颊。

于景岚和罗智在九月初离开，水光去送了罗智，不为别的，她跟罗智关系本来就要比跟景岚亲。

罗智趁他妈妈走开时跟她说："水光，景岚他，不希望你影响学习，你……等考上大学了……"

水光说："就算我谈恋爱，也不会影响学习。罗智，谢谢你的安慰。"

罗智叹了一声说："叫声哥吧，我走得那才安慰！你从小到大都没叫过我哥。"

水光笑了，说："罗智大哥，一路顺风，前程似锦。"

日子不管你觉着累也好，惆怅也好，幸福也好，它都会按着它自己的脚步过去，不会因为你的心情而停顿一下。高二上来，第一次大型考试水光竟然惊人地考出了年级第三，茉莉姑娘斜了她一眼，说："邪门！"

水光心想，邪门总比狗屎运好。

那一天，水光去找景琴，景琴正站在走廊上打电话，看到水光就上去拉着她，一边往外面走一边说着："我第五啊，哥要不要奖励点啥呀？"

两人走到花台边坐着，水光仰头看大树下散落下来的光线，觉得大自然真是奇妙，然后她听到景琴说："水光这次是第三名！强吧？"

不知道对面说了什么，水光却被这光线晃得眼花，她站起来说："我回教室了，头晕啊。"

景琴"啊"了声，回过神来时水光已经跟她挥手道别。

水光隐隐听到小琴在跟电话里的人说："水光头晕，回教室去了。"

这还真不是忽悠，真头晕。水光回教室就趴桌子上了，同桌推推她说："咋了？都第一了还忧郁呢？"

水光侧头，"莉莉姑娘，我现在很伤心，再推我咬你了。"

汤茉莉又"切"了她一次，说："咬不死你！"

某人……甘拜下风。

高二的暑假来得是特别快，去得是特别慢。

假期第一天，水光在家睡了足足二十个小时，起来吃中饭，难得军区休息而在家的父亲看到她，摇摇头对萧家妈妈说："我家闺女啊就是太娇惯了。"

我不就实打实睡了一通懒觉吗，至于吗？水光腹诽。不过，萧爸爸作为一名从一秒钟里的表现都能看出效率、毅力的军人，她这睡懒觉的行为绝对是不合格的。

在父亲的高压下，水光匆匆吃完饭就跑到院子里了，看见于家的大门开着，昨晚上小琴还说明儿一早跟爸妈去爬山，这么快就回了？水光想着就过去了，先声夺人，"这么早就回来了，景……"那一个"琴"字在见到里面拿着水杯喝水的人后，微弱地改成了"岚"。

于景岚看到进来的人，也停了一下才说："水光，好久不见了。"

"也就半年吧，还好还好。"水光看到于爸于妈他们还没回来，"呃，你吃饭了吗？"

"我刚到。"

水光说："要不要去我家吃点，我爸爸妈妈都在。"

于景岚温声说："不了，景琴他们应该快回来了，我刚跟他们打过电话。"

接下来该说说啥呢？好像没什么好说的了。

"哦，那我先回去了，景琴回来了我再过来吧。"

于景岚看了她一会儿，轻声说："好。"

萧水光现在啊，特别怕夏天，怕暑假。她怕自己一不小心又脑抽了，说"我喜欢你",怕对方说"你说什么?我没听清楚"。

　　没两天罗智也回来了,那晚上水光听到大院里几位长辈坐着乘凉,说,一眨眼,四个孩子都长大了,真快啊。

　　是呀,真快。

　　可是,这假期却是那么慢。

　　于是水光去报了暑期散打班,水光六岁就一直被她父亲送去练武术防身术,那会儿家里贴的奖状大多是武术奖,因学习优异获表彰的没几张。到高中的时候萧妈妈终于忍不住朝萧爸嚷了:"你还真把我们闺女当男孩儿使了啊?!行了,打打踢踢的都别学了,赶紧学习,考不上大学看我怎么收拾你们爷儿俩!"

　　萧家妈妈难得发威,一发威就威力十足,所以萧爸爸不得不下了放生令,还水光自由。

　　小时候水光也觉得苦,别家姑娘都练芭蕾、拉小提琴、练毛笔书画,她却是每天压腿踢腿,练拳扎马,痛啊累啊没少哭过,可两年下来好像也习惯了,虽然偶尔也觉得累,可没再为疼痛哭过。

　　有所成之后还觉得自己特牛特厉害,虽然是小身板儿,可要打架谁都打不过她,有男生欺负小琴,她能三两下把人摁地上了,不是比力气,是比技巧,感觉那种劲儿与生俱来。

　　不过进到高中后就完全安分读书了,不考上大学怕母亲大人伤心,而且她也确实有自己的目标,那目标太高,不努力不行。

　　水光第一天去散打班报道时竟然遇到了茉莉同学,两人迎面相见,后者"靠"了一声,水光"哎"了一声。

　　而那天之后,茉莉同学再也没敢在任何考试之后推水光、酸水光了,不得不说有的时候暴力比道理更有效。

　　暑假慢慢悠悠地过着,而水光很忙,她忙着练散打,忙着为考进那所大学做准备。所以这一年的暑假,罗智经常跟于景岚抱怨说:"水光那丫头整天不见人影，用不用得着这么忙啊？"

景岚只是放下了手中的书，眸光微微沉敛，有些光亮从眼底轻轻掠过。

萧水光的高三，跟打仗一样，她朝靠近他的目标一步一步走着，即使他看不见，即使他不在意。

2006 年的 6 月份，水光呕心沥血，奋笔疾书，在最后一场考试完后走出考场，仰头看着外面炙热的阳光。

她拿出手机，第一次，第一次拨了于景岚的电话。

那边响了两声就被接起，沉静的声音传来，他说："水光。"

那一刻，水光觉得自己的眼睛红了，湿润润的。

"于景岚啊，我考完了。"

"嗯，我知道。"

"我……可不可以报你的学校？"

那边停了好久，他轻声说："我等你。"

于景岚在 2006 年夏天过世，在回西安的飞机上，2006 年 6 月的那一次航空事故报纸和新闻都进行了报道，最后相关部门将其归为意外事故。

"意外事故"。

萧水光看着那四个字，那四个字就让那个干净安静温柔的人，那个让她想念了那么多年的于景岚再也回不来了。

水光坐在床沿，那一夜无眠。

那晚的大院里，没有人睡着。

2006 年 9 月份，萧水光到了这所北方的大学，她抬头看着他看过的这一片天空，说："于景岚啊，你说会等我，我就来了。我守了诺言，可是你却没有。"

水光是一名出色的女生，就算在这所人才济济的大学里，也是很棒的。她的成绩一直很优异，她擅长很多东西，她会漂亮的武术，她甚至唱歌也很动听。所以萧水光有不少追求者，但她都拒绝了。据萧水光的室友说，水光有喜欢的人了，也是咱们学校的。水光有时候还会给她男友写信。

2007 年的时候，水光养了一只牧羊犬，叫爱德华，征得宿管老师的同意，平时养在宿舍楼底楼的隔间里。室友们都喜欢爱德华，给它备的伙食比自己的还丰盛，抽空就带它出去散步，让无聊的大学生活不那么无聊。

2008 年的春天，水光自觉状态越来越差。

她告诉自己，不要再踩着他的脚印走，不要再重复"他在等你"，萧水光，没有人在等你，没有人……

其实，她宁愿他永远高高在上，也不要她离他那么遥远，那么遥远。

水光说，我放你自由了。

那天，水光接到景琴的电话，电话里景琴说："哥哥的遗物里，有一封给你的信，也不算是信，我哥夹在他的书里，是书签。"

水光：
陌上花开，可缓缓归矣。
景岚。
2005 年夏。

水光哭得泣不成声。

章峥岚站在窗口，看着大学教学楼后方的花园中，那个女孩子坐在她经常坐的长木椅上，哭得伤心欲绝。

Chapter 02

谁在谁的回忆里

　　章峥岚坐在窗口，晒着太阳，懒懒地眯着眼。他垂在凳子边儿的左手上夹着一根香烟，点着，偶尔凑到嘴边吸一口，很意兴阑珊很空很无聊的模样。

　　如果这场景换在冬日的午后，假期的家中，确实不错，问题是此刻他背后有一片人在打仗啊。

　　这技术室里的其他几名成员望着那窗口边的人不禁咬牙切齿深深腹诽，他们老大啊，完全没公德心，他们公司开得好好的，政府国企的单子都接不完，搞什么来大学技术支持啊？还连带帮他们开发，最关键的是——分成那么少，强烈怀疑他们头儿跟这所名牌大学的校长有奸情！大家一边意淫聊表慰藉，一边艰苦奋斗，终于其中一名成员扛不住了，哀号道："老大，你快来救场啊，妈的，这系统有毛病啊有毛病！它能自己搞自爆啊！它怎么不自己搞自焚算了！"

　　"噗。"一批人笑出来。

　　章峥岚有气无力地睁开眼睛，扭回头看去，然后慢慢起身，将烟叼在嘴里，朝喊的人走过去，拍了那人的脑袋一下，说："笨得像熊似的。"

　　阮旗心口在滴血，"老大……伤自尊了。"

　　"哦？你还有自尊啊？"章峥岚俯身瞄着屏幕，三秒钟后，他说，"重做吧。"

"啊？"阮旗惊诧。

章峥岚鄙视地说："干吗这么看着我？都自爆了还怎么救？你真以为我是神哪？"

后面一大片人手上都有一秒钟的停顿，心里同时说："我当你是魔。"

章峥岚在旁边烟灰缸里拧灭了烟头，大摇大摆地往门外走。

坐在最外围的姜大国嘿嘿笑，"老大，你要回家了？"

章峥岚手插口袋，"饿了，买东西吃去。"

背后一片鬼哭狼嚎。

章峥岚走出技术室，悠悠荡荡往楼下走。

他的"小毛驴"就停在门口的树下，章峥岚本质上是一个非常懒的人，他绝对是古龙小说里楚留香的现代版，能坐着不站着，能躺着不坐着。所以他喜欢开电瓶车，这喜欢是对比出来的，这其中包括了汽车要维修要保养要找车位要换挡，于是，"毛驴"成了他首选的座驾，电动，方便，还省油。

但有得必有失，这位当年的天才，在毕业之后创业发达，在本市最贵地段买了一幢别墅。在刚搬家前半个月骑电动车回家的时候，经常被小区保安拦下，以为是送外卖的。

章峥岚长得像送外卖的吗？当然不，章峥岚外表很端正，五官立体，身材健朗，偶尔英俊，这"偶尔"是当他西装革履、态度认真、对一件事情真正上心的时候，那气势，用他底下兄弟的话来说就是：不是人啊简直！

章峥岚拿钥匙发动了"毛驴"，轻巧地穿梭在这所名校的林荫道中，这时候是下午三点，学校里走动的人不多。

章峥岚是骑车也都能发发呆、眯眯眼的人，所以当他看到前方并排走着的两人之后，还若有所思地歪头时，这就很不可思议了。

他盯着慢慢接近的其中一道背影，超过，然后看着后视镜中慢慢远去的脸——那是他曾数次从窗口看到过的女孩子。当他回过神来时发现自己皱着眉头，他咂吧了下嘴，突然想抽烟。

章峥岚到了学校的超市，一进去就问："老板，有烟不？"

收银台前的大婶打量了他半天，嘀咕了句："现在的大学生啊。"然后指了方向，"那边柜子上有。"

章峥岚道了声谢，走到柜子旁拿了自己常抽的牌子，当他转身时又莫名想起了之前那一幕场景，觉得……忒闹心。

章峥岚去付了钱，走到超市门口，他看看天，然后靠在门边懒懒抽出一根烟，又慢悠悠地点上吸了起来。

后面大婶摇头，"小伙子啊，少抽点烟。"

章峥岚回首，"大姐，现在学习压力大，不抽不行啊。"

被叫大姐的大婶笑逐颜开，说："这倒也是啊，现在的学生压力都挺大的。"

章峥岚跟大姐聊了会儿，阮旗电话过来，一上来就叫："老大，出事了！"

章峥岚眼都没抬一下，"什么事？A3级别以下的自己搞定，这都搞不定就干脆自裁得了。"

阮旗很委屈，说："老大，不是我，是大国，他手痒黑进了校长的电脑，那啥，刚好校长来找你……结果一目了然了，所以，呃，你赶紧来吧。"

章峥岚"靠"了一声，最后说："我看你们是皮痒了。"

章峥岚拧熄了烟扔进旁边的垃圾桶中，刚抬头就看到刚才超过的那两个女孩子已经走到了这里。

萧水光戴着耳机，轻哼着歌儿，旁边林佳佳郁闷地说："你说你，啊？大二学期都要末了，还不快整理复习大纲，大伙儿都指着复印你的呢。"

佳佳觉得最近她们的室宝萧水光同学有点不对劲，很不对劲，非常不对劲，因为一向认真乖巧发奋向上的水光妹妹突然……讳莫如深，神游太虚，心术不正了！关键是你什么时候整理大纲啊？

水光拿下耳机，说："在腹诽我什么呢？"

"哎哟喂。"林佳佳手捧心，"萧水光同学，我那是深深地被您折服呢。"

水光略沉吟，说："是吗？来，折一下我看看。"

佳佳郁闷啊，"水光，你真的妖孽了。"

水光呵呵笑，"那是，收了一个鬼魂在心底呗。"

两人说着跟迎面走过来的人错身而过，萧水光的感觉一向很敏锐，在刚才走过那人的一瞬间，她感觉到他的视线短暂地滑过她的脸，走开几米，水光才回头看去，佳佳问："咋了？认识的？"

"不认识。"水光觉得奇怪，那人……对她不顺眼吗？为什么皱眉头？

章峥岚慢腾腾地回到技术室，最里面无意外地站着校长，章峥岚笑着朝那衣冠楚楚的领导走去，路过姜大国时拍了拍他后脑，用挺轻的声音说了一句："一个个都蠢得要死。"

姜大国同志大受打击，一张国字脸瞬间蔫靡，阮旗趴在键盘上闷笑，章峥岚将手上的那盒烟朝他扔去，阮旗"哦哟"了一声，老板发话了："今天把系统弄完，没弄完就加班。"阮旗"嗷"了一声，轰然倒地，坐阮旗隔壁的兄弟赶紧落井下石，"小旗啊，节哀顺变。"

"节你妹啊！"

校长看着这群人，不由摇头叹息，"你们也都算是名校毕业，怎么讲话……"

章峥岚笑道："秦校长啊，怎么有空上来看看？"

说到这里，秦校长脸拉长了，语重心长开始说："峥岚啊，我请你以及你公司的人过来帮忙啊，是要做点实质性的开发研究，不是让你们来瞎闹腾的。我们是百年名校，不比你在外面接触的公司，你必须要认真严格地对待。可你说你的手下，我进来，啊，在看毛片，年轻人看毛片是情有可原，但是，你在工作的场合，在大学里，这种行为是绝对要杜绝的。"

章峥岚眨巴了一下眼睛，回头望向阮旗，意思是"不是说黑了人家电脑吗？怎么成'看毛片'了"。

阮旗也不解，看大国，大国茫然。

章峥岚心里又想骂人了，回头对秦校长笑道："您说得对，这种行为绝对是不可取的。您放心吧，我一定严惩不贷，绝不会有下次。"然后为表可靠又加了一句，"我是您的学生，您还不信我吗？"

秦校长"呵"了一声，"就因为你是章峥岚，我才不能全信。"

章峥岚觉得伤心啊。

那天领导走时又说了句："峥岚啊你是我接触到的最聪明的学生。"说完像是感伤似的摇了摇头。

这啥意思啊？章峥岚龇牙。

阮旗谄媚地靠过来，"老大，原来您也在这名校待过啊，我对你的崇拜之情泛滥犹如……"

"滚。"章峥岚按额头，然后回头问大国，"怎么回事，怎么成看毛片了？"

大国冤，"我是黑了他电脑啊，我……我点开的也是他电脑里的东西，谁知道是毛片啊？"还没放到关键地方没看出端倪来的人如是说。

"操！"这是两名黑客、两名天才编程师、一名使毒防毒高手以及章峥岚同时发出的声音。

章峥岚觉得今天有点没劲，决定早点走人，索性回去睡大觉。

当他走过一名黑客时，看到屏幕上的内容，停了停，"小张，女朋友啊？"

张宇回头，腼腆一笑，"哪能啊老大，是这学校论坛上的，这贴，各系系花点评，嘿嘿，这姑娘，据说文韬武略样样精通，我欣赏一下而已。"

章峥岚拍拍他肩，"欣赏完了，别忘了正事。"

"你放心，老大，一定按时搞定！"

这帮人玩归玩，能力效率绝对一等一，章峥岚也的确没什么好不放心的。

不过，他又看了一眼那屏幕上的照片，以及照片下方一大片的优异奖项，能力特长，以及，"萧水光"。

那天，他知道了这多日来，自己一直在窗后看着的人，自己在路上多次遇到的人，叫萧水光。

那之后，又过了两年时间。说短不短，说长不长。

好比章峥岚，依然做着 IT 产业的工作，用专业的手腕经营着自己的公司；而萧水光，已经大学毕业，进入社会。

章峥岚的优点不多，缺点很多，好比，绝情、冷情、无情。他能在手底下一帮人呕心沥血三天三夜不眠不休赶任务时架起脚戴着耳机听音乐，再顺便懒洋洋地说一句："姑娘们，速度点，嗯？"

几名高手硬生生被那声"嗯"恶心了半天，然后继续饮恨吐血地操作，外加十二分的幽怨仇视顶头上司！

章峥岚在众目睽睽之下咳了咳，起身说："你们忙吧，我出去散散步。"其实是烟瘾犯了。

10 月份的夜晚有点凉飕飕的，朦胧的路灯下还能看出有稀薄的雾气弥漫在空气里。章峥岚手插裤袋、慢条斯理地穿过街道，走到离自家公司不远的一家二十四小时营业的便利店。

店里面除了两名在深夜聊着天打发时间的工作人员，没有其他的顾客，章峥岚去柜台上挑了一包香烟和几罐咖啡，然后慢腾腾走回来，店门再一次打开，有人推门进来，章峥岚下意识抬头看一眼，那人裹着大衣，头发散着，神情有些困，面色很白。她慢慢走过他的身边，走到架子旁拿了两瓶纯净水和一大包饼干，然后到柜台前结账。

章峥岚停了一下，才走到她后面排着。店里很安静，只有工作人员刷条码的声音。章峥岚无意地闻到她身上很清淡的香味，像一种水果，很淡，很清香。他看到她靠着柜台，头垂得很低，像要睡着了。

她付了钱，拎着袋子走出去。章峥岚看着关上的门，回头看服务员——刷过他买的东西。他在便利店门口点了一支烟，吸了一口呼出来，烟雾迷蒙了远处灯光下走着的背影，他心想，距离在那所大学见到她应该有两年多了吧。

这两年里，两个人可能一直在同一座城市里，竟也从来没有遇到过。

章峥岚吸了两口烟后，慢慢往相反的方向走去，最后消失在夜幕中。

萧水光很困，困得要死，她已经连着加两天班了，可就在她准备大睡一场的时候，罗智风尘仆仆跑来了这边，三更半夜将行李往她的客厅一扔，说："萧水光，我失恋了。"

罗智在她房子里翻箱倒柜搜了一圈，最后说："你这怎么水都没有？吃的也没有？"

水光刚回来，洗完澡后懒得烧水煮东西，就披了外套去附近的店里买，结果楼下常去的那家店关了门，只得多走了两条街。水光回去后听罗智心潮澎湃地讲了半小时他的爱情史，最后困得要死的某人倒沙发上睡了，罗智大哥表示很受伤。

萧水光在一家科技公司上班，有业务的时候会很忙，好比前两天，空的时候会很闲，好比现在。

水光趴在办公桌上剥了一颗硬糖塞嘴巴里，然后跟罗智打电话，那边人声嘈杂，"宝贝啊，我在跟朋友的大哥喝酒，晚点再给你电话！"说着就挂了，水光想，好嘛，这城市他总共来过没超过四次，就有哥们一起喝酒了，强人。萧水光收了手机，也不再挂心人生地不熟的罗智大哥会不会无聊，会不会饿死了。

下班之后萧水光去超市买了一些吃的用的，因为塞着耳机心不在焉，早了一站下了公车，懊恼之余往住处走，对面有人撞了她一下，害她抱着的水果散落在地。那人神色匆忙，对她连连抱歉，但看样子在赶时间，对方看了眼时间，又连道了两声歉，然后转身快步走了。

水光也不介意，她蹲下去捡起地上的苹果和橙子，一一放进塑料袋里，直到一只手帮着捡起远处遗落的最后一个苹果。萧水光抬起头，对面男人身形很高大，嘴上衔着一根烟，神情很淡漠。

水光接过他递过来的苹果，说了声"谢谢"。

那人从喉咙里"嗯"了一声，水光觉得这人有些眼熟，但还没来得及细想就听到他身后有人叫了一声"峥岚"，她起身拎着东西走开了。

阮旗笑眯眯地揽住章峥岚的肩说："老大，拾金不昧啊！"章峥岚扯了扯嘴角，拿下他的手，说："别动手动脚的。"

阮旗旁边的中年人笑着说："峥岚，事项我跟阿旗谈好了，反正你们办事我放心！"然后看了看手表又说，"走吧，一起吃顿饭，让你公司里的员工也一道过去，算是提前庆贺。"

章峥岚笑道："算了，还是把事情弄完了，大家再开香槟庆贺吧？"

中年人听他这么说，也就笑着说："也行。"

送走大客户，晚上章峥岚被公司那帮小子拉去吃饭然后到酒吧喝酒，在一群人吵闹说笑的时候章老大显得有些意兴阑珊。

最后好多人都喝醉了，章老大不得不一一扛出去扔进出租车里。扛完最后一人他甩了甩手，挥走了出租车，点着烟退到后面的扶栏上靠着，慢慢吸了一口。

他还记得两年前的那一天，他刚完成大学的工作，收完工去常去的酒吧放松。他边喝着酒，边跟酒吧里熟悉的三教九流插科打诨，然后就看到了她——那个让他在那年不由自主地多留了心思记住了的女孩，彼时正喝醉了趴在吧台上。

她看起来并不像会只身跑来这种地方的人，可那时她身边并没有旁人陪伴。有小混混过去从她身后抱住她，她抬起头，眼神迷离。章峥岚一看就知道她喝的酒里肯定是被人下了药——长得漂亮，又是独自一人坐着，在这龙蛇混杂的地方没人动心思才有鬼了。

他面无表情地看着，调酒师笑着问他："是不是物色到新对象了？"

章峥岚笑笑，最后走到了那边，把那高瘦男人的手拿开，平淡道："把她给我吧。"

男人转头见是他，退后一步，"岚哥？"说完痞气地笑了笑，走开了。

章峥岚把手上的烟放到嘴里，伸手将她扶起往外走。她含含糊糊地说难受，往他怀里钻，在门口边的走道上，章峥岚扶正她，"别乱动。"

那女孩子看着他，眼神木木的愣愣的，里面好像有很多东西又好像什么都没有。她说"难受"，说"为什么忘不掉"。

"你想忘掉什么？"

她没再说，软软地倒进他怀里，他原本决定带她去医院，那种药吃下去危害说小不小，但他刚扶住她，却被她伸到后腰的手弄得全身一滞。

"你想我当君子就别再撩拨我。"

她不说话，在他怀里颤抖，她的手是冰的，可被它抚摸过的地方又似烧着了。

章峥岚把她的手拉出来，她现在没多少主观意识，而他不想乘人之危。

可是当她转过身用柔软的嘴唇吻上来时，他突然发现自己的自制力其实没有想象中那么好。

她嘴里有酒的味道，舌尖上也是，她喝的酒比他喝的要烈。章峥岚把她揽到有盆栽遮着的角落，着着实实地回应她。他发现自己很喜欢那味道，烈的，苦的，甜的。

她的手抓着他的背，章峥岚啧了一声，报复地咬了她一口，她吃痛，睁开眼，那双眼睛里迷迷茫茫水润一片，章峥岚发现自己那刻心如擂鼓，他低下头覆住她的嘴唇，唇舌交缠。

酒吧里嘈杂的音乐，酒精，随处可见相拥相吻的人，这一切都让章峥岚有一定程度上的松懈，而他也知道最主要的还是他对怀里的人动情了。

或者说动心。

他在最后烧着的一刻推开她，说："你不知道我是谁，你会后悔的。"

她的眼里有泪滑下，她说："岚，你抱抱我吧，我难受……真的很难受……"

章峥岚后来知道自己沦陷得很糟。

他把她带到了更深的角落，无人可见。

他吻她，问她舒不舒服。她轻轻笑，章峥岚不知道那时自己眼里也充满了笑意。他轻柔地把她抱起一点，用手指在她身上制造热度。当两人终于又湿又热，他习惯在键盘上飞舞操作的两根修长手指退出她的身体，换做自己的下体慢慢侵入她。她唤了声疼，章峥岚停下来，他此时的额头都是汗水，他没想到她是第一次，咬着牙退出来，可她却抓住了他的手臂，轻声唤道："别……"

章峥岚心想此刻不管她眼里看到的是谁，他都不可能走了。他再一次抬起她的臀部，尝试着进入……两人燥热的身体相拥，交颈相缠，他感受到她的紧张和痛苦。

他在她耳边低声安慰，"疼的话咬住我。"

她确实咬了他，他的肩膀有血流下，而她的腿上也有血丝慢慢淌下，空气中有喘息，有情欲的气味，一波一波伴随着疼痛越来越浓重，久久不能消散……

章峥岚睁开眼，胸口起伏不定，他坐起身，发现腿间的濡湿，低咒了一声，抓乱了一头对于男人来说显得过于柔软的头发，他重新倒回床上，望着天花板看了好一会儿，嘴里又滑出一句："Shit！"

章峥岚最后下床，拿了手机跟阮旗打电话。对面三更半夜接到电话，如果是别人肯定当场发火，但是没办法谁让他面对的是章老大，阮旗这东北爷们只能轻言细语地问："老、老大，这么晚……有何贵干？"

"传点片子给我。"听不出什么情绪的低沉嗓音。

阮旗想，片子？什么片子？而他也口随心想地问了出来。

"A片，三级片，毛片。"对面的答复。

阮旗当即眼角抽了下，"老大，您半夜打我电话就是为了这？"

章峥岚没心情跟他多废话，只说："开电脑传过来，我现在要。"

阮爷原本想回：用不用得着这么饥渴啊？当然，也只是想想而已，没敢说。

章峥岚坐在阳台上，望着远方天际慢慢泛红，椅子边烟头丢了一地。

两年前，是的，两年前，他第一次在酒吧里这么失控，在离后门不到十米的角落一晌贪欢。

当他离开她的身体，她像昏迷了又像是睡着了，瘫在他怀里。两人的身上黏腻湿热，可他竟然一点都不觉得难受，甚至后来很多晚上他只要想起当时那种温度就能用手让自己得到短暂的快乐。

他脱去外面的毛线衣替她擦去腿间的液体和血迹。她一直黏着他，嘴里喃喃地像在说着梦话。他扶高她一点，不让她下滑，她伸手抱他的腰，手划过他的后背让他心口一悸。

他放柔声音，"我抱你去车上。"

她很听话，让他抱起来。

那天他把她带回自己家里，她那种情形回学校自然不行。他把她抱到二楼的主卧室，拿了热毛巾帮她擦了一遍身体，他发现自己做这一切那么自然而然，甚至那一刻他并不带情欲，只是有些……有些温柔。他后来去浴室洗了澡，然后上床从她背后抱住她。她身上的味道很淡，像是一种水果的香味，很干净，很甜。

隔天他醒过来时身边的人已经不在。他起身披了睡衣慢慢走下楼，空荡荡的房子里只有他一人。

他之后去过学校几次，有一次在食堂，他坐在她跟她室友后面的位子上，听她室友说她有男朋友了，他点的那碗面一直没有吃，只点着一根烟吸着。校园里的纯真恋爱，而他是什么呢？只是一个一夜情对象罢了。

章峥岚到公司向来最晚，所以这天八点半不到当大国跨进公司大门看到里面的人时，还以为自己出现了幻觉，"老大，你手表走快了？"

章老大坐在他的位子上，在玩游戏，而很快的敌对方的狙击手全军覆没，章峥岚回头懒懒说："我帮你冲了几级。"

大国低头看游戏画面，欣喜若狂，"老大，你强，打了通宵吗？！太感动了！"

章峥岚起身，"两小时而已。"

大国对着老大的背影深深地折服。

章峥岚回到自己办公室，他坐在皮椅里，双脚架在台面上，左右看了看，办公桌上没有香烟，手在身上摸了一遍，只摸出一个空盒子，他有些扫兴地把烟盒捏成团扔进了旁边的垃圾桶中。

他知道自己现在有点不正常，很不正常。他以为那一晚并没有刻骨铭心，可事实上他记得两年前的很多细节，他记得她身上的味道，记得她说的每一句话，记得那种心跳，只是，一直以为没那么严重……那现在算什么？再次遇到她，然后发现自己没忘记过她？章峥岚不免自嘲，他应该还没那么深情。

水光坐在拉面馆里等罗智过来，中午的时候罗大哥一通电话，说："我起来了！宝贝，请我吃饭吧？"

昨天水光回家，快要睡着的时候才听到罗智归家，她摸手机看时间，零点过十分，不免感慨，罗智大哥比她这号在这里驻留四年的人还混得开。

萧水光点了面打算先吃，罗智从家里过来起码要二十分钟，再加上穿衣打扮，半小时跑不了。

水光一边拿手机看新闻，一边等面，直到前方阴影遮住光线，她刚抬起头就被人泼了一杯冷水。水光看清人后站起身，那人还要挥来一巴掌，她轻巧地抓住了对方的手腕，淡淡道："小姐，请自重。"

那打扮时尚面色阴沉的女人冷笑，"你下贱地抢我男朋友的时候怎么没想过要'自重'？！"说完狠狠甩开了水光的手。

水光抽了桌上的纸巾慢慢擦了擦脸，平静道："我没抢你男朋友，你爱信不信。"

"你们都当我是傻瓜吗？我有的是证据！"那人说着从包里拿出一沓照片扔在桌面上。

水光瞟了一眼，不禁皱眉，第一张就是她跟一个男人并肩走进酒店。水光现在看到这男的就头疼，她上次去饭店跟他谈完公事后，他图谋不轨，她顺手把他的手弄脱臼了，之后此男一直在外造谣，毁她的名声，以至于他女朋友不止一次去她公司找茬，也幸亏公司里的保安尽职，对方没骂两句就已经被送出去，没有对她造成太多不便，但水光知道部门里的人或多或少有在背后非议她。

水光突然有些倦，她说："我没有，更没兴趣掺和别人的事，所以也请你适可而止。"看到餐厅里不少人注视着这一幕，水光不想在此多留，可对方显然还不死心，冷嗤道："婊子还想立牌坊呢！"

水光觉得跟这类人完全沟通不了，索性走人，可刚转身就被那个叫孙芝萍的女人抓了手——其实并没抓住，水光灵巧地挣脱了。一直站在孙芝萍身后被叫来助威的男人这时候走上前想擒牢水光，却被水光一记反手扣住了手臂，而人也被压在了桌沿，速度很快，甚至在场很多人都没有看清楚那一套流利的动作。

很多人没看清楚不代表所有人都这样，坐在离那桌不远的张宇就目睹了这一切，而且是清晰地目睹了。

张宇之前心里一直在琢磨这女的怎么有点眼熟，现在总算想起来了，当年他们公司接了一所大学的单子，他逛校园论坛时就留意过这系花了，能文能武。确实是武，中国正宗的武术。她照片下的奖项数不胜数，让他头一次觉得漂亮的姑娘再加上一些盖世豪侠的功夫，连他这男生都不禁崇拜了。

而此刻他算是见识到了这女孩子的真正身手，很帅。

张宇拿出手机拍了下来，突然"啊"了一声："对了！新游戏的宣传！"

张宇回神，刚站起身就看到那系花已经松了擒拿术，人也朝门口走去，他二话不说追上去。

在结账台边追到她，他刚要伸手拍她肩膀，对方却像先一步感知到了他的举动，转过头来，那一刻张宇竟然退了一步，她表情很淡，却莫名有一股冷凝之色。

"小姐，我……"张宇拿出名片，递过去，"我没别的意思，只是觉得你的身手很棒，我想跟你合作，哦不，是我们公司想跟你合作，是关于游戏的……"

水光没有接名片，只说："我没有兴趣。"

张宇向来不是轻易投降的主，更何况今天难得有点思路开窍的感觉，怎么着也不会放弃，"小姐，我真的是极有诚意想与你谈谈。"他硬是把名片塞到了她手上，轻轻一笑，"请务必与我联系。"说完他先一步把钱放在了结账台上，"第十桌，不用找了。"说完推门走了。

水光看着手里的名片，摇头，把它随手放在了柜台上，然后回头看了一眼，还站在她之前吃饭那桌边上的两人面色难看。

水光刚出餐厅就看到了从出租车上下来的罗智。

两人之后去了附近的公园，吃的是外带汉堡。

罗智挺郁闷的，说："姑娘啊，我千里迢迢过来你就请我吃汉堡？"

水光吸着橙汁，看着前方草坪上玩耍的孩子，以及陪在孩子边上的家长。

"罗智，你有梦到过他吗？"

罗智刚开始没反应过来，明白她说的"他"是谁之后，笑了笑，很淡，"我说没有你信不？"

水光微笑，"我没有。我一次都没有梦到过他。我这里……"她轻轻按着心口的地方，"这里每天都难受得要命……每天，每天想的都是那一个名字，那个人。为什么梦里面我一次都没有梦到过他？你说……是不是他不想来见我？"

罗智看着她，心疼地摸她的头，"傻瓜，景岚他怎么可能不想见你，他最想见的就是你。"

　　水光想哭了，所以她用手盖住了眼睛，轻声说："哥哥，我觉得我过得很糟糕，你看到我这样……我这样子……你一定很失望……

　　"但是，我也不知道该怎么办……以前我跟在你们后面，看着他的背影，有追逐的目标，有憧憬，那么多年，都在憧憬，我甚至想就算不能与他并肩一起走，只要能看着他，那么我也觉得……可是……后来，我没了目标，我不知道自己该做什么……"

　　罗智将身边的女孩揽进怀里。

　　水光难受，她的青春只因为那一个人而美丽过，奋斗过，充实过，可那人不在了，她该怎么办？

　　"哥哥……我该怎么办？"

Chapter 03

掌心的纹路

　　章峥岚喜欢风和日丽的天气，有点阳光，带点风，坐在无人的办公室里或者家里的天台上小憩一番，没人打扰没有电话，手边上伸手可及的地方要有烟，那么这段时光他会觉得很舒坦。

　　所以当他被办公桌上的座机再次吵醒后，他有些不怎么舒坦地接了电话，那声"喂"也说得有那么点不痛快。

　　对面是章老太太，章老大的母亲，她完全无视儿子的情绪，淡淡道："你何时回家一趟？如果不把家当家了，那么告诉我一声，我也就不再劳心外面还有一个儿子。"

　　这番话说得章峥岚坐直了身子，头疼道："妈您又怎么了？谁又惹您老人家动气了？"

　　章太太在电话那头轻哼一声，说："除了你这风流成性不顾家的儿子还能有谁？你爸爸给你物色了一个对象，人家论品性论才能样样比过你，你这周回家来见一见。"

　　章峥岚按着额头，他哪风流了？

　　章峥岚刚想推说我这周事情多，可章太太已经对他知根知底地说了一句："你要是忙，我们过去见你也成，我这身老骨头多折腾折腾，如果去得早也算是合了你们的意。"

章峥岚哪还敢多说，苦着脸应了下来，挂断电话之后他捡起了手边的烟点上狠狠吸了一口。

他之后让秘书进来，让她在工作安排表中排出两天时间，他要回趟老家，虽说这家就在本市，城南城北的差别。

秘书表示知道了，她刚要出去，章峥岚又叫住她，说："小何，你跟外头的人说一声，晚上我请客去外面吃饭。"

原本一本正经的姑娘马上笑了，"好的，章总！"

姑娘一出来就对外面一群精英男乐呵呵地宣布："老板心情超级差，于是晚上打算破财请咱们去吃饭！"

一伙人愣了一下之后都欢呼出声，老大行事随心所欲且喜怒无常，从某种角度来说是好事情。章峥岚喜欢挥霍钱财，喜欢呼朋唤友，喜欢热闹，喜欢人多来冲淡一些内心深处的孤独，当然最后一点是别人不知道的。

章峥岚有的时候自己也会想，他究竟想要什么？他这一生太顺利，成功得太轻易，春风得意马蹄疾，将近三十年几乎没有过让他心里留痕的挫折，可他为什么还觉得不满意？

他在烟雾中想到那个晚上的温暖，充实得让他手心微微地发麻。

晚上公司一帮人结队去饭店，章峥岚坐在阮旗的车里，右手支着窗口，心有所想。阮旗原本想问老大上次传过去的片子如何，如果不够看的话他还有足够的储备，可又碍于后座坐着的小何，所以只笑着说："老大，思考什么呢？分享分享！"

章峥岚过了良久才回头瞟了他一眼说："想你最近做事的效率让我想换人。"

阮旗的方向盘一滑，马上又稳住干笑着说："最近女朋友骄纵得厉害！回头……回头一定快马加鞭！"

章老大也就是遇魔杀魔，杀完了又回归到无我状态。

后头张宇一直在跟何兰聊游戏，这时抬头说："说到这，老板，我们今年跟人合作的那款大型游戏项目，我前几天遇到一个非常帅的美女，打算让她当这游戏的形象代言人，你意下如何？"

阮旗摇头，"老张，这年代游戏都是由明星来代言的，你别在路上逮谁是谁！"

之前拿着张宇手机在看的小何笑着说："你还别说，我也觉得挺合适的，再说都找明星打广告多俗，而且那些熟脸看着就没啥可联想的。"然后小何把手机递到前面的副驾驶座，"老板。"

章峥岚侧头看了一眼，他接的动作很闲适，看完了手机上的两张照片，才几不可闻地"嗯"了一声，"再说吧。"

他把手机递回去，张宇接过，"也行，唉，反正那系花也没搭理我。"

阮旗一听这话听出点端倪，"怎么，你认识的？"

"谈不上认识，以前见到过，有印象而已。"张宇说，"那女生吧，我有点崇拜，她武术是国家一级的……反正厉害！长得又青春明朗！人也是名牌大学毕业的，我后来还查过她一些底细，家底殷实，她爸那是真正的军官，总之让我觉着，这上帝造人啊真是有些偏袒，你说她这样的应该没啥缺的了吧？不搭理我也正常，正常。"

阮旗听着好笑，"你小子，不会迷上人家了吧？"

张宇一张老实面孔义正词严道："你别瞎说，我那是纯粹欣赏！"

一直没吭声的章峥岚这时候开口："行了，无关紧要的这些多说什么？"老大对此没兴趣，一伙人岔开了话题，而之后没有人注意一路上章峥岚都沉静如水。

萧水光跟公司递了辞呈。她知道那次在餐厅里的事不会轻易收场，果然隔天孙芝萍就去了她公司，这一次闹得格外凶，水光看着周围的人看着这一幕闹剧，心里麻木疲倦。

公司不会因为一名刚来的员工跟客户拆伙，所以这种情况只能含蓄地让这名员工走人，而水光自然很明白，所以她在主任还没说之前就把辞呈递了上去，她不习惯让人赶。

水光没工作之后在家睡了两天两夜，期间罗智帮她带外卖，她每次都只爬起来扒拉两口，然后继续睡眼蒙眬地回床上睡觉，让罗智哭笑不得。罗智在床边拍她的脸，"宝贝，你不会打算睡死在床上吧？"

水光没理他，她只是想一次睡够本。

第三天水光终于起来了，她去浴室洗澡洗头，换了一身清爽的衣服。罗智从外面回来时就看到坐在客厅里看电视的萧水光，她看到罗智，笑着说："我请你去外面吃晚饭吧？"

两人打车去了市区一家饭店。

结果这家名声在外的店在黄金时间人满为患，水光听服务员说要领号排队，她就有些没兴致了，她拉着罗智的手，附到他耳畔说："我们换别的地方吧？"

罗智见门口等的人确实不少，正要点头，后面有人拍了他一下，"小罗？"

罗智回头见到是谁后，马上笑道："国哥？"

此人正是大国，他前几天刚跟罗智吃过饭喝过酒，在这又碰上，马上乐着说："真巧啊，也来这吃饭？"

罗智点头说："是啊！不过没位子了。"他看到大国身边还有人，大国说："我跟同事来聚餐。"大国正要再说什么，后面的张宇已经上前来，对着罗智身旁的萧水光说："嘿，又见面了！"

水光一下子没想起来是谁，所以表情淡然，倒是罗智有点意外，"你们认识的？"

旁边的小何也眨了眨眼，心说真巧啊，这不正是老张手机里那照片上的女孩子吗？

这会旁边有服务员过来请示，"章总，我带你们去包厢。"

最左侧单手插在裤兜里、神情慵懒的男人点了点头，大国见老大要走了，不由问道："老大，让我这朋友跟咱们一起吃吧？人多热闹。"

章峥岚侧头平淡说了声："随便。"

大国马上笑着问罗智："小罗不介意吧？"

罗智有白吃的饭当然不介意，不管是否是熟人，更何况男人很容易打成一片。

水光在一旁头疼地叹了一声。

进包厢前，水光先去了趟洗手间，进来时包厢里面的人都已经落座。包间是大的，可人也不少。水光一望，找到罗智大哥，他正跟两旁的人说笑。

水光腹诽了一声"没义气"之后只能找其他空位。之前跟她打招呼的男的正看着她，水光这会想起来这人就是上次给她塞名片的人。

"嘿，这边！"一名身着橘色衣装的女孩子朝她招手，水光想了想走了过去。她坐下的时候手臂不小心碰到坐在另一边的男人的手臂，对方移开一些。

水光轻声说："抱歉。"

"没事。"

这声音很低沉，水光不知怎么有种似曾相识的错觉，她偏头看过去，对方的侧脸很立体，是英俊而沉毅的。

那男人感觉到她的注视，转过头来，水光马上转开视线。

之前叫水光过来的姑娘笑着向她自我介绍："我叫何兰，你叫我小何就行了。"

"萧水光。"

"水光？是水光潋滟晴方好的'水光'吗？"

水光听她的解释，笑了笑，算是默认她说的话。

"那人是你男朋友吧？很能活跃气氛。"小何指了指罗智。

水光朝罗智的方向看过去，说唱俱佳，游刃有余，笑着说："他一向很吃得开。"

小何点头，"你们俩看着很相配啊，感觉上就是一冷一热。"

水光心想，我冷吗？

饭吃到一半的时候，水光旁边的那男人起身，有人问："老大，干吗去？"

"去外面抽根烟，你们慢吃。"

章峥岚走出来后就站在走廊的一扇窗口边点了烟，没一会儿包厢里又有人出来，章峥岚见是她，微微愣了愣，她犹豫了一下走到他面前，低声问了一句："我是不是见过你？"

章峥岚看着她，最后说了一句："可能吧。"他的话很平淡，还有一些疏离。

水光想自己是真的鲁莽了，她只是觉得与他似曾相识。

当水光决定走开时，章峥岚却叫住了她。

"你会看手相吗？"他问了一个完全不相干的问题。水光不解，但还是点了点头。她相信鬼神，也喜欢研究命盘。

章峥岚伸出手，轻声道："你帮我看看手相吧。"他的语气一直像是在跟一个陌生人交谈，可做的事却让水光不明所以。

他的手掌匀称，骨干分明，手指修长。水光踟蹰着，这样的行为委实是突兀的，可面前的人没有放下手的打算，她最后伸手轻握住他的指尖，微微低下头，他的手心纹路清晰，可见没大的波折，一帆风顺，生命线爱情线事业线都极好。水光不由想，这样的人应该就是所谓的"贵人"吧？

"你的手相很好，中途即便有一些不顺利的，最终都会化险为夷。"水光说完要放开他的手，却被他反手握在了手心，那手心有些烫，有些汗湿。水光心跳了一下，想抽出手，可对方抓得很牢。

"我想知道，哪里会不顺利？"

水光好一会儿才明白他的意思，但手上的温度和力道让她很不自在，"你……先放手好吗？"可他像是没有觉得这样的情形是怪异的，甚至倾身靠过来，低低道："你说我像谁……岚吗？"

水光这一刻不是因为他的贴近而僵立，而是因为他说出来的话，几乎是无措地望着他。

他的头发很软，额头光洁，左眼的下方有一颗小小的痣，让他平添几分多情。

她想起他睡在她身边安静的样子……他的手交缠着她的五指，温润的气息吹拂着颈项……她慌乱地抽出手，下床的时候脚有些无力，这样的情形让她自厌，沮丧，她没有回头再看他一眼，因为不愿记住床上的人。

"你……放手。"水光知道自己的脸色一定苍白无比。

他就那么看着她，最后慢慢松开手，他似乎看明白了一些东西，眼中浮现出几丝冷然。

章峥岚朝包厢走回去时，与正巧从里面出来的罗智擦身而过，罗智客气地说了句："章总，抽好烟了？"

章峥岚面无表情地点点头，推门走进包厢。

罗智见水光站那里一动不动，走过来拍拍她的头，"丫头，怎么了？"

水光收敛纷乱不堪的心绪，勉强摇了摇头。

罗智性格虽大大咧咧，但有些地方还是很敏感的，见她情绪不好，犹豫着问："还要进去吗？还是咱们先回去了？"

水光第一次不想逞强，"罗智，我想回去了。"

那个人与她相濡以沫过一夜，亲密到让她无法不动声色地与他面对面。

罗智去包厢里跟里面的人打了招呼，说是有事情得先走了，非常不好意思，他跟章峥岚说："谢谢章总您请客了！"

章峥岚看过去，淡淡地说了声："不客气。"他的目光没有在罗智身旁的水光身上停留一秒。

等他们一走，张宇就惋惜不已，"怎么就走了呢？"

小何笑道："张哥，你跟她还真是挺有缘的嘛，之前咱们才说到她，结果就碰上了。不过，我觉得你要跟她套近乎，还是从她男朋友那着手吧，这姑娘我感觉上……呃，有点不大好亲近的样子。"

张宇朝大国问道："你怎么认识他们的？"

大国说："我只认识小罗，不认识他的女朋友，小罗是我弟弟的大学同学，来这边玩过几次。我弟一直在升学，他是本科毕业就工作的，家底不错前途很好。话说回来这小子挺有能耐的嘛，哈哈，女朋友也那么漂亮！"

张宇恢恢的，"唉，这么说机会渺茫了啊。"

大伙一起笑他，果然是心术不正吧？

张宇赶紧澄清，纯欣赏纯欣赏，不敢亵渎！

从饭店里出来章峥岚跟大家分道之后拦了车，原本是要回住处，却让司机中途转去了酒吧。

这是他最常来的一家，这时间点人还不多。他走到吧台前的高架椅上坐下，调酒师过来跟他打招呼："好久没见你过来了，最近很忙？"

"还好。"

"还是老规矩，皇冠威士忌？"

章峥岚颔首，他从衣袋里拿出烟，顺利地点着。他回头去看池子里三三两两在舞动的人，缓缓吸了一口吐出烟。调酒师把威士忌放在他面前，说："心情不好？"

章峥岚回过头来，笑了笑，"没有。"

调酒师从身后的柜子上也拿了一根烟，借着他的烟火点着，两人没再说话，直到有人点酒，调酒师走开时说了句："最近老毕手上有新货，章老板你要有兴趣可以尝尝。"

所谓新货，类似于摇头丸之流的迷幻药物，章峥岚很少碰这些软性毒品，不过也不介意碰。

他不由扯了扯嘴角，他章峥岚适合泡夜店，适合挥霍，唯独不适合伤春悲秋。

所以那晚上当有人跟他调情时，他没有拒绝。

在过道上，那妖娆的美女主动献上红唇，章峥岚下意识偏开头，不过下一秒他轻轻咬了咬对方的颈项。

美丽的女人笑着仰起头，抚着他的侧脸，"我今天真幸运，是不？这么帅的帅哥……你的眼睛真漂亮，黑得像子夜。"

昏暗的过道上，在有着屏风遮掩的角落，女人揽着高大男人的肩膀，当她的手慢慢下滑探入他的衣服时，他按住了她的手。

"怎么……"

"嘘，别说话。"章峥岚柔声打断了她，他把身前的人抱在怀中，只是抱着，脸埋入她的发间，很安静。

她不知道他为什么突然停了下来，可这样依赖的姿势让她也不想打破，这魅力独特的男人让她动心，从他刚进酒吧开始。

过了好久，她听到他在她耳畔轻轻呢喃："你身上的味道很好闻，像一种水果。"

她微笑，"像什么水果？"

他没再说，最后松开手臂，他的眼里不再有之前的放纵。

"Sorry."

她歪头，"为什么要说对不起？因为突然对我没兴趣了？"

章峥岚有些尴尬，他按了按太阳穴说："如果你不介意，我请你喝一杯酒？"

美女嫣然笑道："也行，不过，我可不是一杯就能打发的。"

章峥岚莞尔，"当然。"

这周五章峥岚开车回父母家，他车库里有一辆几乎全新的越野车，平时不怎么开，就是回老家的时候用。他开出小区，按下了车窗让风吹进来，清醒一下脑子，昨天开始有点小感冒，不过不严重，就是有些头疼，估计是夜里睡觉着了凉。

章峥岚心想他这难得一回虚弱，不知道章老太太能不能网开一面。

一小时后车子到了城北老家，父母住的是十几年前的低层商品房，一百多一点平方，上世纪八十年代的装修，大前年翻新过一次。其实章峥岚多次提议父母重新买房来住，但章老太太不同意，说是这里是根据地，不能轻易走。

章老太太是老干部，思想也是固执得厉害。她说的话在章家举足轻重，所以她要儿子来相亲，向来随心所欲的章老大也不得不回来应付。

章峥岚一进家门，老太太看到儿子就冷着声说："三五九请的总算是回来一趟了。"章峥岚笑着上去搂了搂母亲，"才一个多月没见，您又见年轻了。"章母再想严肃也不禁笑骂了出来，"就知道油嘴滑舌！"

"这是实话，您在我眼中那是最靓的美女。"

章母推开儿子，"好了好了，你午饭还没吃吧？赶紧洗手吃饭。"

此时章父从厨房端出最后一道汤，看到儿子笑道："来了。"

章峥岚叫了声"爸"，然后去洗手间洗了手。一家三口坐着吃饭，章母三句不离相亲的事情。章峥岚咬着排骨含糊点头。

吃完饭后章峥岚到自己房间里，他这次回来本身也是有点事情。他在房间里找了一圈，翻箱倒柜之后一无所获。

章母已经洗完碗筷，她边擦手边走过来，"找什么呢？"

章峥岚笑道："以前的一件旧衣服。您忙吧，我自己找。"

"什么样式的？"

章峥岚看着床上一堆旧衣，略沉吟，"米色的，线衣。"

章老太太过去拉开衣柜最下层的那抽屉，一边找一边说："你穿衣服一向考究得很，怎么突然找起旧衣服来了？"

　　从来脸皮很厚的章峥岚此时用手搓了搓脸，"找不到就算了。"

　　章母已经翻出来，递给儿子，"是这一件吧？"

　　章峥岚伸手接过，低声道："是。"

Chapter 04

写给自己的半条短信

　　水光坐在阳台上看着漆黑的夜空，没有星辰，没有月光，黑暗可以让她无所顾忌地袒露自己的情绪。

　　她曾经那么恨上天的不公平，为什么不是别人偏偏是他？她后来也恨自己，恨明明说好了等她却没有守约的人，水光有的时候觉得自己就像神经病，她开始幻想一些东西，从小到大，太多的记忆，她要勾勒他是那么轻而易举，可这些东西在清醒后却只是让自己更加空虚和绝望……

　　水光第二天醒过来后看时间是九点多，之后她又想起已经不用去上班了，在床上呆坐了好一会儿，才下床去洗手间。她看到镜子里自己浮肿的眼睛，用冷水洗了好久。

　　盘腿坐在客厅小沙发上看电视的罗智见到她从房里出来，说："起来了？"

　　水光坐到他旁边，"罗智，你回去吧。"

　　罗智一愣，"干吗要赶我走啊？要走一起走。"

　　"我不会走，至少不是现在……罗智，我在这里挺好的，真的。"

　　罗智摸了摸她的头，"行了，你不走我也不走。"罗智见她还要说，就索性说白了，"我走，行，但也一定会把你扛回去！"

　　水光无奈，知道他牛脾气上来了说什么都不管用，最终问："那你的工作怎么办？"

罗智摊手，"旧的不去新的不来，接下来咱们两兄妹要一起找工作了。"

水光在周末去一家蛋糕店给罗智买甜品时，遇到了一个许久未见的朋友，对方看到她，快步走过来，"萧水光？"

水光笑道："好久不见，阮静。"

阮静也"呵"地笑出来，"是啊，有一年多了吧？"

阮静说："你赶时间吗？如果不赶找地方坐下来喝杯茶吧？"

水光自然是不急的，两人去了蛋糕店对面的一家茶座。

阮静与萧水光第一次遇到是水光读大二、阮静读研二的时候。水光牵着爱德华去散步，中途她在林荫道旁的木椅上坐下，之前坐着的女生笑道："你的狗真漂亮，它叫什么名字？"

"爱德华。"

那女生愣了愣，随后大笑道："我能说世界之大无奇不有吗？我的狗也叫爱德华，不过它现在在老家，与我隔着十万八千里。"

两人就这样聊了起来，可能是投缘吧，又是在同一所大学，她们之后也经常约出来喝茶聊天，这个女生就是阮静。

阮静说自己来这边求学是要逃避一个人。

萧水光笑了笑，她说，我来这边是为了找一个人。

两人当时都沉默下来，直到阮静笑着说："看，每个人都是有点'心病'的。"

是的，每个人都有心病，伴随着不一样的疼痛。阮静的疼痛是看得见的，是可以抗击的，而萧水光的疼痛是沉敛的，窒息的。

之后阮静结业去了别的城市，她说要去多走走，游学探险，增长一些见识。

两人再次遇见就是一年多后的现在。

在茶香萦绕的茶室里，水光听阮静聊了一些她这一年多来的见闻，她去过的地方，遇到过的人，她说得很平淡，萧水光莞尔，"你怎么有点大彻大悟的感觉了？"

阮静笑道："大多时候，人一旦经历过了一些东西，那么后面就会将很多事情都看淡了。"

水光点头。

阮静说她这次回来是来参加同学兼朋友的婚礼，顺便重游故地，而见到萧水光是意外的收获。

她之后问起水光养的爱德华如何了。

"我室友在帮忙养着，我住的地方不能养宠物，她家在郊区，我偶尔去看看。"

阮静跟萧水光一直是君子之交淡如水的关系，"水光，我一直想问你，你……找到你要找的人了吗？"

水光低着头，额前的几缕短发垂下来碰到了睫毛，一颤一颤的，"阮静，你相信命吗？相信上天注定的一些东西，即使你再怎么努力，也终究一无所获，哪怕……哪怕只是一场梦。"

阮静看着水光安静地转着手中的紫砂杯，突然有些心疼，"我相信好人终归会有好报。"

水光隐约笑了笑，"谢谢你，阮静。"

阮静也有点尴尬，"这俗烂的话能让你一笑，它也算是有咫尺之功了。"

"不俗，我也希望得到好报。"

水光的手机响起，她看是罗智，按了接听键，对方问她去哪了，怎么半天没回来。

水光说在跟朋友喝茶，过一会儿就回去。她挂断电话后，阮静就问她是不是要赶着回去。

"没关系，是我哥，他以为我走丢了。"

阮静不由想到自家家姐，忍不住笑道："家里有兄弟姐妹的就是比较热闹，但管得也多，感同身受！"

水光说："他是担心我把他蛋糕给带丢了。"

阮静大笑。

水光手边的手机又响了，这次的号码是陌生的，她朝阮静抱歉地点点头，拿起来接听。

"萧小姐吗？"

"……是。"

"你好，我……我是张宇啊，萧小姐，我们见过两次的，我冒昧打你电话，还是希望你能考虑考虑我上次的提议，关于游戏的，萧小姐你可能对游戏不太了解或者说我表现得让你有所误解，我保证我们公司绝对是正规的！"

水光想起来这人上次给她递过名片，之后在饭店又见过一次，可她记得他们并没有交换过电话号码。

"你怎么知道我的号码？"

"呃……那……我查的，萧小姐，我们 GIT 公司真的是很有诚意希望能与你合作一次，请你务必再考虑一下。"

对方好说歹说，水光是真的没有兴趣，但说的人完全没放弃的意思，水光头疼，只希望早点结束通话，所以最后虚应了一声说会考虑，对方说了一句："那我等你的消息。"这才收了线。

阮静从萧水光的回复中听出一点端倪，"有公司想挖你吗？"

"不是，是找我拍什么游戏的照片。"水光有些无奈，"可能只是玩笑而已。"

"什么公司？"

"GIT。"

"GIT？"阮静倒是惊讶了一下。

"有什么问题吗？"水光随口问了一声。

阮静沉吟着说："这公司在 IT 行业是挺有名的，不过我之所以知道主要是因为它的创办人是我们的校友。"说到此阮静就笑了，"说起来那人挺传奇的，他是我们研究院早我们两届的师兄，虽然跟我不是同系，我也只闻其名，未见过其人，但他名声确实挺大。他本科读的是咱们祖国的第一名校，后来被'请'到我们那学校来读研，才华声誉可见一斑，可他似乎并不在意这些浮华外衣，才读了一年就去外面创业了。自然后面就是典型的成功案例，当时我们的研究生导师乃至系、院领导还经常拿这位章峥岚章师兄来作为正面教材激励后一辈，殊不知章峥岚才在这学校待了不到一年就走人了，根本算不上是他们培育出去的弟子，说来这也算是中国教育界可笑又可悲的点。"

一直听阮静说完的萧水光轻声问："他的名字……是哪三个字？"

阮静在紫砂杯盖上倒了点水，用手蘸水在桌上写了"章峥岚"。

水光看着她写完最后的那一个"岚"字，心微微抖了一下。

原来那么巧吗？

但，也只是觉得巧而已。

两年前的那一晚在水光的记忆力一直是模糊的，她只记得痛和一种如水的温柔，即使清醒后，她也刻意地去忽略那一晚的所有细节和感受，她不愿去记床上抱着她的人是谁，因为不是她想的那个他，那么痛也好，温柔也好，她都不想去在意了，就当……就当是做了场错误的梦。

她跟阮静喝完了最后一杯茶。

阮静说自己参加完婚礼可能就要回一趟家了，因为那边一直在催，而且最近她爷爷身体也不好，住了院，虽说是老毛病，但确实担心所以要回去看看。

萧水光祝她一路顺风。

阮静在茶座门口与水光轻轻抱了一下，说："萧水光，祝你也一切顺心，得偿所愿。"

水光目送出租车驶远，才转身朝住处走去。

章峥岚周六的相亲，是在对方迟到了半小时后开始的。

温婉的女孩子到了之后连声道歉。

"没关系。"章峥岚绅士地帮她拉开椅子，原本意兴阑珊的后者在发现他本人居然如此帅气之后微微红了脸，"谢谢。"

章峥岚伸手招来服务员，问女孩："要喝点什么？"

"果汁吧。"

章峥岚跟服务员要了果汁和咖啡，在之后的交流中，女孩一直很可亲，偶尔问一些问题。

"你平时喜欢做些什么？看电影多吗？我挺喜欢看电影的。"

章峥岚笑道："是吗？我还好。"

对方微笑，"那下次如果有机会一起去看电影吧？"

"可以。"

章峥岚对着任何人都是从容的，可这一次他却有点无法心平气和地等着时间过去，但不管心里在烦恼些什么，对外他还是能做到有礼有度毫无破绽。

他手指轻轻地摩挲着咖啡杯，与对面的女孩子闲聊着，直到张宇的一通电话打来，他跟女孩说了声抱歉，按了通话键接听。

"老大，嘿嘿，您在忙吗？"

章峥岚"嗯"了声，"有事？"

"也没什么事，我今天跟那位萧小姐打了电话，问了她关于给游戏拍片那事情的意思，对不起头儿，先斩后奏了，我真觉得那人合适。"

章峥岚摩挲杯沿的手指不自觉地停了下来，过了一会儿他问："她说了什么？"他发现自己竟然有些紧张！

"她没具体答应，但会考虑。老大，如果她答应参与的话，那就用她了成不？"

章峥岚平淡道："随你。"

张宇一听头儿没意见，立马阿谀奉承地说："老板英明！"

章峥岚挂断电话，下意识咬了咬嘴唇，对面的女孩见他面色突然沉静下来不似先前的样子，犹豫着问："你……是不是有事要去忙？"

"嗯？"章峥岚回过神来，下一刻他站起身，"不好意思，我有点事情，要先走了。"他扬手叫来服务员买单，对方一时有些措手不及，但章峥岚已经客气地跟她颔首，"见到你很高兴，再见。"

当章峥岚回到车上，他靠在椅子背上闭目了好一会儿，才转头看向副驾驶座上放着的一只袋子，里面是一件旧毛衣，他双手握着方向盘，头慢慢靠上去，嘴里嘀咕了一句："我真是疯了。"

章峥岚的感冒加剧了，周一去公司上班时说话都是哑的，大国他们对此惊讶不已，头儿这种千年妖人竟然也会感冒？

"老大，您昨晚裸奔去了吗？"阮旗问。

章峥岚摆摆手，意思是哪凉快哪待着去，他现在喉咙难受，话都不想多说。他让秘书泡一杯热茶给他，就进了办公室。

大国看着合上的门就说："奇了怪了，老总最近很不寻常啊，你们有没有觉得，连骂人都懒得骂了？"

众人笑他，"欠虐了是吧？"

小何端茶进去时，看到老板站在窗口抽烟，她过去把热茶放在桌上，"章总，你的茶。"

章峥岚回头，"哦，谢了。"他走到办公桌后坐下来，翻开文件，见秘书还在，"还有事吗？"

小何姑娘笑眯眯道："老板，我星期六看到您去相亲了，那对象不错哦，靓女。"章峥岚跟员工的关系一直很放得开，只要不影响正常工作什么都好说。

章老大拧灭手中的烟，懒洋洋道："哦？这么巧。"

"我刚好跟男朋友也在那吃饭，您之后匆匆忙忙走了，那姑娘失望极了。老板，这样的美女您都不甩啊？太暴殄天物了。"小何妹妹惋惜不已，又忍不住问道，"您那天那么急着走，是去哪呢？"

章峥岚抿了口热茶，慢条斯理道："实话告诉你吧，我是突然觉得配不上人家，自惭形秽就走了。"

小何"哈"了一声："不信。"她抱着托盘往外走，在门口时又回头说，"老板，其实您有心上人了吧？"

章峥岚笑道："这都让你看出来了？"

夕阳西下，一辆越野车停靠在小区外的路边上。

章峥岚告诉自己他只是碰巧路过这里，并不是要有意来探寻什么，虽然，他的确用不正当的手段查过她的地址，也知道了她住的地方正巧在他回家的一条路上，甚至离他公司并不远……

他拐进这条路的时候，只是想来看看，也没奢望能见到。

此时是下班时间，小区门口进出的人渐渐多了。车里的电台播放着音乐，可那悠扬的音乐并不能让他放松，反而使他越来越焦躁。

他觉得自己这样的行为有些可笑，甚至是莫名其妙。正当章峥岚打算启动车子离开时，见到了从马路对面走过来的人，他慢慢放下了手。

那人走得很慢，及肩的头发在后面简单地扎着，眼睛微垂，他记得她的神态一直是很平静的，跟人说话的时候偶尔会微笑，很淡。

章峥岚看着她渐渐接近他的车子。他此刻的心情有些复杂，他希望她看到他，也有些担心她看到他。

可当她从他的车前走过，走进小区里时，他又明显的失望了。当那身影即将消失在视线里时，他鬼使神差地推开车门追了上去。

章峥岚跟在离她几米远的地方走着，夕阳将两人的影子拉得细长。

他知道这样跟下去要跟到她家里了。

他如果叫一声"萧水光"不知道会怎么样，章峥岚想，肯定不会是"见到你很高兴"。

他停下了脚步，与她的距离慢慢拉远。

萧水光这几天一直在忙面试的事情。每天从外面回到住处，她总要先在沙发里躺一会儿，才起身去做饭吃饭。而罗智比她更忙，整天不见人影。

这天从早上就开始下大雨，水光没有通知，没有面试，闲着无事就把屋子打扫了一遍，傍晚时接到了罗智的电话，于是匆匆赶出了门。

萧水光抱着罗智要的资料夹，一手撑着伞，走出小区没多久，就听到有人在她身后按了车喇叭，水光回头看过去，车子开到了她的旁边。

车里的人摇下车窗，看着她说："上车吧。"

水光看清楚那人，下意识退后一步，轻声道："不用。"说完便转身继续往前走去。

车子又开上来，章峥岚皱着眉头说："这种天气打不到车的，你去哪里？"

"……不用，谢谢你了。"水光不晓得这人要干吗，为什么会在这里。

可对方已经下了车，追上她，原本要抓她的手，在碰到前却又马上收回了，"这样的天气坐公交、打的都不方便。你要去哪里，我送你，我……"章峥岚牵强地笑笑，最后说，"你看我都淋湿了。"

水光见面前的人没撑伞就跑了出来，肩部和头发已经湿透，对方见她看到了自己的惨状，搓了搓脸，用可怜的声音说："拜托，再下去我要成落汤鸡了！"

水光心想，你之前完全没必要下来的，可想归想，水光却从来不是冷心肠的人，她把自己的伞移过去一半，"你上车去吧。"

章峥岚原本因为她撑过来的伞而心里一动，可听到她说的话，又忍不住皱眉，"你那么不待见我吗？"章峥岚说完就后悔了，他并不想跟她发脾气，事实上他也没立场发脾气。

雨水打进来，弄湿了两人的衣服。

水光撑着伞的手被冷风吹得冰凉，她希望他快一点走，可他却站着一动不动。

直到他袋里的手机响起，他接听，对面说了什么，他淡淡道："去，有热闹干吗不去？"

水光最终看着那辆车开走，嘴角有丝苦笑。

阮静在朋友的那一场婚礼上见到了章峥岚。

她想上礼拜才说起过这位功成名就的师兄，今天就碰上了，不能说不巧。

她是新娘这边请来的，而据说新郎那边的家庭地位挺高，邀请了不少本市有身份的人物，看来章峥岚就是其中一名。

因为现场没什么认识的人可聊，所以阮静拿着酒杯冒昧凑上去打了招呼，"章师兄。"

章峥岚转过身，他一身剪裁合宜的深色西服，头发打了啫喱梳在脑后，看起来异常英俊干练。阮静以前只看过他的照片，如今见到真人，不由心想，这样的人应该就是及时行乐的主了。

他的声音低沉，"你是？"

"叫你师兄自然是因为在同一所学校待过的。"阮静笑着伸出手，"你好，我是阮静。"

章峥岚伸手回握了一下，"你好。"

阮静说："章师兄当年在学校里可是名声在外的。"

章峥岚笑道："那些都不过是虚头，以讹传讹罢了。"

阮静笑出声来，说："那也要有虚头才行。"

之后阮静看着两位新人在酒店大堂中央走仪式，她问："师兄什么时候成婚？应该也快了吧？"

章峥岚挑眉，"怎么？想给我介绍对象吗？我尚且单身中。"

阮静笑了，"是吗？不过我认识的姑娘不是在室的，就是尚未入世的。"

章峥岚哈哈大笑。

没多久有人过来跟章峥岚喝酒，在一圈老总中，阮静悄声退出来，她坐回到自己原先的位置上，旁边的姑娘靠过来说："嘿，刚刚跟你聊天的那人是谁呀？"

阮静眨了眨眼，看向章峥岚的方向，心说，这样的角色怎么可能没对象？

当天晚上婚宴散了之后，阮静从酒店里出来又碰到章峥岚，对方明显有些喝醉了。阮静看他手不怎么稳地开车门，她走上去说："师兄，你喝醉了吧？还是叫辆车回去，安全点。"

章峥岚见是她，笑道："我没事，你也还没走？要不要送你？"

阮静摇手，"别，我可不想死于交通事故。"她最后说，"算了，师兄，我送你回去吧，你这样子真不适合开车。"

章峥岚也觉得状态不佳，不过让女士送实在也不绅士。

阮静看出他的顾虑，说："我刚回来这边，好久没逛过了，能开一次你这辆卡宴看看这城市的夜景，也算是我赚到了。"

章峥岚无语，之后还是把车钥匙给了阮静，说："那麻烦你了，改天请你喝茶。"

上车后，阮静就说了："喝茶？行啊，不过后天我就回家了，而在走之前我还要去见一位朋友。"阮静半开玩笑道，"要不然师兄您都请了？"

坐在副驾驶上的章峥岚按了按发疼的太阳穴，无所谓道："可以啊。"

阮静已经发动了车子，平稳前行，想起萧水光，一向不八卦的她不禁道："说起来，我那朋友也一直单身着，独自一人在这边，如果师兄你真没对象，要不我顺水推舟介绍给你？"

章峥岚只是笑了笑。

阮静也想，这行为可能有点唐突了。

后来车子一路过去，章峥岚告诉了阮静地址后说："阮静，我先眯一会儿，你到了叫我一声，辛苦你了。"

"行，你睡吧。"

章峥岚很快睡着了，而他放在车子上的手机响了起来，阮静为避免吵醒他，想拿过来替他接一下，结果刚通那边就挂了，而阮静按回主页的时候不小心按到了信息栏。

那里有一条打了一半的消息幽幽亮着：如果能回到过去，是不是愿意把那一夜无限延长……

Chapter 05

你说的不算

　　罗智的工作确定了，他学的是室内设计，与人合伙弄了一间小工作室，先接一些个体户来做，罗大哥的梦想是未来要让千千万万的人，甚至是楼盘开发商，都以他的设计为样板。

　　水光听完点点头，提出一点，"合伙人？"一上来就有合伙人了？这效率。

　　罗智笑道："上次我跟国哥吃饭喝酒时，他介绍认识的人，结果跟我一拍即合！所以心动不如行动，马上就开始筹备了，哥我厉害不？"

　　罗智确实厉害，到哪都能混得如鱼得水，这一点水光深信不疑。

　　而在罗智大哥开启事业新篇章时，水光的工作还没有着落，不过她也不急就是了，一来要找到份合适的工作并不容易，再者她觉得自己现在的状态也不是很好，虽然之前发出去的简历，有让她去面试的她都去了，但总觉得不在状态内。

　　下午的时候水光接到了阮静的电话，阮静说她明天就走了，走之前想跟她再见一面，因为下一次相见也不知道是哪年哪月了。

　　"是吗？要走了吗？"水光是有些不舍的，对阮静她有着不同于他人的情谊在，阮静了解一部分她不愿让别人知道的自己，她轻声说，"那走之前让我请你吃顿饭吧？算是为你饯别。"

　　阮静在那头笑着说："不用，有人请了。你只要过来，让我见见你，我的朋友。"

水光听她说还约了别人，有些迟疑，"你与人有约了，那我去方便吗？"

"有什么不方便的，只是吃顿饭而已。来吧，你不来我走得也不圆满。"水光同意了，阮静讲了地址后说，"那水光，今天晚上六点见！"

办公室里，章峥岚看着手上的工作文档，心思却总是开小差，直到落下的烟火烫到了手指他才回过神来，不由低咒了一声，章峥岚把烟拧灭，眼前的资料也没耐心看了，随手扔在一旁。他靠到椅背上，抬手按了按太阳穴，昨晚喝的酒不多，却让他这一天都很难受。他不由想自己是未老先衰了还是怎么的，这么不济了？

秘书小何敲门进来，把几份文件放在他桌上，"章总，国哥他们走了，让我把这些文件拿给您，您一周之内给批示就行。"最近老板气压不对，都没人敢接近，"那章总我也下班了。"

章峥岚"嗯"了一声，在秘书出去时，他忽然想到什么，问道："对了小何，你家是在金色年华里吗？"

小何点头，"是的。"

他手指摩挲着扶手，最后起身道："我送你回去吧？"

姑娘眨了眨眼，"您要送我？"

章峥岚已经拿起椅背上的外套穿上，"有什么问题吗？"

小何笑道："没有，我只是有点受宠若惊而已，受宠若惊。"

章峥岚走过来，拍拍她肩说："那走吧。"

小何能坐好车而不用挤公交回家自然很乐意，两人下到停车场，在车上，小何姑娘忍不住夸赞了一番老板的车。章峥岚只是笑笑，说："你男朋友要是不介意，以后我可以多送送你。"

"他当然不会介意，能省两块钱呢。"小何半开玩笑，"老板，您这算是员工福利吗？"

章峥岚笑着说："你就当是我日行一善吧。"

小何无语。

在小区门口放下小何之后，章峥岚终于卸下笑容，心里不免自嘲，日行一善？呵，究竟是行善还是行恶？他觉得自己真是学不乖，一再犯傻，而且还是水平特低的那种。

车子在小区门口停了一会儿，之后他想起与阮静的饭约，再次看了一眼有人进出的门口，发动车子离开了。

章峥岚晚到了十分钟，他由服务员带着过来，"Sorry，我迟到了。"他把外套脱了挂在椅背上，与阮静对面而坐。

阮静笑说："迟到总比不到好。"然后又说，"师兄，我把喝茶改成吃饭，您不介意的吧？"

"没关系，吃饭实在一点。"章峥岚见四人桌位上只有他们两人，"你不是说还有朋友？"

"嗯，她去洗手间了。"

"哦。"章峥岚虚应了一声，他招来服务员说，"给我一杯普洱。"

阮静扬眉，"我还以为师兄你会更偏好咖啡呢。"

章峥岚笑笑，"这两天胃不大舒服。"

阮静忍不住揶揄，"听说成功人士多少都有点胃病的，果不其然。"

章峥岚摇头，"你这叫以偏概全，没见那些达官贵人都是体态雍容的吗？"

阮静捧腹不已。

两人说笑的时候，面朝着走道的阮静看到了回来的人，"来了，水光。"

听到这名字的章峥岚僵了僵背脊，他轻轻放下茶杯，慢慢抬起了头，他听到对面的阮静说："水光，这位是章峥岚章师兄，上次还跟你聊起过。"

在桌旁站定的人，在看到他时脸上的惊诧并不比他小，他苦笑，是了，这表情太清楚，见到他是惊讶，是不愿，是退避。

场面静了下来，阮静感觉到气氛有些不同寻常，可一时也揣摩不出什么，此时有服务员经过，她拦住说："服务员，我们点餐。"

有其他的人在场，章峥岚不愿把自己的情绪表露出来，他收了收表情，原本想笑，却发现有点难度。他又忍不住看了萧水光一眼。

水光低头坐着，避开与他的眼神相遇。如果知道阮静约的另一个人是他，她想自己断然是不会来的。那是一场错误，那么又何必一再相见来平添难堪。

阮静点了两道菜，随后问另外两人。章峥岚将手上的菜单翻了一遍，他在吃的上是老手，此时却一样都挑不出，他把菜单递给斜对座的人。

水光没有接，只轻声道："我不挑，你们点吧。"

章峥岚拿菜单的手稍稍收紧，他把菜单还给服务员，随口报了几样菜。

阮静笑道："师兄是这儿的常客吧？"

章峥岚勉强扯了扯嘴角，"来过几次。"

在上菜的时候阮静去洗手间，终于只剩下两人。水光转着手中的杯子，她并不喜欢这样的单独相处。

章峥岚沉默了一会儿，才低声询问："你要是不想看到我，我可以走。"

"不，不用……"水光心想，就算要走也不该是你走的。

章峥岚本是八面玲珑的人，可面对她却变得异常口拙。对面的女孩子一直是不急不躁，不卑不亢，却犹如一块最坚硬的磐石，你碰了会觉得冷，不去碰又压在心里沉甸甸的，进退维谷，不知如何是好。

阮静回来时菜已经上来了几道，她笑着说："这餐厅的效率倒是不差。"

吃饭的时候阮静见水光是用左手拿筷的，不由好奇道："水光，你是左撇子啊？"

水光隐隐笑了一笑，"小的时候……跟别人学的，后来就成习惯了。"

章峥岚看向她纤细的手，他想起那一次让她看手相，触摸到的温度好像还留在指尖，他咳了咳转开头。

"师兄，说起来我跟水光都是你的学妹，虽然关系远了点。"

"是吗？那挺巧的。"

那天的晚餐在阮静的协调下，勉勉强强落了幕。

出来的时候阮静有些头疼地说："我还有一摊，在前面的酒吧，走过去就行了，师兄，要不你送水光回去吧？"虽然阮静或多或少察觉到了两人之间的一些暗涌，但当时并没有想太多，她只是担心水光的安全。

而萧水光想要拒绝，身边的人比她先一步道："好的，那你路上也注意安全。"

阮静颔首，然后对水光说："萧水光，我们后会有期。"

水光浅浅点头，"好，后会有期。"

阮静走后，水光原本想跟章峥岚说自己回去，可他已经轻轻碰了碰她的手臂，说："走吧，晚上天凉，别着凉了。"

这样温柔的说词让水光不由些恍惚。他总是说，水光，天冷了多穿点，别着凉；他说，水光，晚上别看太晚的书，早上要起不来；他说，水光啊，别跑太快，我在这里；他说……

水光慢慢蹲下来，她用手捧住脸，有泪水滑过指间。她在哭，却没有任何声音，章峥岚一愣，他踟蹰地蹲下去，伸手抚过她的头发，伸到脑后，将她揽过来拥抱在怀里。

她的崩溃毫无预兆，他将她带到车上时她才渐渐平静了下来。

章峥岚翻箱倒柜找了一包未拆封的湿巾递给她，水光接过，说了声"谢谢"。

"要喝水吗？"他见车上的那瓶水是他喝过的，前面就有一家商店，章峥岚说，"我去买水，你等等。"

"不用了，谢谢。"水光的声音有点嘶哑，"谢谢你。"

一起一落又回到原有的轨迹，章峥岚搓了搓脸，"我……送你回去吧？"

"谢谢。"

章峥岚心想，我要的不是谢谢，从来就不是。

车子前行，一路无话。水光在小区门口下车，她转身说再见时，对方轻声地问了一句："萧水光，那一晚对于你来说真的什么都不是吗？"

萧水光站立在黑幕中，有风吹过她的头发，那句话在耳畔飘过，类似呢喃。她的双手垂在两侧微微抓紧衣角。他追究那一晚是出于何种原因她不想知道，可她只想把那一页翻过去，再不重提。

所以她说："什么都不是。"

那天晚上水光回到家里，罗智刚从浴室出来，看到她，不由问道："怎么了？一副心神恍惚的样子，饭吃了吗？"

"吃了，我有点累，先睡了。"水光进了房间，她走到床边坐下，看着窗外的夜幕，那人，就这样了吧，不管过去如何，从今往后，以前的种种都譬如昨日死，更何况，他们之间也本没有什么。

水光那一夜睡得很不稳，做了梦，梦里面朦朦胧胧一片看不真切，她只记得自己一直在一条路上走，看不到尽头，也回不去。

隔天中午章峥岚去公司，他走进办公室，脸色难看到极点，还咳嗽个不停。小何见状马上起身去泡茶，心里琢磨着老总昨天送她回家的时候还好好的，怎么才一晚上就跟病入膏肓似的了？

此时大国他们也在交头接耳，"不对劲，从没见过老板这状态。"

"该不会是咱们公司遇到什么危机了吧？"

"手头事情做都做不完，有危机也是捧着大把钱早死的危机。"

一名黑客提议："要不我查查老板的私人电脑看看，说不准能找到什么线索？"

阮旗骂了句"神经"，"你解得了他的防火墙，我今年的奖金双手奉上，别到时候偷鸡不成蚀把米，累及咱们全体周末无休。"

这时已经从老总办公室送完茶出来的小何，苦着脸宣布："头儿说今晚加班。"

刹那间哀叫声此起彼伏，纷纷骂阮旗"乌鸦嘴"。

章峥岚坐在办公室里，烟一根一根地抽，可抽得越多咳得越厉害，越难受，然而不抽更难受。

直到内线电话响起，他伸出夹着烟的手按了免提键，秘书小何说："老板，周先生来了。"

章峥岚按灭了香烟，揉了揉脸，"请他进来吧。"他起身去窗户边把窗都打开，让风吹散室内的烟味。

来人推开门，曲起两指意思地敲了敲门，"章总，有空接见我这老同学吗？"

章峥岚勾勾嘴角，伸手示意他，"坐。"

周建明笑着走到办公桌前的皮椅上坐下，看到桌面上烟灰缸里的烟蒂，不免摇头，"这么抽烟，你就不怕自己得肺癌？"

章峥岚已经按下内线让秘书送两杯咖啡进来，才说："戒不了，就抽着吧，有什么事，还劳你特意跑来一趟？"

对方笑道："你的前任女朋友回国了，她让我来约你吃饭呢。我昨晚上跟你打电话，你'嗯'了两声就挂了，我怕你没听清楚，就亲自再跑一趟，免得没约到你，那谁拿我开涮。"

章峥岚停了停，"谁？"

周建明无语："章峥岚，你这话说出来真不怕天打雷劈啊！人家挂念了你两年多，回国第一件事就问我你的动向，听说你没女朋友马上要求约你吃饭，其心不言而喻。"

章峥岚觉得自己真是……脑子混了，他按了按眉心，"别瞎讲，江裕如回来了？怎么她没跟我打电话？"

"人家姑娘不好意思打直球呗，说真的，你们当年好端端的怎么就突然掰了？裕如说是她有错在先，可我怎么看怎么不是，江裕如走的时候泪洒机场，你就抽了支烟，回头说了句'一路顺风'，完了，是人都觉得是你辜负了她。"

之后小何进来送了咖啡，章峥岚端起咖啡杯抿了一口，之前喝茶感觉嘴巴里都淡得发苦了，"裕如她回来了，那就一起吃顿饭吧，我做东。"

"行啊。"周建明笑道，"我就等着你这句话呢。"说完也拿起咖啡喝了一口，直夸章总这里的货就是好。

周建明走后，章峥岚俯身从抽屉里拿出感冒药过了水，杂七杂八的也不想了，开始做事。

不过讲起江裕如跟他的关系，跟周建明一样同是大学硕士班的同学，至于后来两人交往，主要是在毕业后的几次聚餐上，双方在学校时没意向，反倒是出社会后"情投意合"了，两人性格很合，聊得来，家庭背景、受教育程度相当，兴趣又相投，自然而然就走到了一块，曾经一度也考虑过结婚，毕竟两人年纪也不小了，家里老人也都在催，所以觉着结婚也没差了，不过最后结局以江裕如出国告终。

章峥岚就说了一句："行，一路顺风。"

江裕如说："章峥岚啊章峥岚，我起初怀疑你跟我在一起是因为我符合你爹妈的要求，现在我算是明白了，原来真是这样！"

章峥岚笑道："我舍不得也没办法，你要去找你的初恋，我总不能多加阻拦，破坏一份真正两情相悦的感情。”

江裕如哭笑不得，“真不知将来谁能抓住你这个浪子。”

章峥岚这天自己也觉得工作效率实在不高，下午索性把事情交代了一下，就去医院挂了一瓶点滴。晚上如约到了饭店，他刚从车里下来就被人从身后抱住了，“亲爱的，我想你了，天天想，夜夜想，想得都快发疯了。”

章峥岚微微一扬眉，回身就见到江裕如一张笑脸，然后说：“裕如，你胖了？”

江裕如一愣，握拳打了他一记，“你怎么说话的？”

后面的周建明哈哈大笑，“章总，你不知道女人三不能说吗？年龄，体重，学识。”

江裕如说：“怎么还学识了？本姑娘的学识可不比你们差啊。”

“行行，您是才女，美女，青春美少女！”三人说着进了饭店，当天的晚餐除了章峥岚、周建明、江裕如，后来还过来了几个老同学，都是熟门熟路的，所以吃得很随意。

期间有人过来跟章峥岚喝酒，“峥岚，怎么就喝茶呢？来来，咱俩干一杯！”

章峥岚摆手，“喝不了，没见我喉咙都哑了吗？”

周建明笑道：“早发现了，峥岚，你这是积劳成疾呢还是为情所伤？”

章峥岚懒洋洋道：“就一感冒，你也能说那么多。”

周建明嘿嘿笑，“人都这么讲的，当然如果是你章峥岚的话不可能是积劳成疾更不能是为情所伤了。”

有人附和说：“那是，峥岚可是咱们院出去的王牌，才华所向披靡，至于风流倜傥那更是不在话下了！”

江裕如摇头，“我说你们，阿谀奉承，恶心不恶心？”

有男同志立马答：“不恶心，峥岚，你公司缺不缺人，我最近刚辞职，要不老大您收留我吧？”

章峥岚耸肩，“行啊。”

大家起哄的时候，章峥岚低头看了看桌子下的手机，江裕如靠过来说：“我看你拿手机看好几回了，暗度陈仓看谁呢？”

章峥岚笑着将手机放回衣袋里，说："看时间而已。"

江裕如盯了他好一会儿，说："峥岚，我觉得你变了。"

章峥岚放松地靠在椅子背上，"哦？哪变了？说来听听。"

江裕如摇头，"说不上来，感觉上……变了一些。"

旁边人看到他们交谈，忍不住逗道："俩旧情人说什么呢？是不是打算重修旧好了啊？"

江裕如说："章峥岚我可是体验过了，这段数太高，控制不了，咱有自知之明。"

周建明也说："峥岚的女朋友确实换得勤，众所周知嘛。"

在周围人笑闹的时候，章峥岚无可奈何地笑了笑，"行了啊，别诽谤我名声。"

一顿饭吃到了八点多，章峥岚离开饭店的时候，周建明他们还要去唱K，他推脱了，"今天我就算了，头昏脑涨，你们去吧，回头把账单拿给我报销就行了。"

众人见他没多少兴致，而且脸色也确实不好，就没强迫，万分感谢章老板买单之后，与他挥手道别，江裕如走时说："峥岚，我们再约。"

章峥岚拍拍她手臂，"行。"

章峥岚上了车，在车上待了好久才发动车子。

萧水光洗完了澡，也洗好了衣服，罗智还没有回来，水光去厨房把凉好的饭菜包了保鲜膜放进冰箱，然后将垃圾打了结，到房间拿了外套披上，打算出门扔垃圾。她刚开门出去就感觉到前方昏暗的过道上靠墙坐着一个人，水光吓了一跳，她退后一步，通过走道里朦胧的光线看清了那人。

而对方缓缓站起身，只是走上一步就与她近在咫尺。他额前的发丝有几缕垂落，眉心皱着，面色看起来有些倦怠。

水光一时不知如何应对，僵立在原地，章峥岚探出手，双手轻轻抓住她的袖边，头慢慢靠到她的肩膀上，他说："萧水光，你说的不算。"

罗智回来的时候，在楼梯上与走下来的人迎面碰见，不由愣了一愣，"章老板？"

章峥岚点了点头，从他身边经过，径直下了楼。

罗智又回头看了一眼，心说，国哥公司的老板怎么会在这里？他一进门就忍不住说道："我刚才竟然在我们楼里看到国哥他们公司的老总了。"

正站在桌边倒水的萧水光，手上的动作停了停，她含糊"嗯"了一声，才回头说："晚饭我准备了你的，放在冰箱里，你没吃的话拿出来热一下就能吃了。"

罗智说已经吃过了，他走到水光身边也倒了杯水喝了一大口，"累死小爷我了，工作初期什么事都要亲力亲为，跟打仗似的。"说到这里，罗智笑问，"水光，你要不要干脆去我那帮忙得了？你看，我也缺人手，你也要找工作，还不如跟着哥哥混有肉吃呢。"

水光摇头，"我学的又不是设计，你那的工作我做不来。"

"这年头有多少人做的工作是专业对口的？再说了，你专业是计算机，设计主要也是从软件这方面着手，哥绝对相信以你的聪明才智很容易就能融会贯通了。"

水光不为所动，依然拒绝道："不了，我还是自己找吧。"

罗智郁闷，他这哥哥当得是完全没威信没号召力还是怎的？最后只能叹息道："那行，如果有困难了，随时欢迎来投奔老哥的怀抱。"

两人说完，罗智就进浴室冲澡了。

水光坐在餐桌前，看着自己的指尖，她不明白，那人究竟意欲为何？

他似乎有名有势，又是年少得志，应该无所或缺，何必跟她纠缠不清？他跟她说到底就是一场露水情缘，天亮了也就该散了，可是今天这样的发展……水光知道可能不会轻易就能断得了。

Chapter 06

意中人

　　次日清晨，水光接到了大学室友林佳佳的电话，电话那头的人声音听上去浑浑噩噩，不甚清楚。

　　水光问清地址，赶到娱乐城时，那片在深夜时分灯红酒绿、歌舞升平的场所此时已沉静了下来，显得有些寂寥。偶尔有人从里面出来，面上带着通宵的疲倦。水光再度给林佳佳打电话，那边却没人接听了。

　　她心中担忧，这座娱乐城她没有来过，但曾听以前单位的同事说起，这里原是一名马来商人投资的，后来因为债务问题转手给了什么道上的人，现在里面除了经营餐厅、酒吧、KTV 这些正规的，还多了一些隐秘的活动场所。

　　这时佳佳打来了电话，口齿不清地说："水光，你来了吗？我在四楼，四楼的 KTV……我跟服务员说了，你上来他们会带你过来……"

　　水光依言上了四楼，刚出电梯门就有服务员上来跟她说："你是林小姐的朋友吧？我带你去她的包厢。"

　　KTV 的过道上，灯光并不是太明亮，水光依稀看到一些包厢里还有人在。那些玩了一晚上的人横七竖八地躺在沙发上。她记得自己大学时期也跟室友通宵唱过歌，说是买乐，其实那感觉并不好受。

　　水光在记弯弯曲曲的路时，望到前方一处很昏暗的角落里有一对纠缠的身影，她并没有窥视的意思，所以马上移开视线，在别开头的刹那，暗处的男人也望来一眼，与她不经意地对视了一秒，随即他拉着身边的女人进入身后的包厢。

那一秒水光感觉到了对方的不友善。

又经过了一道弯，服务员终于在一扇门口停下，说就是这里了，水光道过谢，她推门进去，里面酒味很浓，大屏幕上还在放歌，是张惠妹的《剪爱》，但关了声响。

水光在跳动的光线中找到窝在沙发角落里的林佳佳，她跨过地上横着的两人，走过去拍拍佳佳的脸，"喂，醒醒。"

林佳佳艰难地睁开眼睛，"水光……你来了。"

水光皱眉，那酒气能醉倒一头牛了，她把林佳佳扶起，后者醉醺醺地靠在她身上，还不忘跟地上的人挥手道别，"我朋友来了，我走了，下次再喝。"

那些人模模糊糊地"嗯啊"了几声，水光小心地避开他们，拖着人走出去。

有服务员上来帮忙，见那客人实在意识不清，来领人的又是小姑娘，便就近扶进了旁边专门供内部人员使用的电梯。水光道过谢，当电梯门合上时，她才觉到身后侧有别的人，她下意识侧头，那人直视着前方，面无表情，水光只看了一眼就回过头，但她敏锐地认出这人正是之前在那过道上遇到的男人。

水光微微低头，不想引起注意，身边的佳佳嘀咕着："水光……到家了吗？"

"没。"

"哦，水光宝宝……谢谢你啊……"林佳佳说着身子又要滑下去，水光把她扶起，她又咯咯笑道："水光啊，我会好好养你家爱德华的……"

水光"嗯"了一声，林佳佳又咕咕哝哝了一阵，水光也听不清楚她在说什么。电梯终于下到一楼，那男人先行走出电梯。

萧水光扶着林佳佳出去时才发现这是娱乐城后面的街了。

这时间段这条狭窄的单行道上来往的人并不多，出租车更是少。水光在等车的片刻里，无可避免地看到一辆黑色轿车驶过她旁边，而当它就要过去时，林佳佳突然捂嘴干呕了两声，身子失控地往前冲去。水光一颗心吊在嗓子眼，她伸手去抓，但已来不及，林佳佳被车门带了一下摔在了地上。

"佳佳！"

同一时间黑色的轿车也踩了急刹车。水光飞跑上去察看林佳佳的伤势，佳佳痛苦地呻吟，有血从她额角流下。

车上的人也下来了，看到这样的情形，眉宇紧皱，最后他说："上车。"

水光抬头，他的表情很清晰地表明他不想招这种事，但他还是说："先送她去医院。"

林佳佳已经被突然的疼痛弄得大半清醒了，虽然意识依然蒙眬，但也知道发生了什么，她指着前方的男人说："你不许走……撞了我……妈的，赔钱！"

对方脸色阴沉下来，眼中闪过鄙夷，水光知道他把她们当成了讹钱的人。

水光向来是正直认真的人，被这样误解心里不免有些难堪，但此刻这条街上没有一辆出租车经过，而佳佳的伤口一直在流血，她只能低声道："麻烦你送我们去医院……"

对方没有立刻答复，当水光以为他要转身走的时候，他冷声说："上车吧。"

水光道了声"谢谢"，她吃力地将林佳佳扶起来，那男人犹豫了一下，出手帮忙把人放在了后座。

一路过去，车厢内无人说话，佳佳也难受得没精力再想找人"赔钱"，水光用纸巾按住她的伤口，听她嘴里一直说着疼，心中焦急，幸好很快到了医院，水光扶林佳佳下车时，那男人拿出几百块给她，"我想你清楚，这意外事故责任并不在我。"

而他给钱，是施舍。

水光咬了咬唇，"不用。"

男人看着她们进了医院大门，没有再多留一秒就上车离开了。

水光这边，等林佳佳进了医疗室包扎，她才在走廊里的椅子上稍作休息。

她闭上眼睛，心想，今天可真是糟糕的一天。

中午的时候秘书来敲门，询问正批示文件的老板午餐是不是跟大国他们一起去外面吃，还是帮他单独订餐。

章峥岚头也没抬，说："我还有事要出去，你不用帮我订了。"

小何忍不住"咦"了一声，开玩笑说："老板，您最近的作息，不知道的还以为您赶着点跟情人约会呢。"

章峥岚手一顿，心想，是啊，我这是要去干吗？又没有人约，他烦躁地揉了揉头发，"算了，你跟大国说，午饭我跟他们一道过去。"

"呃……好的。"

秘书出去后，章峥岚起身，在办公室里走了两圈，想抽烟，又克制住了，最后跌坐在会客的沙发上，他不由又想起昨天晚上自己做的事情，双手撑住脸，絮絮低语："我到底在干吗……"

当天中午跟大国吃饭的人，除了公司的两名工程师，还有大国的一名死党，这人章峥岚是认识的，以前一起喝过几次酒，另一人是罗智，这让章老大有些意外，情绪也稍微波动了一下。

章峥岚之后得知罗智在跟大国的朋友合作开公司，大国是中间人，也投资了点钱进去，不过是小数目，大国说他是无产阶级，然后转头问资本家："头儿，你要不要也参与参与？"

章峥岚对这类跨行投资一向是没多大兴趣的，不过今天倒难得开了口，说："你们公司注册资金多少？有多少员工了？"

他看的是罗智，所以罗智认真答道："章总，你要有兴趣的话，我可以做一份详细的汇报发给你过目一下，至于员工目前只招了五名，打算过段时间公司正式进入轨道之后再扩招。"然后简单说了下他对开这家公司的一些理念和规划，章峥岚听后说："挺不错。"

罗智不解，旁边的大国已经眉开眼笑地拍他肩，"老大说'不错'那就是没问题了！恭喜你，头儿那绝对是大股东。"

罗智确实挺受宠若惊的，跟合伙人一道举杯敬了章峥岚，章峥岚说自己感冒还没好，就以茶代酒了。

之后的饭桌上，一帮男人插科打诨，荤素不忌，中途大国随口问起罗智的女朋友，罗大哥一愣之后说："你说那丫头啊？刚就跟我发短信了，她一朋友受伤，在医院里陪着。还有国哥，她是我妹，不是女朋友。"

大国惊讶地望着罗智，最后说："那你妹妹比你好看多了。"

罗智大笑，"是啊。"

在周围人谈笑的时候，章峥岚兀自啜着茶。其实从一开始他就知道罗智跟她的关系，毕竟他要查点什么并不难。不过他并没有深入去探究她的生活，他想了解她，但不想了解得太透彻，他不承认这是胆小的行径。

他从不曾害怕过什么。

可是，章峥岚看着手中茶杯里沉在杯底的茶叶，他想起自己昨夜在那黑漆漆的过道里，他拉着她的袖子，他说，萧水光，你说的不算。

她把他的手慢慢拉下，她的声音很低，"你何必呢？"

他苦笑，意料之中，却也是说不出的难受。

是啊，何必呢？他们的关系开始于一夜情，她避之如蛇蝎，他却像着了魔似的一步步深陷其中，不知所措。

他又忍不住抬起手搓了搓脸，有些自嘲地说："是我犯贱，来这边唱这一出戏给你看，萧水光，你当初认出我是谁的时候，是不是特懊悔？"

好一会儿之后他才听到她说："我已经忘了那一晚，也请你忘了吧。"

他望着她，他们之间靠得很近，近到可以感受到彼此的呼吸，可却又像是隔着千山万水。

他下意识伸出手去，她拘谨地贴着墙，撇开头，刚好避开了他的碰触。

他的手停在半空，万分尴尬，最后慢慢握紧收回，感冒发烧让他口中苦涩，"如果我说我忘不了呢。"他在说了那天的最后一句话后，转身离开。

有人看章峥岚一直不插话，不由开玩笑道："老大，您只是得了感冒而已吧？怎么我觉着连性子都变了？高深莫测啊。"

章峥岚轻"呵"了声，懒得去理睬。

罗智问道："章总做 IT 多少年了？"

章峥岚看了他一眼说："也没几年。"

大国给老大斟上茶，"头儿，我记得咱们公司是 2005 年的时候创办的吧？"

罗智赞叹道："才五年就有这样的成绩了，佩服至极佩服至极！"

大国一直是章峥岚的脑残粉，"头儿那水准，那魄力，那手腕，成功成名是理所当然的！"

章峥岚不以为然，罗智却又热情激昂地敬酒过来，"章总，我太服您了，我先干为敬，您随意！"

章峥岚确实喝不了酒，用茶回敬了，"你年轻有冲劲，不出几年取得的成绩不会比我差。"

罗智哈哈大笑，"那就先谢谢章总的金口吉言了。"

吃完午饭出来，章峥岚要去医院挂点滴，所以单独走了。

医院里，林佳佳包扎完伤口，因为醉酒一直昏昏沉沉的就又多留院了半天。萧水光在旁边陪着，长时间的等待让她精神疲乏，就从包里拿出了MP3听音乐。

林佳佳醒过来时就看到身边的人塞着耳机在打瞌睡，好笑之余也是万分抱歉，她推了萧水光，水光睁开眼，"醒了？"

林佳佳干笑道："水光，这次又麻烦你了。"

水光拿下耳塞，说："我倒没什么，你自己感觉怎么样？还难受吗？"

"额头还有点疼。"佳佳摸了下包扎着的伤口，喃喃道，"真疼，以后不会留下疤痕吧？"突然想起什么，"对了，水光，那撞我的车主呢？"

"走了。"

"走了？你有没有要赔偿？不会白白放人走了吧？！"

"佳佳，算了吧，错也不在他。"

林佳佳扼腕不已，"唉，就算不是他的错，他开汽车咱们是行人要他赔点钱也是很容易的……"

萧水光任由她念念有词，看她精神明显好了不少，便决定去把那半天的住院手续办一下，然后回家去睡觉。她是真的有点累了，昨天晚上几乎一夜都没睡好。她让林佳佳起来整理一下，就先出去了。

当她走到收费处时，不期然看到一道熟悉的身影，不由停住脚步，心中暗想，怎么会这么巧？水光是想避开的，但对方已经转过身来，两人在昨天"不欢而散"后再次打了照面，水光从他的眼中也看到了几分意外。她低头走到窗口，将病历递给里面的护士。

"我来挂点滴。"水光在拿回病历和结账发票时，身后侧的人突然说了一句。她依旧避开与他的视线交流，低不可闻地"嗯"了一声，这样的场景多么别扭，多么不合情理。可他们就像电影镜头里唯一静止的两人，相隔不远，各怀心绪，却又是无话可说，最后他的脚尖动了动，走开了。

章峥岚的确是来挂点滴的，而遇到她也的的确确是没预料到。即使听说她在医院，即使来之前也想过会不会那么巧碰上，可这种几率毕竟小之又小，但显然上天很"厚待"他。只不过老天的这些安排，却只是让他看到她一次次的漠视。

章峥岚这辈子几乎还没碰过钉子，一路顺风顺水过来，年轻时聪明好胜，锋芒毕露，没有过后悔和失望，可如今却一再被那方面的情绪打压，让他不禁荒诞地想自己是不是真的入了障了，才一而再再而三地去讨不痛快？

就算……她出色，可出色的人何其多，为何偏偏对她念念不忘？如果那种说不清道不明的感觉是爱，那么，他有些害怕，因为那感觉太强烈。

章峥岚深深闭了闭眼睛，脑子里一闪而过的是那张牵动他梦境的脸，两年前的相遇短暂如昙花一现。两年里他洁身自爱，不再游走以为只是厌倦，却不知原来是自己早已将心遗漏了，除了她之外再也无法去将就别人。

而现在命运让她再次站在他面前，是幸抑或是劫？

萧水光在医院门口跟林佳佳分了手，因为林佳佳再三说自己没事，一个人回去就行了，水光也就不再勉强送她。

坐上出租车往家走的时候，她想起了早上那个人。

那人的眉宇间竟跟景岚有三分像，说话也是那般冷静无情，哦，不，景岚不无情，他只是比别人懂得隐忍，懂得先失而后得……真自私，是不是？

水光看着后视镜里的自己，那半长不短的头发已经好久没修剪过，她俯身拍了拍司机的椅背，"师傅，送我去最近的理发店吧。"

章峥岚目前无须在公司时刻坐镇，从医院出来，他抓着一袋子药走到车边，刚坐进车里想着要去哪里，或者找人出来喝杯酒，也正好排遣下烦闷的情绪。正想着就接到了妈妈的电话，说是已经到他住处了，让他即刻过去一趟。

章峥岚挺意外的，"妈，您怎么……还特意过来了？"

"既然知道我是特意过来的，那就别让我干等着。"章老太太说一不二，跟儿子说了最好半小时之内到，之后就很利索地挂了电话。

章峥岚是真头疼，"这老太太是越来越难伺候了。"不得不放弃了想大白天去喝一杯的念头，驱车赶回了住处。

他原本也有想过老太太有什么花招在候着，却万万没料到老人家竟然是带着一姑娘上门来的。章峥岚进门看到客厅里其乐融融坐着聊天的两人，抬手按了按眉心，不过即使疲于应付，还是笑着上去叫了声"妈"，而对那姑娘也礼貌地点头，"戚小姐，好久不见了。"

外人在场的时候老太太对儿子一向是好脸色的，"来了？来来，小戚你是见过的，前阵子大家都忙都没联系吧，你们年轻人也是的，整天只顾着工作，忙忙碌碌也不知道为了什么。"

章峥岚心想，这老太太完全是针对他呢。这戚敏是上一次他相亲的对象，上回走得急也没跟对方说清楚。

戚敏也挺不好意思的，即便对他有意思，可这样找上门来的确太唐突了，虽然是老太太打电话来找的她，"你工作挺忙的吧？"

"他啊，就是瞎闹腾。"老太太暗中朝儿子使了使眼色，起身道，"好了，你们年轻人坐着多聊聊，我去厨房里看看有什么水果可以拿出来吃的。"

戚敏要起来帮忙，马上被老太太制止了，"你坐着，坐着，多聊聊！"说着笑容满面地朝厨房间走去。

章峥岚很有些无奈，不过招待人也算是他的强项。

"戚小姐今天休息？"

"哦，轮休。"她觉得近距离看他，似乎更是英俊了，"你的房子装修得真漂亮，是你自己设计的吗？"

"不是，是我朋友帮忙弄的。"

两人聊了一会儿，章峥岚见母亲还未出来，就说："我去厨房看看，你坐。"

　　章峥岚刚进厨房，正在慢条斯理洗水果的老太太就皱眉了，"你怎么过来了？"

　　"妈，你这着棋下得太明显了。"

　　老太太把水果一一装进盘，瞟了儿子一眼，"这么好的姑娘，啊，你见了一次面就把人家晾旁边了，你是存心跟我作对还是怎么？我跟你说，这姑娘我看着很是喜欢，你乐意也好不乐意也好，都给我好好处着。"

　　章峥岚哭笑不得，"您这是打算屈打成招啊？"

　　"我这是为你好！"

　　章峥岚漫不经心接口，"妈，如果我已经有中意的人了呢？"

Chapter 07

你到底想怎么样

　　章峥岚说那句话的时候其实是有点犹豫和尴尬的，毕竟这种经历算是首次，可当他说出来后，心里突然轻松了好多，像是有了一种依托感。

　　章老太太是机关部门做人事的，接触的人何其多，看人很是犀利，儿子又是自己一手带大的，此刻儿子的神情显然不是像往常那样在说笑，老太太把手擦干，慢慢道："你是说真的？她是哪里人？姓什么名什么？是做什么工作的？"

　　章峥岚摇头，"妈，您这盘查法怎么跟人口普查似的？"

　　老太太责备道："什么人口普查？我儿子的心上人我难道不能问问？"

　　章峥岚笑道："行，行，您要问什么尽管问，她姓什么是吧？她姓萧，至于她的工作嘛，她跟我是同一所大学毕业的，专业也一样。"

　　老太太听罢还要问，章峥岚却已经举手阻止，"妈，您再问下去，外面的客人可要等久了。"

　　章老太太被儿子一手揽着肩一手帮拿着水果盘出去时，嘴里嘀咕道："你这是怕我多问还是怕外面的人等久了？"

　　章峥岚心想，老太太可真犀利。

　　当天章峥岚送母亲和戚敏回去，老太太心里是觉得挺可惜的，小戚各方面的条件都不错，她很中意，可儿子的心思显然不在她身上。章老太太在家门口下了车，让儿子送人姑娘回家，走之前拉儿子下来说了几句话，"你如果无意，那就跟小戚说说清楚，别拖累了人家。"

章峥岚点头表示心中有数。

戚敏感觉到章峥岚对她的礼貌友善，可隐隐又觉得有些疏离，在车子快到家时，她忍不住探了口风，"你对我没什么兴趣吧？"

章峥岚熟练地转着方向盘，和煦地说："你挺好，真的。用我妈的话来说就是各方面都比我好。"

戚敏是聪明的人，他这么说表明自己那句反问句已成了肯定句，"……我想知道为什么。"

章峥岚将车子停稳，他对戚敏说了声"抱歉"，他的手指摩挲着方向盘，平静道："我喜欢一个女孩子，喜欢了两年多……而我现在才知道，如今我不想再失去她。"

水光终于应聘到了一份工作，工资虽然一般，但贵在工作量不大，比起之前的那份工作，时常出外谈业务，时常加夜班，她更喜欢现在这份小公司的简单工作。

从面试的写字楼出来，走到站牌处等公交车，心里想着事情，下意识摸自己的头发，发现已经剪短，"我都忘了。"她喃喃自语，摸着耳朵旁的碎发，接着水光的视线无意看到左前方等车的人群里有一名男子正伸手偷前面人的钱包。以前经常听人说公交车上被人扒手机皮包，自己亲眼看到倒是第一次，水光见周围也有人察觉到了，可没人敢出声，她没多想走上去抓住了那小偷的手腕，那男人一愣，没料到有人多事，恶狠狠瞪着她，"你找死啊！"男人挣脱开手，竟还想要动手，水光却先行淡淡警告："我学了十几年的武术，除非你是少林寺出来的，否则一定打不过我。"

那人脸上露出忌惮，虽然不确信她是不是唬他，但周围人都在指指点点，嘀咕帮衬那女孩子，到底不敢作乱，一边大骂一边走了，之前险些被偷的人对水光连连道谢。

"不客气，举手之劳而已。"水光看到她等的公交来了，她上车前听到人群里有人在说："刚才她好酷啊。"

下班时间公交车一路过去堵得厉害，水光回到家已是一小时后，她刚进家门就发现不止罗智在，还有其他的人，他们看到她都笑着起身，罗智先开口，"水光，回来了，国哥和张宇兄你都见过了吧？今天国哥他们过来是有点事想要跟你谈谈，来，你来这边坐。"

水光已经猜到是谈什么事了，之前那张宇多次跟她打电话，希望她参与他们公司游戏的宣传活动，水光每次都是婉转拒绝，可对方显然是不轻易死心的人。老实说她挺不明白的，中国人那么多，要挑符合条件的人也不会少，怎么就偏偏要找她？

果不其然，大国带张宇亲自到访为的就是那事情。水光想要拒绝的言辞因为罗智从中周旋而一时说不出口。

到最后罗智说："国哥放心，这丫头最近一直空着呢，随时可以去帮忙！"

水光想，这吃里扒外的好兄长啊。

"我刚找到了工作，再过两天就要上班了。"

张宇跟大国互看一眼，大国说："萧小姐，我们不会耽误你太多时间的，如果顺利只要一两天就可以了。"

水光后悔，早知道说明天上班了。

罗智拍下水光肩膀，"乖，听话。"然后对大国说，"那国哥我明天陪水光过去找你们，具体事项到时再讨论？"

张宇是最开心的，"好，太好了，那萧小姐我们明天见！"

这件一直悬而未了的事就这样被莫名敲定了。等那两人一走，水光就对罗智道："你到底搞什么鬼？"

"宝贝，你应该多认识一些人。"罗智语重心长，"再者国哥那公司，你只要去一趟，稍微出点力，嘿嘿，就能赚不少钱了，多好。"

水光虽然是不乐意的，但事已至此也不想再争辩了。

她回房间后，躺在床上，良久，伸手到枕下，摸到那下面的一张书签，细细抚过上面的字迹纹路，"你说，我是不是真的应该如罗智所说，走出去，去多认识一些人……然后把你忘掉？"

章峥岚早上九点多从家里出发去公司，昨晚难得的一通好眠让他今天状态好了不少，连带感冒也似乎有所好转。

他原想昨天去找她，最终没去，他考虑了很多，目前他处于被动的地位，操之过急远不如从长计议稳步前行。

章峥岚进到公司后，小何泡了茶跟进他办公室，把几份刚收到的传真和热茶递给老板。

章峥岚说了声"谢谢"，随手翻看传真，嘴上说道："大国来了吗？来了让他进来一下。"

"国哥和老张在跟人签合约，就是上次跟我们一起吃过饭的那女孩子，萧水光，她同意参与《天下》的宣传了。"

"谁？"章峥岚手上的动作瞬时停住。

"萧水光，呃，老板，有什么问题吗？"

"……没有。"章峥岚咬了下唇，问道，"她现在在我们公司？"

"是，在会客室里，她男朋友也在。"

过了一会儿，章峥岚才说："我知道了，你先去忙吧，他们出来时你跟我说一声。"

小何说了声"好的"就出去了。

章峥岚坐在办公椅上看了会资料，可显然心不在焉，最后起身在办公室里走了一圈，习惯性往衣袋里摸烟，才发现自己有一段时间没抽了，身上根本没货。

水光从会客室里出来，见到的第一个人竟然就是迎面过来的章峥岚。

其实也不该意外，这里毕竟是他的公司。

当章峥岚走近，她身后的罗智已经热情打招呼，"章总。"

章峥岚"嗯"了一声，他视线扫过萧水光，随后落在大国和张宇身上，"在谈《天下》的宣传事项？"他手上还拿着茶杯，拇指摩挲着杯沿，看上去很从容。

"对，老大，合约我签好了。"张宇笑着将合约书递给老板。

章峥岚接过，他翻了一下，合上后，朝水光伸出手，客套道："萧小姐，我是 GIT 的负责人，合作愉快。"

水光一直在懊悔来蹚这浑水，此时这种感觉更盛了几分，她不知道这算什么局面。

在周围那几人的注视下，她不得不伸手回握，她原只是想碰一下就松开，但对方伸前一些抓住了她的手，握得有些牢，这场面让她想到了曾经相似的一幕，他让她看手相，事后握住她的手，一样的烫人和坚定。

目送着那两人离开，章峥岚才转身朝自己办公室走去。

"老板，合约书！"

章峥岚将手中的文件夹往自己身后侧随手一丢，正好丢进了张宇怀里，张宇手忙脚乱地捧住，站定后看着章老板走进办公室关上门，他嘀咕着对身边的大国说："头儿这算是高兴还是不高兴？"

大国耸肩，"老大的心思你别猜，猜了也白猜。"

章峥岚进到办公室，在皮椅的扶手上靠坐了一会儿，最后直起身走到窗户边，从五楼望下去，还算能看清楚人。

水光刚到楼下就跟罗智道："我自己回去，你去忙吧。"

罗智一听这语气就知道他家妹子生气了，水光极少生气，但真生气起来是挺可怕的，可以好长一段时间不理人。

罗智晃了晃手上的合约书，笑着说："好了好了，这会儿应该觉得特爽才是啊，你看，你只要明儿去那摄影公司拍一下照，最多也就是忙两天吧，就赚得比我当年小半年的工资还高了，这样的好事要我说简直就是天上掉馅饼，再说，你最近两天也还空着就当帮帮国哥他们的忙，财义双得，多好！"

"不是这问题。"水光皱眉。

"那是什么问题？担心拍不好吗？放心，哥相信你的能耐！"

水光看着他，最终摇摇头，"算了。"已然不想再多说什么了。

"那就是没问题了？"罗智笑着把合约书递给她，"之前我看这合同时，老实说还以为他们把数字打错了，这公司是有多赚钱啊。"

"合约你拿着吧。"水光见有出租车行驶过来，伸手招了招，然后对罗智说，"我要去趟朋友那边，你呢，是要回公司吗？"

"回公司，你什么朋友？"

"以前的室友，我之前养的一只狗她帮忙在养，这两天好像是生病了，她叫我去看看。"

罗智汗道："你什么时候也去养狗了？你不是一向不喜欢毛茸茸的动物吗？景岚么喜欢养狗……"最后的话罗智停滞在喉咙间，水光却像是没有听到，只说："车来了，那我先走了。"

"哦，好，那你路上小心点儿啊。"罗智看水光上了车，直到车子开出一段距离，他才抬头看了眼天空，轻声骂了句："妈的，你干脆让她跟你走算了。"

林佳佳家在郊区，出租车开了半个多小时才到，水光付钱的时候有点心疼，起先真应该多走几步路坐公交车的。

这一带算是城乡交界处，居民楼是零零散散的，路边上开着一些小店铺。水光到这边来过四五次，算熟了，她走进林佳佳的院子时就被跑出来的大狗绕得动弹不得了。

"好久不见了。"水光摸它脑袋。

"水光，来了！"佳佳笑着走出来，因为受伤"破相"她这两天都请了假在家休养，当林佳佳看到水光的新发型，惊讶了一声，"你怎么把头发剪短了？"她上下打量着萧水光，"不过，还真的是短发比较适合你，漂亮啊女侠！"

水光无语道："你也不差啊，额头好点了吗？"

林佳佳按了按头上包着的白纱布说："疼倒是不疼了，就是有些痒。"

"痒就说明在好了。"

水光之后问起大狗的状况，林佳佳说是估计前两天吃坏肚子了，现在应该算是缓过来了。

两人说着进到客厅里，林佳佳的母亲端出茶和点心，水光连连道谢。林母很朴实，笑笑就进厨房忙活了。

林佳佳见水光逗着大狗，踟蹰着靠过来问："光儿，我今天叫你来，其实主要是想问你啊，你还记得上次撞我的那车主吗？"

"怎么了？"水光心想，她不会还没死心要索赔吧？

"唉，不是，那什么，我上次不是趴后座吗，然后座位上有东西硌着我腰，我就迷迷糊糊拉出来抓手里了。"林佳佳说着从衣袋里拿出一条白金项链，坠子是精巧的十字架，上面镶嵌着细小的钻石。

"这……"

"我真的不是偷！我那是……真是无意识的就这么一直抓在手里了，我后来也是想了好久才想起这链子是怎么在我身上的。"林佳佳把项链摆在桌面上，"水光，你说……唉，这怎么办哪？"

水光也觉得事出突然，她微微沉吟，当时无意间是有看了一眼他的车牌，她稍微一想，隐约也记了起来，"车牌好像是……我去查一下吧，应该能查到车主。"她见林佳佳眼珠乱飘，"要不我去还吧？"

"真的吗？那太好了！"佳佳汗颜，"我是真怕对方会把我当成小偷给灭了。"

"那你就不怕我被灭了？"

林佳佳大笑，"你啊，不会被人灭的，也不会有人灭得了你。"

水光摇头，怎么形容得她跟野兽似的？而原来在别人眼里她是何等的打不死吗？

章峥岚熬到下班，关了电脑，他拿起外套挎在臂弯里，走到外面时对着小何说："小何，我顺路，送你回家吧？"

几名精英男面面相觑，心里立马一阵嘀咕。"靠，老大想追小何？""太明显了！""小何MM不是已经名花有主？老大要当小三吗？无耻啊无耻！""老大……追小何？怎么有点不和谐的感觉呢？"

章峥岚自然不会去管别人心里怎么想，就算是有人有胆说出来，他照样也是无视之。

小何的心路倒是比较浅显：姑娘我工作认真严谨，人品又好，老板给点员工福利很正常啊，再说之前也顺路过一次，熟门熟路了都，小何拎起包，向同事们说拜拜之后，随老板走人了。

留下身后一片精英男们摇头叹息，"世风日下啊世风日下。"

有人说："头儿跟小何MM……完全不配啊。"

一工程师也这么觉得，"我觉得，今天来的那女孩子，就是今天来签约宣传咱儿《天下》的那女的跟老大倒是挺般配的，站一起那感觉特和谐有没有？"

有人笑道："那更是八竿子打不着的两人吧？"

在一群八卦男众说纷纭莫衷一是的时候，章老大正朝着他的"是"开去。

章峥岚心里其实是挺没谱的，恋爱也不是没谈过，可他不得不承认，这一次有点棘手，计较了半天却只是想，见到人再说吧！可见到了怎么办呢？他不知道。

他觉得现在自己的状态就是见到了紧张，见不到想着，伤神得要死。

他索性开了音乐听，旁边小何道："哇，老板，你也喜欢听海莉·韦斯特娜的歌啊，我还以为只有女孩子才会爱听这么柔的声线。"

章峥岚"嗯"了一声，"刚听，不错。"

小何难得找到同好，忍不住兴致盎然地跟老大聊起了音乐，章峥岚虽然心有所思，却依然能做到应付自如。

车子开到目的地，小何意犹未尽，下车后还不忘说："老大，咱们下次再聊吧。"

"行啊。"

小何走后，章峥岚靠到椅背上。

这小区的门外，他已经不下五次停靠在这一棵梧桐树下，等同一个人。

他来的时候马不停蹄，到了却又举足不前了，早上那次毫无预计的短暂相遇，虽然是措手不及，却是欣喜的，可自己来找她，似乎没有一次是善终的。

几次前车之鉴多少让章峥岚有些彷徨，她要是又不理不睬呢？这是极有可能的，或者，直接让他走人，这也是有可能的，章峥岚发现原来自己已经对她这么了解了，而这种了解让他很泄气，要不……干脆一上去就抱住她对她表白？章峥岚摇头，这种成功的概率估计是负值，要不还是慢慢来吧？可慢慢来，估计十年后都没什么进展。

章峥岚想了很多对策，可最后都被他一一否决了，他拇指摩挲着方向盘，心说，想那么多也无济于事，既然明白自己的心意，那么对她好就完了。

水光中午从林佳佳那里回来后，一直在家忙下周开始新工作要准备的东西。罗智打电话说他晚饭在外面吃了，晚上还要开夜工，让她自己吃饭。水光想自己一个人做饭做菜太麻烦了，索性下楼来买挂面煮。

要买面的小店就在小区大门口的边上，而她一走进去就与里面刚买了一包烟正要出来的人迎面撞见，两人都是一愣。

水光心中叹息一声，这样的巧合……也未免太多。

而对方的表情是平淡的，至少表面上看是如此，但在无人能看见的侧影里，那高俊的男人稍稍捏紧了手中的烟盒。

水光自然不会注意到这些，这时那小店老板也正好叫了一声水光，"小姑娘要买点什么？"

"给我一筒挂面，谢谢。"

"好。"那老板笑道，"好久没见你来买东西了。"

水光轻声"嗯"了一声，以前她一个人住的时候经常来这边光顾，方便，而且这店里油盐酱醋什么的基本都能买到，后来罗智来了，就经常被催着去超市采购，牛奶水果每天都要备着，可也没见他多吃，反倒是她吃得比较多，因为怕过期。

水光要付钱时，身后边有人先递了钱给老板。

"啊……不用。"水光慢一拍地拒绝。

"没事。"他从喉咙里含糊了一句，把钱放在玻璃台上，那老板犹豫道："这位先生是要替她付钱是吧？"

"对，不用找了。"

"你……唉，不用的……"水光皱眉，不知怎么应付这种事，她要伸手去自己付钱，却被章峥岚抓住了手，"没关系的。"他故作自若地说，"只是顺便。"

虽然突兀，但这也确实是一件小事情，水光不动声色地抽出手，心说，他要付便让他付吧。她拿了面，朝老板勉强笑了笑，往店外走去。

章峥岚低了低头，最终追了出去。

天还没有黑，夕阳拉长了两人的影子。

水光在走进小区大门的时候，被人拉住了手腕，因为突然，她被吓了一跳，转身看到是谁时，她下意识就皱了眉。

"你……"

章峥岚咬了下唇，说："我还没吃饭。"

"嗯？"水光这声回应完全是反射性的。

章峥岚也暗骂自己简直不知所谓，什么还没吃饭？可他再次开口时，他又说："这面也算我一份的，不介意一起吃吧？"

水光难以置信地望着他。

章峥岚被看得不好意思，可他却发现自己的心情居然比之前放松了。

她的表情看起来很惊讶，这样很好，章峥岚心想，只要不是视而不见，什么都好。

他接了她手上装在红色尼龙袋里的挂面，"走吧。"

水光站着没有动，这不光是莫名其妙，简直是……水光是气恼的，可那人已经走在前面，甚至还回头催促她。

水光不了解他，所以不知道他走的每一步都带着几分紧张。

但章峥岚想，她总会跟上来的，毕竟那里是她的家，他也知道自己的行为很狡猾，很不君子，但如果这样有用，那做小人又何妨。

水光在离他几米远的后方走着，虽然是不情不愿，但路只有一条，也没有办法。到她住处楼下时，前面的人停下了等她，水光在离他两米远的地方驻步，她慢慢开口，声音有着无奈，"你到底想怎么样？"

章峥岚安静了一会儿，讪讪道："我真的饿了。"

水光哭笑不得，"外面可以吃饭的地方很多，而我想你应该也是不缺钱的。如果那面你要，你也拿走吧。"

章峥岚遇到过很多难弄的客户，可都没有像现在这样让他无从施力，她三言两语就把所有可以走的路都堵死了。

"我饿了，只是想吃顿饭，没别的意思。"

这话说出来章峥岚自己都觉得毫无条理毫无可信度，吃饭？她说了外面多的是地方让他吃饭，没别的意思？呵，那么明显的意图大概连瞎子都看得出来！

水光漠然，"你走吧。"

章峥岚苦笑，难受得要死，你走吧，简直像是她对他的口头禅，可他偏不走，不想走。

有人经过他们，都会有意无意望过去一眼，俊男美女，面无表情，多半是吵架了吧？

水光不想被人观看研究，她现在只想回自己的住处，她从他身边绕过去时，他咬牙说了一句："我喜欢你……不管你信不信。"水光愣愣地转身看他。

章峥岚站在那里，表情是认真而别扭的，他抓着手里的尼龙袋子，"我原本没想说，这种话……你估计你也不喜欢听，可我说了，因为我不希望你明明知道却假装不知道。"他说着转身正对着她，一只手也抓住了她的衣袖，"反正我不走。"

水光觉得不可思议，这人……也未免太不可理喻了，明明他看起来那么正经严肃，就像上午的那时候。他们的拉扯又引来路人的注视，水光想把他手拉开，"你先放手。"

"那你煮面给我吃。"

水光无语不已，"你……"开了口，却也不知道该怎么说他。如果一个人打定主意要死缠烂打，她除了把他打晕之外别无他法，所以当章峥岚被一股巧劲摔倒在地时，他简直不能相信，他张大嘴巴望着天空，随即哈哈大笑！

而水光已经朝楼里走去，章峥岚坐起身，扭头朝萧水光的背影喊去："水光，你是不是女人啊。"这语气如果仔细品味，竟是含着温柔和宠溺的。

水光的脚步略一停顿，走上楼。

章峥岚刚才被摔时没感觉到痛，现在倒有些疼起来了，尤其是腰股，他站起身揉了一下，心说，还真是下得去手。他弯身捡起地上没散出袋子的挂面，走到一旁的小花坛边坐下，懒洋洋地点了一支烟。

天已经有点暗了，他抬头看到那楼里的一层亮了灯，他想着想着又想笑了，单手搓了搓脸，偏头看到旁边的那尼龙袋子，不知道她今天会不会就这么不吃晚饭了？

水光被这一出意外闹得有些情绪波动，她进屋后就坐在沙发上想起了心事，想着那人，心里多少有些别扭，他跟她发生过关系，作为女人，再冷淡再想竭力装鸵鸟也无法真正忘记这种事。

水光不傻，那人的态度已经很明显，可是喜欢……有人真的能因为性或者只是通过几面之缘就喜欢上一个人？

门铃响起时，水光的第一反应便是他，不由皱了皱眉，铃声停了一会儿，又再度响起，水光起身走到门边，从猫眼里往外望，却是完全不认识的人，她犹豫着打开门问道："有事吗？"

"送外卖。"那小伙子把手上的一袋东西递上来，是打包好的三菜一汤，水光没有接，"我没有订外卖。"

"有人订的，钱已经付过了，小姐您拿一下吧，我还要去送别的单子呢。"

水光不得不接过对方塞过来的袋子，她看着那小伙子匆匆跑下楼，站了一会儿，她进屋后把那袋子放在了餐桌上，忍不住摇了摇头。

"章峥岚，你到底想怎么样？"

Chapter 08

道高一尺魔高一丈

　　水光那晚上做了梦，梦到小时候她坐在树上，而景岚站在树下，他笑着向她伸开双臂，说："水光，跳下来吧，我接住你。"她义无反顾跳了下去，他抱住了她。

　　可当她抬头时却发现抱住她的不是景岚，而是另一个人，章峥岚，他笑得很轻很柔，他说："你看，我会抱住你，不会让你摔着。"水光慢慢转醒，那一夜无眠。

　　早上水光起来做了早餐，昨晚上罗智又是很晚回来，她也就没去叫他，自己先吃了起来，没多久罗智起来了，一出房门看到水光就笑着说："早啊，我还想叫你呢，今天你要去拍照，没忘记吧？哥陪你去。"

　　说到这拍照，水光就头疼，这其实是一件挺欠考虑的事，心里一直很为难，可如今白纸黑字答应了人家，临时变卦她又做不来。

　　"我会去，你自己忙自己的事吧，不用陪我。"

　　"那不成。"罗智一边剃胡子一边从卫生间里探出头来，"我妹头一次拍大片，哥哥怎么着也得陪着，万一旁边有小青年看见你漂亮想轻薄你，那有哥在，啊，立马安全！再者我上午也空着，去看看这摄影公司有没有美女，好来一段艳遇什么的。"

"看来后者才是你的主要目的。"

"可不是。"罗智大笑。

水光和罗智到那摄影公司时，GIT 的一名据说是美工部的人员已经在了，看到他们就上来做了自我介绍，说明会全程陪同拍摄，做相应的形象指导，然后他让身后的那名摄影公司的女接待员带萧水光先去化妆。

罗智跟水光比了一记大拇指之后，就留在休息室里跟 GIT 的这名陈姓男子聊起天来，罗智向来与人三分钟就能勾肩搭背，所以很快他就跟老陈说开了。

老陈说："这摄影公司跟我们 GIT 是长期合作伙伴，老熟了，拍这种小片儿还是小意思的，三两下就搞定了，要是拍宣传短片什么的就要麻烦得多，当年我们拍过一组系列宣传片，那是，起码磨了有两个月吧。"

"不难就行，我就怕我妹子初来乍到手生。"

"这大可放心，萧小姐外形好看，拍硬照片主要就是看外形气场了。"

罗智大笑，"多谢陈哥对舍妹如此夸赞。"

两人说着说着就扯到了游戏上面，男人嘛讲到游戏多少都会有些鸡血，随后就聊到他们公司最 NB 的游戏高手——章老板，罗智对章峥岚的印象一直有点"天之骄子"的感觉，跟小时候看着景岚的感觉有些相似，不过景岚温和，章峥岚似乎要随性恣意得多。

"下次有机会一定要跟章老板这高玩好好讨教讨教！"

陈哥摇头说："跟老大玩会神经衰弱的。"

不久之后有摄影师过来跟老陈探讨拍摄方案，罗智是门外汉，听不懂也没啥兴趣，索性就先出去看看他妹子化完了妆没有。

他由一名工作人员带领着来到了化妆间，一进去竟然就看到了之前才说起过的章总，他一身深色的正装西服，神情闲适地靠坐在椅子上，手中翻着时尚杂志，旁边有人给他泡了一杯茶水端过去，"章总，我们老板半小时就到。"

"不急。"

罗智挺疑惑的，不知道章老板怎么会在这里，又是几时过来的？想到老陈说的"拍这种小片"需要老总来坐镇吗？或者章老板跟老陈一道来的，可转念一想又觉得不可能，他刚跟老陈唠了那么久也没听说他们老总也来了，罗智想着上去打了招呼，"章总。"

章峥岚抬头见是他，笑了笑，"你也来了？"

"是啊，陪我妹过来，顺便来见识见识。"

"嗯。"

罗智见这偌大的化妆间里人来人往也挺多的，就是没见着水光，于是问道："章总看到我妹妹萧水光了吗？"

"她在里间换衣服。"章峥岚放下杂志，拿起茶喝了一口。

"哦。"罗智隐约觉得哪里怪怪的，这章老板的姿态和语气好像透着一丝占有意味？不过他粗神经也没细想，坐在章峥岚旁边的一张椅子上，等水光换完衣服出来。

"对了，你跟萧水光从小就认识的？"问话的是章峥岚。

罗智点头，"对，从小就认识。"

"是吗？那挺好的。"

而此时在更衣间里的萧水光，心情繁复。之前，也就是她跟服装师进来换衣服前，章峥岚走进化妆室，这里来去人员虽多，但都是基层，基本上没人认识章总，而引他进来的人带他到椅子上坐下后，就走开去泡茶了。

水光从镜子里与他的视线对视了一秒，随即便也不再看他。

好像意外太多之后，再有什么惊讶的也不会太意外了。

给她化妆的女士倒是轻声问她："那人，是你男朋友吗？很有型呢。"水光不晓得对方从哪里得出的这结论，微微一怔，随即讪笑，"不是的。"

那化妆师又说："他一直在看你。"

水光没去从镜中探寻他是不是在看她，如果他存心要来找事，是怎么也躲不掉的。

这人就是披着正经外衣的无赖。

但这名无赖，在别人眼里是精英，是有为人士，是几乎不敢轻率搭讪的人。他从容地靠在椅子上，随手拿着一本杂志翻看，可大多时候他在看她，俨然像是一位在耐心等着女友化妆的成熟男士。

他之后起身走上来，站在她们身后，微微俯身到水光耳旁，目光望着镜子中的人说："妆好像太浓了点？"

水光瞪着他，他笑笑对化妆师道："她妆淡一点要好看些。"

那化妆师愣是一下子没反应过来，过了好一会儿才开口，"这可能不行，她要拍的是……"

"没事，我说了算。"

水光被他的靠近搞得心里不平静，她往旁边挪了挪，也不知道该说什么好，这里人不少，她实在不想惹人注意，最终压低声音道："你去坐好。"

章峥岚低头，抿嘴笑，最后咳了一声说："好。"

化妆师等章峥岚又坐回到椅子上，忍着笑意对水光说："你男朋友真听话。"

水光干干道："他不是我男朋友。"

这样的戏码要到何时才结束，她现在很后悔，接这份工作本身就是大错特错的。

而化妆师在犹豫这妆是浓一点还是淡一点，她最终问："萧小姐，我想问一下，你男……不是，那男人是谁？"

水光彻底改淡了妆之后被推进更衣室，她听到那化妆师在说："GIT 的老总，晕，我跟他合作了那么久今天才见到真人。"

有人笑说："你跟他合作？阿 mo 姐你扯远了吧。"

"是，咱激动了！哎呀，老实说我更喜欢她女朋友，我喜欢她的颜，哈哈！"

水光听着那两道低声谈论的声音很些无可奈何，也察觉到自己原想说明他身份来撇清彼此关系的做法是弄巧成拙了。

她从更衣间出来时，看到罗智也在了，而罗智一见到水光几乎是立即站起身吹了一声长长的口哨，他虽然是一直觉得他家妹子挺漂亮的，可也绝没到能惊艳人的地步，不得不承认化妆、衣着真的能化腐朽为神奇，这简直就是武侠里出来的绰约多逸态、轻盈不自持、俊眉秀眼、顾盼神飞的侠女嘛！

"漂亮，都快认不出来了。"罗智走上前去，上下打量。

水光勉力一笑，只希望赶快拍完照片，然后让她回归到她原先的生活。

而后面跟上来的章峥岚，看着面前的人倒什么都没有说。

有工作人员过来让萧水光去摄影棚，水光刚要跟过去，后边有人扯了扯她衣袖，不动声色，但足以引起她的注意，她侧头就看到章峥岚目不转睛看着她，随后他笑了笑，松开手，语气平常地说了句："去吧，别紧张，就跟平时拍照一样。"

水光觉得他语气太亲昵，周围的人因为这句话也已经看向他们，她本不想理他，但不做声更会让他人在意，就含糊"嗯"了一声。

这时候化妆室里走进来一个人，脚下生风，神采奕奕，看到章峥岚马上满面笑容地迎上来，"章老板，久等久等。"

章峥岚面对来人，对方远远向他伸出手，"今儿是什么风把您给吹来了！"

章峥岚回握了一下那人的手，懒懒笑道："我公司有新片在你这边拍，我过来看看。"

"哈哈，这种小事您大老板还亲力亲为啊。"对方拍了拍他的肩膀，显然两人关系很熟。

来的这位满面红光的中年人士正是这家摄影公司的负责人，在场的工作人员纷纷叫了他一声"厉总"。

厉总说："这位是章老板，GIT 的老总，IT 界的神人，他的片子都给我用十二分的心拍，不得有丝毫怠慢。"

章峥岚摇头说："行了啊。"

厉总笑着就要领他去上面办公室聊，章峥岚说等会，他回身对萧水光说："我去跟厉老板谈点事，等一下下来看你。"他说完朝她旁边的罗智点了下头，然后随着那厉总出去了。

等他们一出化妆间，那厉老板就忍不住开玩笑了，"怎么？章总，刚这是跟谁报告行踪啊？"

要是换以前章峥岚摆摆手就完事了，但这次他却笑着说："那是给我公司拍新片的模特，老厉，还要你多多关照她。"

老厉一听，惊讶之余立刻点头道："那当然，一定一定！"老厉之后想起那模特儿，确实是漂亮。

萧水光这一厢，被章峥岚刚才的一番说辞弄得颇不适从，好在其他人似乎并没有觉得那话突兀，罗智也只是笑呵呵说了句："章老板这人倒挺关心他手下员工的。"

水光松一口气的同时也有些好笑，他关心员工？如果真只是这样就好了。

当天的拍摄很顺利，他们进到摄影棚后，摄影师和老陈也准时到场就位了，一帮人马很快进入状态，水光虽然是第一次拍这种类似于艺术照的片子，可她倒并没怎么紧张，如老僧入定，眼观鼻，鼻观心，把它当成是一项任务，完成就行，就像她儿时耍一套拳，从出手到收手，不拖泥带水，干脆利落。

那摄影师倒一直在说"好！""很好！""Very good！"之类的话，水光只当是这类职场里必要的鼓励性说辞。

中途罗智接了通电话回了公司，走前朝水光比了个手势有事电话联系，水光笑了笑，那抹笑容被捕捉进了胶片里。

水光拍完一组照后，工作人员让她到座位上先休息一下，茶也已经替她泡好，水光忙说了声"谢谢"，不多时有人过来坐在她旁边，说："累吗？"

水光没看他，心里叹了一声，好像每次面对他总有一种无力感，你不知道拿他怎么办，现在则更是，漠视，拒绝，似乎都没用了。

章峥岚并不在意她的视而不见，心情挺不错地坐在一旁，长腿伸着，微微向她的方向倾斜，"刚才跟老厉谈了谈之前拍的那两套片子，一套还不错，一套不行，回头给你看看。"接着他又说，"昨晚没睡好，今天又起得早，之前在上面说事时老犯困，现在好多了。"

水光觉得着实荒唐，他跟她说这些干什么？可如果她起身走开，没准他还会跟上来，水光发现自己竟然有点了解他的行为模式了，而这种了解让她备感头疼。

此刻前面走过的人，当看向他们时都会善意地笑一下，尤其对章峥岚，很恭敬。章峥岚处得自在坦然，水光却越来越尴尬。

她决定要起身，他伸手轻按住了她桌上的手，说："别走，陪我坐一下，我马上就回去了。"

水光看他一眼，抽出自己的手，倒也不再动了。

章峥岚心想，她这是明明白白等着他早点走呢，叹息一声，他又说："我下午来接你，他们大概四点就完事了。"

水光皱眉看向他，还没等她开口说什么，他倒已经先行站起来，手指轻轻碰了碰她的侧脸，说："那就这么定了，到点我过来接你。"

章峥岚的性情本是很自我洒脱的，当然这会儿也是随性自信的样子，唇边还带着笑容，可只有他自己清楚这表象下是含着紧张的，反正对着她就那样了，瞧前面他说的那一大堆废话，他对无关紧要的话题从来是连口都懒得开的，原来紧张了还真的会话多。

水光被他的碰触弄得一滞，跟着站起身，"你别……我是说你不用来。"这算什么事儿？

章峥岚看她下意识扯住他一点衣角的手，笑了，低声道："那你想怎么样？或者再早点？那我看看等下抽不抽得出时间。"

水光真的是啼笑皆非，有这么颠倒是非的人吗？可他就站在自己面前，无赖地那么理直气壮，风度翩翩。

章峥岚虽然也觉得自己挺下三滥的，不过他心里又是高兴的，他想这算是走火入魔了吧？

她的道行高，没关系，他就再魔高一丈。

章峥岚想完，脸上的笑容又深了几分，他说："水光，我得走了，你先放手好吗？晚点我来接你。"他其实一点都不想她放手，也并不急着去公司，事实上不去也没事，可他得走了，见好就收，否则他得生气了。

萧水光注意到自己的手，立即松开，眼下这局面像是她在无理取闹了。

她能对他说什么？好了，到此为止，或者请你自重，能有用吗？她不想再跟他有口舌之争，随便他吧，他想怎么样就怎么样，难不成他来了她还真的跟着他走？只不过多点麻烦而已。

章峥岚，他最近在她脑海里越来越鲜明，甚至在梦里面都出现，这很不好，她不喜欢。

章峥岚见她皱着眉头，不言不语，心里担心是不是已经生气了。

此时他不再多说什么，只笑着道："那我走了。"

老陈从见到自家老板进门起就惊讶不已，再看到他跟萧水光之间的"互动"便完全懵了，等老大出了门，他才回过神来，喃喃自语："这算大新闻吧。"

这算不算大新闻暂且不说，对于萧水光来说却是一桩实实在在的恼人事。

而章峥岚呢，在车上吸了一支烟，才发动车子朝公司开去。

在路上，他听着音响里女歌手柔和地唱着："Hold my hand and I'll take you there..."他的嘴角微微扬起，低语了一句，"萧水光，你的品味很不错，我很喜欢。"

萧水光在完成那天的拍摄任务从大楼里出来时，就看到了马路对面车子边上站着的人，深色的西服已经脱了，材质颇好的白衬衫衬托出挺拔的身材，头发向后梳着，露出英俊的面孔，他心无旁骛望着这边，看到她时笑了笑。

这样的场景就像是两人约定好了在这里不见不散一般。

水光当时只是摇了摇头，旋步朝公交车站的方向走去。

当然，她也知道不可能轻易摆脱。

很快后面传来一声"萧水光"，他已经穿过马路跑到了她身后，"我陪你坐公交。"

水光并不去理他。

而身后侧的人也不说话了，很安分，就这么跟着。

一前一后，英俊的男人陪着短发女孩子，在外人眼里就是一对出色安静的情侣，但两名当事人却是各怀心思，并不平静。

在到公交车站时，他笑着问她："我们坐几路？"

她没有搭腔，也不看他，章峥岚也不介意，站在她旁边，问道："直接回家吗？要不要先去吃饭？"

水光笑了，却是苦涩的，她刚一直低着头，这时候抬起脸，她淡淡看了他一眼，"你究竟怎么样才能放过我？"她的语气里有着无奈和疲惫，是的，她觉得累，莫名的工作，生活的方向，心里不曾愈合的伤口……还有，此刻站在她面前的人。

Chapter 09

你教我怎么不去在意

　　章峥岚听到这句话的时候，心里瞬间一冷，面上的笑容也渐渐淡去。

　　"不，是你怎么样才能放过我？"他喃喃开口，眼底的落寞让他看起来有些无助，却也异常的孤注一掷，"萧水光，你教我……教我怎么样不去在意你，不去想着你，不去作践做戏，不去只想到你的温度才能让自己得到高潮，也不去学傻子一样没头没脑子地到你住处等，你教教我。"

　　水光听他一股脑儿说完，他的口气没有温度，冷得呛人，可他说的话又那么让人面热气恨！站牌处等车的人不多，可即便只有两名旁观者也足以让水光感到无地自容。

　　幸而后面来了车，那两人上去了，水光这才气恼地开口："你怎么能说出那种话？"

　　"那你说出那种话又算什么？"他的话里带着指控，她不能这么对他，她怎么能想用一句话就又把他打到原处？他不能接受，也很不痛快！

　　那蛮横的姿态就像错的都是她。

　　水光觉得这情景简直太好笑了，胸口却因堵着气而一句话也说不上来。

　　明明是要拎清楚的事却被他三言两语搅得没了方向，这人实在太乱来！

　　水光有一种被逼到尽头的挫败，"算我求你……求你别再在我身上浪费时间，我给不了你任何东西。"

章峥岚低低道："是不是浪费时间我自己知道，只要你别赶我走。"

耍了横他又服软。

有车子过来，水光已经不想再在这里多停留，她没有看是几路车就上去了，投了硬币就往后面的位子走。

她刚坐下就听到司机说了声"先生，请投币"。

她气恼却也毫无意外地看到章峥岚跟了上来，可他身上没有零钱，上车之后就站在了那里，如墨的眼睛看着她。

水光转头看窗外，告诉自己，她完全不用理他，没有任何理由要去理他。

司机不耐烦的声音又响起，"先生，投币，两块钱。"

章峥岚冷淡道："我身上没现金。"

车厢里开始有窸窸窣窣的说话声，他们都看着那名高大的男人，他神情冷峻，面无表情，就这么望着后方座位上的那个女孩子。而那女孩子却面无表情。

所以有人猜测："是小两口吵架了吧？"

"那女孩子看都没看他呢。"

"那男人挺帅的呀！"

有人说："师傅，赶紧开车吧，人两口子吵架呢，那两块钱就算了啊。"

水光从来是规规矩矩的女生，哪里能忍受得了被人如此评头论足。

她捏了捏拳头，最后还是走了过去，不过没有看他一眼，投了硬币就往回走，而身后的人只一愣就马上跟了上来。

章峥岚并没有激进地坐她身边，而是坐在了她后面的位子上。

公交车终于开动，车厢里偶尔有人往他们的方向望，水光寒着脸一路看着窗外，直到感觉身后有手伸向她的脑侧，她反射性地扭转身，冷声道："你干吗？"

章峥岚摊开手，挺无辜地说："你头发上有一根线头。"

水光看着他手心的红色线头，正是她今天穿的薄毛衣的颜色，她抿了抿嘴，转回身。

后座的那人倒是忍不住微微笑了笑。

气氛有些微妙。

车子在下一站上来了很多人，很快两人的身边都坐了人，水光第一次因为周遭有陌生人的加入而松了一口气。她此时也注意到这辆车是去市区的了，水光想到之前刚拍完照时罗智打电话，大哥让她回家前去超市采购一趟，家里的食物差不多滞空了。她心想既然都在这车上了，那就先去市区的超市一趟，至于那人，随便他怎么样吧。

水光在沃尔玛那一站下了车。

她进超市时，那人也走到她身边，他好像完全忘了之前两人的不愉快，事实上他们也从来没愉快过，可他就那么自然地接手了她的推车，温和开口，"我已经好久没来逛过超市了。"

水光闷不吭声，拿了另一辆车，章峥岚讪讪地松了手里的推车，跟上已经走出去的人。

说到这逛超市，章峥岚刚才确实没瞎说，是有好久没逛了，他平时要买什么东西都是列张单子，让他的秘书小何去操办，买好了他晚上就拎回家。

此时章峥岚跟在萧水光边上，在超市里面溜达，兴致很好，时不时还问水光要不要买点这买点那的，萧水光只当耳旁风，自买自的，章老大即使没得到一声回复也丝毫不在意，见水光去果蔬区挑苹果，他就去帮她选红的。

水光见他心里没底地往透明袋里放，最后不得不出声阻止，"够了。"

章峥岚听到她说话，就笑了，"好，还要买点别的吗？梨子或者猕猴桃？"

"不用了，你……"水光想说你别跟着我了，但对方已经转身去选梨子，而下一秒她的视线被与章峥岚错身而过的一个人吸引住了。

水光不确定是不是上次那名撞了佳佳的车主，所以她下意识走上去两步，而那人也刚巧往她的方向侧头过来，两人的视线相交，都认出了对方，水光本是有事要找他，所以觉得这样遇到正巧，但对方的眼神里却清晰地透露出了一丝恼意。

水光见他就要走，她追了过去，"等等。"

那男人看着面前的人，眉头皱起，开口的语气并不太友善，"有事？"

水光尽量忽视他眼中的轻视，思索着开启话题，"上次谢谢你把我朋友送去医院。"

那人"呵"的一声低笑，"你现在想要讹钱，我想也未免晚了一点。"

"不是……"水光苦笑，不过事已至此多解释也无益，她开门见山道，"你有一条项链在我这边，十字架的……"没等水光说完，那人已经上前一步猛地抓住了她的手臂，急声问："那条项链在你那里？"

水光被抓得一疼，而下一瞬就有人帮她格开了那只手，章峥岚将水光拉到自己身后侧，平静的姿态却有几分凌厉。

章峥岚的身高比那人要高些，他微微眯眼盯着那人，"有事？"口气也是相当不友善。

那人看看章峥岚又看向萧水光，"你说项链在你那儿？项链呢？"

"什么项链？"

那男人看向问话的章峥岚，"她拿了我的项链，呵，手脚可真干净。"

水光心一沉，面露难堪，但身旁的人却是直接说："你讲话注意点，什么项链？老子真金白银堆给她她也未必会看一眼。"

有经过这边的人已侧目看过来，水光不想把事情弄大，她扯着章峥岚，对那男的说："项链我没带在身上，抱歉，如果可以你把你的联系方式给我，我会尽快还你。"

"我跟你去拿。"对方几乎是脱口而出，这是水光第一次在这个人的眼中看到除了嘲讽之外的其他情绪。她一瞬明白了：那条项链对他非常重要。

章峥岚冷笑道："开玩笑。"

可那天确实像开玩笑一般，水光带着那人去家里拿了项链，她只是想把一件事情了结，而章峥岚想当然也跟着一道去了，只不过始终面色不善。

他们出超市后坐上那男人的别克车，水光坐在后座，这种局面多少有些荒诞，但她想能解决事情就行了。而章峥岚坐在副驾驶座上，除去不善，倒是很从容。当他看到前车窗上贴着的一张特殊标示时，扯了扯嘴角，"原来还是警务人员。"

这句话说出来之后，水光和那男人都是一愣，那人立刻从后视镜里望了一眼水光，水光也想起了她第一次见到他是在什么地方，而他又是在做什么。暗暗惊讶之后她不动声色，这世道多一事不如少一事，他是何种人跟她没有任何关系。

所以水光那天把项链拿下来给他，等他接过项链，不置一词离开后，她松了一口气。

可当她转身时才发现自己松懈得太早了，最头疼的还在后面等着她。

章峥岚坐在花坛边，见那车子驶远他才起身，拍了拍屁股后面的灰尘，走过来说："下次再有这种事情你可别再把人往家里带了，即使是警察也不安全。"

水光心想那你又算什么呢？

"还有事吗？"她问了一句，希望他也能快点离开。

章峥岚哪里听不出她话里的意思，但他毅然当无知，他心里谴责刚才那男人，无端端搅了他的局，不过又想也算是快马加鞭到了她家楼下，章峥岚告诉自己，这回怎么着也得坚持到最后，更上一层楼。

所以他先下手为强地拉住了水光的手腕往楼里走，"刚才你不是买了一些速冻食品吗？得赶紧放冰箱里……"

水光反应不及被他拉着走了，她的住处在三楼，很快就到了门口，门开着，玄关处放着那一只半满的沃尔玛购物袋。

章峥岚二话不说就进去拎起了那袋东西，往袋里一看嘴上已经说："那速冻饺子都有点融掉了，冰箱在哪里？"水光的住处不大，装修得也很简洁，两室一厅，章峥岚一眼就找到了摆在厨房口的单门冰箱。

他径直往里走。

水光第一次碰到这样的人，说他无赖都已经……

她跟进去，"你……行了。"她想要拿回那袋子，或者只是想阻止他没完没了的行径，到此为止。

可那高大修长的身形显然为难了她，他轻易躲开她的手，笑着说："你别动啊，你去坐着，乖。"

萧水光突然被这句话惊得一跳，呆呆地站在了原地。

章峥岚放完东西，转身看着萧水光还站在那，目不转睛看着他，他心下一恸，那一恸连手心都麻了，半晌咳了一声说："怎么了？"音调柔得连自己都要认不出来。

水光就这么看了他好一会儿才摇头说："没什么。"

　　章峥岚头一次被这么重视，搞得他万分紧张，主要是这待遇与之前的落差太大，就好比经常在吃柠檬的人突然啃了口青苹果那都是甜死人的。

　　他见萧水光走进厨房里，他犹豫着没有跟上去，现在这气氛有些悬，他是摆明着死赖进来的，她虽然没赶他，但绝对也不欢迎，所以还在钢丝上走的人不能太得瑟。

　　他左右看了看，最终选择退到客厅的沙发上坐着。

　　这屋子实在不大，两三眼就看完了里面所有目所能及的摆设，所以没一会儿章峥岚就没耐心了，眼睛动不动就往厨房间瞟，心说怎么还不出来？

　　直到里面传来"哐啷"一声，他跳起来就冲了过去，"怎么了？！没事吧？"

　　水光捡起地上的电饭锅盖子，她看着门口的人，半晌皱眉道："你还没走吗？"

　　章峥岚愣了愣，尴尬地红了脸，随即讷讷道："你今天如果赶我出去的话，我就真的是没钱吃饭了，我下车前就只带了手机和钥匙。"他说完还从裤袋里掏出一串钥匙晃给她看，水光想起之前在超市里他抢着拿卡刷账，觉得这人还真是能睁眼说瞎话。

　　他见她没反应，"啧"了一声说："来者是客，萧水光，你不能赶客人走啊。"说着他走过来接过她手上的盖子，到水龙头下冲洗干净，盖在已经准备妥当的电饭锅上。

　　水光看他歪着头拉出插头，往墙上的插座上一插，娴熟地按下煮饭键，然后转身笑着问她："接下去做菜是吧？我帮你，要做点什么？哦，菜还在冰箱里，我去拿。"心里只有无语的份。

　　"不用……"

　　"你想吃什么？我们刚好像买了点牛肉，要不尖椒牛肉？你这有尖椒吗？然后再随便炒两道菜就行了，今天就咱们两人吃吧？那就不用做太多。"他一边说一边打开冰箱来翻找。

　　水光看着这人，心里完全没有办法。他说是客，可哪有客人的样子，完全是主人，水光知道赶也赶不走，说又说不听，百般无奈之下就当没看见。

　　可那么大个人摆在那儿，怎么可能不在意？

　　水光看着他要把冰箱里所有能做成菜的都拿出来，不得不上去阻止，"那些用不着的，你……你还是去外面待着吧，我一个人来就行了。"

　　章峥岚拿东西的手停了停，他侧头笑道："那我帮你，你想要什么？"

　　水光摇了摇头，把一些东西放回去，只拿了两束青菜，一盒牛肉和一盒豆腐。

　　章峥岚立即说要帮她洗菜，水光看他的手指，修长白净，平时除了动键盘手指端生了一些薄茧外，完全是十指不沾阳春水的，她道："你还是去客厅坐着吧。"

　　他是不怎么擅长家务，可洗捆菜还能难倒他不成？明显瞧不起他，章老大不乐意了，从她手里拿过青菜，往水池前一站，卷起袖口就动起手来，水光也不想为这种事去跟他争了，洗烂了也就是浪费了一把菜。

　　她把牛肉盒打开，到他旁边的另一个水龙头下去洗干净，然后放进碗里加上蚝油、胡椒粉、料酒……

　　章峥岚偏着头看她，笑着说："原来这事前还得加料的，我都不知道。"

　　水光不理他他也说得挺起劲，"哎你说，牛肉是跟青菜炒还是单炒？"

　　水光忍了一下，道："你吃到过牛肉炒青菜吗？"

　　章老大还真的想了想，"好像没。"

　　水光忍不住笑了一声，"单炒吧，放点辣椒。"

　　章峥岚是第一次看到萧水光在他面前笑出来，当即有点愣愣的，直到水光皱眉提醒他，"你袖口湿了。"走神的人这才注意到自己的袖子不知道什么时候滑落了下来，已经被水冲湿。

　　"还是我来吧。"水光放下已经腌制好的牛肉，就要过去接他的活。

　　章峥岚原本想说"不用，我来"，可当她走过来，两人靠得很近，他硬生生就把嘴边的话咽了回去。水光洗菜很快，很周到，一片叶子一片叶子地洗，之前他洗的那棵也重新被她拿回来洗过，章峥岚有些尴尬地摸了摸鼻子。

　　水光把菜洗完，就准备炒牛肉，章峥岚跟前跟后想帮忙，却碍得她走来走去地绕弯。她要拿瓶酱油，他站前面，她都要绕到他后面去拿。

　　章峥岚心里有些不是滋味，就不能叫他帮忙拿拿？头一次觉得自己是招人嫌的，可又不想出去，权衡一番之后索性就退到厨房门口看她。

水光却一点都不喜欢被人观看，忍了再忍，终于开口："你就不能去外面吗？"

他笑道："你忙你的，我不打扰你。"

这还不算打扰吗？水光以前也是个犟脾气，其实现在也是，就是压抑着，这会不禁有些耐不住性子，走过去当着那人的面甩上了门。

章峥岚碰了一鼻子灰，按着被撞疼的额头，却是笑了。

水光做完菜出来，还是不死心地问了一句："你就不能回自己家去吃吗？"

章峥岚一听，放下遥控板站起来就说："你现在赶我走就太不厚道了啊，我都帮你洗菜了。"说完就主动地去帮忙端盘子，盛饭。

水光发现自己竟对他的这些无赖话有些习以为常了，懊恼又束手无策。

那顿晚饭，两个炒菜，一个凉拌豆腐，是章峥岚吃过的最有滋有味的一顿饭，虽然吃饭时对面的那个人一言不发，不过他想这样已经很不错了，至少吃上了饭。

不过晚饭过后，萧水光便起身送人了，连一分钟都不多给。

"饭也吃完了，你走吧。"

章峥岚想自己最后一口饭还在喉咙口，没下到胃里呢，就赶人了，这也未免太不近人情了。

他正想说点什么妄图再多留一会儿，对方已经去开门，章峥岚没遇到过这阵仗，一时间不知道是气还是笑，他很不情愿地走过去，想开口说："就不能让我消化消化再走？"结果对方已经轻轻推了他一把，他人在外面了，而下一秒门也如期关上。

章峥岚目瞪口呆，气苦不已！

这、这算什么？扔只流浪猫也没这么干脆的。

他下意识就敲门，他也不知道敲开了要说什么，做什么，反正就敲着！

砰砰砰，砰砰砰！

好半天门才被打开。

章峥岚刚还挺有气势的，看到眼前站着的人，就蔫了，咳了咳说："那什么……我手机……"

"什么？"

"我说我手机落你沙发上了。"

"哦。"水光把门关上了。

章峥岚不可置信，忍不住咬牙嘀咕，用得着这么……还真把我当洪水猛兽了啊？！他心想反正都丢脸成这样了，索性也完全不顾脸面了，正准备再接再厉敲到她再开门为止。

水光先开了门，她伸出手把手机递给他，"没有别的了吧？"

"呃，没了。"

水光关上门。

章峥岚看着再度关上的门，无语凝噎。

萧水光知道自己做得很不留情面，可有些事最拖不得，她既然不想沾，那就不应该一退再退，免得最后触了底线。

水光心不在焉地做完琐事，洗完澡躺在床上，看着外面黑下的天，她告诉自己今晚什么都不要想了，不管是让她有些烦心的章峥岚还是那久梦不到的鬼魂，什么都不想，就好好地睡一觉。

可往往越想让自己快点睡着，却越是清醒，她甚至莫名想起了那年酒吧里的一些片段，让她羞恼不已，怎么会突然想起这些？水光在床上辗转反侧了两个多小时，最后起身去客厅倒水喝。

她走到饮水机旁时看到玄关处有光线从门下方的缝隙里照进来，是外面楼道里的节能灯亮着，这楼一共是四层，楼上那户人家已经移了民，水光心想莫非是罗智回来了？

她走过去打开门，抬眼就看到了坐在通往四楼楼梯上的章峥岚，愣是吓了一跳，萧水光的吓不是惊吓，而是太意外！

"你怎么……还没走？"

章峥岚站起身，脸色无辜，"车钥匙。"

水光明白过来后，有点内疚，她估时间，有三个小时了吧？

"你怎么不敲门？"

"我敲了，你没理了。"

水光心想敲了我怎么会没听到，后又想可能那时候自己在洗澡，可为什么不敲久一点？这人不是一向挺有毅力的吗？水光是最不愿欠别人的，让他等了三个小时，她多少有些愧疚。

"你钥匙放在哪里？"

"不知道，反正落在你屋子里，可能也是在沙发上吧。"章峥岚看着她的表情突然有点抓到关键的感觉，他笑着跟进去，"有吗？我坐得脚都麻了。"

水光在沙发上找了一圈，在边角里找到了钥匙，"有，在这。"她起身走回来把钥匙递给他，章峥岚看着那串钥匙突然有些碍眼，慢吞吞接过。

"水光……"这说话的当口，罗智哼歌的声音从楼下传来，因为门开着所以听得很清楚，水光心一跳，当即看向章峥岚，他表情倒是没啥变化，还问："是你哥吗？"萧水光已经眉头深皱，这局面断不能让罗智看到，不管是出于何种原因，"你先去我房里，快点！"

章峥岚被推得一踉跄，老大不愿意，"我干吗要躲起来？我又不是见不得人的。"说是这么说，但看着那门倒是挺乐意，半推半就地被推了进去。

水光关上自己房间门后，就看到罗智进来了。

"怎么大门都开着？"

"回来了？我……刚刚出来倒水，听到你声音了就把门开了。"这话里有漏洞，但好在罗大哥不是喜欢探究细节的人，再加上他此时只想着洗澡，他一边关门一边脱了西装，"今天忙了一整天，出了一身汗，全身都黏答答的，我去洗澡了。"罗智走过她身边时关照地摸了摸她头，"你也早点休息。"然后去房里拿了换洗衣物就进浴室了，水光舒了一口气，回头看向自己的房间。

她推开自己房门进去时，就看到章峥岚坐在床沿翻着她的一本相册，她一滞，立刻过去夺了回来。

"我还没看呢，这么紧张干吗？"章峥岚笑着抬头看她，两人贴得很近，水光察觉过来要退后一步，对方却拉住了她。

水光感到自己手臂上的那只手有些烫人，房间里很安静，他坐着，她站着，外面不知何时亮起的月光从窗户里投进来照在两人身上，无端端多了几分暧昧的气息，水光要挣脱，他不让，甚至靠上前来想抱住她的腰，水光惊得不轻！

"你做什么？！"

他笑了，低低地，"我只是想抱你一下，你就吓成这样，如果，我想吻你，你会怎么样？"

章峥岚刚才抓住她只是下意识的，可碰到她的一刹那，他发现自己……竟那么渴望。

是啊，她是那个每晚腐蚀他心智的人，而此刻她就在他面前，那么近，他太想要她，封闭而暧昧的空间给了他足够的勇气，也渐渐释放了他心里的魔，他爱她，她知道吗？

水光对视上他的眼睛，他的眼幽深得看不见底，她突然有些不敢看他，暗中使劲，却被他一一化解，她气恼，"你放手，你这样算什么？"

"水光。"他叫了她一声，似水的温柔，"我想吻你。"水光有两秒的失神，然后就被他拉着跌坐在了床上，他的唇轻轻碰了她的，水光脑子里的某根弦紧绷得她头昏脑涨，她举手想用力甩他巴掌，他抓住了她的手，两人一时失衡都跌在了床上，章峥岚半压着她，他看着她，眸色如墨，声音低哑，"乖，等我吻好了，你要怎么打都行。"

"你、你有没有脸面？"水光气极，想推开他，挣扎中脚踢到了床头柜上的闹钟，"哐啷"一声那钢制的老闹钟摔在了地上。

"水光？"罗智的声音从外面传来，显然是罗大哥冲完了战斗澡，出来听到了声音。

水光惊得心狂跳如鼓，她捂住了嘴巴，她上面的人却还低低笑了笑，他拉开她的手吻她，他慢慢地吮她的唇，带着挑逗和引诱，可最终被挑起情欲的是他，那么轻而易举。

"水光，你没事吧？我刚好像听到什么声音啊？"罗智在外边敲了两下门，似有进来的意思，水光头眩目昏，一是害怕门外的罗智进来，二是被身前的人闹的！她终于偏头，平缓着声音说："我没事……闹钟不小心掉在了地上……我睡了，你早点休息。"

"哦，好。"外面的人停了一下，拖鞋声渐远。

章峥岚靠在她的颈项，他的气息有些烫人，手轻轻碰触她的腰，水光动弹不得，恼红了脸，"你敢！"

"我不敢……"他的声音沙哑得不行，"但是……请等一下。"

　　水光不明所以，直到听到身下窸窸窣窣的声音，以及他渐渐炙热的呼吸，水光明白过来后脸涨得几乎要滴血，"你……"

　　"嘘，等一下，就一会儿……"两人贴得太近，她几乎可以感受到他手的动作，她不敢动分毫，紧紧闭着眼睛，恼羞不已！

　　在最后她听到他叫了她的名字。

　　"你怎么能做这种事情？"她几乎叫了出来，怎么有人可以无耻到这种地步？！

　　章峥岚轻靠在她身上，放纵过后的嗓音慵倦而性感，同时也带着淡淡的笑，"你这么大声，不怕又把你哥引过来？我是不介意被捉奸在床的。"如果不是房里只开着一盏节能壁灯，光线太暗，就可以看到这个无耻到这种地步的人，脸也是烧红的。

　　水光压着声音咬牙切齿，"你给我起来！"

　　她气疯了，章峥岚此时也很识相地退开了身，水光隐约看到自己裤子上的一些白色液体，脸色难看到极点，章峥岚已经抽了床头柜上的纸巾为自己收拾好，又抽了几张想帮她擦，被她伸手挡开了。

Chapter 10

我就在这里

　　气氛突然就静下来，章峥岚抬眼偷瞄着她，水光面若冰霜，她自己拿过那盒纸巾，抽了好几张用力擦去裤子上的东西。这局面章老大心里或多或少是有点窘迫的，他心里暗骂自己，怎么没半点克制力了，他心思转了好几道弯，觉得抵赖还不如从实认错讨罚。

　　"咳，那什么……你打吧。"

　　他伸手过来，水光一怔，反射性就把他推开了，那力道其实并不大，但章峥岚全无防备，他是上赶着去让她打的，再加上他刚侧身坐在床的最边缘，所以一下子就被推了下去。章峥岚跌在地上，不知道撞到了什么，发出一声闷响，水光一跳，她不是担心他而是担心那声音罗智听到。

　　直到确定门外并没有动静，水光这才看向地上的人。

　　章峥岚正低着头，一只手按着额角，只听他"嘶"了一声，说："流血了。"水光并不想去理会，事实上她还在生气！但她看到他指缝里有血流出来，而那壁灯明显照到的床头柜一角也有清晰的血迹，她暗恼这人事儿真多！

　　最后蹲下去拨开他的手，那伤口在左眉眼的上方，所幸没有伤到眼睛，她看口子并不是很深，只是破了层皮，但不知怎么血流得很凶。水光转身从后面抽了几张纸巾来按住，惹得那人又倒抽了一口冷气，咕哝道："不能用纸巾的，会粘住伤口。"

"你闭嘴。"

章峥岚乖乖闭了嘴，嘴角还带着笑，水光去床头的抽屉里拿了两片创可贴给他贴上。

这一刻对于章峥岚来说是多么的弥足珍贵。

水光处理好便要起身，但他抓住了她的双臂，他倾上前，头轻轻靠在她的肩膀上。

"水光……"他想如果这是做梦，那就让他做得久一点，再久一点，或者索性别醒来了。

可这毕竟不是梦，萧水光拉下他的手，她很清冷地说了一句："你走吧。"

章峥岚心里一凉，可马上又想，萧水光就是只纸老虎，表面上看起来冷漠固执，好像百毒不侵，其实心很软，章峥岚也不知道自己怎么会有这种笃定，但这让他很安心，心里也更加的柔软。

"好的，我走。"他起身，水光防备地退后了一步。

这让章峥岚又泄气又好笑，看来这次真的做得太过界了，可也确实是情难自禁。

水光一直面无表情，她去开了房门，外面客厅没有灯光，显然罗智已经回房睡觉了。章峥岚慢腾腾走到门边，跟着她走在后面，他想这回要安分点，结果还没走出两步就撞到了什么东西，发出了一声不算轻的声响。

稀薄的月光下可以看到萧水光正回头皱眉看他，章峥岚尴尬，"呃，我这人生地不熟的撞到东西也是难免的，要不你给我开下灯？"他本意自然不是想找茬，他只是想跟她多说点话，可那些话听在水光耳朵里就完完全全是要挟了，水光抓住他的手臂就往大门口走去。

章峥岚再次站在大门外时，他才反应过来，自己又一次被像瘟神一样扔了出来，听到里面门落锁的声音，深深觉得这女人忒绝情。

章峥岚第二天心情不错地去公司，原本打算处理下公司里的重要事项就去老厉那边，但是在公司楼下见到了江裕如。

他走过去，朝正跟他抛飞吻的美女笑了笑，"怎么过来了？"

"小女子久等不到您约我，索性就来守株待兔了。"对方很开朗，上来挽住他的手臂。

章峥岚莞尔，"这两天我事忙。"

江裕如看他的神色，又看到他额角的创可贴，"你额头怎么了？"

"没什么，不小心撞到了。"

江裕如啧啧称奇，"撞伤了你还笑那么开心。"

章峥岚说："我开心不就是因为你来了么？"

江裕如连忙摆手说："您这种话我可不敢当。"

两人说笑着走进公司里时，在场的 GIT 员工，都惊讶了一下，老大心情很好是一，老大身边还亲密地挽着个美女是二。

等章峥岚他们进到办公室，阮旗先开了口："头儿女朋友？"

大国点头，"怪不得昨晚上我跟老大报告事情，他口气很好，还找我唠了会家常，问我结婚几年了，我儿子都三岁半了！"大国是又喜又悲。

有人大胆猜测："头儿不会是想结婚了吧？"这一石激起千层浪，无聊枯燥的 IT 男们就老大的好心情、婚姻、手臂里挽着的美女进行了激烈讨论，得出的结论是虽然老大的心思很难猜，但照这情况来看还真有那么点可能。

"那我们家小何 MM 怎么办？"有人说。

正泡了茶要敲开老板门的何兰笑骂："关我什么事？"

在办公室里，江裕如谢过秘书上的茶，拿起章总办公桌上的一辆水晶汽车模型把玩，说道："男人喜欢水晶，真稀奇。"她如果记得没错，章峥岚他家里就摆着不少水晶饰品，这男人该说他奢侈还是有某种情结。

"你要喜欢可以拿去。"

"真的啊？"江裕如确实挺中意这个的，"算了，君子不夺人所爱。"她把东西放回去，等秘书出去，她靠在椅子上，看着面前成熟英挺的男人，说道："峥岚，你不问我在国外那几年发生了些什么吗？"

章峥岚很大度，"这是你的事情，如果你愿意说我自然愿意听。"

江裕如笑叹，"说你体贴吧，事实上你比谁都绝情，我们好歹好过一阵，可你看，你已经完全退到了旁观者的角度。我不来找你，你不会去找我。我主动找你谈心，你却是悉听尊便，可真打击人。"

"我这是不强人所难。"

裕如"吓"了一声，严肃道："章峥岚，你爱没爱过我？"

章峥岚无语，"好端端发什么神经？"

江裕如说："咱们在一起的小半年从头到尾就是神交，我甚至一度怀疑你在外头那风流名声都是假的了，可你女朋友换那么勤，我也是'有目共睹'的，章峥岚你告诉我，是不是我的问题？我太强悍了，所以你们都不觉得我也是需要安慰，需要呵护的？"

章峥岚微扬眉，"怎么了？火气那么大，还有，什么叫我女朋友换那么勤？"他这名声到底怎么传出去的？

"难不成你章峥岚是专一的？你相处过的女的其实你一个都没碰过？"

章峥岚"啧"了声，竟没回话。

江裕如睁大了眼睛，不可思议，"不是吧章峥岚？你来来去去那么多女人，可别告诉我你还是处男。"

"滚。"章峥岚啼笑皆非。

江裕如自然也不会相信章峥岚会是善男信女，她收了情绪，慢慢说："峥岚，我在国外那两年过得不好，我们又尝试着在一起，可太多事情已经物是人非。曾经的美好在我们都变得成熟世俗之后就都成了幼稚，开始无法忍受对方那些屡教不改的小缺点，会为了一些鸡毛蒜皮的事而吵架……渐渐地觉得彼此哪里都讨厌，最后在变成仇人前我们决定分开。"江裕如说完，长长叹了一声，"初恋还是留在记忆里最美好。"

章峥岚笑道："看来我今天是代人受气了。"

江裕如这时也笑出来，说了句"sorry"，"最近几天压抑，想找人敞开心说说话也找不到，只想到你了。"

"看来我面子够大啊，有什么不痛快的尽管说吧，朋友一场，我牺牲下无所谓。"

江裕如半开玩笑，"章峥岚，其实你真的不错，就是太花心了。"

章峥岚哈哈一笑，这时他桌上的手机响起，他看是厉总，跟裕如说了声"稍等"拿起来接听，对面一上来就笑问："章总，今天你公司那片子还有半天要拍，但我没看到你们那模特儿过来，是不是另外有安排了啊？"

章峥岚当即站起身，"她没去？"

"对，我没看到，是不是有别的事啊？"

章峥岚沉吟，"我知道了，谢了老厉。"他挂断电话，走到窗边翻出那电话就拨过去，她的号码他一直有，只是从来没用过，确切地说是没敢用。

那边响了好久没人接，章峥岚心里不由担心，她在哪里？不会出事吧？终于在语音提示前电话接通了。

"喂？"

章峥岚心一跳，随即问道："你在哪里？"

那边许久没有声音，章峥岚下意识拿开手机查看手机信号，没断，"喂，喂喂？"

"有事吗？"

她的声音本是很清冷的，但通过电波传过来，多了一分低哑，听上去有些温柔，章峥岚不禁心跳加速，他觉得自己大概是真的老了，这么不济。

"你今天没有去摄影公司？"

那边静了一会儿，才说："我跟摄影师说过了，上午我有事，下午再过去。"

章峥岚脱口而出："什么事？"

那边停了一下，问："你还有事吗？"听口气显然是要打算挂电话了。

章峥岚左思右想也想不出还有什么事能说的，自然也不能觍着脸讲些无关紧要的，最后装模作样地说了句："没事了，那我晚点再打给你，你忙吧。"他刚说完，对面就传来忙音了，章峥岚忍不住"啧"了一声，他笑着回身时，看着他的江裕如缓缓说："章峥岚，你是爱上谁了吗？"

爱？如果是以前，章峥岚肯定会说："怎么可能？"可现阶段这状况，连用"爱"都不足以简单来形容了，他是求而不得，是心心念念，不顾颜面。

他觉得萧水光就是上天派来克他的，当年他没心没肺，现在是掏心掏肺，可问题是他掏心掏肺了人家也不理他。

章峥岚想到这里不由有些胸闷气短，再次感叹自己是真的老了吗？他问江裕如："你看我老吗？"

江裕如一惊再惊之后，倒是淡定了，"你这是要我夸你吗章总？或者让你那些前任来证明一下你的魅力？"

章峥岚算服了她，"可不可以别扯到我以前那些事上了。"

江裕如大笑，"现在想守慎正名，晚了！"

萧水光这一边，刚挂断电话，她对面的男人就笑着说："不好意思，很忙吧？我只有周末才有空闲……"

水光摇头说："不忙，你找我……我很高兴。"

"我这两年都在国外，其实老早应该来找你了。"那男人感到抱歉，他慢慢说，"景岚他去世之后，我们都很怀念他。"

"嗯。"她原想说"谢谢"，但最后没说。

那人回忆道："我们一个寝室，一共四个人，景岚虽然话最少，为人也内敛，却是最有才华的。"

他道："我们知道你，是因为有一次我们寝室里打牌，景岚什么都拿手，就是赌博很手生，输得是一塌糊涂，后来自然是吵着他请客了，他付钱的时候，我们看到他钱包里有女生的照片，都很惊讶，班里、系里对景岚有意思的女生不少，但他都很委婉地拒绝了，我们一直认定是景岚是一心向学、清心寡欲的典范，没想到是早已心有所属，我们闹景岚带你来给我们看，他当时笑着说：'现在不行，再等一年吧。'我一直记得他说那句话时的神情，很自信，很知足。"

水光只是低着头听着。

他说："景岚那年走之前，让我帮他带了一样东西。"他从他旁边的包里拿出一只绒盒，递到水光面前。

水光接过，她手冰凉，心里却很沉静，她打开盒子，是一个心形的琉璃挂坠，里面嵌着一颗水滴。

"我老家是山东淄博的，那里盛产琉璃，景岚有一回听说了，喃喃自语道：'身如琉璃，内外明澈，净无瑕秽。'我们笑他，想心上人了？他竟然没反驳，说，是啊，很想。"

水光抚着那坠子笑了笑。

"景岚每次心情好，请客吃饭，都是你们高中什么什么考试放榜的时候。"那男人想笑却笑不出来，他叹了一声，"我第三年就交换出国了，所以一直没机会把东西交给你，虽然知道你后来也考进了我们学校。那时候我们系里外派的名单上，景岚排在第一位，但他拒绝了，如果他去的话，可能会因为要忙些事而在学校里多留一段时间，那么也许——"说着突然停住了，这话太不该说，男人暗骂自己没脑子。

"萧小姐……"

水光像是愣住了，过了好一会儿她才说："你能跟我再多说点他的事吗？"

对方看她的神情恢复了之前的平静，松一口气，他道："你想知道什么？只要我记得的，我都可以跟你讲。"

"你赶时间吗？如果不赶，能不能……从头跟我说？"

对面的人看着她，有些心疼，"好。"

中午，章峥岚跟江裕如吃完午饭，散场之后便直接开车去了摄影公司，他跟老厉打了电话，知道她还没来，就没进去，而是在外面等。

章峥岚心想，她来估计还在生气，怎么办？不过他想到那副场景，并不觉得为难，反而有些想笑，要打要骂都可以，只要不是视而不见就行，章峥岚觉得自己现在"要求"可真低。

结果他在摄影大楼的门口等了将近两个小时，看手表从半小时一看变到十分钟一看，还是没等到人，心里忍不住腹诽心谤：萧水光，你怎么都没时间观念？下午上班时间最迟不过两点，你这都几点了还不来？

期间有一名摄影公司里的高层职员，在进大门时，跟章峥岚打招呼，"章总，找厉总吗？怎么不进去？"

"没，等人。"

人家也不好细问，客气地笑笑就进去了，一小时后这名员工外出办事，看到章峥岚还在，于是问："章总，您等的人还没来啊？要不先进我们公司坐坐？"

"不用了。"

半小时后此人再次回来，看到章老板。

章老板也尴尬了。

最后回到车里等。

车上的那张碟片放了一遍又一遍，夜幕降临时还是没有等到那人出现，路两旁的灯都已经亮起，时节已入冬，入了夜天气就凉很多，章峥岚开了车上的暖气，手摩挲着方向盘。上脾气吗？没，只是觉得等得有点委屈。

章峥岚最后拿出手机，再三犹豫之后这一天第二次拨了那个号码，可很久之后，只听到了那边手机的系统提示音："您所拨打的电话暂时无人接听。"

章峥岚蹙眉，他按掉，又重新拨过去。

这次对方没过多久接听了，她说："我在学校里……你能来接我吗……"她的声音带着明显的嘶哑和浓浓的倦怠，像是哭过。

"水光？"章峥岚心一下子吊起来了，可还没问怎么了？对面已经断线，像是手机掉在了地上，章峥岚几乎是立刻放下了手机，发动了车子。

"学校？学校？是她的大学吗？"

章峥岚转了道直奔而去。

一路飙到了一百六，到学校门口时被门卫拦了下来，外来车辆不得入内，章峥岚二话不说扔下车子跑进去，可学校那么大，她会在哪里？

天已经黑了，幸好校园里路灯多，他一边跑一边四处张望着找，十二月份的温度，他却是跑得汗流浃背。

寻了十几分钟一无所获，章峥岚心里焦急，在经过一条长木椅时，突然想到了一个地方！

他赶到那一幢教学楼后方时，终于在长椅上看到了他苦苦等候、找寻的人。

夜间的雾气朦胧了路灯，也朦胧了她脸上的湿意，章峥岚站在十米远的地方。这一幕让他像是回到了两年前，那时他站在窗口看到她哭，不明白是什么样的事情能让一个人哭得那么伤心，那么绝望，而他现在依然不知道，可那无关紧要，他只是不想见她哭，从始至终。

章峥岚走过去，坐在了她的旁边，然后轻轻将垂着眼帘的人拥在怀里。

她全身都凉透了！

"这么冷的天你穿这么点？感冒了就有得你受了。"谴责的话说得是万般小心翼翼。

水光没有反抗，整个人像是发泄了一通后虚脱了，她说："你不是走了吗……为什么又回来了？"

　　章峥岚愣了愣，慢慢道："我没走。我哪里也不去，就在这里。一直在。"

　　她放松了，说"冷"。

　　章峥岚脱了外套裹在她身上，抱着她轻声问："水光，我们去车里好吗？"

Chapter 11

一往而情深

萧水光神思有些恍惚，她没动也没说话，只是觉得身边人的味道让她安心，所以就这么靠着。

章峥岚自然也不敢有大的动作，此刻她靠自己那么近，这是多么奢求的一件事，他连话都不敢多说了，就这么静静地拥着她，她的呼吸吹在自己颈项，让他有些意乱情迷。

而水光太累了，她不受控制地去想，去幻想，曾经的那些画面一幅一幅地从脑海中闪过，最后定格在他们年少那时，她还记得有一年入冬也是这么冷，早早地下了雪，景岚拉着她的手走在雪地里，一步一步，她那时候就想啊，如果这条去学校的路永远走不完该有多好？

萧水光沉浸在那些真实的不真实的片段里，渐渐模糊了意识，章峥岚一直不敢动，他之前出的那身汗已经干了，晚风吹上来瑟瑟发冷，可他心里却是暖意横生的，他享受着两人相安无事的宁静，直到很久之后怀里的人都没有任何声响，他才轻轻叫了一声："水光？"

水光睡着了，她哭了一通，已经筋疲力尽，章峥岚低下头，通过不甚清晰的路灯光线看到她苍白的脸，他看了好久，最后靠过去吻了吻她的额角。

"你睡吧，我抱你去车上。"

这样的冷天气，校园里没几个人出来走动，所以章峥岚抱着水光一路过去，并没有惹多少人注意。

他把人小心放在副驾驶座上时，传达室里的门卫倒是走过来问了一声："你们这是……怎么了？她没事吧？"

章峥岚做了一个噤声的动作，关上车门才道："没事。"他之前着急，下车时连车钥匙都没拔，应该是门卫一直看着的，他道谢，"刚多谢您了，帮忙看着车子。"

门卫见这一看就是社会精英的男人讲话很有礼貌，就笑着说："这种好车子你也敢扔下了就跑，我还以为是出什么大事了呢。"那大叔说着看向车上的人，"是女朋友生病了吧？"

章峥岚心思全在水光身上，他又说了一句"谢您了"，点了点头，绕到车的另一边上了车。

门卫大叔看着那辆卡宴开走，感叹了一声"有钱人哟"。

有钱人章老板没把车开出太远，拐出学士路没多久他就将车停靠在了路边，因为萧水光睡得不安稳。

章峥岚停稳车，他伸手过去摸她的额头，还是有些凉，他把盖在她身上的西装外套拉高一些，暖气也开高了两度，又怕椅子不够低，她睡得不舒服，俯身过去帮她把椅背再放下一点。

他要退开时，水光抓住了他的手臂，轻轻呢喃："你别走。"

章峥岚哪里经得住这种局面，当即不动了，嘴上也已经柔声道："我不走，哪里也不会去。"

这条道上车辆稀少，偶尔有一辆经过，车灯折射进来照在她微颤的睫毛上，章峥岚忍不住低头吻了一下她的眼睑，水光潜意识皱眉，章峥岚微微扬起嘴角又去吻她的眉心。

水光不舒服地发出叹息声，松开了手，他拉回她的手又重新按回去，章峥岚的唇移至她的耳边低声道："水光，你抓着了就别想放了……不管你原本想要留的是谁。"

章峥岚后来带萧水光回了自己的住处，理由很充分，他总不能擅自主张去她身上翻钥匙，然后擅自主张开她家的门。

一路过去，水光一直处在睡睡醒醒的状态，皱着眉头，意识并不很清楚。章峥岚有些担心，所以开车也时不时看看她。

当他在自家门口停妥车，过去帮她解开安全带，摸她的额头时发现她在出虚汗了，当时就心一紧，好在没有发烧，章峥岚马上抽了纸巾给她擦擦汗。之后他抱她进屋子，把她放在主卧的床上时，想想还是不放心，翻箱倒柜找了温度计出来，一量37.8度，高了点，他去洗了毛巾盖在她额头。

水光喃喃梦呓，说冷，说你在哪里。

章峥岚坐在床沿，手指撩开她粘在脸颊上的几根发丝，"没事的，我在这呢。"

之后他给认识的一位医生打了电话，那医生赶过来已是半个小时后了，检查完说是有点小着凉，不碍事，稍微吃点药，晚上多盖条被子，睡一觉就没事了。章峥岚谢过，送医生下楼，"改天请您吃饭。"

对方笑道："你也别太紧张了，她大概是精神有些疲劳，又受了凉，所以才梦梦醒醒的。"

"好，谢谢你了。"章峥岚送走医生。

他回到房间里，去柜子里多拿了一条被子盖在她身上，又帮她换了额头上的水袋才去浴室洗澡，出来后便也上床躺在了另一侧，他从背后拥住她，闻到她发间清淡的香味时，他觉得自己从未这么满足过。

他抱着她絮絮说着爱语，说他小时候就是天不怕地不怕的，可现在，只要面对她就畏首畏尾，说自己十九岁领全国的创新科技奖，也没有像见到她时那么紧张。

他说："水光，我会对你好，一定对你好，只对你好。"

情不知所起，却一往而情深。

隔天，章峥岚一夜好梦醒过来，发觉身边空落落的，几乎一下坐了起来。他的第一反应是，她走了，如同两年前，理所必然。

可当他转头看到窗户边站着的人，他有点不敢相信，所以一时间呆呆坐在床上，没了反应。

章峥岚过了好久才下床走过去。

萧水光看着窗外，不知道在看什么，想什么，有些出神，但这样的画面已经让章峥岚太动容。

她没有走？这代表什么？

他不敢想得太美好，可也止不住升起了一点希望。

他忍不住伸手从后面轻轻揽住了她，他想说"萧水光"，他想说很多的话，像昨天晚上那样，全然袒露他心口的情绪，可此刻她是清醒的，他一丝把握都没有，可能他说一句话她就已经不想听，或者干脆把他推开掉头走人。

章峥岚想自己竟然也会有这么没自信的一天，可他是真的太需要她的一点回复了，哪怕是走向他一小步的接近。

萧水光从他抱住她时便已经回过神，她想拉下他的手，章峥岚下意识收紧一些。

水光叹道："你放开手。"

章峥岚听到她说话，不安的情绪莫名缓和了，还埋在她颈边微微笑。

"你昨晚还让我不放手呢。"

说来也奇怪，萧水光对他不理不睬，他就慌张失措，但一旦水光给点甜头，和他说几句话，即使并不是好话，他就马上无赖起来了。

水光沉默了半晌，才说："你放开手吧。"章峥岚刚想拒绝，她已经轻声道，"我饿了。"

这声"我饿了"让章峥岚愣了好一会儿，之后就是笑了。

"那我去做早饭，你想吃什么？粥，面条，或者面包、牛奶？还是中餐吧。"他在她侧脸上亲了一下，这动作完全是无意识的，他自己都没注意到，然后就要往楼下去。

水光却被他这太自然而然的吻弄得一愣，而章峥岚呢，走到门口了又想起什么，返回来，"忘了先带你去洗手间。我去找牙刷、毛巾给你，牙膏你就用我的吧，可以吗？"

水光被他拉着手带进了浴室，进去后章峥岚才松开手，去拧了热水龙头先把冷的水放掉，然后到旁边的小柜里拿出新的洗漱用品，"我先帮你用热水泡一下你再用。"

章峥岚洗了一只未用过的白瓷杯，灌了热水把牙刷浸着，又把毛巾在热水下洗了两遍，才绞干暂放在旁边的陶瓷器皿里。

章峥岚刚起床，还穿着睡衣，头发也是东翘西翘的，却在那笑着洗弄，萧水光看着，没阻止，也没有说什么。

他弄完后看向她说："好了。"当眼睛看到淋浴房时，他咳了一声道："你要洗澡的话，沐浴用品都在里面的架子上。"

萧水光淡淡应了声，虽然是没带多少情绪的，章峥岚听着却已是满心喜悦，他说："那我去下面准备早饭，你好了就下来。"他出去的时候，很体贴地带上了门。

水光站在盥洗台前，她看着镜子里的自己，最后低叹了一声，"我究竟是在做什么？"

萧水光走到楼下时，只听到厨房间里传出"丁零当啷"的声音，她原本想说一句"谢谢"就要走了，一时的迷惑毕竟代表不了什么。可当她走到厨房门口，看到里面的人正在手忙脚乱地找勺子，又不小心碰到了旁边的碗，两只碗就这样摔碎在了地上，他嘴里低咒了一声英文，侧头看到站门口的人时，不好意思地摸了摸脸，"你下来了？"他说着要蹲下去捡碎碗，水光皱了下眉，走上去说："我来吧，火上的粥溢出来了。"

章峥岚抓住她要碰碎片的手，"这要伤到手，我来！你帮我去看看粥吧，我好像水放太多了。"章老大这辈子第一件悔恨的事是没去学点家务，原本是想表现下的，却弄得一团糟，真丢脸。

水光抽出手，她走到那边，先关了电磁炉，水退了下去，看到一小碗米放多了一倍的水，她并不想再多管，转身说："我要走了。"正捡碎片的人"嘶"的一声，伤到了手指，章峥岚抬头，极为尴尬，"那什么，这要伤到手……"

说他IQ一百五十以上真没人信，萧水光不知道章峥岚儿时就被称为天才儿童，长大点更是不得了，如今也完完全全算得上是社会上白手起家的风云人物，可不管怎样，此时萧水光看他只觉得无语。

她见他还蹲那不动，不由说："你不起来把伤口冲下水吗？"

章峥岚"哦"了声，站起身，他走到水光旁边的水槽边时，站着没动，手撑在水池边缘，低声道："吃完早饭再走吧？"

萧水光其实并不喜欢这样的气氛，说不清道不明，却惹得她有些心烦意乱，她往旁边退开一些，章峥岚马上伸手抓住了她的手臂，"你别走。"上一句话的口气还能勉强算得上平静，这一句明显透着焦急了。

水光看着他手上的血沾在了自己的衣袖上，他们之间好像总是在拉拉扯扯，她退他就进……他是为什么要对她执着？

"章峥岚。"萧水光第一次当着他的面叫他的名字，让当事人身体一僵，他一是悸动她叫他的名字，二也是感觉到她的语气，后面要说的并不会是他想听的话，让他绷直了神经，不过没关系，再糟糕不就是"什么都不是"，他不介意。

说不介意，可讲穿了也就是掩耳盗铃，终究是怕她甩手离开，章峥岚咬牙，觉得手上的痛有些缓解了他的紧张情绪，不由苦笑，到三十岁才发现自己竟是有自虐倾向的。

而他等了好久，都没有听到身前的人再说下去。

萧水光之前是想说："我跟你不可能。"可谁和谁又是有可能的呢？她跟景岚吗？于景岚已经死了。

水光看着那袖口上越来越多的血，她问："痛吗？"

章峥岚从早上开始就一再被意料之外的事弄得愣怔，好半晌他才说："不痛。"随后嘴角浮起了笑，小心试探，"那你不走了？"

水光说："……你先去把手清理一下吧。"

章峥岚笑着就转身去冲洗伤口了，也看到了她衣袖上被他抓过的地方沾了不少血迹，马上说："你衣服我帮你洗？"

水光看了他一眼，后者识相地闭嘴。

等他弄好，水光也已经把地上的碗片捡起来扔在了一边的垃圾桶中，不是摔得很碎，所以并没有太多细小的瓷片。

萧水光起身时就看到章峥岚站在那看着她，他认真说："水光，还是你比较厉害。"

水光在心里摇了摇头，她过去把那锅粥里的水倒去了一半，盖上盖子开了火，然后才对他说："你看着粥，我去洗一下袖子。"

　　不管她是出于什么原因突然改变了态度，他只知道自己又被救赎了一次，虽然这样说很矫情，但确实是这种感受。

　　萧水光走出厨房间后，有几秒钟的出神。

　　当她要走进玄关处的洗手间时，有人从外面开门进来。

　　来人不是别人正是章老太太，她拔了门钥匙抬头看到水光，愣了愣，显然是没想到儿子的住处有女性，而且还是一大早，不过老太太毕竟老练，马上就收了惊讶表情，平易近人地开口："我是峥岚他妈妈，他在的吧？"

　　水光是有些措手不及的，她犹豫着想回头去叫厨房里的人，老太太已经换了鞋笑眯眯地走上来，"小姑娘，姓萧吧？"

　　萧水光不明白她怎么会知道自己的姓，但还是点了点头。

　　章太太上上下下打量了她，眼里有着探究，但很慈爱，当她看到水光袖子上的血迹时，立刻关心道："怎么了这是？受伤了？"她握起水光的手，水光有点不自在，"我没事。"

　　下一刻章峥岚的声音传来，"妈，您怎么来了？"章老大原本想说"又来了"，尚且还留了几分精干，没出口成错，惹老太太白眼。

　　老太太看到自家儿子，很难得给了笑脸，说："昨晚上被你电话吵醒，说要你爸从江南带来的那些退烧药茶，大晚上的我跟你爸老早睡下了，哪还高兴折腾起来给你送茶啊，就赶早在你上班前给你拿来了，这是……谁感冒啊？"老太太精明的眼睛在儿子和面前的女孩子之间看。

　　章峥岚"啧"了声，看到老太太放在玄关矮柜上的袋子，笑道："辛苦您了。"应对自家老太太，章峥岚自认还是行的，他其实面对谁都游刃有余，就只对着萧水光时才常常觉得理屈词穷，捉襟见肘。

　　老太太见儿子右手上那清晰的伤口，又想到刚那女孩子的衣袖，倒也一时猜不出这唱的是哪出。

　　水光站在中间，有些局促，便跟老太太说了声"我去下洗手间"就走开了。

　　等水光进了洗手间，老太太才走过来看着儿子说："你这不会还只是一厢情愿吧？"

　　这位老太太不知当年识破了多少"反动派"，眼神也忒毒，章峥岚虽然不会承认，但确实是如此，他单相思着，可那又怎么样？至少他现在很清楚自己要什么。

老太太闻到粥味，走向厨房，"还会做早饭了啊？"章峥岚往玄关处的洗手间看了一眼，跟上去，挺认真地问老太太："妈，您觉得她怎么样？"

"好，可我看人家连正眼都不瞧你一眼呢。"

得，章峥岚吐出一口气，站定在察看粥的老太太旁边，压低声音说："要不……您帮衬帮衬您儿子？"

老太太瞥了他一眼，"哟，你少爷竟然还有一天要我来帮衬啊？你这手怎么回事？别是蠢到用了苦肉计了？"

章峥岚觉得在目前这问题上，老太太显然占了上风，不过只要能在这事上多一分胜算，怎么着都行。

"行不行，一句话？"

老太太关小了火，直视身边高大的儿子，"你是真心中意这姑娘？"

"非她不可。"

老太太之前还有点怀疑自己这没定性的儿子是不是又只是想走马观花地谈一场恋爱，应付他们两老，现在她倒是有些担心了，担心自己儿子，这神态显然是一头栽了进去，可还不知道人家姑娘是什么心态呢。

老太太叹道："我以前去给你算命，算姻缘，一说'有想'，又说'求则得之，舍则失之'，真成。"

章峥岚是社会主义天空下长大的五好青年，品性又偏随性恣意，对这种命理学说一向是一笑置之，不信也不在意，此时倒是被那"求则得之"弄得心中一动，差点就问出了"那有说怎么样才能求得到"，还好，还没到病急乱投医的地步。

老太太说："行了，去看看姑娘好了没，好了叫她吃早饭吧。"

章峥岚一听，笑了，"老佛爷千秋万载，寿与天齐！"

老太太笑骂："正经儿点，估计人家姑娘就是看你没形没样的才不要搭理你。"

章峥岚往外走时侧头说了一句："我在她面前再正经不过。"老大已经忘了自己那些无赖行径。

萧水光正洗着，外面有人敲了敲门，开门进来的自然是章峥岚，他把手上的吹风机递给她，水光慢了一拍接过，他又笑着问她："我帮你吹干还是你自己来？"

水光总被他搞得措手不及，"我自己来吧。"

"好。"

他说完"好"就没说别的了，可也没出去。

水光拧着袖子上的水，尽量忽视身后的人，他倒是完全不觉得这样站着尴尬，后来还走上一步来说："我来吧，你这样拧，回头吹干了肯定得起皱。"

他说着握住她的那只手腕，拿了旁边的一条干毛巾，力道拿捏精准地帮她吸干水，水光抽了一下没抽出手，还惹得对方说了句："你别乱动啊。"

水光对着这人总有种哑口无言的感觉，当看到他虎口上那伤口时，还是出声说了一句："怎么不贴创可贴？"

章峥岚朝她一眨眼，"不碍事，我是男人，这点伤算不得什么。"说着那无赖劲又有点上来了，"不过脸上最好别受伤，你看，前天被你推下床撞的伤口……"然后就拉着她的手按在了自己的额头上，"你摸摸看，都留疤了。"

这亲昵的说辞和举动让水光全身不自在，接着就听到他说："幸好不是很严重，否则就破相了。"

水光忍不住道："你又不是戏班里唱戏的，要那么好看的脸做什么？"

章峥岚失笑，"要好看的脸勾引你啊。"

水光就知道这人说不了几句就会不得要领，几次下来也习惯了，干脆当没听见，挣脱开他的手，转身把吹风机插上，后面的人就靠上来说："我帮你吧还是。"

"你就不能先出去？"

"不想出去。"章老大说得脸不红气不喘。

水光实在不愿为这种没意义的事去跟他争论，开了电吹风想快一点吹干了事，而后面立着的高大男人，看着镜子里她半垂着有点恼意的脸，笑着伸出手在镜中轻轻拂过她的轮廓，橙色的暖灯，"隆隆"的声响，融在此情此景里竟是那般暧昧动人。

萧水光从洗手间出来，就被老太太叫到了餐桌那边坐着。

老太太虽然和蔼可亲，却也是非常能说会道，所以一向对长辈很敬重很听话的水光在应付老太太之余已经没有多少心思去想别的了。好比，她想要走了，即使之前有那么一刻的动摇，但现在他的长辈也来了她不想再多留，可现实却偏偏是因为那长辈，她留了下来。

老太太握着她的手说："叫水光是吧？老家是哪里的？"

"西安。"

老太太点头说："那可是中国古都之首哪，蕴藏着多少文化在里面呢，莫不得将你这孩子生得那么水灵。"老太太不由讲起西安最典型的代表兵马俑，水光听着，忍不住笑道："其实并没有您说得那么厉害，它是很伟大的发现，但西安除了兵马俑还有很多值得称颂、观赏的文明古迹。"

前一刻被老太太叫去盛粥的章峥岚端粥和小菜出来时，就看到水光的笑脸，可真是有点嫉妒起自家老娘来了。

水光见到他，下意识就收了笑意。

老太太还在跟水光说："我这老太婆还有一年退休，等我退了休可要去一趟你们西安的，我家老头子倒是去过，回来跟我说'好'，嘿，说完好就没了。"老太太讲完自己先笑了。

章峥岚坐在水光对面，他给每人摆好粥，看了她一眼，才看向母亲说："下回你要去，我陪你过去。"

老太太朝儿子摆手，"你啊，现在说得好听，临到头了，肯定又会说忙啊事情多啊抽不开身。"

章峥岚心说老太太不是答应帮忙了吗，怎么拆起台来了？他见水光虽然不说话，却是拿起粥吃了，心里松了一松，这感觉就像是自己小心饲养的一只……时时退缩的猫咪，不敢大手大脚，就怕把她吓走了，而如今这局面，让章峥岚心里欣慰不已，他忍不住又想去碰她了，真真切切的碰触，好在克制能力还算高人一等，没有真的冒失。

一顿早饭吃得平和，老太太一直在跟水光聊天，问萧水光的爱好、平时的娱乐，水光说到自己平时就上上班没什么娱乐的时候，老太太连连感慨：

"你跟峥岚还真是大相径庭，他在家里从来待不住，就喜欢往外跑，也不知道外面那些花红酒绿的场所有什么好的？"

"妈。"章峥岚不得不冒昧打断母亲，这太扯后腿了，再说了，"我什么时候在家待不住了？"他哪一回不是一下班就回家，除了有应酬除了心情不好时。

"我打你电话，你哪次不是说在外面喝酒活动？叫你回老家也是，推三阻四！"老太太批判完儿子，看向水光时神情和蔼太多，"孩子，以后你若跟我儿在一起，可要好好管着他，你是好孩子，我看得出来，峥岚比你大点，可没你安分。"

"妈。"章峥岚着实哭笑不得，看来老太太是专挑他坏的讲了，不过那套说辞，虽然中间有诽谤之意，他倒一点也不反感。

水光手上的动作也缓了下来，她并不意外老太太说这些，感觉到对面那人的视线，水光第一次也在心里问了自己："我跟他算什么？"

Chapter 12

恋爱中的男人

水光不知道究竟跟他算什么。

他们本该是陌生人，却比任何人都亲密过。

清醒时第一次见到他，听到他说，我像岚吗？她措手不及，因为他说到的名字，也因为他是那晚上的人。

对于那夜她一直只记得那人模糊的轮廓，那刻的清晰让她心慌，甚至后来每一次见到他都无法真正静心，她跟他有过一夜的放任，她表现漠然，并不表示她无动于衷。

可不是无动于衷那又是什么？

他说会对她好，只对她好，她曾经对于景岚也这么说过，她笑着说："景岚啊，我会对你很好很好的，真的！"景岚那时摸着她的头说："傻瓜，我是你哥哥，应该是我对你好才对。"她当时在心里说：那我对你的好跟你对我的好不同。

对一个人好，只对一个人好？多傻的想法，他什么时候会明白，什么时候会回报，你都无法预料到，也许当你以为能预料到的时候，他却已经不在了，那还不如……从始至终什么都别想到，别知道。

她无法释怀，走不出去……她需要人拉一把，可这想法太自私，他说会对她好，这种好又会持续多久？够不够久到等她走出过去？

水光紧紧握着手里的筷子，在心里说了很多遍对不起，她抬起头看向对面的人，声音低得几乎听不见，"你等一下能不能送我去公司？"水光说完这句的时候，又希望他没听见，又希望他拒绝，她第一次做这种事，利用人，她感到愧疚和自厌。

但章峥岚听见了，他所有注意力都在她身上，他不敢相信，他完全没有想得那么好，思潮起伏，差点就要去拉她的手，还好还注意到老太太在，没有失态。

别说章峥岚了，连章母也有些许惊讶，她说是说帮儿子，但是也要人姑娘真的愿意，所以她不偏颇谁，每一句话都说得很客观，希望姑娘心里有点底，然后再作想法，老太太是觉得这事还有得磨了，没想到这么快就有成效，不免意外。

不过见儿子的神情，章母心说，就算这姑娘还是懵懵懂懂的，但儿子这边显然是不用多琢磨了，不由感慨了一句，这世间还真是一物降一物。

水光放下手中的碗，她心里是乱的，要起身时对面的人比她先一步站了起来，她愣了愣，章峥岚也"咳"了声，说："要去哪里？"

水光在自己家养成了吃完饭把碗放到厨房里的习惯，刚刚站起来，一是心神不定，二是惯性使然，此刻望着对面那人，想到自己说的那句话，不禁有点拘束，"我放碗。"

老太太笑道："碗放桌子上吧，没事的，我等会一起收拾。"然后朝对面的儿子说："你也别光站着了，要是吃好了就去换衣服，然后送水光去上班吧。"

章峥岚之前下楼来做早饭时，在一楼的卫生间用一次性的洗漱用品匆匆收拾过，但身上的衣服还是家居服。

"好。"他表情还是自然的，可事实上从她说出那句话时他就有些无法再平静，他对水光说："你等等我。"就朝楼上快步而去。

而水光则被章母重新拉着坐了下来，老太太笑着说："吃饱了吗？"

"嗯。"

"我这儿子以前可老是说什么'君子远庖厨'，这下厨做早饭还真是头一遭。"

水光不知道老太太想说什么，所以只轻轻应了一声。

老太太看着她，口气依然很慈爱，但也带了一分郑重，"孩子，不管你现在是怎么想的，但务必请你……别对他太残忍。"

水光怔了一下，随即脸一下子因羞愧而红了，想开口却也无以为继，老太太却只是包容地拍了拍她的手。

章峥岚换完衣服下来时，就只看到老太太在抹桌子，没见到萧水光，跑过去往厨房间一望也没人，当下神色一凝，转头问母亲："妈，她人呢？"

"毛毛躁躁的干什么？"章母摇头，"小姑娘帮我收了碗筷，先去外面了……"

章峥岚脸上一松复又皱眉，"去外面做什么？也不怕冷的……"他三两步上去拿了玄关水晶器皿里的车钥匙，回头朝老太太道："妈，我走了，您等会出门把门带上就行了。"

老太太点头，"把我拿来的那茶也带上，谁感冒就谁喝吧。"

章老大心说，果然姜还是老的辣。

章峥岚刚出来，就看到了站在花园里，望着远处出神的萧水光，那单薄的身影让他下意识就脱了外套上去披在她身上。

水光被突如其来的温暖气息包裹，她回头时，那人说："早晨的雾气凉，你昨晚的低烧才刚好，别又冻着了。"

水光望着他，好一会儿没说话。

章峥岚也没再开口，嘴角含笑。

当冷风吹来，萧水光看到面前的人微微一抖，要把身上的衣服拿下还他，他伸手按住了她的手，"我没关系。"

水光还是把衣服扯下来给了他，章峥岚当时几乎没敢接，就怕她又把球给打回来，说"算了"，正当章峥岚心里又七上八下时，水光开了口，"你穿着吧……也别着凉了。"

章峥岚笑了起来，"你关心我。"他说的是陈述句。

他就这样，面对萧水光，只要对方给一点甜头，他马上就嬉皮笑脸了，之后就接过了衣服，"那我去开车出来，坐车里就都不冷了，你等我。"

水光看着那背影跑开，扪心自问，我能做到吗？不愧对任何人？

章峥岚很快把车子从车库里倒出来，他开到水光前面的路上停下，按了喇叭，然后俯身到副驾驶座的窗口微笑着朝她招了招手，那一刻有晨光照在这男人的发肤间，让他看起来是那么神采飞扬。水光走过去，拉开车门坐进车里，章峥岚一直看着她，脸上带着笑容、温暖和包容。

不知为什么水光有点无法正视那道目光，她避开着他的视线，而后者欣赏完了，最后垂头低低咳笑了一声，说："水光，你得告诉我你要去哪里？"

"……"

一上路，章峥岚想缓和气氛，打开音响，当高音质的低柔嗓音播放而出时，不光水光有点意外，章老大自己也是小愣了下，不知怎么就有点尴尬，正要关掉音响，水光说了句："放着吧，挺好听的。"

章峥岚笑了。

水光说："那拍摄的事你跟摄影公司说一声吧，我下周末会过去。"

"好，这小问题。"他熟练地拐了弯，车子驶上大路，说，"你这新单位离我那还挺近的，离你自己的住处倒是有点远。"说完反应过来，马上举了举一只手，"我没别的想法啊。"

水光看了一眼他，就一眼，就转头看向窗外，章峥岚讪讪然。

后一秒水光手机响起，她手机从昨晚开始就一直放在包里，而包是放在楼下的，她翻出来看到上面显示的名字，才后知后觉暗说了一声"糟糕"，昨晚上忘了跟罗智打招呼，事实上，也无法打招呼，她接起来时对面就是一通轰炸，"你怎么搞的？！整晚上不接电话，去哪里了？！你做事有没有脑子？！你知不知道我很担心你！"

"对不起，罗智……我昨晚住在朋友家。"

对面的人也是担心过头，心急如焚才发了脾气，此刻知道她没事，松了口气，也不免盘究起来，"住在谁家里？你那大学同学家？"

在封闭的车厢里，电话那头的声音又比较大，水光不知道旁边的人是不是也听到了，她偏头看了他一眼，开车的人表情很平静，只是眉眼间带着几丝轻淡笑意，她含糊"嗯"了一声，对面的人说："你要有事不回来，可以，可怎么也得跟我打声招呼吧？我还以为你被什么流氓绑架去了呢！"

"咳咳！"呛出来的人不是萧水光，而是旁边的司机，章峥岚止住咳，还挺平常地轻问了句，"你哥？"

水光没答他，听罗智又讲了一些话，不外乎以后晚上住外面要提前知会一声，免得他大把年纪的担惊受怕之类的，水光一一应完，挂断后，司机开口说："你哥挺有意思的啊。"

水光叹了一声，"你刚刚开错方向了。"

之后多开了两条街绕回去，虽然是小失误，但章峥岚脸上却有些臊了，他一只手摩着方向盘说："你八点上班吧？"他说这话的意思是他不会让她迟到的，以及转移话题。

水光看他开车三心二意，不免说："你好好开车。"

章峥岚讪讪的，但心情却是很好，他把手边上的那袋药茶递给她，让自己恢复从容，"这茶你去泡来喝，没副作用的，还有，今天就别吃辛辣的了。"

"……谢谢。"停了一下，水光只能这样说道。

章峥岚一笑，原想说"跟我客气什么呢"，想想太轻浮，就改成了最中规中矩的回答："不客气。"

尔后，章峥岚时不时搭两句话，水光听到了就应一声，没听到或者是没意义的话就没搭理，就在这样一种不算太融洽但也还算平和的气氛中，车子开到了目的地。

在要下车时水光又道了声"谢谢"，但章峥岚却是拉住了她，她侧头，他笑着说："不够诚意。"水光还没反应过来，他就靠过来在她额边轻吻了一下，"好了。"

水光握着车门把的手有些僵，她后来推门下车，看着车里的人朝她温和地说"再见"，然后开车离开，她发现自己竟然紧张了，那一刻，她不知道自己是因为谎言而紧张还是别的什么。

而相比萧水光的茫然，章峥岚却是太肯定自己的方向了，并且知道该怎么做，好比现阶段，他虽然激越，心思涌动，却也知道万万不能急于求成而自乱了阵脚。不过，刚那吻好像又有点太冲动了，然而一细想又笑了出来，再次看了眼后视镜中越来越远的那道身影，章老大很煽情地自语了一句"才下眉头，却上心头"。

章峥岚这天进公司门，是人都看得出来老板心情好得不得了，所以当他一到办公室里，外面人的八卦再度 high 起，从上次的"头儿有女朋友了，估计要结婚了"演变成了"肯定成了，估计要当爸了"！

大国说："说真的，真没见老大这么笑过，他以前都是要笑不笑的。"

阮旗也感慨道："头儿不会就这么回家带孩子了吧？"

有人骂阮旗，"你带孩子，我还能想象，老大，抱歉，我还没那思维能力。"

"当年的英雄啊，我的偶像啊，也难过美人关啊。"

"老实说，那女的，也一般般嘛。"

"嫉妒了吧你？"

小何算说了句人话，"你们够了啊，老板喜欢什么样的都是他自己的事情，反正我是真心觉得老大在谈恋爱了，我们女人的直觉一向准。"

张宇"啊啊"了两声说："老大都谈恋爱了，我却还是单身，伤不起啊。"

"老张，你不是对上次那女的，就是你好不容易跟她签了合约的系花美女一直念念不忘么，何不乘此……攀交攀交？"

"滚，她是我偶像！"

在外头一伙人瞎猜的时候，章峥岚坐在位子上沉思着，刚脱了外套，白色衬衫上的领带也扯松了，就这么靠在椅背上，有那么几分雅痞味道，他一手抚着额头，一手夹着支笔有一下没一下地敲着红木桌。

后来小何泡茶进去他都没察觉，前者不得不出声，"老板，茶。"

章峥岚抬头看了一眼，说："放着吧。"

小何点了下头要出去，章老板倒说了句："等等。"被点名的姑娘又站回来，听候老板吩咐，章峥岚低头想了两秒说："你跟你男朋友交往多久了？"

小何愣是一下没听清楚，"啊？"

章峥岚淡然地看着她说："你来那么久了我也没跟你谈过心，我这上司做得也有点欠人情味，今天随意聊聊，回答好了年终奖加一倍。"

哇靠！这是小何当时的心声。

姑娘仔细一想又觉得老大真强大，明明是忽悠人的话也可以说得那么理所当然，完了又加了句让人没得退，也不想退的后话。

"嘿嘿，老板，我跟我男朋友交往有三年了，大学那时候就在一起的。"

"挺好。"章峥岚颔首，示意她讲下去。

小何想了想说："是他提出的交往，我觉得他人还不错，我跟他性情爱好也都挺合拍的，就答应了。"

章峥岚"嗯"了声，道："你们刚在一起时，都做些什么？"

这算性骚扰吗？"呃，不就是牵牵手吃吃饭看看电影逛逛街这些。"

章峥岚沉吟，一会儿说："好了，你去忙吧。"

小何端正面容出去时，心里却是惊骇的，"不是吧，头儿不会谈恋爱？！"

而不久后小何又被叫进了老总办公室，第二次章老大问的是："你男朋友约你出去的时候，通常是怎么开头的？"

小何愣怔之后答："喂，有空吗？出来吃饭。"

章峥岚想都没想，摇头说："不行。"

小何纠结，什么不行啊？"我们都是这样说的，要么就是'天气不错，一起出去逛逛啊'类似的。"

章峥岚摆摆手说："算了，你出去吧。"

被招之即来挥之即去的姑娘出来后，心说：这不会是还没搞定吧？

相比章峥岚的"无所事事"，水光这天却是忙碌的，刚到新公司报到，要熟悉新环境，认识人员，虽然第一天需要处理的工作不多，可零零散散的事也不少。所以当章峥岚在九点左右打来电话时，正在翻公司历年资料的水光下意识就按掉了。

另一边的人看着手机好半天。

何兰第三次被招进老板办公室，被问及"你男朋友挂你电话你怎么办"时，她已经惊讶到麻木了，也之所以会脱口而出，"老板，以你的相貌、身材、身家，哪个女的会不接你电话？！"

章老大扫过去一眼，小何"呃"了声，挺了挺背脊说："如果我男朋友挂我电话，我肯定就不理他了！"

章峥岚深深皱眉，这次话都懒得说了，直接摆手。

小何屁颠屁颠出去后，也深深吐出一口气，"那女的我一定要见识见识，太佩服了！"

中午时分，手机上第二次显示那尾数是四个五的号码时，水光迟疑了一下接了。

"我今天很忙，你别一直打过来了。"

对面停了一秒，笑着说："我才打了两通。"然后他轻声问她，"你午餐能出来吗？我带你去吃饭。"

"不了。"说完水光又觉得太不近人情，所以又说明了一次，"我今天比较忙。"

章峥岚自然是失望的，但表面还是成熟体谅，"好的，那你记得吃午饭。"他还想说点什么，对面却没多留恋地搁断了电话，章峥岚啧啧有声，"还真是冷酷。"

水光中午是跟着同部门的女主任去公司对面的餐厅吃饭的，饭吃到尾声时有人过来跟她打了声招呼："你好。"水光抬起头，看到站在她们桌边的正是跟她有过几面之缘的那位警察。

水光并不奇怪在公众场合遇到认识的人，她奇怪的是这人竟会上来跟她打招呼。

那人朝水光旁边的主任点了下头，才回过来跟她说："你能跟我过来一下吗？"他说这句话的时候是诚恳的，但她还是问了声，"有什么事？"

对方微敛眉，才低低道："请帮我一个忙。"

水光这时候也发现，在他身后离他们五六米远的地方，坐着的两位长辈和一个成熟干练的女人都看向她这方向。

那一刻水光也有点明白是怎么回事了，她第一反应是想要拒绝的，她犯不着蹚这种浑水，也没有理由。

可那人却在她开口前先一步拉住了她的小手臂，神情恳切，"拜托你。"水光被他拉着起来，刚要走，她轻巧地挣脱了，男人讶异地回头看她。

水光站在那里，她说："抱歉，我帮不了你的忙。"

面前的男人穿着考究，眉宇间总有股化不开的忧郁气质，此刻则更甚，他最后自嘲地笑了笑，退后一步说："是我冒昧了。"

在他转身时，水光不知怎么地，突然说了一句："如果你喜欢的人还活着，那就去找她吧，至少，你还有地方能找她。"

那道背影僵了僵，他没有回身，"她……跟死了又有什么差别。"说完就走了。

水光看着男人回到那边，他没有坐下，好像跟他们说了两句话，随后拿起椅背上的外套就往外去，水光与那桌上的年轻女人瞬间对视，对方朝她笑笑。

水光在转回头时，对面的主任好奇地问了声："刚那小伙子是你的朋友吗？"

水光平淡道："不，不是。"

吃完饭水光跟女主任平摊结账时，她注意到那边的人都已经走了，而她放在桌上的手机也在此刻响了一下，一条信息。

你吃完饭了没？

萧水光拿起，回复了过去：**刚吃好。**

章峥岚正跟公司里的员工开会开到尾声，手上握着电话，他刚发信息出去，其实并没有抱希望，正当他打算把手机收进袋里时，信息的提示音响了一声，他立刻查看，屏幕上简单的三个字让他嘴角慢慢扬起。

他抬了抬手制止在说总结的大国，"差不多了。"然后说，"午餐想去哪里吃？我埋单。"

会议室里的人雀跃不已，纷纷欢呼，"头儿，今天什么事儿啊又请客？"

"心情好。"章峥岚轻描淡写道，然后起身，资料夹一合，扔给旁边的阮旗，帅气离场。

Chapter 13

我们试试看吧

章峥岚那天下午一到点，就衣冠楚楚风度翩翩地走人了。

"是谁说的？头儿认真起来还真是帅得不是人。"众人看着那风衣一角一道潇洒的弧度消失在大门口，又一致感慨，"不过，公司老大第一个下班，真是人心不古，江流日下。"

章老大这边，原木是想三四点钟就走人的，后一想觉得太不矜持了，所以耐着性子等到了五点，那最后几分钟简直是看着钟表过的，那个心焦啊，他后来自己想想都觉得脸上有温度，完全就跟刚懂爱的毛头小子一个样。

章峥岚从停车场倒出车，他看到后视镜里自己嘴边那笑意，不由伸手拍了拍脸，"章峥岚，沉稳点，沉稳点。"

结果就这样一刻不得休地赶过去，到那办公楼下，下车跟保安说要去第几楼的某某公司，却被告知这公司的人刚都下班了。

章峥岚当即"靠"了一声，保安脸色一凝，正想说：什么态度呢？章老大已经着急问道："你们这最近的公交车站点在哪里？"来之前他想过要打电话，可又担心她觉着烦，所以忍住了没打，也想给对方一个小惊喜，虽然他知道在她看来大概既没惊也不会喜，结果没想到扑了个空，当下就手忙脚乱了。

保安对一看就卓尔不群的人其实也没胆子凶起来，而对方那样子也应该是真有要紧事，所以他抬了抬下巴说："这出去右拐，走五十来米就有站牌。"

章峥岚道了声谢，回身正要去拨电话，手机倒先响了，他一看屏幕上显示的名字，一愣，接通，"水光？"

"嗯。"语气如同往常，并不热络。章峥岚却笑了，"你在哪呢？"

那边好像叹了一声，"马路对面。"

章峥岚猛地抬头，就看到萧水光站在这办公楼对面的那条街边，在稀稀朗朗的人流中，她站在透射着朦胧灯光的橱窗前，裹着黑色的大衣，围着一条浅色的围巾，手上拿着手机，正静静看着这边。

章峥岚那一刻心中悸动——看到她比什么都好，这如果不是爱那什么才是？

如果说当初的开始是失误，如果说那两年的难以忘怀只是不经意，那现在的心旌摇动，无法放手便再清楚不过，那种积年累月的上心是朝思暮想，是经历过那人后再也找不到别的人可以替代。

章峥岚对着电话，笑着说："你等我？"

萧水光收了电话，她看着笑得很明朗的男人把手机一收，上了车，上车前好像还跟后面的保安说了句什么。

他开车到她旁边时，下车来，走到她面前，嘴角带着见到她后未曾淡去的笑容，"我还以为你走了呢。"

水光"嗯"了声，算是应了话，章峥岚又问："肚子饿吗？去找地方吃晚饭？"中午没约到，晚上怎么着也要共进晚餐，他已经想了好几家不错的餐厅可供选择，不过吃什么无所谓，只是人一定要一起。

章峥岚觉着自己都有点黏人了，但黏人就黏人吧，看不到太牵肠挂肚了，然而却听到眼前人说："我回家，你自己忙吧。"

英气的眉微微皱了一下，随即说："那我跟你回去。"

水光微沉吟，章峥岚看她的样子忍不住"哎"了一声，"萧水光，你不能朝三暮四啊。我现在受不了刺激，你要让我走，我肯定跟你没完。"

水光无声了好一会儿，才道："我只是觉得你应该很忙。"

章峥岚听着这话，就松了眉笑着拿了她手上的包，"我能有什么忙的。"说着去开了车门引她上车。

水光只好说："那我要先去趟市场买东西。"

"那不简单，我带你去。"

这逛菜市场，对于章峥岚来说还真是生平头一次，也不是说章老大养尊处优，他对自己感兴趣的东西，就算几天几夜不眠不休琢磨都不嫌累，对不能引起他兴致的，他是连碰一下都懒得碰，好比说做菜，既然对进厨房没兴趣了，连带着买菜也就完全不搭手了。

不过章峥岚跟着萧水光，那是做什么都兴高采烈的，一步不离，话也多，就怕漏了什么细节而可惜。

水光上次跟他逛过一次超市，对他乱七八糟的问题已经能免疫。

他说要买鱼吧，硬要选最大条的，这时间点，菜市场人最多，那高俊的身影站在人群里就跟鹤立鸡群似的，一身名牌装束更是让一些人侧目。

可来往的人就看到这丰神俊朗的男人站在鱼摊前，扯了扯身边正要挑蛤蜊的女孩袖子说："水光，我们买鱼吧？鱼蛋白质丰富。"

萧水光看都没看他，"这鲢鱼太大了，吃不完。"

"没关系的，吃不完剩下。"

水光闻言瞥了他一眼，他笑意更深，"好吧，不能浪费，那么我多吃点，保证尽力全都吃完。"

水光实在不想惹起别人的注视，低头选着蛤蜊，轻声道："你别吵我。"

章老大被说教了却笑得更开心，还不死心，"买一条吧？回头我帮忙料理它。"他其实也就是想要享受两人一起做一件事的过程，结果他这话刚说出来，那摊主就说，"先生，鱼我们可以帮忙杀的。"搞得章峥岚无言了。

水光一笑，却没说什么，她让摊主称了蛤蜊，然后说："帮我抓一条鲫鱼，小点的。"

摊主一边称蛤蜊一边笑说："小姑娘，你男朋友要吃鲢鱼，你就给他买条嘛，小两口吃不完就煮半条，另一半腌了隔天吃不就行了。"

"男朋友"这词，水光听着是一顿，章峥岚听着则是万般的称心如意，他笑着拉回水光的手，接过摊主递来的袋子，把手上整钱递过去，大方地说等会不用找了，使得那摊主傻眼了，而章峥岚牵着水光的那只手没再松开，后者稍稍挣了下，对方抓得更牢。

章峥岚没有看她，不慌不忙地跟摊主说："她说什么是什么，你就杀条鲫鱼吧。"

之后章峥岚一直牵着水光的手笑着走过去,看着两旁的摊面,然后侧头问她要什么。

水光被他弄得买个菜也束手束脚的,"你一直抓着我的手,我怎么买?"

章峥岚说:"你可以让我帮你买,为你服务,我什么都愿意的。"

水光并不领情,说:"你不会挑。"

"那你教我,我学习能力很强的……"然后举例说他自己二十岁学车那年,就是人家讲一遍,他上去就会了。

水光随他没头没脑地扯,想不着痕迹地抽出手,却被对方顺势五指交缠,他举起两人的手,将她的手背靠近自己的唇边,"别搞突袭。"

他说话的时候嘴唇轻轻摩挲着她的皮肤,让她不自觉地缩了缩手,这种亲昵让水光有些不能够太坦然,闷了一会儿说:"痒。"

水光从小就怕痒,小时候跟景琴闹,论"身手"小琴自然比不过她,但小琴一旦趴在她腰上挠痒,她就只能求饶了。

这厢章峥岚想了一下,然后将她手牵到了衣袋里放着,隔着袋子轻按着,说:"你看,总会有办法的。"他的意图很明显,反正不放手。

水光看着他,半晌后说:"章峥岚,你很紧张吗?"

章老大确实紧张,一路怕她退缩,怕她甩手,怕她说暂停,总之看上去是晏然自若,实际上是心神不安,以前的老练全无踪影了,此刻被说中,还红了下脸。

这样一个男人,对于萧水光来说却多了一分忧愁。

后来两人买完东西,上车前水光望着他说:"你不用对我那么好。"

章峥岚一愣,笑道:"我乐意。"

他乐意,他愿意为她做任何事。

之后一路过去水光都没有再说什么,她心里的人死了,而她身边的人在做着她曾经做过的事情,水光在到自己住处时,缓缓说了一句话,她说,章峥岚,我们试试看吧。

章峥岚听到那句话的时候,心中激越万分,可他表现出来的却是平静的,这大概就是所谓的极则必反，他甚至还回了声"好"。

然而等水光推门下车，他跟下来才想到忘了带车钥匙，连忙又去开门拿，按开了后备箱，关门时却差点夹到手指，水光已经从后备箱拿出了买的那堆东西，走到他身旁也有点不自在，迟疑了下才问："你跟我上去吗？"

他那么不依不饶地跟来自然是要上去的，可此时她那么问，意义又完全不同了。

他笑容灿烂地拿过她手上的东西，说："走吧，我肚子也有点饿了，等会儿我帮你洗菜，这次一定一片一片洗……"

水光不由看向他，后者极其自然地一笑说："我紧张。"

水光无言，上楼的时候，她走在前面，章峥岚走在后面，他看着眼前人纤细的背影，及耳的短发，看着她被楼道里的白灯照着的侧脸……好像只要是她身上的，不管什么都能让他意动情牵，他忍不住伸手抓住她大衣的下摆，一直到了三楼的门口，才不动声色地松开手。

萧水光从包里拿出钥匙，正要开门身后的人靠到她肩膀上说了一句："水光，你这次不会再赶我走了吧？"那亲昵带笑的姿态让水光心中一动，随后一本正经道："你再油嘴滑舌我就赶你走。"

他笑着举手说："一定不油嘴滑舌。"这语气就已是得了便宜还卖乖了。

水光开门进去关，就看到客厅沙发上坐着两个人，当场有点愣住。

她身后的人也有些意外，不过姿态从容，章峥岚本质上是对谁都意兴阑珊，不怎么当回事的，例外就是萧水光。里面的罗智看到进门的人也已惊讶地站起身，叫了声"水光"，然后朝章峥岚打了招呼，"章总？"

章峥岚撇过脸朝身边的人温柔地笑了笑，才回头说："都在啊。"

他说的"都在"并没有语病，因为另一个人章峥岚也是认识的，是大国的兄弟老邵——罗智的合伙人，而目前他也是那新开公司的合伙人之一。

老邵对章峥岚是很敬重的，此时已经走上来，"章总，你也来了？我们刚还说到你了呢，这两天我们接了两笔单子，还算大的，想给你过目，顺便征询一下你的意见。"

章峥岚笑道："你们这行业里的东西我也不是特别懂，你俩自己决策吧。"他说的时候水光接了他手上的袋子，她此时有点不敢面对罗智，便直接朝厨房去了。

章峥岚很自觉地没亦步亦趋，他看着水光没入厨房，才面向房子里的其余两人，"怎么都站着？坐啊。"

另两人瞬时有种主客颠倒的感觉，罗智简直是苦苦思索不得，他家水光跟……章总？先不说他一直觉得章峥岚是有点深不可测，看似随和却很难亲近的一个人，更不用讲水光她本身的问题了。

这两人实在让他想不到，也可以说是无法想象，罗智张口欲言了半天，反倒是章峥岚先朝他开了口，他说："水光她有点感冒，家里有药的吧？等会晚上吃好饭你再让她吃点药，免得又复发上来。"

"哦……好的。"罗智频频点头，心里混乱得跟麻花似的了，这种说辞他想把他们关系想清白也不可能了。

旁边的老邵也听出了端倪，暗暗吃惊，章峥岚哪，多么难伺候难搞定的主，今儿跟大国聊事时听说了句他们老板可能要结婚了，他是完全当玩笑话，原来竟是真的？而对象还是小罗的妹妹？

章峥岚一直是一脸的坦然，不过三个男人"冷场"多少有些无趣，就随意问了几句关于新公司的事情，男人们说到公事马上就活络了，讲起来那都是一套一套的。

萧水光在厨房心神不宁地忙碌，外面隐隐约约传来不太清晰的谈话声。

她有些恍惚，该如何向罗智解释？而水光并没有困扰多久，因为没一会儿就有人进了厨房，进来的是章峥岚。

他笑着走到她身边，"说好了帮你忙的，我来吧。"

水光下意识问："你怎么过来了？"

章峥岚眨了眨眼，说："我想你了。"

她摇头，"你就不能好好说话么？"后者叹了口气，"萧水光，我对你说的可都是肺腑之言。"

"……"

水光发现这人总是能把她的思绪带到别的地方去，而忘了要说的重点。

而最为让水光意外的是他们在厨房里时，竟然都没有人来打扰，包括罗智，水光以为他会进来问她，就算不问至少也会来看下。

正一片一片洗菜叶子的章总微侧了下头，靠近水光温声说："我告诉你哥了，我在追你。"

水光抬头看他，眼睛睁得有点大。

章峥岚微笑着辩白："我们一起进来的，我不说，你哥应该也有所察觉了，而我习惯把一些事情'坦白'。"

章峥岚是天生散漫却带着一股隐秘强势的男人，也是典型的最常说"随意"却是最不能随意交代的人，就像是他的，他要的，他不会允许模棱两可，更何况是让他孜孜以求、辗转难眠的萧水光。

本以为先斩后奏她会有点气的，却听她问了一句："他怎么说？"

"嗯？"反应过来就牵起嘴角，认真答，"他说挺好。"

罗智大哥当然不会这样说。

当时章峥岚靠着沙发背，跟他们聊着天，举手投足自信成熟，泰然自若，老实说罗智对章峥岚是有点奋斗目标的意味，他才比自己大两岁却已有如此成就，不能说不让人艳羡和敬佩，就算是聪颖过人的景岚，到他这年龄也未必能有这番作为，而这样一个人物跟他诚挚请求："小罗，我在追你的妹妹，追得有些辛苦，无论你对此是持什么观点，我只想说我对萧水光再真心不过，也希望你不要去左右她的想法。"

感觉到和直接说破的冲击力差别还是很大的，所以罗智愕然，什么都说不出口，只愣愣地点了点头。

那天的晚餐，气氛说平常也平常，说怪异也怪异。

水光一直没说话，而一向能说会道的罗智大哥也变得话很少，聊得多的反而是那两个"外人"。

章峥岚是心情好就多说一些，当然这跟"紧张话多"又是另当别论。至于老邵，虽然也惊叹，但缓过来后也知道要好好招呼章总，如今又多了一层不得了的关系，他们新公司的未来可以预见是如日方升的。

吃完饭，时间尚早，口沫横飞还在兴头上的老邵提议打牌，罗智在公司里忙里偷闲也常跟老邵他们玩两把来放松，而一顿饭后"儿女情长"的那条筋也粗了，便道："行啊。"

章峥岚无不可地点了下头，不过他先体贴地帮水光收了碗筷，另两人去找牌时，他弯腰，白净修长的手在她眼前晃了晃，问："想什么呢？"

水光在想今天发生的这一切，那么突兀又顺理成章，当她看到靠近的那英俊脸庞，心头不知怎么地一跳，偏开头说："没什么。"

章峥岚眼眸微闪，"我还以为你在想我。"

他说得不响，但足以让萧水光听到。章峥岚看着抹完桌子走入厨房的人，内敛的眼里满是笑意。

后来罗智从他的拖箱里翻出了两副扑克，三个大男人就移驾到客厅里斗地主了，章峥岚没玩过，但罗智讲了一遍规则，他就说："行，发牌吧。"

老邵征询："章总，要赌点钱不？小赌怡情。"

罗智附和说："可以，不过老邵啊，输了可别赖账啊，你上次那五十块还没给我呢。"

章峥岚无所谓，他之前想去帮忙洗碗的，结果被赶了出来，水光说："你就不能不跟着我？"

某人笑吟吟地被"赶"出来后，就听到老邵叫了他，"来来章总，打牌打牌！"

两把牌下来，章峥岚已经摸透了其中门道，打得是越来越顺，老邵疑惑，"章总，你真的是第一次玩斗地主？"

章峥岚接过老邵递过来的烟，夹在指间，对方要给他点着，他摆了摆手。

老邵不解，但也缩回了拿打火机的手，只听章峥岚说："最近在戒烟。"就是手还是有点痒，所以拿着过过瘾，他打出一副炸，手上还剩一张，说："你们应该没比这大的牌了，给钱吧。"

罗智连连摇头，"我这么好的牌都被关在里面了。"从裤袋里掏钱，结果只剩下几枚硬币了，刚起身要去房里拿钱夹，看到从厨房走出来的水光，下意识喊了声："光儿，借哥点钱！"

水光听到他们在赌钱，皱了皱眉，但还是去包里拿了钱过来，要给在洗牌的罗智，罗智忙着就努了努嘴说："十块啊，给章总。"

水光拿出十块递给章峥岚，章峥岚一直看着她，此时抬手接过钱，轻笑道："谢谢。"暖和干燥的手指似有若无地碰触了下她有些凉的手，水光缩了缩，不自觉又瞪了他一眼。

章峥岚的笑容更大了，他想他怎么就这么喜爱她呢？

Chapter 14

最好的生日礼物

　　那天在萧水光的租房里，三个大男人打牌打到了九点多钟才散场，章峥岚中途接了几通电话，都是上来"章总啊在哪逍遥呢，要不要出来喝酒"之类的。章峥岚第一通接到这种电话时，当即就看了眼给他们端茶上来的萧水光。

　　水光从小父亲对她的家教就严，所以此时就算三个大男人又是抽烟又是打牌，她也会客气地端上茶，章峥岚接过那杯茶，笑着又道了声"谢谢"，等她走开，才不动声色地对电话那头的人说："没空，行了挂了。"

　　"嘿老同学，您在忙什么呢？这种时辰不会是早早就窝家里了吧？"

　　章峥岚抽了一张牌扔出去，"周建明，有话就快说。"

　　对方乐了，"不是说出来一起喝杯酒吗？"

　　章老大面不改色说："三更半夜喝什么酒？没事早点回家吧。"

　　对面顿了顿，"你是章峥岚吗？！"

　　章峥岚笑道："行了行了，忙着呢，没事挂了。"

　　被掐了线的那一头，周建明看着手机半晌，回头惊讶地对江裕如说："岚哥让我们早点回家呢，这位平时最能呼朋唤友的主儿居然不出来玩！"

　　江裕如喝了口啤酒说："估不准是在谈恋爱了吧？"

　　旁边有人笑道："大学那会儿，我们寝室里，岚哥最常说的话就是'谈恋爱就是浪费时间'，江姐不是说你浪费时间啊，是岚哥太绝情！他那时候还说'弱水三千，我只取一瓢'呢，完了女朋友换得比谁还勤，所以，岚哥这种人物不可能是在谈什么恋爱，八成是懒得出来应付咱们而已。"

江裕如似乎非常不以为然，"如果你们见过他……算了算了，一群大老粗说了也不懂。"

众人表示江小姐性别歧视！

江裕如"呵"了声，"还别说，我比你们还好奇呢，究竟是什么样的女人能把章峥岚给收了？"

这边一向是从心所欲，无所顾忌的章峥岚，在接到了三通类似的电话后，索性把手机关了。

而此时水光刚进房间里去，罗智打出一张牌，回头望了眼关上的房门，然后又看了看对面的章老板，方才犹犹豫豫地问："章总，您跟我妹……是认真的吗？"其实罗智想问的是，你跟我妹到底是怎么回事怎么会在一起？这太突然了！是认真的还只是在跟他们开玩笑？毕竟之前完全没有任何蛛丝马迹……想到这里，罗智突然回忆起在这楼道里遇到过章峥岚的那一次，脑子里刹那间似乎闪过了些什么，惊讶过后倒是有一些说不清的尴尬情绪冒上来，差点出错了牌。

章峥岚的脸上看不见一丝波澜，他笑笑说："小罗，我是真喜欢你妹妹。"或者说他是沉迷了吧？不知道，反正是心神都被牵着走了。

这么直白的话，击得两名旁听者面面相觑，罗智其实也不大好意思去探究更多，毕竟感情是个过于敏感的话题，即使其中一个是他的妹妹，他的青梅竹马，他心里想，如果水光能够喜欢上别人那是只好不坏的事情。

罗智笑着出了牌，开玩笑道："章总，您今儿赢了不少了，改天得请吃饭哪？"

章峥岚很大方，"行。"

老邵放了牌，呵呵笑道："那我输得也心里舒坦多了。"

水光在房间里翻了会书，听着外面的交谈声，有些不适应。好几年了周围都没这么热闹过，也没有因为有某个人在家而觉得无所适从。

而后来水光拿了衣服去浴室时，却正好就碰上了某个人，他刚洗完手，抽了纸巾边擦手边转身出来。水光捧着睡衣停在门口，章峥岚对上她愣了下，然后笑着说："洗澡了？"

水光"嗯"了声，"你好了吗？"他站那不动。

"哦，好了。"章峥岚看到她手里的睡衣，经过她时，还是抓住了她的手腕，侧头说，"再拿件外套进去吧，等下出来的时候披上。"完了又补了句，"免得着凉。"

水光想，她手上的睡衣裤已经是很厚实的冬款了。

当然萧水光并没有再折去拿外套，不过她出来时，那边牌局已经结束，而罗智大哥的合伙人老邵也不知何时已离开了。

章峥岚靠着餐桌在喝茶，罗智窝厨房里，估计又是饿了在煮夜宵。

一时间客厅里只剩两人，水光两鬓的头发因洗澡弄湿了，粘着脸，她不自在地想去拨一下，章峥岚放下茶杯走近，接了她手上的毛巾，"怎么洗澡不带浴帽的？"他帮她拭去发梢的水，眼神说不出包含了多少沉敛的又显而易见的情绪。

水光说："我自己来吧。"

章峥岚很配合地把毛巾递还给了她，说："那等一下你要送我下去。"

这条件提得太牵强，不过水光还没来得及开口，章峥岚就低声说："否则我就在这里 kiss you goodbye，我先申明我很乐意选后者的。"

他这话说得太义正词严，水光都不知道该作出什么反应了，章峥岚见她沉默，笑着就要吻上来，水光一惊，连忙退后一步说："你别闹。"

这三个微带斥责的字让他心旌摇曳，"那你要送我下去。"

这人在她面前就是活脱脱一无赖，死乞白赖的，水光瓮声瓮气，"你不认识路吗？"

"不认识。"他注视着萧水光，慢慢笑起来，"好了，逗你的，别慌了。"他伸手撩开了她眼前的几丝短刘海，水光从来就不太喜欢跟人肢体接触，可能是从小练武养成的习惯，可面对眼前这人总是会失了准，她尽量无动于衷地忽略这些亲密举动。

可章峥岚呢？只做这些细枝末节的动作已属竭尽全力在克制了，他多想更充实地去拥抱她，去吻她，去证实今天发生的一切都是真实的，而不是他自己虚构出来的。

然后章峥岚生平第一次很弱智地问了一个问题，他说："水光，我们真是那种关系了吗？"

萧水光面无表情看了他一眼，章峥岚神情极其无辜，"你看，我在你家待了那么久你都没理睬我，我多无助。"

"你不是跟他们打牌打得很开心。"水光道出事实。

章峥岚的声音虽然听不出什么异样，但神态显然是开怀的，他拿了外套拉了她的手往门口走。

水光看了眼厨房，那边已无声响，但也没见罗智出来。

"你做什么？"她低声问。

章峥岚很好脾气地转头劝诱，"就送到门口好不好？我想跟你说几句话，就几句。"

虽然是问句，但手却抓得那么紧，就怕她不乐意，水光想再说什么，但最终没开口，任他拉着到了门口。

章峥岚要把外套披她身上，水光推开他的手说："不用了。"后又加了句，"我不冷。"

他笑，"水光，我今天晚上可能会睡不着，怎么办？"

此时在厨房里的罗智大哥，他其实犹豫了好久要不要出去，想了半天，最后还是窝着了，之前章总直接收了牌对老邵说："今天就到这里吧，下次请你们出来吃饭再来玩几把。"

老邵多会看眼色的一老江湖，马上起身伸了懒腰，看了手表说："哟，这么晚了，我差不多是要走了，明儿还得起早上工呢。"

之后罗智送老邵出去时，后者拍了拍他肩膀，"小罗，资产上亿的妹夫啊，压力大不？"

罗智笑骂："我有什么好压力大的？"

确实，在这场"关系"中，压力最大的应该是那资产上亿的章总了。

章峥岚站在那里，笑着看了水光一会儿，"明天中午我去你公司找你吃饭？"

水光含含糊糊地"嗯"了一声。

"萧水光。"他上前来抱了抱她，怀中的人有点绷紧，章峥岚的手掌心安抚着她的背，他的脸靠在她的颈侧，轻声诉说，"我爱你。"

水光依旧没有回音，章峥岚最后放开她，笑容不变，很绅士地说："那我走了，你早点休息。"

水光看着那道背影消失在二楼楼梯口，过了好久才返身回屋。

那一刻上了车里的男人，他抬头看着三楼亮着灯火的窗户，终于点了支烟，慢慢吸了一口，吐出来，在烟雾袅袅间，他淡淡道："萧水光，我爱你就够了……无论你是否认真。"

章峥岚抽完烟，最后开车走了。

水光睡觉前收到一条短信，很简单的两个字"晚安"，水光窝在被子里，对着那发出幽幽光线的手机屏幕，最终将那号码存了名字，章峥岚。

而章老大这边到家时，在家门口见到了江裕如，她坐在大门前的台阶上，手上拿着一罐啤酒，另一只手上还夹着一支烟。

章峥岚走上去将人扶起说："怎么找我都不事先跟我打电话呢？等很久了？"

江裕如抖了抖手脚说："没多久，刚跟周建明他们散伙，不想回家，就来看看你这旧情人了，顺道嘛……"裕如说着往他后面那辆车里望了望，"来看看你的现任情人，怎么，没带回来哪？"

章峥岚笑笑，"乱说什么？"

江裕如靠在他肩膀上，"章总，你有必要这么保密吗这回？你以前交女朋友不是第二天就带出来跟我们喝酒？"

"江裕如，你是不是喝醉了？"章峥岚笑着接过她手上的啤酒，扶正她，拿钥匙开门。

江裕如看着这个高大男人，这理智到近乎有点冷酷的男人会爱上什么样的女人？她内心五味杂陈。

章峥岚将人扶进屋里，这时身边的人好像是清醒点了，江裕如摆摆手站直身说："我没事，哎，章峥岚，你家我有好几年没来过了吧？"

章峥岚将钥匙扔进门口柜子上的器皿里，啤酒也顺手放在了一旁，一边脱外套一边朝里走，笑说："给你倒茶，你随意。"

江裕如慢腾腾跟进来，左看右看，"典型的样品屋啊。章总，普洱茶，谢谢。"

刚进厨房的人喊出来一句："没有，绿茶吧。"

"啧，你就是这么招待客人的吗章老板？"江裕如跟过去，章峥岚灌了一壶水正在烧，他转向门口的人说："真没，要不将就下喝纯净水？"

江裕如玩着手里那根燃着的女士香烟，半晌开口："峥岚，我想结婚了。"后者一听，低声笑道："那是好事啊，谁那么幸运让你这文武双全的大美女给青睐了？"

恍惚之间，江裕如竟有种说不清的失落，她以前跟章峥岚在一起是因为觉得彼此"合适"。

合适这概念在现代人的观念里就是条件、学识相当，有共同的话题，外貌相匹配也就差不多了，而往往就忘了感情，这种最原始最纯粹的东西。

江裕如说不清她对章峥岚到底是怀有什么样的感情，在她那段最困难、最迷茫没有方向的时期是他帮了她，他说情伤这玩意儿时间久了自然会自愈的，再不来你找个人靠靠，找份精神支持，也当是分散注意力，而他可以大度地当那个人。他那时候确实帮了她很多忙。

她以前跟章峥岚不熟时，一直觉得这人轻浮又高傲，他成名较早，之后也是一路凯歌，用通俗的话来说就是小时候被称为天才儿童，再大点就是天才少年，完了进大学就是资优生，整一精英成长史。大学那会多少名师想收他为弟子升研升博，可他却又跌破众人眼镜地读研读一半肄业去创业了，结局也是没有意外地名利双收。

他一开始就站在高处，从没掉下来过，高傲恣意情有可原，可事实上呢？

江裕如与他相熟后才发现，章峥岚的高傲和轻浮都是出于性情的懒散，并不是真的目中无人，只是他感兴趣的东西实在太少，大多时候都是在应付，应付人应付事，也应付自己。

其实江裕如也不敢说她有多了解章峥岚，但她知道，章峥岚很聪明，而当一个人聪明到一定境界时，他表现出来的永远都不是他内里真正的东西，比如笑容，比如感情。

他对她的感情，没有男女之情，即使他从始至终对她都照顾得很周全。

江裕如接过那杯刚泡出来的绿茶，微微笑了笑，"章峥岚，我原本是想如果你有一点迟疑，我就来一回倒追，现在看来是没有一丝希望了。"

章峥岚表情并不太意外，温和道："怎么？打算移情别恋了？我可告诉你我很花心的。"

江裕如优雅地转身，朝客厅沙发边走去，章峥岚尾随其后，不忘问了句最近如何。

"好，没工作没对象的，你说好不好？"

"我们第一学府出来的江大才女还怕找不到工作，找不到对象？"章峥岚随意地落座在江裕如斜对面的单人沙发上，拿起茶几上的空调遥控器开了暖气。

他的五指骨骼修长，又天生皮肤白净，所以整只手看上去特别漂亮，他整个人放松地靠在椅背上，没有一丝约束。

这就是章峥岚，自我而随性，而这样的人爱上的人又是怎么样的？

江裕如转着手中的茶杯，"峥岚，如果我提早两年放弃那份感情，来喜欢你，你会不会……"

"江小姐，这玩笑可不好笑了啊。"章峥岚笑着打断她，"爱一个人的感觉很踏实很安定，不是二选一，也没有如果。"说到这里他停了停，语气变得有点低柔，"更不是将就和替代。"

房间里静默了一会儿，直到江裕如感慨地说："这么感性的话竟然有一天能从你章峥岚的口中听到，太难得了！"

章峥岚知道她恢复了之前的明朗，也就跟她有一搭没一搭地开了几句玩笑。后来江裕如想起什么说："对了，章总，忘了跟你说声'生日快乐'，不过礼物是没的，而原本想扑你脸上的蛋糕也在酒吧里被我们消灭光了。"

章峥岚笑了一下，很短暂，但看得出是发自内心的，他说："谢谢，我今年已经收到最好的礼物了。"

江裕如此时此刻才真的肯定章峥岚心里有了人。

之后裕如没待多久就走了，章峥岚原本要送，江裕如笑道："行了，我自己开车来了，再者也没有深更半夜让寿星送的道理。"

章峥岚确认了她统共只喝了四五罐啤酒后才放心放行,他帮她关上车门后,拍了拍车顶说:"小心开车。"

路灯下,章峥岚一手插在裤兜里,昏黄光线勾勒出一道修长的身影,江裕如收回视线,笑着摆了摆手,发动了车子。

章峥岚看着那辆红色现代开走,才转过身,他开了手机,未读信息、未接来电噼里啪啦涌进来,无意外都是约他喝酒庆生的,章峥岚略过了,他一边按到写信息的栏里,一边不紧不慢往家门口走。

在手机上,他原本打了"睡了吗",可想想觉得太俗套,就删去打上"我到家了",又一想这会不会显得自己太不独立?于是又删去,重新打"快十点了,你早点休息"。

这时章峥岚已经进家门,他一边换拖鞋一边关门一边摇头说:"这会不会显得我太独裁了?"于是又删除重来,"水光,今天我生日。"

他盯着这七个字半天,最后笑着一一删去,打上了"晚安。"考虑了一遍它的合理性安全性后发送了出去。

萧水光那一晚睡得极好,她在心事重重的情况下竟然能睡得那般沉,一夜安眠到天亮,很难得,她的睡眠质量一直差,这样一通好觉让她隔天起来脸色很好。

水光站在厨房里煮粥,罗智打着哈欠走进来,"早。"

"起来了?"

"嗯,饿死了,这粥好了吗?"罗智去拿碗筷,水光用勺子搅拌了下,看差不多了,就接过碗给他盛了一碗,递过去时低声问了句,"罗智,你有什么话要对我说的吗?"

这一向大大咧咧的男人,深沉了一下说:"我只要你开心就好。"说完就捧着碗去外面了,不一会儿传来一句,"真香,我们家光儿煮道粥都比楼下的粥店好吃!以后谁能娶你,是那人上辈子修来的福气,真的。"

水光听着笑了,心里竟不禁想到了章峥岚……她也不知道他们能走到哪一步?

七点半水光下楼去上班,在大门口看到了一辆深色的SUV停着,下意识驻了步，当她看清那车并不是那人的那辆时，暗自松了口气，水光是真的不晓得该如何跟他相处，在那样的关系下。

　　章峥岚这边呢，原本是起了大早想去接她的，但后一想觉得太紧迫盯人了，于是几经考虑中途作罢。所以那天他到公司的时候，时间还很早，公司里只有秘书小何一人早早到了，她一见老板，不由惊讶道："章总，您怎么那么早？"章峥岚懒懒地"嗯"了声，径直走向办公室，手刚放在把手上，又回头说："小何，你今天穿得很漂亮。"

　　何兰目瞪口呆地看着那扇红木门合上，心说：老板这是心情好还是不好啊？

　　章峥岚的心情自然是好的，就是有点纠结，你说关系好不容易确立了，竟然连去接下女朋友都不敢，不过他一想到"女朋友"这词就忍不住笑了。

Chapter 15

第一次约会

昨晚大致没怎么睡，所以章峥岚让小何泡了咖啡进来。

"章总，迟到地跟您说声'happy birthday'，我才来不到一年不了解行情，罪过罪过，不过据说大国他们昨晚上也没约到您老人家啊。"何秘书因为被夸了漂亮，所以说话有点阿谀，再见老板那翻文件也明显带笑的神情，不由造次问道，"铁定跟情人出去活动了吧那种特殊日子？"

章峥岚抬起头，何兰直起身说："老板，您的咖啡。"

章峥岚笑笑，然后问："怎么，对我私生活那么感兴趣？"

"没，没。"何姑娘心里想的是，全公司上下关于您的八卦谁不感兴趣？你看啊，资产足够多，人足够酷，又出手大方，雅痞又不乏绅士，这种人物，只要他愿，生活不要太精彩，可问题就是他们老大的生活太过意兴阑珊了，所以难得有风吹草动，哪怕是捕风捉影的，也会被拿上来流言蜚语一番，没办法，IT 工作者都太无聊了。

所以这也造成了一个现象，就是老板的八卦很多，但真相很少。

上次负责游戏包装宣传那块儿的老陈还流言过老板与他们签了合约的那女的有关系呢，不过这项猜测马上被人否定了，说是："老大虽然很风流，但也不至于残忍到对才见两次面的人就下手吧？"

女人的灵敏度不一般，就何兰自己的感觉是老板在谈恋爱，不过对象应该不是那位江小姐,至于究竟是谁,那就不得而知了,但可以确定的是对方很"厉害",老板最近的特殊表现她可是亲眼所见。

当然这些都是猜测,真相一直没浮出水面。

反正时间还早,何 MM 刚想再跟老板侃两句套套口风,桌上那手机响起,章峥岚一看,脸色顿时一变,确切地说是惊喜,"喂?"

萧水光刚在公交车上接到拍游戏宣传片的厉总电话,对方问她能否晚上过去拍接下去的那部分,因为这周末摄影师都要外出,然后章总的这片子应该是比较急用的,怕是拖不起,最后对方还很突兀地说了一句:"要不萧小姐你问问章老板看,如果不赶的话那就缓到下周末?毕竟晚上让你抽时间过来我也不大好意思。"

厉总从开说到挂断,水光都接不上话,只中间提了声"你可以自己问他的",结果厉总说:"章总是我们的大客户,得罪不起啊。"在意味深长的余音里,厉总又道:"不好意思萧小姐,我这边又有电话进来,那就先这样了。"

萧水光无语,下公交的时候,她不得不拨了那人的号码。

熟悉的男音通过电波传进耳膜,水光有点不知如何讲。

"你现在忙吗?"

这边章峥岚已经走到了窗边,　心　意打电话,"不忙,有事?什么事?你说。"那口气是恨不能掏心掏肺,赴汤蹈火了。

"你游戏的那宣传片子急吗?能不能延迟到下周末拍?"

"宣传照片?不急,老厉那边找你谈事了?"

"嗯。"说完她停了一会儿,"其他没事了,我挂了。"

章峥岚下意识叫住她,"哎等等!你早饭吃了吗?到公司了没有?"

"吃了……刚到门口。"

章峥岚笑着说:"那就好,我中午过去找你。"

何兰在一旁看得是一愣一愣的,章老板何时用这种语气这种姿态跟人说过话,说的还是这种鸡毛蒜皮的肉麻话!

等章老板收了线,突然注意到了办公室里还有人,对微微张大着嘴的秘书说:"小何,还有事?"

此时的章峥岚神采焕然,喜形于色,英俊沉毅的脸上多了一种特别的光彩，让小何看得都有些失神了，忙说："啊，没事了，那老板我先出去了！"

后来何兰一直感慨："幸亏我有男友了，否则说不定就变节了，阿弥陀佛！"

章峥岚当天中午过去，路上给水光打去电话，没人接，郁闷地在那嘀咕："如果你敢放我鸽子，我以后就天天一早蹲你那公司门口，不对，应该是一早就蹲你家门口……"说着自己就笑叹了，"唉，想想而已，不敢呐。"

章峥岚到的时候才十一点，他先前从公司早退出来时，引得底下一帮员工哀号："老大越来越不敬业了。"他甩了几张票子出去，"午餐，多退少补。"在一片欢送中，章老大向后摆了摆手，洒脱走人，只隐隐听到了身后一句："老大儿子满月了吧？"

章峥岚将再一次无人接听的手机扔在了副驾驶位子上，他摇下车窗，微伸出头去望了望那办公大楼的某一层，看到那里白炽灯仍然亮着。

这时大门口的那保安走了过来，这辆名牌车很好认，再加之车主让他也有印象，主要是这人上次走时指着云腾公司的那位新职员对他说了句："那是我女朋友。"

"又来等你女朋友了？"所以保安一上来就这么说了一句，有半开玩笑的成分。

章峥岚笑笑，从身上掏出一包香烟，递过去一支，"是啊。"

保安接过那支中华，脸上也不怎么严肃了，"他们那公司是十一点半吃中饭。"

"我知道。"

保安从军绿大衣的兜里掏出打火机点上烟后，跟章峥岚聊了起来，章峥岚是光等着也心焦，就陪着聊下打发时间，顺便摸摸底，好比那公司男员工多不多之类的，后来不知怎么聊到了股票上，章峥岚股票只随便玩玩，统共也就投了一两万进去，但很精通，他做事向来是要研究透彻了才会去沾，即使只是玩票性质。

那保安倒是痴热分子，但没技术，大概运气也不好，买的股从来是亏多升少，章峥岚是高手，从中指点一二，对方连连点头，受益匪浅，到最后连传达室里坐镇监控录像的另外两名保安也出来凑热闹，跟章老大取经验讨门路了。

所以当水光跟同事下楼来时，就看到那辆眼熟的车子旁边闹哄哄围着几个人，而坐车上的那人手肘闲适地靠在车窗口，与外面的人有一句没一句地聊着。

水光身边的一个女同事脱口而出，"卡宴哪。"而另一名男领导竟还认出了车主。

"章总？"男领导跨步上前，章峥岚一侧头看到那一行人，几乎是第一眼就扫到了最左边的萧水光，旁边的几名保安已自觉散去，章峥岚开车门下车，朝叫他的人看去一眼，认出是谁，打了招呼，"杨经理。"

"章总，真是你啊？我还以为我看错了。"

水光学的专业跟章峥岚是一样的，她现在这公司主要是给企业做邮箱、网站建设这类，说到底就是 IT 行业，而同行里的人多多少少都是认识的。更何况还是名声显赫的章总。

那杨经理跟章峥岚寒暄了两句，终于忍不住问他怎么大驾光临了。

章峥岚眼睛转向萧水光，水光没什么表情，他朝她微微一笑，回头就对那杨经理说："等我朋友。"

杨经理也是精明人，眼珠子左右一转就看出了端倪，主要也是章峥岚那神情明白，他心说这刚来的小萧竟是章老板的朋友，那她还到他们这小公司来打工？

而此时萧水光心里也并没有如表面上那般平静，一是担心那人在大庭广众也不知分寸，二是单纯地见到他心里有些波动。

水光还没想好要怎么应对这局面，章峥岚已经朝她走了过来，他嘴角带笑，语气柔和地同她说了声"嗨"。

然后水光听到那杨经理说了句："那章总我们先过去了。"她身边的同事也都若有所思地看了她一眼后陆续走人。

等人走得差不多，水光看向面前神清气爽的男人，终于开口，"你哪里都有认识的人么？"

章峥岚抓起她的手，将她两只微凉的手合在自己的双手间，吹了口暖气说："抱歉萧小姐，你找了个比较出名的男朋友，物品既出，概不退换。"

水光困窘，嘴上已自然回道："不满意总可以退吧？"

章峥岚盯着她看了好一会儿，然后大笑着抱住了她，"不能退，萧水光，你要是退了我肯定每天哭给你看！"

萧水光无语片刻，"走吧，我饿了。"

萧水光每次的"我饿了"总是能让章峥岚从心底最深处升起暖意来，他不禁想，爱上一个人真是不可思议，简单的一句话就能牵动他神经末梢，轻易沉沦。

后来到餐馆后，章峥岚停稳车就忍不住倾身靠过来，水光愣怔了一下，她刚偏开头，对方已经将唇贴到她耳边轻声诱惑，"水光，我想吻你。"

水光一声不吭，背有些僵，手抵在他胸前，"你别闹了。"

章峥岚低声笑出来，气息撩动她耳际的发丝，"我爱听你说'你别闹'，我爱听你说'我饿了'，萧水光，你说我怎么能那么爱你呢？"

狭小的车厢里，暧昧迷离的气氛，水光只觉得不知所措，"你乱说什么？"

"我说，我爱你，萧水光。"他说完那句就对着那红润的双唇吻了下去。

他随着自己的心，自己的渴望去侵入那片天地。

而未经历过情事的萧水光只能被这突如其来的攻击弄得连连失守。

除去最后腰身被一记技巧的拐撞而全身无力地倒在爱人身上，可谓尝尽甜头的章峥岚在进到餐厅里后，对着服务员点餐都是笑容灿烂，堪比××形象大使。他问水光要吃什么，水光沉默，她想起那刻的情形就觉得懊恼，那人乱来起来完全是不管不顾！

章峥岚微笑着望着她，等不到回复也不介意，自行点了几样，他点菜是行家，最后将菜单递还给服务员时和悦地说："麻烦快点，我女友饿了。"

"……"

章峥岚笑道："还有想吃的吗？可以再点。"

水光不是看不出他放下身段献殷勤，"……不用了。"

"好，那等会不够再点。"

水光心想，两人五道菜怎么可能会不够？

刚才回头又重新走开的女服务员心中感慨："她男朋友好听话啊。"

听话的章老大给心上人倒上茶，笑着说："先喝点茶，润润喉。"

萧水光一时找不出措辞去回应，只好低头喝茶去。她额前的短刘海微微遮住她的眼睛。其实水光的面容很清秀，又有一股纯粹的英气，高山涧水、林下风气都不足以来形容章峥岚眼里的萧水光。章峥岚手指习惯性地抚触着茶杯口，让自己的心绪看起来不那么显而易见。

"水光？"叫出这一声的是林佳佳，她已经快步走到了桌旁，讶异地看了眼水光对座的章峥岚，然后又回头看向萧水光，神情暧昧，"好巧光儿，跟朋友吃饭哪？"

水光也挺意外，站起身说："你上班了吗？怎么到这来吃饭？"林佳佳的工作单位离这有点远的。

"我约了客户在这边谈事，他们还没到。"之后她又望向章峥岚，"不介绍下吗？水光。"林佳佳笑眯眯地转向好友。

水光还不知道该怎么说，章峥岚的声音倒先响起，彬彬有礼，"是水光的朋友吧，你好，我是章峥岚，水光的男朋友。"他起来落落大方地伸出手，林佳佳一愣，立刻回握过去，脸上竟然还不争气地被对方那好笑容击得一红，"你好，我叫林佳佳，是水光的大学同学。"

"是吗？"章峥岚笑着，"那挺有缘的，我也是你们那所大学出来的。"

林佳佳这次不止讶异了，简直是目瞪口呆，脑子里闪过什么，冲口而出："真的吗？！那你就是水光一直在交往的那个同校的神秘男友咯？！"

水光脸色一变，章峥岚也几不可见地皱了下眉，不过下一秒他便莞尔道："看来她对我的事情很保密。"

林佳佳直笑道："可不？从来都不愿带出来让我们瞧瞧！原来神秘男友这么帅的，帅哥，得请吃饭啊，我再叫上我们寝室另外那俩女人，我们宿舍以前都是谁交上了男朋友要请吃饭的，水光这家伙一直拖欠着呢，这回总算被我逮到了。"

章峥岚很慷慨，"吃饭，当然，随时都可以。"

佳佳朝水光眨眼，"你男友比你知趣厚道多了，不过这么帅的男友也原谅你一直藏着不带出来了。"

水光之前有一度一直望着章峥岚，此刻才慢慢说："那你们要不互相留个联系方式？"

章峥岚一下子仿佛愣住了，随后笑得前俯后仰。林佳佳倒是不明就里了，后来一想水光那话应该不会是吃醋了吧？只有章峥岚再清楚不过那话里没有一丝醋意，只是她单纯地觉得要吃饭就留个号码吧。

佳佳这厢刚想解释，手上就有电话进来，原来是她的客户过来了，她讲完电话，对水光说："我要去应酬了。光儿记得请我们吃饭啊，看你这么宝贝你家男友，我们也不会砍得太厉害的，放心。"佳佳用眼角余光又偷瞄了下对面的男人，心里再次感叹，水光这男朋友可真性感。

章峥岚对林佳佳说："佳佳，那吃饭让水光联系你们，我随时都有空。"

一向大大咧咧的林佳佳被那声"佳佳"惹得红了脸，连声说："OK，OK！"然后又冲水光补充，"水光宝宝，可别再赖账了噢，先走了，拜拜。"

水光此时也只能点头，"好。"

章老大还冲人家挥了下手说了声"慢走"。

等林佳佳离开后，菜也差不多上齐了，章峥岚给水光舀了一碗高汤递过去，"先喝点汤。"

水光望着他，"你对你以前的女朋友也都这么好吗？"自己也不明白为何开启了这样的话题，也许是想转移心里又冒起来的那份悲伤，也许她是真的想知道他是不是对谁都这样好。

章峥岚低头一笑，"这问题……我现在先保密，等你以后真正想知道了，我再跟你说。无论是什么，只要你想知道的，我都会对你坦诚。"这种语气这种神情，如果深入研磨，便俨然如同誓言，"好了，吃饭吧，别饿着了。饿坏了你，心疼的是我。"

他的话总能让她无从接起，索性不再说什么了。而水光没有发现，这种无言的时候，她的悲伤也淡了。

总体来说，初次约会的这头一顿饭，如果满分是十分，章峥岚给自己打八分。

之后送女友回公司时，他表现得很得体，没不依不饶，只说了声："上去吧，下班我过来接你。"

　　而后来几天两人几乎也都是这样的相处模式，中午他去找她，到外面吃饭，他总能找到很好的餐馆，晚上就去她住处吃，水光做饭，他就在旁边打下手。水光被他弄得有些抓不住重点，可又找不到可争议的地方，虽然觉得没必要天天见面，也只能任凭他去。

　　头两天罗智在家都碰见章老大，之后就乖乖地自动回避不再当电灯泡。

　　所以这天下班接到萧水光后，章峥岚便提议："今天你哥应该也不在家，要不我们在外面吃晚饭得了，完了再去看场电影，我票都买好了。"意思是你不去就白白浪费了。

　　萧水光还在犹豫，章峥岚已经先一步说："一张票六十块钱哪。"

　　水光隐忍了下，还是说道："你不是很有钱吗？"

　　"你知道，亲爱的，现在娶老婆很费钱的，要有房有车，还要银行里无贷款有存款，说起我的存款，娶老婆应该是够的……"

　　到这里，水光闭嘴了。

　　至于那场电影，自然是去了，萧水光觉得每次自己都会输给对方的无赖，然后被他牵着鼻子走。

　　影片选的是当下刚上映的一部爱情片，当时奉命给章总订票的何兰可是感喟不已，"竟然能拉着连看谍战片都兴致缺缺打瞌睡的老板去看爱情文艺片，不得了，真是不得了。"

　　殊不知是章老大硬拉着心上人去看爱情片，买爆米花也是他吵着要的，在人潮不断的前台处，水光实在不想惹人注意，就快速买了一份拖着他走人。

　　章峥岚笑着握紧了那刻拉住自己的手，"水光……"

　　"嗯？"水光下意识回头，询问地看他，章峥岚摇头，"没事。"

　　水光莫名其妙，进到影院里找到位子后，她松手坐下，身后的人嘀咕了句什么她没听清楚，坐下后没两秒章峥岚又靠过来说："水光，我渴。"

　　这人事情真多，从自己包里拿出矿泉水，她是习惯身上放瓶水的。

　　章峥岚笑着接过那半瓶水，拧开盖子喝了两口，还回去时说了声："甜的。"

　　影院里灯光已经调暗，所以萧水光脸上因他那声暧昧的"甜的"而升起的尴尬躁意并没有让对方看到，水光暗暗咬牙，再理他她就不是人！

　　他们看的那部电影叫《约定》，讲的是一对恋人在年少时海誓山盟，却在成年后因为学业和一些零零散散的原因阴差阳错地一直分开，中间两人在一家咖啡馆相遇，短暂的甜蜜时光，到头来却是男主角为事业而与女主角分了手，最终娶了富家小姐，也顺利当上了那家企业的接班人。

再后来，女主角住了院，那是她从小就有的病，遗传自她母亲，而她的母亲未活过三十五岁，她从小就知道自己的病，永远过不了正常人的生活，自然，也包括拥有爱情。

所以她告诉自己，他不要她，很正常，没什么好伤心的，不要哭，不必哭。

她在医院里把所有积蓄拿出来时，医生告诉她已经有人垫付了她全部的治疗费用，她问是谁，因为年迈的父亲并没有多少钱，而且她也没让父亲知道自己已经严重到需要住院。医生说对方是匿名的，所以不得而知。

女主角最后在医院里的那段时间，一直在回忆年少的时光，画面一幅幅地回放。

他说会保护她，说会陪着她走，甚至说要赚钱来治好她的病……到头来原来那些承诺都不过是年少时的谎言。

而那时候，男主角正对那富家小姐一字一句地说着："我不会去看她……我只要很多的钱，足够多的钱。"

水光看到这里只觉得好笑，自以为是的伟大，真自私是不是？她望着前面的银幕，不知何时好笑得湿了眼眶，她就这么静静看着那场戏演下去。

章峥岚起先就只知道这是部爱情片，不清楚里面的剧情，他在昏暗的光线里看着她落泪，如果知道这会让她哭，他想他不会带她来看这部电影，至少不是现在。

沉默了一会儿，他倾身下来，小心地尽量不去挡住她看着前方的视线，吻了吻她的唇，水光神思不在，所以并没有被那似有若无的亲吻所惊动。

章峥岚用舌尖舔去她唇上的湿意，一点一点地加深吻，水光微微颤抖了下，但她的思绪还是蒙蒙胧胧，不甚明朗，他的舌头已乘势探入她微张的唇内，水光"唔"了声，不由自主地蹙眉，神思清明时，那声要叫出的声响就被闷进了口中，章峥岚拥紧了她一些，水光无从推搡，恼羞地就去咬他的舌，章峥岚吃了痛，只是闷闷笑了下，退出来又重新吻上去……

他之前只是想逗逗她，现在逗回来了，可又发现这种事情不能轻易去做，太容易上瘾。

直到水光终于把身前的人气急败坏地推开，而之前放在她腿上的那盒爆米花也都已洒落在地，"你够了。"就算再气恼，水光的声音也不会很大，但听得出里面有些火气。

他们坐在靠边偏后的位子，旁边一圈没多少人，再加上环境又暗，所以这边的暗涌并没有让人注意到。

"好像不怎么够。"章峥岚脸上带着笑，再次无赖地欺近，手扣上她的后脑勺，唇已经严严实实覆盖上来。这次的吻比之前面要激烈得多，水光要推拒，双手又被他用单手牢牢抓住，单比力气她连他一半都不到，水光无计可施，恨死了，却也只能被他予求予取，气息交融，轻喘交缠，之前的悲伤情绪已经消失殆尽，太过亲密的相濡以沫弄得她心慌意乱！

好一会儿之后章峥岚退开一些，勾着嘴角将头靠在她肩胛处，像是克制什么，低哑地说了句："糟了。"

萧水光格开他，用力抹了下嘴唇，在跳动的光线中瞪视着他。

她不知道自己此刻眼中仿若沾了水，唇更是被吻得红艳，章峥岚有一种溃不成军的无力感，身体这么轻易就有反应了，自己都觉得弄。

空气中飘浮着不安定的因子，水光闭了一会儿眼睛就要站起身，章峥岚抓住她，语气可怜，"别走，再等会。"

水光被他拽着想起都起不来，他过热的呼吸甚至近得就在耳旁，她恼红着脸，"你先放开。"

"不放，我这回亲了你两次，放了你肯定就走了。"他老大倒很有自知之明。

水光几乎要被气笑了，"你怎么能那么……"

"说话口无遮拦，行为不知检点是吧？"章峥岚很配合地自我批判，然后试探性地松开了手，"不走了？"

水光不答，缩回手抓住自己的包，但也没走。

章峥岚当即神情放轻松不少，但马上就愁肠百结了，他想，男人的欲望真是不看场合，不过看人倒完全对了，以前是从未有过这种经历，现在对着萧水光简直是随时随地发情，章峥岚心想忍忍应该就过去了。

　　而萧水光的心思也早不在电影上了，她又沉浸在一种彷徨的状态里，水光是很简单的人，她想做的事情就会去做，不想做的就不去做，包括喜欢人也是。可对章峥岚她是拐了好几道弯的，她的出发点不光明，每次面对他时的心情也很矛盾，她想接受他，试着接受他，可她脑海里总有一道身影挥之不去。

　　"章峥岚……"

　　章峥岚起初以为是自己幻听了，侧头看到她正看着他呢，虽然心里杂七杂八的欲念已经压下，可毕竟有点做贼心虚，掩饰性地咳了一声才说："怎么了？"

　　"你会爱我多久？"水光这句话说得很轻，好像风一吹就能被吹散。

　　章峥岚一时没反应过来，等他回神后，做了记深呼吸说："当我的爱成为你的幸福，到我们老去。"

　　那一刻银幕上刚放到女主角病逝，男主角在病床前落泪，背景音乐渲染着那份忧伤和绝望。

　　"一辈子吗？"水光的声音里透着丝迷茫，"一辈子有多长？"

　　"在我心里一辈子就是一生一世一对人，你说呢？"

　　水光没有说话，章峥岚也并不期望她说什么，他只要她听，她能听进去，能感受到他的想法那就已是很好的开端了，其他来日方长。

　　章峥岚抬起手用袖角帮她拭了下脸上的泪痕，"你这人年纪比我小，想得却多，又难沟通，还真是我遇到过的最难对付的。"刚说完章峥岚就觉得这话说错了，他想表达的是她总是让他没辙，让他六神无主，可那意思说出来貌似成了自己搞定过很多女人。

　　"喂，我是说我这辈子就只喜欢你一个了，萧水光，我说真的，反正我把话放这里了！"前面半句还带点深情款款，后半句就有那么点像撂话了，他的声音有点大，引得坐得相对较近的几个人看了过来。

　　水光表情没有大波动，她好像在思考，又好像只是走了神思。

　　章峥岚劲头上来了，就有点打蛇上棍了，"水光，你好歹说点什么吧？我怎么说都乖乖回答了你的问题，又友情，不对，又爱情奉送了两句话，你不想跟我一唱一和，'嗯'一声也可以啊。"

水光淡淡皱眉说："你别吵，我在想。"

章峥岚闭嘴了，含笑看向银幕，没一会儿又问："想好了么？"

好久之后章峥岚听到身边的人说了一句："回家吧。"

此时的电影已接近尾声，男主角出了车祸，送往医院，生死未卜。

回去的时候章峥岚在想，之前水光说回家，是回她家还是他家？这是个问题。

"要不要去我那喝杯茶？"

水光扭头看了他一眼，然后又回头看窗外。

被秒了的章老大在下一个路口默默转了方向盘，朝她的住处驶去。

水光只是在坐车时不太想说话，习惯使然，小时候爸妈带她出去，或者学校组织去春游秋游，她就一路看窗外的风景，于景琴经常说她骨子里是有点文艺细胞的，只可惜从小走了条武道，不过倒也没有丝毫违和感，反倒更多了吸引人的味道。

在到目的地时，刚才一直望着窗外的水光回过头来，说："我能问你个事吗？"

章峥岚一愣，"你说。"

"大学，你为什么要学计算机专业？"

章峥岚眨了眨眼，"怎么，突然对我的事感兴趣了？"然后言无不尽道，"这专业挺有挑战性的，你知道我们那时候，高中，九几年的时候，对 IT 那概念都还很生疏，我刚接触就觉得挺有意思的，算得上是当时最让我感兴趣的一件事，所以……"

水光看着他，得出一个结论，"你这人做事全凭一时兴起。"

"哎不能这么说啊萧水光小同志。"章峥岚笑着伸手撩了撩她的短刘海，"我每件事都是做到最圆满了，已经没后路可走了才收手的，从来不会半途而废。"

水光推开他的手，叹了声，"你就不能正经说话？"

章峥岚微笑了一下，"没办法，对着你我总想碰碰你。"这话里有话，意味深长着呢，水光抿了抿嘴说："我上去了。"

　　章峥岚抓住她，"喂，我错了，我错了还不行吗？"但这次未能得逞，水光轻松地反手挣开了，章峥岚倒没有惊讶，他笑着"喂"了声，"好歹给我这车夫男友一个告别吻吧？"

　　"你不是已经吻过了？"已经下车的人并没有回头。

　　章峥岚单手撑着副驾驶座的窗框子，望着那道姣好背影，笑容越来越大，最后情不自禁喊了一句："萧水光，明天见，等你明天的吻啊！"引得经过的人无不侧目。

　　水光脚下步子一顿，脸上有些红，恼的，暗暗咬牙，"我真是傻。"

　　水光回到住处，罗智已经回来了，一看到她就问："怎么脸红红的？"水光一声不吭进了房间碰上了门，罗智抓后脑勺，"哇靠，这脾气……好几年没起过了吧？"

　　水光小时候被夸文静有之，知书达理有之，但老实说小脾气也不少的，所以那时候景岚就常说，不发脾气的时候光儿最乖，发脾气了这丫头就是最难安抚的。

　　水光一进房间就趴床上了，闷了一会儿，手在移动时不小心碰到了枕头下方的一张纸，脸上的温度渐渐退了下去。

　　"于景岚……"

　　"……他在说那些话的时候我好像真的忘了你。"

Chapter 16

爱和信念

"她竟然是那谁谁谁的女朋友啊？"这句话是水光第二天去公司，有意无间听到的最多的一句话，"她"指的就是萧水光本人，那谁谁谁自然是那据说很有钱、IT界没多少人不知道的、很有名望、很有头脑的章峥岚章总。

水光对着电脑纹风不动地做事，直到桌上手机响起，正是那谁谁谁，接起，那头的声音带着笑传来，"在干吗呢？"

"接你的电话。"

对面笑出声，"水光，今天可能见不了面了，我要去趟省外，得明早回来。"

水光轻"嗯"了声。

章峥岚有点受伤，"你就不安慰安慰我？"接着涎皮赖脸地跟水光扯了好半天才依依惜别，不知道的人还以为这老大是要去赴义了，水光也挺无语，特别是在收线前他那一句"你等我啊"让她忍不住笑了下。

章峥岚回到车上，之前趴车窗口看老板打电话的阮旗就好奇地问了："头儿，谁啊，打通电话都能让您笑成这样？"

"想知道？"

"想，想！"

章总说："把一个那么简单的案子搞成那样还要我亲自出马，还有心思去打探我的私事？"

阮旗默默垂首，愧不可当，后座的大国笑着给章峥岚递了支烟，他摇了摇手，"在戒烟。"

大国和阮旗同时惊异地"啊"了声，还是大国先开了口，"好端端干吗想戒烟了？"

"让自己少一个被拒绝的理由。"

车上的另两个人更是目瞪口呆了，刚发动车子的阮旗差点猛踩了油门！章老大这次难得好心解释："你看，要是我喜欢上个女的，她要是说我讨厌吸烟的男人……"

"靠！"阮旗笑出来，"头儿，你耍我们啊？"

章峥岚笑而不语，径自低头玩手机了，阮旗刚好瞥眼看到那触摸屏上打出的一行字：我不在记得吃饭。

阮旗哪里见过老大这样"居家"过，脑子里闪电般闪过一个念头：不会真如他们八卦般老板打算上演一套闪婚生子的戏码了吧？

"老板，你真有女朋友了？"

章峥岚没抬头，只微微扬眉，"你们不是连我儿子满月都知道了吗？"

"靠！"阮旗笑喷。

水光收到那条短信，只摇了摇头，心里倒嘀咕了句："你不在我反而吃得要多。"

这一整天萧水光都很忙，隔天是周末，她想把手头现有的工作都做完，所以晚上将近六点才回到小区里，而在自己住处楼下却还碰到那对夫妻在吵架，旁边三三两两的人在围观，水光想从花坛另一边绕到楼里去，却看到那丈夫动起手来，女人的哭声更是呼天抢地，水光见不得男的打女的，心里还有点犹豫人已经上去抓住了那男的又要挥下来的手。

后来萧水光再次无比懊悔自己行动快于思想的"见义勇为"。

当时那男的恼羞成怒，推开她就要去跟那女的撕扯，嘴上骂得更难听了，还说要去家里拿刀杀人，有人报了警，警察来的时候水光刚把男人制服，她把人给警察，那气喘吁吁的男人还在红着眼骂，也骂水光多管闲事，说自己打老婆怎么了？！说自己就算杀了她外人也管不着！

水光面无表情，刚想走，却被一名警察拦下，对方道："不好意思，这位女同志，能不能麻烦你跟我们去局里简单地做下笔录？"

半小时后水光坐在警察局里，问她问题的是一名小女警，水光尽量配合回答，但基本都是不清楚，她只是蹚了趟浑水的局外人，而那两名一路闹腾过来的当事人不知道被请到了哪里。

那小女警笑说："听说是你制住了那男的，你身手很好啊！"

水光笑了笑，她有点累，不知道什么时候能结束回去，这时她前面的小女警站起身，朝她身后喊了声："梁队！"

"你去吃晚饭吧，这里我来。"

"梁队，那怎么好意思……其实马上就好了。"

"没事。"

萧水光听声音有点耳熟，转头就不由感叹还真是巧，总是在不太好的场合遇到这个人，他等那小女警起身，便坐到了那位子上，小女警把笔递给他后就很拘谨地跑掉了。

对面的男人低头翻了翻已经记录下的东西，抬头问："你经常这么……热心助人吗？"

水光苦笑，"不常。"

男人盯着她好一会儿，最后说："萧水光是吧？不介意我再问你几个问题吧？"

他的问题并不刁难，结束时他还伸出手向她说："多谢你的合作。"水光只点了下头，并没有回握，他也不在意，收回手，叫了旁边的一名警员过来，"送这位小姐出去。"他说完像想到什么事，转向水光说："对了萧小姐，你是住那两名当事人楼上的是吧？三楼？那男当事人以后可能会找你的麻烦，这种事例很多，你要多加小心了。"说的是关照人的话，语气却透着丝恶质，水光能从他平淡的声音中隐约感受到。

水光说："我会的。"

男人看着她，一直到水光走出大门，他起身回到自己办公室，没一会儿拿了外套走出来，从二楼下来的一名中年警官见到他问了声："成飞，要走了啊？"

梁成飞看过去，说："副局，我今天先回去了。"

"你值了两天班，是该早点回去好好休息一下了。"

水光从警察局出来后走到马路边上打车，天已经暗下来，路两旁的路灯打着，此刻还算晚高峰，路过的几辆出租车上都坐着人，她打算转去路口坐公交，没走几步身后有车子跟上来，按了喇叭，水光回头就看到一辆别克车。

那人开上来就说："要不要送你一程，萧小姐？"

这人对她说话总带着点刺，虽然听上去很客气，水光心想也不知道自己哪里得罪了他，"不用，谢谢。"

梁成飞也不意外她的拒绝，脸上还带着笑意，不疾不徐地说："上车吧，也算是相识一场。"

水光看着他，她原本想说我们算不上认识，可想想连这也懒得说了，他对她莫名有敌意，她又何尝想跟这些人多交流一分？

"不用了。"她走开的时候身后的人没再继续说，没一会儿那车就从她身边开过，水光看着车子开远，这场景让她想到了那次章峥岚在雨里跟她说，你看我都淋湿了，是他自己跑下来的却又装得异常可怜，而她明明知道，却做不到全然不闻不问，甚至在他面前她总有些不知该怎么办才好，不像面对刚才这个人，可以毫无顾虑地冷漠以对。

究竟是出于什么原因才会有这种不同？难道只是因为那场酒后的放纵？水光想到这里便伸手抚住了额，怎么会有这样的失误……

在下一秒水光抬起头来时差点撞到了一个人，她吓了一跳，当看清人时脸上闪过讶异，"你怎么……"

"惊喜吗？"对方笑容粲然，随后迅速地抓住她手臂上下打量了她一番，"你没事吧？"

水光心想能有什么事？可看着他紧张过头的表情下意识就摇了摇头。

章峥岚松口气，然后手下滑拉住她的手往停在对面路边的车子走去，边走边说："你真是要把我吓死了，一回来去你那找不着人，下楼时碰到你们楼里的邻居，才知道你劝架被带到了警察局，哪个瘪三把你带过来的？我非让他们领导辞了他不可！还有，你好好的去劝什么架，万一伤到自己怎么办？以后别人打架你甭管，知道吗？"

"……你好啰唆。"这话完全是陈述，没有抱怨，当然更没有亲昵撒娇之类的。

章峥岚郁闷啊，想了一天了，回来第一时间听到的是那三楼的小姑娘因为劝人夫妻的架被带到了警察局，真是心惊肉跳！

上了车被嫌啰唆的章老大直接抓了她的手按在自己心口处，"你摸摸看，我心脏现在都还起码跳到 120 下每分钟呢！"

水光只觉得掌心下明显的搏动让她有些仓皇，他按得不牢，她抽出手说："你不是说明天回来吗？"

"想你了呗。"说完就很煞风景地传出了肚子叫声，"啧，我饭还没吃呢。"

水光不由抿嘴笑了一下，说："我也还没吃，要不要去吃面？"

"面？行啊。"章峥岚心情愉悦了，"哎，我跟你说其实我最喜欢吃的就是面，像拉面、刀削面、炒面、卤面……"

一路面过去，水光扶额头。

两个人去的是一家店面不大，但装修挺别致的面馆，水光带的路，这附近一带饭馆多，这时间点路两边的停车带上几乎没空位了，萧水光在面馆门口下的车，关上门后她俯身对车里的人说："我先进去点餐。"

章峥岚笑道："没良心啊，不跟我同进退。"见她转身走了，马上喊过去，"你还没问我要吃什么呢。"

水光头也不回说："你不是什么面都要吃吗？"

章峥岚笑趴在方向盘上，最后发动了车子去找停车位，等到他停好车，吹着口哨下来，就被人从身后拍了下肩膀，回头一看是老同学周建明，后者笑眯眯地道："我就说刚才这车眼熟，章老板，也来这儿吃饭哪？"

章峥岚朝后面走上来的人笑着微一点头，"嫂子。"

手上牵着一个四五岁小女孩的微胖女人正是周建明的太太，章峥岚在聚餐上见过她几次，周太太也微笑着朝他颔了颔首，然后对身边的女儿说："璐璐，叫叔叔。"

周建明的女儿显然性格上比较像爸，立刻开朗地喊了声："叔叔好！"

章峥岚疼爱地伸手摸了摸她头，"乖。"

周建明问："峥岚，一个人吃饭的话要不要跟咱们一起？我在这火锅店定好位子了。"说着指了指斜对面的一家店面。

章峥岚说："约了人了。"

"哟，谁这么大面子，能请动您这尊最近大门不出二门不迈的大佛？"

章峥岚好笑，这几天推去一切娱乐活动，他这就成良民了，原来这就是所谓好与坏的定义？此时也没多少兴致去回应老同学的调侃，直接说："好了，我要过去了，你们吃吧。"他朝两位美女摆了下手就想走人了。难得见到一向懒懒散散的章峥岚会这么急，周建明好奇，拉住他问："搞什么鬼啊，赶着结婚哪你？说，约了什么大人物了？女的吧？新女朋友？"

周建明原本是瞎猜来着，没想到章峥岚只扬了扬眉，没反驳，这下老周激动了，"章峥岚这你就不厚道了啊，交了新女朋友也不给我们看看，藏着掖着算什么呢？走走走，我们跟你一起过去，不管是何方神圣，今天我一定要见识见识，咱们一起吃！"

拒绝也好推脱也好，章峥岚有的是办法，可他一想，却是回道："也行。"然后过去把小女娃抱了起来，"走吧，跟叔叔吃面去。"

小女娃也不怕生，再者章峥岚长得俊，自然讨姑娘喜欢，包括现在越来越早熟的小姑娘。

"叔叔喜欢吃面啊？爸爸说冬天吃火锅才好吃。"虽然喜欢这个高大、笑起来很好看的叔叔，可是有意见还是要说，爸爸教她的。

章峥岚捏了捏宝宝的脸说："是啊，叔叔最喜欢吃面，还有，你爸爸的话是不对的，火锅吃多了容易生寄生虫，会得溃疡。"

"嘿……"后面当爹的喊上来，"别破坏我在我宝贝闺女心目中的地位。"

"我是在树立她正确的世界观。"

周建明作势要上来抱回女儿："我女儿的世界观我会来树立，你要树立就自己生一个去！"

"我想生，那得人家乐意才行。"章峥岚这话说得不轻不重，以前他脑子里可完全没结婚生孩子这概念，现在结婚这念头是想了好几十遍了，而生孩子，今天第一次想，竟然也觉得十分不错，很不错，如果是他跟她的孩子，那该有多机灵多可爱，他想着心里的暖意就一波波涌上来。

旁边听到这句话的周建明惊得差点绊了一跤，章峥岚，这号当年被第一学府计算机系誉为最才智过人却也是最不安定的人想生孩子了？

"你想生孩子了？"

章峥岚没接周建明的话，只是笑着逗着小女娃："璐璐那么漂亮，来给叔叔当花童好吗？"

小女孩歪头："什么是花童？"

"花童就是人结婚时在他们前面撒花开路的人。"

周建明哭笑不得："够了够了，我说峥岚……你想结婚？"

一伙人已经走到面店门口，章峥岚单手推了门进去才说："是的。"他抬头便看到了坐在一张靠窗位子上的人，背对着他的方向，也有些距离，而他却能在人群中一眼就找到她，章峥岚喜欢这种感觉，微笑着就朝那边走去。

呆愣的周建明被老婆碰了下手臂："爱上了当然就会想结婚了，你那么大惊小怪干吗？"

这种时候反倒是不了解章峥岚的人一下子点到了本质上，是啊，不管是谁，爱上了想结婚，很正常啊。

周建明望向章峥岚走去的方向，那里坐着一个短头发的女孩子，外套挂在椅背上，穿着一件浅色系的毛衣，望着窗外，周建明的第一感觉是静。

而水光，见到章峥岚抱着个小女孩过来，后面还跟着两个显然是孩子爸妈的人，意外是一定的。

她站起来，章峥岚把宝宝放在她对面的位子上，很自然地朝她笑笑说："有朋友跟我们一起吃。"

章峥岚侧身指了指上来的两人对水光说了下周建明他们的名字，之后摸了摸小女娃的头说："周璐，璐璐。"最后才对周建明他们道，"萧水光，我女朋友。"

周建明殷勤地伸出了手，"你好你好。"能让章峥岚态度如此不同的女朋友，甚至点明了说要结婚了，这往深处思索那就是他自己说的那一瓢水，这等同于见了传说中的人物。

水光想着要不要回握，周太太就汗颜地把自家老公的手拍掉了，对水光说："你好水光，叫我黎姐就行了。"

水光叫了声"黎姐"，这期间似有若无地看了眼章峥岚，对方只是笑，水光无可奈何，却是连自己都没注意到她对他那声女朋友自然而然地接受了。

因为突然多了人，章峥岚让服务员换了一个包间。

一家三口坐一面，章老大当然是拉着水光坐他身边，璐璐一直好奇地看着水光，最后说："阿姨真好看。"

周太太笑着摸女儿头说："丫头有眼光啊。"

章峥岚看着水光，坦然大方，还笑说了句："应该是我有眼光才对。"惹得周建明忍不住接茬，"显摆了啊，我说峥岚，你是怎么追到这么出色的弟妹的？"

"死缠烂打咯。"章峥岚给每个人一一倒上茶，说的是实话，可除了被死缠烂打的人，其他人显然当他在敷衍，周建明转向水光问："萧小姐，你跟我这老同学是怎么开始的，说来听听说来听听！"

水光苦笑，是真的苦笑，最终说："太久了，不记得了。"章峥岚这边，在她说那句话的时候微扬眉，摸了摸脸颊。

周建明讶异，"原来很早就认识了？"他竟然都没见过这号人。

"行了。"章峥岚开口，"点的面怎么还不上来？都饿得胃有点难受了，老周你去催催服务员看。"

"行，我去看看。"

周建明刚出去，水光见章峥岚确实按着胃部，不禁问了声："你真胃疼？"

章峥岚想借题发挥，但有外人在也不好太夸张，便点头说："有点。"有点是大实话了，他胃本身就不大好，今儿中午在外省才吃了两三口，没胃口，完了赶死赶活回来想到心上人那里蹭饭，却是一波三折。

水光皱眉，"那你就别喝茶了吧，等会让他们拿一杯温水进来。"

这时刚好有服务员敲门而入，跟进来的还有周建明，先上的是璐璐和萧水光点的那两份面，在服务员出去时，章峥岚笑着叫了杯温水。

之后的三份面也陆续上来，在这小包间里"两家人"围着吃着热气腾腾的面，倒很有几分味道。

小周璐吃东西的时候更是话多了，扭来扭去不安分，喜欢吃笋干，就要去爸爸妈妈碗里夹，但父母点的面里少，水光的三鲜面里笋干最多就一根一根挑出来给她。

小女娃很喜欢这阿姨，一边咬着笋干一边说："阿姨你的手表好好看，我也有一块，也是蓝色的，不过是米老鼠的。"

"阿姨喜欢看《喜羊羊与灰太狼》吗？最喜欢里面的谁啊？我最喜欢美羊羊了……"

对这活泼的小姑娘水光心里也是蛮有好感的，就跟小周璐有一句没一句地瞎聊着，倒也巧水光刚好在家里无意间看过几集那部动画片。

章峥岚望着跟小女娃说话的人，她多数是在听，偶尔点点头，偶尔还会笑着说："是吗？挺有意思的。"

有人在桌下踢了踢他的脚，章峥岚回头看到周建明朝他笑得暧昧，对方不发声用口型说："饥渴啊你！"

章峥岚"啧"了声，用相同方式回过去，"管得着吗你？"

行，他是老大，想怎么着就怎么着的典型人物，周建明笑着点头，不过整顿饭下来，那姑娘的茶杯永远会被及时添上热茶，连带着旁人也享受了由章老大斟茶的福，她要拿纸巾时他会早一步递给她，她放椅子背上的衣服滑下来，他拿了放妥在自己椅背后，照顾得无声无息、细致入微，周建明心说这哪是章峥岚，完全是二十四孝男人嘛。

一伙人吃完面出来，章峥岚去付了账。出门后周建明一家三口子闹腾腾走在前面，章峥岚跟水光在后面，看到前面被爸爸抱着的璐璐扭着身子唱儿歌，水光不由笑说："她精力好充沛。"

章峥岚莞尔，靠过来低语："要不我们也生一个？"

水光看向他，章老大这回没被秒，牵起她的手放进衣兜里，"当然，生孩子之前咱得把婚结了才行，否则就成私生子了，那可不行……"

水光没有抽出手，虽然有点不自在，而在他说到"私生子"的时候开口说了句："你想太多了。"

章峥岚受伤，"萧水光同志，你不会想玩了我就拍拍屁股走人吧？我可是以结婚为前提在跟你谈恋爱，你要是玩玩那就太不厚道了啊，我身心都给你了。"

水光告诉自己要忍，最后还是咬唇道："你是双子座的吧？"人前人后判若两人。

章峥岚笑，"没，射手的，典型的顾家男人。"

这当口前面的人嚷过来："你们两口子，接下去有什么活动不？"喊话的自然是周建明，章峥岚问身边的人，"他们估计是要去喝茶了，我们是回家还是一道过去，或者你想去别的地方逛逛坐坐？"

水光其实想说你跟他们去活动好了，她自己回家，结果还没等她说，章峥岚又道："要同进退啊老大。"

萧水光被他那声老大弄得很是无言，通常不都是别人这么叫他的吗？

"我回家。"

"那行，回家吧。"两人已经走到周建明他们面前，章峥岚说明了下原由，"没兴致，我们先回去了。"章峥岚的说辞永远是那么直接明了，连半点借口都懒得找，他老大没兴趣活动，只想回家陪爱人。

后来周建明上车后是感慨连连，"真是不看不知道，一看吓一跳，章峥岚这等角色竟也有一天被收拾得服服帖帖，我今天算是见识到了。"

"我倒觉得那女孩子对他也挺体贴的，一听他胃不好就叫他别喝茶。"周太太接话。

"呵呵，那敢情好啊，两情相悦。"

再过两天就是圣诞节了，所以一路过去街道两旁不少店面已挂上了霓虹灯，贴上了"圣诞快乐"的祝福标语，章峥岚以前对洋节日没啥感觉，现在倒是很有点想法，问身边也在看窗外的人，"你礼拜天有空吗？"

萧水光有点出神，没回头"哦"了一声，也不知道有没有听进去。

章峥岚侧头看了她一眼，"发什么呆呢？嗯？"

水光总算回过头来，说："我喜欢冬天。"

章峥岚笑道："不怕冷啊你。"顿了一下，"我说……明天是周末，现在还早，要不要去我那坐坐？就单纯坐坐，我没别的想法啊。"想法是一定有的，正常男人每天对着心里的人不胡思乱想下才怪了，但章峥岚很好地克制着，不想让刚建立的关系因为理智外的情动而被破坏，但真要说嘛，想法那是绝对有的。

没等到回复，章峥岚就忍不住催促，"怎么样啊给句话嘛。"偏头看去萧同志竟然又望着窗外在发呆了，让章峥岚着实哭笑不得，"你沉默我就当答应了。"笑着打了方向盘朝自己住处开去。

车轮滑入别墅后院的停车处，音乐的停止让水光收回了心思，也终于发现车子不是停在自己的小区，而是他的家，刚想问身旁的人，对方已经下了车绕过来给她开车门了，笑容那叫真诚，"我问过你了，你没反对。"

水光无言，下车后说："那我自己打的回去好了。"

"好屁！"章峥岚难得不文明，二话不说把人往家里带，"我家里是有豺狼野兽还是妖魔鬼怪，让你这么不待见？"

"……妖。"

章峥岚笑出声来，"我是妖，那你就是佛，专收妖的，行了不？"

章峥岚的住处水光来过两次，一次已经不复多少记忆，一次是生病，他带她来，隔天起来，她懵懵懂懂地看了他很久。

两年前她看着这张脸是躲避，两年后她看着他是一声叹息，里面的情绪连自己也说不清楚。

进到客厅里后，章峥岚就去厨房给她兑温水，让她坐着，想干吗干吗。

水光两次都没怎么用心看过他的住处，这时候打量了一番，只觉得简约，也干净得出奇，对于一个男人来说。

水光看到前面茶几上摆着一个铅笔盒大的钢琴水晶模型，拿起来看了看，发现钢琴顶部还刻着几个英文单词：Love and Will（爱和信念）。

她放回去时，身后的人说了句："这件应该是我高二那年去美国参加夏令营的时候买的。"

章峥岚走到水光旁边落座，把手上的陶瓷杯递给她，自己拿的是一罐咖啡，"要看电视吗？"

水光捧着杯子点了点头，不看电视两人坐着也挺傻的，结果刚打开，上面暂停着的画面让两人都愣了愣，这是一届全国武术比赛，确切地说是2003年的，是她第一次拿到全国级的奖项，她站在最高的那个领奖台上，那时，她十六岁，笑容灿烂。

水光盯着屏幕好一会儿，章峥岚也一时忘了要去关掉或者切换到 TV，其实现在关也有点尴尬了，都已经被抓包了，正想解释一下，或者说掩饰一下，水光倒是先笑着说："我都忘了还有这种记录。"

她多久没有这样笑过了？

水光一直在理清一些事情，那些有关于他的记忆，她不是不想忘，只是十八年的每一天她都跟他在一起，从懂得喜欢开始心里头就埋了一颗种子，细心呵护，慢慢浇灌，盼着它发芽结果，最后他说等她，等了那么久的幸福原以为终于等来，却毁灭得那么彻底，连一丝一毫的余地都不留。

什么都没了。

于景岚去世时她只有这么一个念头。

已经四年了，景岚去世的时候还那么年轻，如今有多少人还记得画面里一闪而过的那名出色少年？

所以那么多年她想忘记他，可又如何真正舍得忘记他？这种矛盾折磨得她阴沉得不像自己，她想走出去，却又舍不得放手。

"老是在我面前开小差，我会生气的。"章峥岚的手指缠入她的短发，轻轻笑道。

水光的眼眶有些红，他已将她拥入怀里，有点心疼，有点怅然若失，也有点无奈，"萧水光，萧小姐，不管你心里藏着什么秘密，我只想告诉你，你守你的秘密，我会好好守着你。"

"你为什么对我这么好？"没有人会无缘无故对人好，她对景岚的思慕是滴水成河，慢慢聚集，就算没到刻骨但足以铭心，那么他呢？

"为什么啊？你就当上辈子你是仙人我是一只风华绝代的男妖，你救了我，朝夕相处彼此倾心，但碍于仙妖殊途，最终被活活拆散，但在分手之前我们约定了下辈子到人间当一世的平凡夫妻，我们是来续上辈子的缘的。"

"……"

"好好，我错了，不乱说话。"章峥岚笑着把要退开的人拥回来，电视机已被他关掉，两人之后安静得相拥显得有些温馨。

水光没有动，感受着他身上散发出来的热度，他温润的呼吸在她耳边轻轻拂过，其实除了这个想要去尝试的男人，萧水光没有跟任何男性这么亲密过，包括景岚，跟景岚最亲近时也不过是互相拉着手在雪地里走了一路。

如果水光知道此刻这个男人心里在想什么，可能会直接甩手走人。

章峥岚想做爱……不是靠想她手淫，更不是起了欲念去压制，甚至跑去冲冷水澡。他是正常男人，面对心爱之人当然想动手动脚一番，毕竟这是他生平第一次动心。

章峥岚并不觉得对爱的人动情动欲是可耻的事情，他爱她，想得到她，渴望身心的结合，这太人之常情，想起与她的第一次，虽是时过两年，但时常不经意地回忆起，那种圆满让他几乎沉沦。

当章峥岚在天人交战的时候，水光下意识靠近了他一些，不知为何他的味道让她觉得安心，也减少了胡思乱想。

章峥岚当时是心里直咒了两声，从来没料想自己竟会这么敏感，他调整了下坐姿，不露声色地问："又在发呆呢？"

"没有。"水光说。

章峥岚一笑，"难道在想我？"

这回萧水光没再回，章峥岚有些遗憾，"我很想你呢。"简直是牵肠挂肚了，为什么会爱了，其实这问题他自己也说不出清，他就是想找这么一个人，然后对她无限好。

"水光，如果我现在吻你，你会不会打我？"

"……"

"明天是周末。"

萧水光直起身子看着他，后者没有"强留"，甚至还拉开一些距离，笑容可掬地任由她看，左眼角的那颗泪痣让这个男人看起来多情风逸。

她在他身上寻求一些解脱，他要她的回馈？

当水光凑上去覆上他的嘴角时，章峥岚呆在了当场，水光点到为止之后退开，章峥岚条件反射地拉住了她的手臂，他的眼里璀璨生辉，然后掌握主动权吻上了她的唇，水光前一刻的心态是要对这人好些，要慢慢去习惯与他的相处，可这人……他的舌尖已探入她唇齿间，水光第一反应想咬他，但最后却是莫名忍了下来，这算是回报，抑或别的什么？水光也说不清楚。

而萧水光的放任，给了章峥岚难以言喻的激越，他顺着她的唇一路吻上她的耳畔，他像是中了邪，说了一句："我想要你。"

水光喘着气，眉心皱起，才要说什么，章峥岚已经勾住她的脖子与她继续亲热，水光完全不是他对手，那唇间的相濡以沫让她意识涣散，章峥岚没有太激进，但吻得细密，让对方无从想其他，包括抗拒，他知道他有点乘虚而入，也有点硬来。可那点理智终究抵不过心里潜藏已久的魔鬼，但毕竟是对着捧在手心里的人，在热吻的间隙还是发出低低的询问："我想要你，让吗？水光，我们是男女朋友，亲密是天经地义。"问是问了，可又加了那么一句那般对症下药的诱导。

果然水光的迟疑给了那色欲熏心的男人又是足够的可乘之机，章峥岚拉着她的手腕环在自己的腰侧，看起来像是彼此相爱的两人相拥相吻。

水光觉得自己浮浮沉沉地踩不到点，也忘了要去用武力，任由他滋生出无限暧昧。

章峥岚对于萧水光的不反抗欣喜不已，沉哑的声音移到她耳边缓缓说着爱语，水光喘息着，气息拂在章峥岚的脸边，勾得他心痒难熬，只想更深地去索求那份甜蜜。

"我要走了。"暧昧流动的间隙听到水光的低语，章峥岚一愣，就是抱紧了她，咬牙切齿道："你是想看我死吗？"

水光脑子里也是一团乱，心口还在没规律地跳动，"章峥岚……"她伸手推他，他索性把她的手抓住了放在唇边咬，可又怎么可能真舍得去咬，含着水光的手指，用舌尖一一舔过，萧水光心里一麻，要抽手，章峥岚哪会让她得逞，轻咬了咬她的食指，眼睛直勾勾看着她。

水光的脸比之前更红了些，有气又有羞，毕竟是女孩子，而且她对待感情一直是保守而克制的，除了对景岚的那份暗恋，可以说是完全没谈过恋爱，结果一上来就碰上章峥岚这种角色，被弄得手忙脚乱太正常不过。

章峥岚总算松开了手，但没有让开的意思，甚至还贴近一些，俯身亲了亲她的头发，水光以为接下去要好了，却发现被他渐渐压在了沙发下，她咬牙，懊恼自己次次对他放松。

"你放手，我要走了……"

"不放。"

水光恼羞，曲起腿踢他，但因为受了限制也不知道踢到了哪里，只听他哼咒了一声，眼光直接垂下来，竟带着几分幽怨，"你还真是狠哪。"水光不明所以，章峥岚抓了她的手就往受伤处而去，当萧水光意识到什么，中途狠命抽回手，"你流氓！"

章峥岚沉沉笑了出来，"这样就流氓了？那这样呢？"他说着舔上她的嘴唇，间或一吮，顺势而下微开的衣襟，都含着明显的情欲。

在水光还没气骂出口时，他已经又进一步流氓地脱自己衣服了，奇妙的是那举动并没有丝毫猥琐的感觉，反倒性感出奇。

只不过水光没心情来欣赏，只想一脚踹他下去，"你是坐台的吗？"

章峥岚噗地笑出来，埋首到她颈间，缓缓吹气，"那你就买了我呗。"

水光偏开头，章峥岚嘴边露出笑，手下没停，身上唯一还剩的那件衬衫也已经半开了，精干结实的胸口袒露出来，他不容分说牵她的手到自己的后腰背上，口中说道："你上次抓得我身上留了好多疤。"

水光隐约知道他在胡说些什么，不过她现在更恼的是自己竟然每次都被他牵制过去，第一次有些孩子气地顺应他的话就去抓他的背，引得某流氓抽了口冷气，"你还真就抓了啊？"

下一秒眼中始终含笑的章峥岚坐起身，将身下的人提抱起，让她坐在了自己身上，水光下意识"啊"地叫出了一声。

等坐稳，萧水光就要挣脱着下去，两人的姿态太亲呢，她就横跨在他的大腿上，手撑着他裸露的胸口，结果她才刚动，就被强行制止了，水光看到眼前人的面色有点潮红，危险地眯着眼，随后渐渐逼近，水光瞪着眼前放大的俊朗脸孔，此刻因那颗泪痣竟看上去有些魅惑。

"想不想尝尝头牌的味道？"说完章峥岚吻住了她，这次有点急迫，像是要竭力去慰藉一份等待水源太久的干渴。

等水光反应过来，人已经被带进了太过强势的感官体验里，生嫩的萧水光面对铆足了劲勾引她的章老大胜算微乎其微。

Chapter 17
沉沦的心

如果说章峥岚这人没有城府，那就是笑话了，他能有今天的成就，能随心所欲地生活，这要多少的手腕能力可见一斑，这能力自然包括勾引心上人。

在水光推拒前，章峥岚右手捏着她的手腕往自己心口引，左手已滑入她的线衣下摆。

水光自知不妙，但人被他搞得晕头转向，腰在他的手下微微地抖动了一下，"你别……"

这样的无赖行径如果是别人她是不是已经直接把他打晕？水光发现自己竟对他意外地容忍，可这人又实在让人生气。

但章峥岚又岂是生一下气就能打发掉的人，更何况又是现在这种箭在弦上的时刻，他简直恨不能二话不说绑了她吃了，可终究没敢太雷厉风行，只小口小口地诱着。

章峥岚的唇从她身上离开，他一直注意着她的表情，此时她的脸有些红，但还不至于神思不清，甚至还看得出明显气恼着，鼻尖上冒着点点细汗，他喜爱地去咬了咬她的鼻尖，水光惊得一跳，他的手伸向她背脊上抚着，一句句说着亲密话，当他的手指毫无预警地滑入她的里衣，轻轻碰触她的裸背，水光一瑟缩，他还皱眉柔声问："有点凉是吗？"

水光吃力控诉，"很冷。"

章峥岚笑了，带着温情，带着歉意，也带着几分步步为营的狡猾，"等一下就热了。"下一刻水光就感受到有坚硬的东西顶着自己的腹部，反应过来后连耳朵都烧红了，这个流氓！

这样的肢体交缠付诸武力都是束手束脚的，水光又被束缚得彻底，抓挠推搡对他没有任何作用，这人没练过武术，但绝对学过跆拳道之类的。

水光嘴里没示软，却有一种兵败如山倒的感觉，看他完全不知廉耻的样子，更是气得哆嗦，"你怎么可以……"

章峥岚眼眸幽暗，"我可以，因为我爱你，而你也喜欢我。"

水光不知道该怎么说，脸红心跳。

他靠到她的肩膀上，热气呵出，伸手拉着她的一只手按到他的欲望上，低声求："你碰碰它……"

水光脑海里嗡嗡直响，碰到之后才猛然惊觉，而他也像只是一时起意的逗弄，随她脱了手。

而接下去发生的事，水光犹如处在浑浑噩噩的半昏迷状态，被他带着躺入宽大的沙发中，他笑着拂开她额前的刘海，吻了吻她的额头，然后直起身跪在她身前脱了衣裤，等水光反应过来时，他已经又压了上去。

周身都笼罩上了他的气息，水光心慌意乱，要开口，那舌尖已经先轻易顶开了她的牙关，一路扫荡，强烈刺激着口腔，她几乎有些无法喘息，遗漏的声音渐成了呻吟，这让章峥岚更是心神荡漾，迫不及待地想去占有她，让自己解脱，也让她快乐。

几乎全裸的男人张扬着匀称健朗的身形，他拉她的手到自己的腰股处，眉眼满含情意，轻轻舔咬着她的耳郭，"水光，你什么都不用做，只要好好享受，嗯？"

水光咬着唇，她不会撒谎，他的亲吻让她有欢愉的感觉，但他的手段太卑劣，问是问了，可行为上却从来一点都不含糊，甚至更加得寸进尺。

"章峥岚……"

回应她的是又一记绵长的吻，然后是点点轻啄，带着喑哑的声音，"我想要你，水光。"这是他第二次这么说，这一次显然比前一次更贪渴。

水光慌了，被他带得越走越远，但她却不知道这究竟是对是错。

　　章峥岚，章峥岚，现在满脑子都是他。

　　她想接受他，可这太快了，只觉得这人可恶可恨！

　　而水光的失神只是让章峥岚又进一步得逞，在她身上制造热意，痕迹，水光微张着嘴喘气，奇妙的战栗感让她想要抓住点什么，像一条脱了水的鱼儿。

　　章峥岚度了口气给她，哭笑不已地拍了拍她的脸，语气宠溺得都要透出水来，"傻瓜，呼吸都不会了吗？"

　　水光无力瞪着他，章峥岚笑，手搭在她后脑勺，又是吻又是爱抚，像在享受一道唯一对上他口味的大餐。

　　夜才开始，章峥岚一步一步诱情勾心，请君入瓮，水光就像砧板上的鱼肉，完全没了后路，连对方的手几时将她的双手禁锢在头顶都没注意，好久之后回神已被褪去不少衣物，水光又羞又恼，抬脚要蹬他，可全身都酥软得完全提不起劲，只让罪魁祸首抓住了脚环上他的腰身。

　　章峥岚轻咬她的唇，"你会快乐的，我想让你快乐……"

　　水光身上还有一件长的棉衬衣，遮住一点修长的腿，章峥岚勾着她的底裤褪下来，敏感的水光寒毛都竖起来了，闷闷支吾几声，只想推开他。

　　可章峥岚这时怎么可能还停得下来，他已是满头大汗，手都有些颤，"我爱你，我爱你水光，给我好吗？"

　　"章峥岚……"水光脑中空白一片，除了叫眼前这个人的名字，她想不到其他。

　　章峥岚吃力勾起嘴角，吻了好几下她的身体，"对，我叫章峥岚，是我在抱你，我爱你，只爱你……"

　　当章峥岚终于扶着欲望慢慢推入她身体时，水光情不自禁地低叫了出声，指甲嵌入他的皮肤，那痛章峥岚纹丝不觉，却不敢再深入，停在半途，煎熬难耐，汗水从肌腱上淌下，落在她的颈间，水光眼中蒙上了一层水汽，勾得人要走火入魔。

　　"我慢慢动，好不好？"沙哑的嗓音几乎听不真切。

　　水光咬着发白的唇，只希望不要发出那些不似自己的声音，眼里水润一片，章峥岚心疼得要死，可要他不做却还不如真的去死，他一边手摩挲着她的脊背让她放松，一边调整两人的姿势，终于在抱起她一些时趁势深深没入，那刻的圆满险些就让他提前结束了这场渴求已久的性爱，真是要了命了！

"啊，水光……"

萧水光觉得全身上下又疼又燥，连骨头都没了力气，嘴里的低吟终于也逸出，刺激着章峥岚的自制力全面瘫痪。

他把她放妥在沙发上，俯身舌尖钻入她开启的嘴巴里，纠缠住她的舌一起共舞，身下慢慢地抽动起来，水光全身都泛起了红，双腿挂不住要滑落，他托起她的股部，两人坐起来，换的这姿势更深入了，他缓了一口气，才由下而上律动着，"乖，扶住我。"

水光只觉自己像水上的浮草，飘飘荡荡，她本能得抱住了眼前的人，章峥岚爱死了地去啃咬她的裸肩，后颈，他想吃了她，一点一滴都不剩！

周围的温度越来越高，欢爱的气息弥漫了整个空间，灯光打在两具如斯契合的身体上，折射出点点亮光。

章峥岚在最后那一刻吞下了她到达高潮的呻吟，也让自己在她体内释放完全。

许久之后，章峥岚放水光重新躺下，他侧躺在她旁边，拥着她，吻她汗湿的额头，水光闭着眼睛，颤抖地吐息，像是溺了水的人，章峥岚滚烫的掌心磨着她的颈侧，吻从额边亲到下颚，回味刚才极致的余韵。

两人都没有说话，章峥岚是显而易见的满足，腻着她不肯动，直到水光说了一句"我想洗澡"。

他才撑起身说："那我去放洗澡水，你等等。"说完亲她额头一下就翻身下了沙发，匆匆套上长裤，又拿了一旁贵妃椅上的薄羊绒毛毯盖在她身上，忍不住又亲了亲才离开跑去二楼放水。

水光等到听不到脚步声才睁开眼，盯着天花板上的灯看了好久，最后坐起身套好了衣物，起来时有些站不稳，她暗暗咬唇。

章峥岚这边刚把水放好，水光就推门进来了，正弯着腰试水温的人挺直了身子，摸了下脸说："怎么自己上来了？"说着就要走过来扶她。

水光说："你先出去吧，我自己来。"

他笑了笑，说了声好。

章峥岚出来后，站在关着的门口发了一会儿呆，然后去隔壁的更衣间里翻找干净的浴袍，而那刻水光躺在浴缸里，红着脸慢慢沉没了水里。

等水光从浴室出来，看到门边上多了一张椅子，上面放着一套浴袍，章峥岚听到声音从旁边连着的主卧室走出来，两人视线相交，章峥岚见她穿着自己原来的衣服也没说什么，微笑着上来用手里的干毛巾擦她的头发，"头发怎么才吹半干？"

水光偏开头，章峥岚的手稍一僵，她看回他说："不用了。"

章峥岚笑道："好。"自若的神态有点破功了，他以为她又要走了，下一秒愣愣地看着她进了卧室，然后上了床窝进了被中。

章峥岚有点不敢相信，捏了捏自己手才觉不是做梦，最后火速去冲了澡回到床边，犹豫再三也上了床。

他一只手隔着被子搭上她的腰将她揽住，"水光。"

水光没回，章峥岚克制不住扬着嘴角，棱角分明的脸让他看上去明朗又性感，年轻那会意气风发的章峥岚甚至觉得全世界都可以是他的，现在发现就算此刻真的拥有了全世界也没有比拥有她的百分之一好。

之后想到什么，又转身去旁边矮柜上的抽屉里拿了样东西出来，靠到她耳边去柔声细语，"这对对戒是今年我生日那天买的，当时没敢给你。"他拿出那只女士的白金戒指，拥着她，从被下拉出她的右手戴在了她的中指上，水光有缩手，只可惜现在章老大势不可遏，给她戴上后又立刻给自己套上了那只男士戒指，对于从不爱戴首饰的章峥岚来说，这回戴得是死心塌地，甘之如饴。

这一晚一个闷头睡，一个几乎没睡，到早上的时候章峥岚才稍减了亢奋，眯了眼睛，呼吸声渐渐安稳，睡得很踏实。

等第二天醒过来已近十点，窗帘的缝隙里有阳关照入，他往旁边伸手一探，猛然清醒，床上只有他一个人，坐起身看了看四周，静悄悄的，没有她的气息。

章峥岚披着睡衣下楼的时候忽然想到了两年前，两年前他起来，也是一个人在空荡荡的屋子里走了一圈。

他去厨房泡了一杯咖啡，心里有点没底，两年前他去了学校，却得知她有了男朋友，他坐那待到点的面冷却，就跟他当时的心情一样，可能心情更糟糕吧。

自己的原则，如果她单身就跟她说，如果她有伴呢？他一直自负地认为即使是那种情况他也完全可以潇洒退出，不强求，可临到头才发现原来这么难以接受。

现在呢？又是什么情况？

灌了口咖啡，咀嚼出来的味道就像是被抛弃了一般苦，哪有人每次亲密完的一大早就不见人的，章峥岚觉得很受伤，自己就这么没魅力？

放下杯子就要上楼去换衣服，出门逮人非问清楚不可。

结果刚走两步，门铃响起，章峥岚心说，这周末一大早的谁这么不识好歹？面色不大好地去开门，结果就傻在了门口。

水光手上拎着的显然是一袋食材，鼻尖冻得有些红，看到他站门口不动，皱眉说："怎么了？"拎的东西有点重，外面又冷，水光不晓得他发什么呆。

"啊？哦，没事……你去买菜了？"章峥岚马上让开了身让她进来，而说话的思绪是跳了好几跳。

水光"唔"了一声走进来，换上拖鞋向厨房走去，章峥岚跟在后头，半天问了句："怎么不叫醒我？"

"嗯。"又是一个应付的发声词，章峥岚却一点都不受影响，反而笑容渐大，"下次要叫醒我，知道不？虽然菜场就在小区附近，但大冬天的你一个人出去多不安全。"

水光对他词不达意、毫无条理的话自动过滤，进了厨房就忙碌起来，章峥岚卷了浴袍袖子要帮忙，水光说："你别捣乱了。"

刚刚担忧的心已再度安定下来，此刻简直是柔软不已了，看到她的右手上没有摘去的戒指，忍不住靠上去又说："那我老规矩，看你吧？"

水光侧头，淡淡道："那么，我也老规矩，你能出去吗？"

两秒的停顿，随即是朗笑出声，窗外的冬日阳光暖洋洋地照在两人身上，地面上彼此的身影巧妙地重叠在了一起，亲密无间，美好得宛如所有热恋中的情侣，他之后乘其不备重重亲了亲她的脸颊，"我去换衣服，等会下来帮你忙，别说不要，哪有……的第二天早上让女朋友忙的是不？"

消音的那几个词换来姑娘的一记瞪视，章峥岚眉开眼笑地走了，还带哼着小曲儿。

水光看着那道背影，心里渐渐地也平静了好多，那些恍惚和不安定在他身边总是会逐渐消逝，她不明白，但是开始试着去体会，这样对谁都好，不是吗？

水光简单准备了中饭，章峥岚从旁协助，倒也真起了点作用，果然是一学就会的精英人士。

餐点很快弄完，两人没有去客厅的大餐桌上用餐，直接在厨房的小桌子上围着吃了，章峥岚一身休闲服饰，坐在那，长腿伸着，很有一股慵懒气质，吃的时候不忘夹菜给对座的人，说话时眉目总带笑，让人一看就知道他心情好。

水光心无旁骛地吃着东西，只在最后说了句："我等一下有事要出去，你来收拾吧？"

"没问题。"答应得很快，但马上想到关键处，"去哪？今天礼拜六，不能在家待着吗？"到底是有怨言了。

水光看了他一眼，下了位子才说："去拍照，跟你公司签的约。"

章峥岚终于体会到什么叫"搬石头砸自己的脚"。

章峥岚坐在沙发上，脚架着茶几，手上拿着遥控板漫无目的地换着台，心上人出门忙事去了，他一大男人窝家里着实是郁闷，自然不是他不想跟着去，人不让他跟啊，出门前一句"我认得路"，想想真是心酸，女朋友独立前行，他自愿降格当跟班她还嫌弃，真是悲哀。

悲哀的章老大甩下遥控板，站起身在客厅里走动，换作平时这大周末的这会他还在床上睡着，差不多要到下午起来，然后不少狐朋狗友会来约活动，他就看心情去不去，现在，心思全在女朋友身上，来电显示如果不是萧水光的，他都懒得接了。

直到大国的第三通电话响起，章峥岚才懒洋洋地接起来，"什么事？"

"老大，你不会忘了吧？今天下午一点市科技局有一个大会你要参加的，你还要上台作演讲。"

章峥岚脑子里一转倒是想起确实有这么回事，"我知道了。"

"人领导给我打过两通电话了，你是主讲，给点面子，千万别迟到啊！"

"行了，我有分寸。"

老大你做事全凭兴趣，不讲分寸的好不，大国被动收线的时候这样想着。

章峥岚答得干脆主要也正是想找点事来做，分散注意力，看时间十二点，准备准备也差不多可以出门了。

水光这厢呢，老早跟人约的时间，所以她过去时，那边工作人员都已经到位，效率可谓不差，章峥岚公司过来协助形象指导的老陈也早就候着了，说真的老陈看到萧水光是有那么点"心理障碍"的，主要是上次见她跟自家老大有暧昧，但后来这种猜测被公司里的同事一致否决了，老板在某些方面还是很有原则的，跟工作伙伴的关系是弄得最灵清的，再者他前女友都回来了，破镜重圆的戏码似乎更合情合理，所以老陈后来也觉得可能真是自己想多了。

水光到后就被带着去了化妆间，领她的还是上次那人，路上还说明了下因为这单子拖得比较久了，虽然东家说了不急，但他们这边还是希望能快点完成，所以今晚可能要开夜车，问她是否有问题。

水光也想速战速决，就说可以。

老陈在旁边心说，我们什么时候不急片子了？这不那款游戏就等着片子出来宣传上市呢吗？

"不急"这种指令，除了大老板谁敢去下？难道是老大在以权谋私？老陈又迷茫了。

这化妆间水光是第二次来，也算熟了，而化妆师见到她就招手说："嘿，美女，等你好久了。"

人称阿mo姐的化妆师对水光的脸是一直念念不忘的，这时主动上来引她去了更衣室，"美女，上次因为穿的衣服简单，我们是先化妆再换衣服的，这次穿得比较复杂，所以要让阿琳先给你换好衣服然后咱再来化妆。话说美女，你今天气色真不错噢，比上次要好很多。"

水光微微一愣，想到什么，脸上冒起几分尴尬。

对方并没注意到，径直问道："你平时用什么保养品？二十几岁了皮肤还能像你这样吹弹可破的可算是稀有的，对了，你平时会化妆吗？"

"啊？"水光缓了一拍，随后摇头说，"不化。"

阿mo看这姑娘似乎不大爱讲话，本来还有意想邀她做自己的长期妆模，她的容貌本身就好，可塑性又非常高，可她貌似不怎么好沟通啊，而她对化妆似乎也很没兴趣的样子，这可难办了。

服装师阿琳和她的助手已经准备好衣服，水光看到那套复杂得不知道是仿了什么朝代的服装当即苦了下脸，阿琳看出她为难，笑说："没办法，客户要的是武侠风。"

水光原想自己去隔间换衣服，看到这套衣物就觉得她一个人是穿不了的，可她身上还有一些暧昧的痕迹，自然不愿让其他人看到，着恼地又想到那罪魁祸首，也就是那客户。

"像上次那种简单点的衣服不行吗？"水光踟蹰。

阿琳笑道："萧小姐，你这套衣服穿上去的效果绝对比上次那套棒很多倍！"

"……不棒一点也可以。"

"什么？"阿琳没听清，水光叹了一声说："算了，换吧。"那勉为其难的口气让服装师很忧伤。

而水光的担心不是没道理，阿琳在换衣期间看到了萧水光颈项，腰上和内衣上方的肩背上那些明显的吻痕也是愣了一大愣，水光呢就当自己死了，死人是不脸红的。

阿琳的助理忍不住咳了一声，心说这美女的情人一定很热情啊，看看这痕迹。

阿mo站得远，水光又被俩服装师围着，没看出这花头，等了会无聊了就拿出宽屏手机看新闻，不久"咦"了一声，"这不是GIT的那章总吗？上月刚新鲜出炉的市十佳青年经济领袖——他排在第一，GIT果然很赚钱啊。"

阿琳的助理回头问：“这人是不是上次来过，在外围看我们拍照的？”

阿 mo 经这姑娘一说，抬头就看向水光，那次 GIT 的老板显而易见是来看她的，她当时的第一直觉就是两人是男女朋友，就算后来知道那人是 GIT 老总，也只是更加印证了那句郎才女貌。

水光此时闷头说了句：“冷，快点可以吗？”

阿琳当即了声“sorry”，加快了手上速度，阿 mo 则在心里兀自感慨了，“这姑娘如果真是那 GIT 老总的爱人，自己想让她当妆模，真是太异想天开了，不过，这章总看起来似乎挺有占有欲的，怎么又舍得让爱人来拍照呢？”

是的，章峥岚现在后悔死了让水光去拍照，身处人才济济的会堂里，正式的演说部分已经结束，此刻是自由交流时间，不少人过来跟章总交流，章峥岚应付了几句，就频繁拿出手机看时间。

快两点了，不知道萧水光那边忙得如何了。

章峥岚权衡了一番，跟身边的人点了点头，朝大厅的门口走去，电话拨出，但接的人却不是她。

老陈坐在摄影棚外面，当放在他一旁的萧水光的手机响了又响，老陈犹豫着要不要帮忙接下，铃声第四次响起时终于拿起，一看屏幕上显示着“章峥岚”，就有点傻眼了，盯着看了好一会儿，才按了通话键，“……老板？”

对面一时没声响，随后才略带不满地问道：“老陈，怎么是你？水光呢？”

“她在忙……手机放在凳上……”没等老陈多说什么，章峥岚又问，“大概还要拍多久？”

“估计要拍到晚上。”

“我三点过来，你那边交代一下。”

老陈听着“嘟嘟”的忙音，深深迷茫了，这样还没关系他死也不信啊！还有老板你要我交代什么？是跟萧小姐说你要来？还是跟这边公司的负责人说老大你又要大驾光临？

结果老陈揣摩来揣摩去，还是把圣旨给揣摩错了，他跟厉总通了电话，说他们章老板等会要过来贵公司这边，人家厉总周六也在加班呢，一听，马上说敢情好啊，来了到他办公室坐会，喝喝茶就一起吃晚饭！

　　章峥岚到这边时过三点了，因为那头又忙了点事。

　　停好车，想想拨了老陈的号码，他本打算不进里面去了，确定下他们收工了就跟水光通电话，然后把爱人招出来，去活动也好回家两人窝着也罢，总而言之要共同进退，章老大不大想承认他现在就有点黏人了。

　　老陈左等右等，在三点半时总算等到了自家老板的电话，忙接起问："老大你到了？"

　　章峥岚说："我在外面，你们完工了吧？"

　　"啊？没呢，老大你进来吧，厉总今天在呢，我跟他打过招呼了说你要来。"

　　章峥岚顿了会，慢慢道："跟他打什么招呼？"这老厉侃侃而谈起来是没完没了的，章峥岚此时完全不想跟他碰头。

　　老陈当即听出了老板的不爽，小心问道："要不……我让萧小姐来接你下，他们这会儿正休息着。"

　　"接我？"一字一顿，足够冻死人的声音窜进老陈耳朵，"你找死吗？我来接她的。"

　　那口气明明白白，清清楚楚袒露着"她才是我上头人"的意味，老陈哪里有过这种经验，自家老板平时都是倜傥不群，傲睨自若，从来是他命令或者鄙视别人，哪有他"屈尊纡贵"的时候？老陈终于在想了一圈下来后醍醐灌顶了，追求？暧昧？这算毛啊！这萧小姐完全是老板心尖上的人儿！老板这是来接心上人的，之前是让他交代一下早点收工，他老大要带爱人回去了！

　　"那，那现在怎么整……我跟厉总说了你要来，然后……萧小姐刚上去拍下一组，要不这组完了我跟人说今天先到这里？您就先进来坐坐？"

　　章峥岚本想骂人了，但又一想觉得大庭广众之下名正言顺一下似乎更不错，于是说了句"我进来"就收了线。

　　老陈马上跑出去迎接，一见章峥岚就嘿嘿笑，"老大来了！"

　　章总径直朝摄影棚的方向走去，路上问了老陈拍摄的一些情况，老陈一一回答，最后章峥岚问了句，"里面有多少人？"问的自然是萧水光在的摄影棚里。

　　"七八号人……老板你是来接萧小姐出去约会的？"总算提到了中心上。

章峥岚没答，倒是看了他一眼，老陈心下一惊，老大的心思向来很难猜，猜错了被鄙视，猜对了……他要是不爽你知道，你也会死很惨，"头儿我瞎说的，瞎说的。"

章峥岚步履没变，手插裤袋笑了笑，"没瞎说，找她约会呢。"

老陈止了步子，呆望着老板落落大方、心情极好地跨进了摄影棚，心里只有一道声音，"原来一直是她啊。"

前段时间老板几次上班笑容满面，动不动请吃大餐，要不就是迟到早退，那时候脸上的表情跟刚才是一模一样，不是懒散地扯扯嘴皮，更不是虚应的笑，是真的心情好的神情。

老陈虽然一直被人叫"老"陈，年纪却是比章峥岚还要小上一岁，进GIT 三年，以前觉得老板是"智商高，玩得开"，现如今他觉得其实老板非常感性哪！

感性的章峥岚一进摄影棚便见到了想找的人，因为很显眼，那人圈中心的萧水光一身色彩鲜明，层次感十足的襦裙，浓淡适中，修短合度，化了妆，此次还接了飘逸的长发，灯光打下来，浮光跃动，颜炜含荣，般般入画。

章峥岚头一次脑子里闪现出那么多词汇，暗暗笑自己每见她一回就多明白一分自己对这人是有多没抵抗力，随后他就站在了大门边上，没有再进去，看着那厢，心有所思。

后脚跟上来的老陈见老板看得认真，没敢多打扰，只中途问了两声他老人家是否要坐，他去搬凳子，以及要茶否他去泡，均被挥退了。

不多时又有人看到章老板上前来了，实在是章峥岚本身也是号发光体，尤其还是像今天这样衣冠楚楚的。

"章总你好，我是化妆师阿 mo，您来看萧小姐哪？"

章峥岚随意偏头看了眼过来说话的人，笑笑，"你好。"没再说其他，又回头看向水光那边，不失礼数却明显地对闲杂人等意兴阑珊，老陈汗，头儿这德性才是司空见惯的，转向阿 mo 圆场说道："阿 mo 姐，今天辛苦你了。"

阿 mo 倒也没被那大老板的冷淡影响到，笑着说："还好，尽我所能而已，而且萧小姐天生丽质，给她化妆感觉很棒。"

"是吗？"发出这"是吗"的却是冷淡的大老板。

阿 mo 说："可不是，萧小姐如果要去当偶像明星都不成问题的！"

章峥岚一扬眉，说："她可不用去做什么明星。"

那语气显然是带着宠的，老陈抹汗，心说老板这是打算让人知道了啊，表现得那么明显。老陈侧头想看老板表情，却是晃眼瞄到了他环在胸前的右手中指上戴着一枚戒指，他回忆起之前在拍照前让萧水光摘去的戒指，作为美工人员的老陈瞬间断定这是对戒！

章峥岚感觉到老陈的目光，看向他说："怎么了？"

"没没……老大你这戒指真不错。"

"呵。"章峥岚笑了下，微抬手看了眼那戒指，"我也觉得不错。"

"咳咳，您老真要结婚了？！"

章峥岚的目光转向聚光灯下的那人，嘴边露出耐人寻味的笑，"很快吧，我想。"三十岁结婚，刚刚好。

灯光下的人此时也刚好望向了这边，萧水光看到章峥岚没有太惊讶，却微微红了脸。

章峥岚笑出了声，亲密爱人的脸在灯下泛着淡淡红晕，让人看了，心痒难耐啊。

难耐的章老大跟旁边老陈说了句："我上去跟老厉聊聊，这组拍完之后你就让人收工，然后打我电话。"

"哦好……"老陈看着他走出去，一旁的阿 mo 凑上来说，"你们老板挺酷的啊。"

老陈笑道："是啊。"这只是九牛一毛，冰山一角。

阿 mo 接着又说了一句："我说，你们老板让你们老板娘来拍照，这是情趣吗？"

老陈汗，"大概吧……"

水光拍完一段下来，看到老陈已经招呼着大家收工了，然后和摄影师到旁边协商着什么，水光不用想也知道是某人授意的。原本想今天完成这工作，如今看来又是不可能了，因为那摄影师已经回头朝她说："萧小姐，你可以去换衣服卸妆了，接下去的部分下次再拍。"

水光忍不住说："今天拍完吧。"

摄影师摇头，"哎，萧小姐你男友都来接你了，他这东家大老板都不急了，你也就不用太体贴地为他担心这进度和费用了，哈哈！"

水光无言。

至此，摄影棚里的人都知道了这美女是那 GIT 老总的女友。

水光心情复杂地去善后自己，换好衣服后，那会靠在化妆台前给她卸妆的阿 mo 笑着说："你男友好可爱，哦，应该说成熟又可爱。"

萧水光下意识就接了一句："下流又无赖才是。"

阿 mo 哈哈大笑："真的哪？！据说章老板这人才华横溢，琴棋书画样样精通。哦，我们厉总办公室就有他写的一幅草书挂着呢，确实写得好看，大气，不过听厉总说你们章老板已经好几年不写书法了，为什么？太浪费老天爷给的才能了吧。"

"大概只是没兴趣了，对书法。"

阿 mo 一听叹息不已，有资本的人就是可以这样造孽，让拥有一手烂字的人羡慕嫉妒恨，"喜新厌旧啊。"

萧水光同意地点了点头，"是的。"

"是什么？"带笑的声音，章峥岚不知何时靠在了化妆间的门口，正八卦的两人竟没注意，硬是让当事人听了墙根。

阿 mo 老江湖面不改色地对美女说了声："可以了萧小姐，你去洗脸吧。"

说了人"坏话"还被当场抓住的萧水光同志脸上有点腆，马上就起身去了隔壁的洗手间，后一想，明明是该她生他气才对，隔三差五地搞出点事情来。

水光洗完出来时，外面只有章峥岚一人在了，正坐在她原先坐的那位子上玩手机，见她出来，笑着收了手机站起身，问她是不是可以走了。

水光望着他问："你怎么来了？"翻译过来明显是你来干吗？

章峥岚轻风拂山冈，微微笑着："顺道过来的。"然后帮她把包拿起递给了她，"接下来我们顺道去约会。"

Chapter 18

平安夜圣诞节

当一个男人花了将近所有的心思和时间在一个女人身上，而这男人又是聪明得很，脸皮厚得很，那么这姑娘除了被牵着手走就是被气得牵着手走，总之都是被牵着走了。

在众目睽睽之下被牵着走人的萧水光同志，在出了大门口时终于恼道："你干吗一定要弄得众所周知？"

"有吗？"章峥岚带着一张笑脸装无辜。

水光气不打一处来，拍照是这人要拍的，完了又来捣乱，要不是萧水光现在性格扭曲，压抑成习惯，估计早对他使用暴力了，不过骨子里的脾气总算是被他挑起了些，章峥岚在她"发脾气"前，先一步从口袋里拿出了样东西塞进她手里，水光一看，哭笑不得，一块上面用钢笔画了张简单笑脸的白巧克力，这完全是哄小孩子的把戏，无语地说了声"幼稚"。

章峥岚笑着拿过拆开，说："幼稚就幼稚吧，这招我一直想用来着，可惜一直没对象。"

那剥开的巧克力已经放到她唇边，可想而知水光是推开的，章峥岚就笑着扔进了自己嘴巴里，跟着呢喃了声："甜。"然后靠近她说，"真的甜，要不要尝尝？"水光用手挡住他嘴巴，他笑着拉下她的手，也不耍流氓了，说，"走吧，带你去一好地方。"

水光其实是想回住处了，昨天又一次跟罗智撒了谎，发短信说住同学那边，今天想早点回去，弥补一下那份心虚，可看着眼前这人，心知又走不掉了。

结果萧水光是怎么想也想不到，他带她去的是他父母家。

章峥岚起先没讲什么，下了车才说："虽然很想跟你单独约会，但想想见父母更关键，上次你见过我妈了，这次再见见我爸，正式见完家长你想跑就没那么容易了。"

萧水光驻足，然后就再不肯走一步了，她是吓到了，"章峥岚！"

章峥岚笑着诱导，"别紧张，他们见到你肯定都喜欢得不得了，我保证，你看我妈不是已经被你征服了，她已经问过我两次什么时候把你带回家里来吃饭了……"

水光瞪他，根本不是这个问题，她不想见他父母，那感觉太正式了。

正在这僵持的当口，身后有人叫了声："峥岚？"

章峥岚回头就笑道："爸。"

章父手上拎着一袋子菜，章峥岚上去帮忙拿了，然后指了指身后侧的人说："爸，萧水光，上次跟你说起过的。"

章父笑得很和蔼，看着水光点头说："哦，好，好，赶紧到屋子里吧，外头冷。"

这境况水光是完全抵抗不了的，只暗中掐了掐又来拉住她的那只手，章峥岚纹风不动，还偏头对她眨眼说："乖，别掐了，要说什么直接跟我说。"

走前面的章父回头笑呵呵看他们。

那天萧水光就这样见了章峥岚的父母，完全是赶鸭子上架，整个过程都很被动，但章老大的主动化解了一切的尴尬和不自然。

准备晚饭的时候水光要帮忙，老太太不让，叫儿子带小姑娘去外面坐，萧水光被带出厨房后，章峥岚就笑着说了："老太太不舍得让你做饭呢，上次她还跟我说了，让我也去学点厨艺，总不能老让你下厨房，我们家是有点女权主义的。"说着又挺严肃地补充，"当然，老太太不说，我也是要去学的。"

水光象征性地看了他一眼，说："最好如此。"

章峥岚忍住大笑，喜爱地带着她进了自己的房间，老太太收拾得很干净，窗明几净，水光一眼望到的是那些摆在书架上的奖杯，不由想到了另一个人，他的卧室里也是如此，满书架的奖品。

这时，章峥岚忽然伸出手来顺了顺她头发，眼里有笑意，"要看我学生时代的照片吗，附带纯真孩提照？"

"……不用了。"

"看一下吧。"有人强烈推荐。

水光走开，章峥岚跟上继续游说："真的不看吗？很好看的，保证你看了还想看，爱不释手，心动不已。"

"……"水光咬牙道，"你好吵。"

章峥岚哈哈大笑，坐到床边，看着她拿起书架上最尾端的一只不锈钢小圆盘，是一项县级的书法奖，转身对他说："这个我小时候也有一个……相似的。"

"哦？"章峥岚弯着眉，哄着女朋友说下去，"你也是得奖得来的？"

水光"切"了一声，"你以为就你能得奖吗？"她虽然没景岚聪明，没景琴能干，也没罗智有冲劲，可她也不差啊，只是从小到大一直混在一圈太出色的人堆里让她失去了一些光彩，而她的那些优秀……好比跟父亲学的书法，好比武术，好比，没日没夜地看书学习，偶尔冲到年级前三。

章峥岚走过去从身后揽住她，下巴靠着她肩膀说："唉，你说我们要是一个学校的多好，小学，中学，大学……"

"你比我大五岁。"水光道出事实，大五岁，除了小学能同校一年之外，另外基本不可能。

章峥岚闻言，说："那我只能留级了，留五级就跟你同级，像我这种聪明人这也是很简单的事。"

"……"

当天晚餐时水光羞愧欲死，因为在饭前老太太进来唤小两口吃饭，结果刚好撞上了章峥岚在偷香，老太太"哎呀"了一声就退出去了，水光目瞪口呆，厚颜无耻的男人竟然还很可惜地说了句："啧，被打断了。"

"你……"

"好好我错了，不过你现在动手，乒乒乓乓的，隔着墙人家都听到了。"

水光恼啊，可对眼前这雅痞男人又是一点办法都没有，气得一张脸通红。

晚餐时水光一直低着头一门心思吃饭。

章峥岚笑着给她夹菜，这幅画面，引得对面章父慈祥地点头，"小姑娘胃口不错，挺好，挺好。"

水光除了在心里叹息，还能说什么？

最终吃得十足饱腹，出章家门时，老太太还给她打包了一大盒自制的红豆糕点，水光实在为难，下意识求助地看向旁边的人。

章峥岚却是一笑替她收了，对母亲说："那我们回去了，您进去吧。"

"好，路上小心开车。"然后老太太转头笑着对水光说，"小姑娘，以后多来伯母这边吃饭。"

"……好。"

终于下了楼，水光却有点恍惚，章峥岚的声音从上方传来，"送你回去还是跟我回去？"后一项选择章峥岚自知不现实，但还是要问上一问的。

水光看着他，入冬的月光铺在他肩头、发尾，仿佛镀了一层薄薄的银，那双眼里一如既往地含着包容和显而易见的爱恋，她偏开头先朝车子那边走去。章峥岚跟上，不急不躁，他有足够的耐力、足够的手段去俘获她，然后守她一生一世。

章老大最后是送了水光回了她的住处，车上音乐渲染着那份微妙的情动，在下车时，章峥岚给她整了整衣服，说道："今天平安夜呢，路上张灯结彩的，原本想带你去看场电影，但你说要回来了，我只能忍痛放了你。"

"……"

"明天圣诞节，我来接你吃饭？"

"明天我有事。"罗智前几天就跟她说过圣诞节那天要陪他去商场买衣服，节假日打折力度大。

"一整天都有事？"

"……差不多。"

结果章峥岚竟然很大方，"好吧。"圣诞节只是借口，既然用不到，它也就没有多说的意义了，虽然现在很多情侣喜欢在这节日恩爱，但他要的是天长地久，也不差这一天。

"那你后天去上班，我早上来接你。"

水光本来想说不用，因为也不想太麻烦他，她上班坐公交车挺方便的，但到嘴边却咽了下去，说了句："再说吧。"

"行。"章峥岚露出满意的表情，说道，"那我走了。"

水光停了一会儿才跟他说："你……路上注意安全。"

章峥岚弯起嘴角，"好。"他俯身吻了下她的额头，动作点到即止，水光甚至还没反应过来他就已经退开一步，"晚安。"

这一幕路过的人看到，都会当成是一对亲密的恋人在依依惜别，水光也有些茫然，捏着衣袋中的那枚戒指，究竟是谁的戏演得太投入了，让人当了真？连她自己都似入了戏，好像……爱的是他，好像他就是她的那个岚，好像一切回到了应该有的轨道，她跟他上了同一所大学，然后恋爱，然后各自找到一份不错的工作，他们会结婚，会一起变老，就像他们一起长大一样……

水光看着他进了车子，然后朝她摆了下手，他脸上的笑容化成一只蝶，飞进她眼中，幻作了一颗泪。

章峥岚离开时并没有捕捉到她眼里的那份忧伤，他回到家，扯开领带，到沙发上躺了一会儿起身去洗了澡。

第二天，圣诞节上午的时光，章峥岚同一光棍友人打球耗掉了。他洗完澡出俱乐部时，接到周建明的电话，说是璐璐想你的心上人了，带出来一起过节吧？

章峥岚"啧"了声，说："她没空。"

老周同志说："小两口约会呢？"

章总笑道："你说呢？"

"呵呵，行，那不打扰。"然后回头对女儿说，"阿姨叔叔忙着，下回再让你章叔叔带那阿姨出来陪你玩，乖！"

章总挂断电话，终于忍不住给某人发了信息：在干吗呢？

对方好久才回：吃饭。

章峥岚马上打字：跟谁？

罗智。

吃什么？

对面没回了，章总继续：我打球打到现在，饿死了。

水光跟罗智逛完商场正在顶楼的一家中式餐厅里点餐吃饭，罗智问了两遍她要吃什么，都没回音，不禁抬头看去，丫头正对着手机发呆呢。

"光儿，想吃什么？"

水光这才回神，"随便吧。"

发出的消息又一次有去无回，章峥岚捏眉心，笑着呢喃："没良心啊。"

在发动车子前，一条信息进来，章峥岚一看，眉眼都舒展了，水光说：

那你去吃饭。

"还真是容易满足。"章峥岚一边笑一边开车。

这年的圣诞节，章峥岚一个人过，却是头一次过得那么舒心惬意。

周一早上七点，精神状态极其不错的章峥岚就出门了，接了爱人去上班。

就是那天，GIT 公司里开始流传出这样一条绯闻：老大跟张宇的偶像是一对，如假包换，千真万确！

传出这消息的是美工头头老陈，不过他一再强调这头条新闻他们内部沟通就行，不能漏到老板耳朵里，因为八卦老大是福是祸还不知道。虽然那日看老大的样子对这消息似乎是不介意公开的，可留一条后路总不会错，所以这条爆炸性的新闻被暗落落地传播着、讨论着。对此有还是不相信的，有惊讶的，有澎湃的，何兰就挺激动地说："是她吗？原来是她吗？哎呀，其实想想，老板跟她真的挺配的。"

上次也说过章老板跟水光匹配的某工程师此时忍不住感叹："我是神啊！"

张宇是不信者，"是不是真的啊老陈？你别是捕风捉影的事都拿出来说。"

亲眼目睹了老板温柔面的老陈义正词严道："老大都说很快就要跟她结婚了，他手上还戴着戒指呢，你们没看到吗？"

结婚？这爆料威力是不言而喻的，如果是跟前任复合，谈及了婚姻这倒还不算太突兀，这萧小姐不是刚认识吗？老板也……太神速了！

今天送完女友后也很早就到了公司的章老板此刻从办公室里出来，章峥岚一手插裤兜，一手拿着文件夹，看到大伙都围着呢，不由问："开会呢？"

"没没！"众人立马作鸟兽散。

章峥岚过去将手上文件扔给阮旗，"看看，回头跟我出去一趟。"

好多人当时的眼睛都不由自主盯着章老大的手，没有戒指。

等他一回办公室，有人说："老陈，你是不是在忽悠咱们啊？"

"我好端端骗你们干吗？不还有一只手插在裤兜里吗？"

有人忽然提议："实在好奇就给那位萧小姐打通电话确认下不就完了，这总比跟老板证实比较简单，比较没有生命危险吧？"

张宇不同意，"别给人造成困扰了，还有，这老陈的话还不一定准呢。"

一再被怀疑的老陈已经抱着"爱信不信"的态度了，反正他是信了。

结果真有人不怕死地去翻合同拨号码了，除了张宇在那说"别玩过头了"，其他人都属翘首以盼态度，电话通了，免提下的彩铃在整间办公室响起，是一首英文歌曲，众人竟然都心一跳，紧张的，不一会儿那边传来了一声"喂"，这帮平日里爱出风头的精英男此刻都无人愿当先锋，大眼瞪小眼，示意他人去接话，结果就是一片沉默，最后还是何 MM 女中豪杰。

"你好，萧小姐，我是 GIT 的何兰。"

"……有事吗？"

何兰瞭了一圈周围人，笑着说："不好意思萧小姐，就是想跟你确认一下你合同上的银行卡账号是否不变动了，因为我们近期会先给你汇 30% 的合约金。"

"哦……不变动。"

"好的。"

旁边有人朝何兰做口型"老大老大"，何兰翻白眼，咳了一声才又说："萧小姐，我们老板……"正要说，何 MM 看到了老板，闲情逸致地站在围观人群的外围，"呃，老板！"

众人跟着转头，然后是傻笑，充愣，悄悄退回到自己位子上，装出一副鞠躬尽瘁、死而后已的样子，章峥岚只是一扬眉，走过去接起了电话，众人不由拉长了耳朵，却是听到老板说："我手机打给你。"

　　然后章总收线，朝闲杂人等丢了句"回头收拾你们"，拨着手机出公司大门去了，留下众人仰屋兴叹。

　　水光无奈地接听了再次响起的手机，听他说着话，她"嗯"了几声，身边人都在忙，她不好总聊天，章峥岚问她要不要一起吃中饭？她说已跟同事一起订了快餐。

　　"那东西不健康。"章老大皱眉头，"回头我给你外带一份餐点过去？"

　　"不要。"水光拒绝，然后说，"你很闲吗？我很忙的。"很明显是要收线了。

　　章峥岚站在窗口边，笑着道："你怎么比我还忙？干脆到我这边来算了，你看你这专业刚好也对口，如果是你的话，面试都不用，直接通过，而且保准你工作轻松又工资高，好不好？"

　　水光很想回一句"好个头"，终究按捺住了，"我挂了。"

　　"哎等等，"章峥岚叫住她，像是犹豫了下才问道，"你哥有没有发现你没回家那天晚上……"

　　"嘟……"对方已收线的声音。

　　章峥岚笑出声，"我只是想问问你哥有没有发现你撒谎，我可以帮你亡羊补牢一下的。"

　　至于是不是真有心想帮忙就只有天知地知章总知了。

　　而水光刚撂断电话，手机又响了，看也不看来电显示就接通了，对他好像很自然地就能放开自己，没好气地说："你又要干吗？"

　　"你好。"对面的男音冷淡，"萧小姐，我是梁成飞。"

　　水光一愣，移开手机看屏幕，自然是眼生的号码，附到耳朵边淡淡回了声，"有事吗？"

　　萧水光对梁成飞有着特别记忆，因他相貌上与于景岚的些微相似。

　　梁成飞的声音再度传来，一板一眼，"萧小姐，我想你还没有忘记上次你参与的那起家庭纠纷案吧？现在男当事人告你恶意恐吓，麻烦你来一趟我们局里，如果你不配合，我们会派人过来带你，但我想你应该是不愿意让你周遭的人知道这种事的，所以还希望你能自觉合作。"

水光霍然站起，引得旁边同事望过来，她压着声音说："我没有恐吓他。"这太搞笑了。

反而是那人自从那件事之后常在她家门外放些垃圾甚至死老鼠，曾被罗智遇到过一次，并警告了他。

"不管有没有我们会查证，这你不用操心，你只要过来配合我们的工作。"

水光坐下后，深深呼吸，"我在上班。"

梁成飞笑了笑，"我以为萧小姐能权衡其中的轻重。"

"我知道。"水光实话实说，"我也知道起诉是要有证据的，你们单凭那人的一面之词，没凭没据，我没有义务你们也没有权力让我去接受审查。"

梁成飞坐在办公室里，对面已经挂了电话，敲门进来交东西的女警员看到他不大好的神情，便问他："梁队，你没事吧？"梁成飞的性格属孤傲冷僻，平时除了谈公事并不怎么跟他们多攀交，或者娱乐，多数是一丝不苟地公事公办，但单位里迷他的女生倒是挺多，长得好看，学历也高，工作好，又克己自律，烟酒色不碰，俨然便是女人心目中的出众男人，只可惜不大好亲近，总是拒人于千里之外。

梁成飞此时问道："那人走了吗？"

"刚走，小王录了笔录，不过梁队，这人显然是在诬陷那女孩子。"想起刚才那男人报案说被人威胁恐吓，希望他们警察把那女人赶出小区，她就觉得好笑，家庭暴力还有脸来告劝架的人了？本来局里的人理都不想理这茬，上次她们一群女同事还一致鄙视过这打老婆的人渣，结果刚巧梁成飞进来，看到后却吩咐："做一下笔录。"

梁成飞随意翻了翻女警员递上来的那份笔录，"既然有人报案，我们就要受理。"

女警员点头，心里却是想着这种纠纷梁队何曾上过心？突然忆起上回那起家庭纠纷案梁队甚至还参与了做笔录，心中不禁一讶，难不成梁队跟其中的某一名当事人是有私人恩怨的？谁呢？女警员没能侦探太久，因为梁成飞已经起身拿外套，淡漠道："我出去一趟，有事打我电话。"

"好的。"女警员跟着他出门，望着那背影走出单位。旁边有同事上来问：

"梁队干吗去？"

"不晓得。"

除了出任务，梁成飞向来不会跟他人报告行踪。

中午阮旗跟着老大去谈合作，一脸的受宠若惊，去的竟就是那萧小姐所在的公司。

阮旗起初自然是不知道的，进到对方公司门口，在人领导的欢迎下，无意瞥到了那办公间里一道不算眼熟，但再转过头去认出来后绝对足够震慑人的身影。

原来她在这公司啊？

那么老大前两天说要跟这家小单位合作是怀着赤裸裸的目的的？阮旗瞥了眼旁边的人，很淡然地在跟对方老总握手，后者满面笑容，"章总你怎么还亲自过来了，不是说好让我去拜会你吗？来，里面坐！"

章峥岚看表说："时间也不早了，要不一起吃中饭，边吃边谈。"

"也好也好。"

这时章峥岚眼光总算转向萧水光，之前她看到他们稍微露了一点惊讶，随即就自顾自垂头弄事。他微微笑着朝她走过去，然后到她面前时亲和地问了句："吃过饭了吗？带你去吃饭？"

水光深深觉得，这人完全是不弄出点事来就会浑身不舒服的主，沉默不答，而章峥岚是有心要让他们的关系越多人知道越好，他可不愿承认这是小孩子作风，顶多就是占有欲有点外显罢了。

水光公司的老总不是傻瓜，"章总认识小萧啊？"

章峥岚含笑说："是啊，认识。"看水光一眼，接着又说，"她是我学妹。"

那老总听了哈哈笑，"是吗？那真是巧了，小萧，既然你跟章老板是旧识，那一起出去吃吧，啊？走走走！"

水光只觉得以后自己在这边的日子必定没有以前那么自在了。

在一旁一直目不转睛看着的阮旗暗暗感叹着老大就是老大，谈恋爱都谈得那么步步为营。

就这样 GIT 两人，对方公司三人包括老板、那位杨经理以及萧水光，出发去外面吃公事餐，一伙人进入电梯时，章总问了句："想吃什么？"电梯里其余人都沉默着，那明显不是在问他们，可被问的人不想搭腔，章峥岚一笑，"吃西安菜吧，我知道一家做西安私房菜不错的餐厅。"

水光总算是看他了，章总就候着她呢，"不要吃老家菜吗？那要不我们吃粤菜，冬天喝点养生汤也挺好的。"

"随你。"

"这么给面子？"章峥岚笑着问其余人粤菜行吗？回复当然是清一色的没问题。

阮旗拿出手机发信息：嫂子跟我们在一起，正要同去吃大餐！

一伙人到了楼下，分了两辆车坐，水光也没多做无用功地去坐单位的车，而是上了章峥岚的车子，阮旗非常自觉地一早就坐在了后座。

车子刚发动，章峥岚便递了样东西过来，水光接过，看到又是一小袋糖果之类的东西，无语道："你就那么喜欢吃甜的？"

"还行吧。"章峥岚笑道，"不过这是生姜糖，不甜的，而且冬天吃这能驱寒，治感冒。"

"我又没感冒。"

"上次不是感冒了，乖，拿着，提前预防，防患未然。"

水光觉得这话题很幼稚，也就不接茬了，后面的阮旗心中十分唏嘘，这是老大吗？简直是柔情似水了。

章峥岚多明察秋毫，笑着问了声后面的人："小阮，你要姜糖吗？我办公室里还有很多。"

阮旗忙摆手，嘿嘿笑，"不用，谢谢老大！"

水光从后视镜里看了一眼后面的人，阮旗正巧也转过头去，两人视线相对时阮旗忙点头说："大嫂好！"

水光无语。

章峥岚咳笑了出来，随后道貌岸然道："好了，别乱叫，她得生气了。"

阮旗马上承认错误，"嫂子别气，我就是对您仰望已久所以情不自禁……"随后就是噼里啪啦一堆阿谀奉承。

水光忍了半天，最终说："别演了。"

章峥岚大笑出来，阮旗左看右看不知道自己哪里说错了，他那说辞绝对是真心的啊！经过这么一闹车里气氛变得和洽很多，这正是章峥岚所希望的。

而章老大带路去的粤菜馆并不远，就在市中心一带，所以很快就到，里面装修一流，服务员更是服务周全，将他们带入包厢后，非常识眼色地将菜单先递给了章峥岚，章总一笑给身边的人，水光也没去丢脸地推来推去，低头点菜，于是就是几个大男人聊天，水光当她的点菜工，偶尔征询一下那些领导的意见，包括自己单位的老板，回答都是"都行都行"。

水光也不知章峥岚是有多大本事，让这些人都那么讨好巴结。

实在是在萧水光眼里，章峥岚的形象太过不正经。不过这形象也就在萧水光那里一再呈现，在别处章老大那就是一老大，往那一坐，别人都服他，有钱有势，能力才华手腕样样不缺。

但有目共睹的是跟章峥岚的GIT合作那就能百战不殆，但跟他结交则要靠机会，这机会是可遇不可求的。现在他们云腾是求到了，这其中是因为什么太显而易见，这显而易见的后果就是造成了之后水光被她老板敬酒了……

水光原是在那安安静静吃着呢，那些人谈"宏图伟业"，她一新进小职员自认插不上嘴，就默默填肚子，却被自家老板一杯酒敬过来说："小萧，米米，别光顾着吃，我敬你一杯，你来我们公司快一个月了吧，表现很好，很优异！"

水光呛了一声，旁边的人笑着给她顺背，也抽了一张纸巾给她，"你领导夸你表现好你就这么激动，平日里我夸你，可怎么就从来不给点反应？"

那云腾老板也是滑头人，听了忙说："章总，这内政和外交能一样吗？"然后开始跟章老板说小萧同志在他们单位是怎么兢兢业业，务实尽职……

水光听着很是汗颜，她是实在人，这类浮夸的话让她不自在，可也不知道怎么去应对，不由在桌下用脚踢了踢始作俑者，章总咳了一声，谢过了对方对爱人的夸奖，也替水光回敬了云腾老板的酒。

这"师妹"就是"爱人"，不用说明，行为举止上已经表现得很明白。

而章老大得了便宜他还卖乖，喝完酒靠到她旁边低声说："帮你喝酒了，怎么谢我？"得到的回应是脚上又一次受攻击，章峥岚"嘶"了一声，当然这声完全是反射性的，其实并不怎么疼，甚至他还觉着亲密呢，打是亲骂是爱，不过倒是引起了他人的注意，云腾老板就问了："章总怎么了？"

"没。"章峥岚笑道，"听说你们云腾近来打算开发教育软件这块，这倒是条好的思路。"

云腾老板连说想是这么想，但心有余而力不足，像他们这种小单位能抢到的市场份额太少了，说到最后就是希望章老板多多提携了。

章峥岚回道："提携谈不上，既然我们是要合作，讲的是双赢，云腾我是挺看好的，你看我师妹都在你……咳，总之，教育软件这块，我也有点兴趣，回头我们可以好好探讨下。"

"一定一定。"

表面上章老板是一本正经地在跟人说着合作意向，只是桌下的手不怎么干净，抓住刚才要动粗的手，就不愿再放了，一点一点不动声色地吃着豆腐。

大庭广众之下水光只能忍辱偷生，这一顿有惊无险的"公事餐"完了之后，云腾老板跟那杨经理先走人了，看得出心情大好，好到走时都忘了叫上自家单位的小萧，水光兀自叹息社会黑暗，坏人当道。

阮旗已奉命去开车，此刻只剩他们两人，章峥岚笑着捏她脸，"生气了？"

水光瞥了他一眼，"你说呢？"

那略带嗔怪的样子让章峥岚心里又是一动，想吻她了，但最终碍于女友的身手只能作罢，可惜不已，不是对付不了，只是不舍得欺负而已，而偶尔为之的"欺负"，那是情调。

梁成飞从局里出来后就一直有些心烦，之后不知不觉竟开车到了她的小区，意识过来时觉得自己真是鬼迷心窍！

离开那里便转去了之前要去的目的地，这几天偏头痛频频发作，折磨得他又进入了长段长段的失眠中。从医院出来，在经过两条街区时他就看到了站在街道边上的那对情侣，他伸手捏她的脸颊，她推开他的手说了句什么，男人笑得更开心，梁成飞慢慢将车停了旁边的车道，隔着一条街看着对面的两人。

萧水光……你不是心有所属吗？

第一次见到她是在 KTV 里，他那天心里一直都很不痛快，之后那场小车祸，他更是隐忍了所有的厌烦送了她跟她的朋友去医院，之前以为她们会讹钱，在他的思想里女人多是嫌贫爱富，贪财贪名，而她推开他递的钱时脸上露出的苦涩，让他有些恍惚，那种神情他太熟悉，他自己曾经多少次地去展示于人。

他以前一无所有，以为爱情就只是爱情，从满怀期待到自欺欺人到绝望。在很多年后的现在，他一夜一夜嘲笑着自己的愚蠢，而他更恨的是时至今日自己依然无法忘怀，他不知道自始至终忘不掉的是那份自卑，伤痛还是所谓的爱情？

而后来，他在整辆车里翻找项链时在后座找到了一张折叠端正的信纸，上面写着：于景岚，26 岁生日快乐。2010 年 10 月 30 日，水光。字体端正漂亮，只是被几滴水晕得模糊了。

他盯着那名字盯了很久。

他不相信世界上有这么巧的事。

再次遇到她是在超市，她跟一个高大的男人在一起，他以为是于景岚。

之后在警察局里见到她，他有些意外，他站在那里看着这人微微垂着眉眼，神态安静，甚至有些安详，好像没有什么能再惊害到她，他觉得有趣，什么样的人能这样的无所畏惧？

事后他鬼使神差地通过单位内部网络去查了她的资料，一样是西安人，甚至是一样的地址，一样的小学，中学，大学……

他死了，她追来了这里，多专情。

梁成飞看着屏幕，靠到椅背上，冷冷地笑了，看到信纸上"于景岚"时以为只是同名同姓，原来世界上就是有这么巧的事，让你不想相信都不行。

他看着她跟那男人上了一辆车，最终跟上了那辆车，到一幢大厦处时，看着她下来，车里有人叫住她，她回头，里面的人说了什么，她皱眉回了一句就转身走了。

梁成飞也是不久前才从一份报道上知道那男人，章峥岚，一个足够富有的商人，他笑了笑，一抹嘲讽不加掩饰地挂上唇角。

"你忘了那于景岚了？"

水光收到那条短信时，刹那间脸色一僵，她坐在位子上，很久后才去看发信人的号码，没有存，但却对这号码有一些印象，今天上午刚接到过，梁成飞。

梁成飞拿着手机倚在冰冷的车门上，当铃声响起时，他掀起眼睑，按了接听键，慢慢拿到耳边，听到那人说："你怎么知道于景岚？"她的声音透着点嘶哑，但依旧不急不躁。

梁成飞望着那座商业大厦，口气平静，仿似还带着一丝笑，"萧小姐，现在能出来见一面了吗？"

"你怎么知道于景岚？"水光的语气跟前一次一模一样，单调地重复着，你怎么知道于景岚？

梁成飞这次真的笑了，他说："我还知道他已经死了。"

"……你在哪里？"

梁成飞已经走向那座大厦的门口，"刚才你跟那男人分手的地方。"

萧水光走到楼下，神情安静，看不出丝毫的异样情绪，只是脸色有些苍白，她看到站在大门外的那个人。梁成飞正对着门，所以他一直看着水光走近，"我以为你还会说我没有义务你也没有权力让我来走这一趟。"他的话里有显而易见的讽刺。

水光却没在意，只是问："你知道于景岚……知道他已经死了，还知道什么？"

梁成飞笑道："要不要换一个地方谈？"

水光看着他，梁成飞起步，她最终跟了上去，两人走到那辆别克车边，梁成飞先上了车，水光上去后摇下一点车窗，让冷风吹入，让自己清醒。

"你怎么知道于景岚？"这是水光第四次问，语气还是不急，好像她有足够多的时间来等着回答。

梁成飞笑了笑，方才说："他叫我来的，他说你对他念念不忘，让他在阴间很为难。"

"梁先生。"水光打断了他，"这样的玩笑一点都不好笑。"

梁成飞面上不置可否，心里却有些后悔这种行为，可这类同情又让他觉得好笑，他早已经无情无义了不是吗？

"你想利用那个章峥岚来忘记心里的死人，你这个玩笑倒是挺好笑的。"

水光在听到"章峥岚"时心里有些微的波动，"跟他没关系，不要扯到他。"

"利用他，跟他没关系？萧小姐，你这算盘打得可真精，哦，或者说，是那男人太愚蠢？自愿被你利用？"

水光扣紧了一点手心，梁成飞笑了一下，"萧小姐，其实我们可以合作的。"他望向车窗外的冬日瑟景，不急不缓地说，"我想找一个人来忘记一个人，你也想找一个人来忘记一个人，两个可悲的人更适合在一起，你不觉得吗？"

水光沉默不语，梁成飞却倏而一笑，"当然，如果是钱我可能比那个章峥岚少，但很多地方我不比他差。"

萧水光淡淡反驳："他比你好太多。"章峥岚虽然无赖，却从来是直白干脆的，而眼前这个人，她看不透他，但那些隐隐透出来的阴暗让她很不舒服。

梁成飞讥诮地笑了，"那么于景岚呢？他跟于景岚比，是好太多还是差太多？"

水光的脸上有几分悲伤划过，缓缓说："在我心里于景岚没人比得过。"

"他死了，我现在只能凭着记忆里关于他的一点一滴去怀念他，你既然知道于景岚，那么，你可以行行好，告诉我一些……我不知道的。"

梁成飞很久后才开口，"我不认识于景岚。"

水光好像没有太大的惊讶，只是叹了一声，但梁成飞后来回忆起这一声叹息却莫名的烦扰。

他以为她还会说点什么，说"是吗"也行，说他骗她也行，但是什么都没有。

梁成飞见她要下车，不由叫住了她，"萧水光，你找章峥岚可以，那么我呢？我们之间……可以互相利用，谁都不会欠谁。"

水光回头，眉宇间有几分疲倦，"梁先生，你怎么跟他比？我会慢慢喜欢上他，但我不会尝试去接受你这样的人，我的利用不是你说的找个人代替……我是在利用他来让我喜欢上他。"

"梁先生，希望你以后别再来找我，而于景岚，如果你不认识他的话，你没有资格谈论他分毫。"

水光下车后没走几步，衣袋里的手机响了，她走到大厦门口才拿出来看，章峥岚。

水光接通了，那边笑着跟她说，他到公司了，问她在干吗，水光说："在忙。"

章峥岚"啧"了声，"行吧，你是大忙人，比我还忙，那么我晚上去接你？"

"嗯。"

"OK！"

Chapter 19

谁是谁的秘密

自从章峥岚跟萧水光交往后，完全成了居家型男人，应酬是能推则推，一下班就找女朋友约会，跟前跟后，软磨硬泡，杂七杂八的手段层出不穷，水光有时候被他折腾烦了就说："你能不能像个男人一点？"水光的意思是正儿八经点，结果章峥岚马上就不正经，"我怎么不像男人？哎，你别含血喷人啊小同志，要个今天晚上我再强有力地给你印证卜？"

水光闭嘴了，觉得自己真是没事找事，但对方哪是她闭嘴就能消停的，"印证一下吧，印证一下呗……"

水光说："你恶不恶心？"

章峥岚眉开眼笑，"男欢女爱怎么能叫恶心？这是顺应天命，合乎人心，再说了，老憋着，容易出问题哪。"

"……"

章峥岚觉得这段时间跟爱人相处得是和谐到不能再和谐，当然这和谐完全是字面上的意思，他老大也想暗含深意的和谐，可人不让，没办法，爱女友胜过自己的章老大只能修身养性，当然他也不是那种整天想那什么的人，就是尝过甜头后总是有那么点念着，痒痒的勾着心儿。

这天晚餐过后，听命送女友回到她住处，在帮她解开安全带时咕哝了句："听说你哥最近出差去了？"

"……嗯。"

"哦,我住这成不?"

"不成。"

"没油了车子。"

"昨天不是刚加?"

"今天开多了,上午去了趟……郊区看地皮。"

"你要做房地产了?"

"没,就是随便看看,风景不错,以后等咱们老了可以到那边安家养老,我今晚住这里成不?"

"……"

章老大见爱人沉默,马上说:"那就这么说定了,出尔反尔的是小狗!"随即利落地拔了车钥匙先下了车,水光无语,她压根还没说什么,下来时就看到他从后备箱里拿出了一只小行李袋出来,更无语了,这是早有准备了?

章峥岚过来把那一小袋东西给她,"拿着,我再去买点东西。"

"什么?"水光顺口一问。

章峥岚"啧"了声,好像还有点不好意思,"反正很快就回来,你先上去吧,乖。"然后就雷厉风行地走了。

水光摇了摇头,而刚转身就看到从楼里出来的一人,对方看到她,脸色当即一沉,嘴里好像骂了句什么,但并没有像前几次那样,见到她就凶神恶煞地大声嚷嚷,骂骂咧咧,对方只是摆着脸色从她边上走过,当他看到她身后停着的那辆车时,水光听到他啐了句:"男人还真多!"

章峥岚跑出去要买的不是那什么儿童不宜的,他是巴不得有孩子了来个先上车后补票,他要买的是能增加浪漫情调的、渲染风花雪月之类的,简言之就是要买蜡烛和花,这谈情说爱氛围也很重要的,不过水光这小区是老住宅区了,外面哪有店卖这种东西?蜡烛有,但却是过年用的红蜡烛,章峥岚后悔自己没考虑周全,自己住处倒是准备得很妥当,万事俱备只欠东风,可人东风不愿意往他那停留,自从"那次"之后,水光连去他那坐坐都不怎么愿意了,某人还有理由呢,说什么他那房子太大了,冷飕飕的,冷这不可以开空调吗？章峥岚想到这里就想笑了，萧水光是真有点怕他了，这可怎么办才好？

往回走的时候章峥岚不由琢磨着，等会怎么磨得她答应多去他那"坐坐"，要不他搬来跟她住也成，他很好说话的，就是这边还有一兄长在，这点比较在意，干脆让小罗去住他那房子，他来跟爱人二人同居，当然这都是想法，想法可以有很多，但是否会实现是另一回事了。

他现在就在想这前戏，不，这谈情说爱的氛围该怎么营造才会好一些？章峥岚笑叹着抬手摸了摸额头，"这叫如饥似渴吗？"

章老大没买到要的东西，虽有些不满意，但比起跑远一点去买而浪费这难得的时间是更不乐意的。不过回到水光那时，刚按开门就忍不住跟爱人抱怨了一番，"你这小区周边怎么连家正规点的店都没？"花店也没。

"嗯。"水光敷衍了声他时不时冒出来的那些不着边际的问题，开了门就往回走，章峥岚关上门，一路跟进厨房，"我说，我今晚住这里了。"

"……随你。"水光说，"罗智那间房空着。"他最近都住公司。

"睡别人的房间多不好。"章峥岚站她旁边，拨着手边的茶叶罐子，结果水光直接说，"那你回去吧。"

章峥岚一愣，"你是不是人啊？"

水光的目光一点一点移到章峥岚脸上，章峥岚一笑，"反正我不走。"换言之就是赖定了，他现在是名正言顺了，赖得也理直气壮了，"我毛巾牙刷什么的都自己拿来了，最多就用你点牙膏而已，别这么小气。"

小气的萧水光自己倒了杯开水就出去了，章峥岚独立自主地泡了杯绿茶笑着跟至客厅，坐到爱人旁边就问："好不好嘛？"

水光开了电视，捧着杯子窝进了沙发里，目不斜视看新闻，也终于松了口，"随便你。"

章峥岚也扭头去看电视，心情愉悦自是不必说："最近房价在下调呢。"好像新闻里在放的房价下调才是他老大高兴的源头。

"你能不能坐过去一些？"手臂碰手臂的，让她不自在，又不是没其他位子坐，章峥岚收了笑意，严肃道："你不是怕冷吗？两人坐近点暖和。"

水光叹了声，却也没再说什么，两人靠着看了一会儿电视，后来水光放下了杯子，弯身轻轻抱住了身边的人，说："我眯一会儿。"

这等待遇对于章老大来说简直是太意料之外了，不由僵了僵身子，随后嘴角扬起，"你睡吧，我不动。"

时间缓缓流逝着，电视里的新闻渐渐播至尾声，怀里的人一直很安静，楼下偶有车辆经过，声音从窗户传入，这一切让章峥岚觉得是那么安逸，很久后他听到她隐约说着什么。

水光说："我会慢慢爱上你……忘记对他的挂念，我会记得他，但不会再牵挂他……我会开始只对你好……章峥岚，你愿意等我吗……"

章峥岚没有听清，只以为她在梦呓，水光的脸被头发遮去一些，看起来比平时更为消瘦了，他忍不住伸手触及，她没有抗拒，他便撩开她的头发搁到耳后，俯身亲了亲她的脸颊。

水光睫毛颤了颤，声音清晰了些，"你不是说不动吗？"

章峥岚闷声笑，吹着她耳畔的发丝，"谁让你这么诱人呢，我看到你就想亲近你，萧水光同志你是不是在我身上下了什么符了？"

水光坐直了身子，章峥岚笑，"水光，你要我在你面前做君子，风度翩翩、文质彬彬的我做不来，我想你两年了。"

这话里煽情有之，温柔有之，流氓也有之，他是开诚布公地表明自己在她面前就只能做小人了，他多喜欢她，这辈子就只喜欢她了，再肉麻点就是唯一爱上的人就是她，而在心爱之人面前还要装模作样，云淡风轻，他做不来，也不想做。

而水光对此的回应是，看了他一会儿，然后起身去了卧室，章峥岚看着关上的门，笑出来，"还真容易害羞啊。"

不敢逼得太紧，章老大打算先去洗澡，回头再接再厉。刚抓起行李袋就听见有人敲门，不免奇怪，这个点会有谁来找她？放下袋子过去开了门，看到外面的人，老实说章峥岚那瞬间心里念头是转了好几转的，总结起来就是妈的这人怎么又来这了？

外面的人不是别人，正是梁成飞。

梁成飞见到章峥岚，惊讶之后便是皱眉，尔后平淡问："萧小姐在吗？"

章总的手搭在门框上，微低头盯着眼前的人，身高的优势让他看起来有那么点居高临下，"她在，不过有什么事，你可以跟我说。"

"我来还她点东西。"梁成飞好像也并不介意跟他说，将手里那张折叠起来的信纸递了过去，章峥岚眯了下眼接过，没有当即打开，而是对跟前人说了句，"还有事吗？"那口气显然是在说没事可以走了，见过这人上次对水光的态度，章峥岚就没法好脸色去对待，他徇私护短得很。

"没了。"梁成飞顿了顿，却又说，"章老板，你交往的人是什么样的人你了解吗？她可能只是看中了你的钱或者名字……"

章峥岚冷笑着打断他，"不管她看中了我什么，你都管不着。"

梁成飞愣了几秒，最后竟然还笑了笑，"章老板，你要不信大可以看看你手上的那张信纸。"

章峥岚没有开口，然而眼神已经很冰冷，梁成飞心里也莫名地有些烦躁，本来只是来还回点不属于他的东西，为什么又临时弄出这一出来？而最后章峥岚的回复是将手中的纸捏成团，扔进了门里边的垃圾桶中，说："我是不信。"

章峥岚当着人的面甩上了门，他回到沙发边，坐了好一会儿，最终抓起包进了浴室，出来时擦着头发去捡起了垃圾桶里的那团纸。

水光不久后出来洗澡，不由多看了眼站在窗户边喝水的人，说了句："外面温度在零下，你裸着身子不冷吗？"

章峥岚就穿了一条松垮的棉料长裤，上身赤裸着，半干的刘海搭在额边，倒是十足性感，他回头看到她，便是一笑，"不冷。"然后走过来碰了碰她的脸颊，"水温我调好了，去洗吧。如果要帮忙搓澡，我也很乐意效劳。"

"不用。"水光很明确地拒绝了，进到浴室还听到外面人喊了一句，"萧水光，那我等你出来为你效劳！"

"……"

那天水光洗完澡回房间，果然那人已霸占了她的床，看到她回来就拍了拍身边的位子，"过来。"见她不动，坐起身举了一下手说，"我发誓，文明睡觉，不给组织惹麻烦。"

水光还没说什么，他长腿一跨，一下子下了床，拉她躺到了床上，水光吓了一跳，"你干吗？"

"睡觉啊。"低沉的嗓音埋入她的颈间，"真香。"

"章峥岚……你别闹了。"

"不闹。"章老大拉过被子替两人盖好，"真的只是睡觉，乖，我就抱着你，不做其他……"

而水光的心软又一次印证了某人的无耻是无下限的。

章峥岚这次的无下限倒不是在那不文明的行为上，但那作为也绝对称不上道德，他磨着水光讲她儿时的事情，水光困，说没什么好讲的，可那人实在有韧性，抱着她磨磨蹭蹭的不得休，"说说吧，一点点也可以的……要不我先讲我小时候，然后你再说你小时候？等价交换不吃亏啊你，要知道有多少人想要挖我的生平事迹还挖不到……"

"我又不要听。"

"……给点面子，萧小姐。"

萧小姐有些头疼，"你还要不要睡觉了？"

"睡，你讲点你小时候的事我就睡了。"

"你那么大的人还要听睡前故事？"

章峥岚笑，"是啊。"

水光磨不过他，又着实想睡，最后说："我小时候……很单调的，除了每天上下学，就是去老师那学武术，后来，要考市里的重点高中，那半年就天天熬夜看书，那年没拿到爸爸要的武术奖，甚至连决赛都没有进去，被爸爸骂了好久……"说着水光轻轻一笑，"最后倒是考进了那所高中……"

"然后呢？"耳畔的低柔嗓音示意停顿的她再说下去。

水光想了想道："然后就是读高中了，一年，一年，再一年……"

"嗯，高中那三年我用了两年读完的。"

水光顿了顿，"你想说你很聪明吗？"

章峥岚低低一笑，"没，等价交换嘛，免得你吃亏，继续，接下去呢？"

"接下去……接下去我来这里上了大学。"

"嗯，然后你在大学里认识了我，毕业后与我交往，从此以后我们过着幸福而快乐的生活，故事结局都是这样的。"

"那是童话故事。"

"你不觉得我很像王子吗？"某人很厚脸皮，水光竟然也不由自主陪着他瞎扯起来，"你像青蛙。"

章峥岚朗笑出来，"那就是青蛙王子了，来，美丽的小姐，请给一个吻来破解那道诅咒，等我变回人形后我们就回城堡结婚。"

"……"

很久的以后水光才意识到他所讲的每一句话都是别有用心的。

而很久的以后水光也都还记得那一句："从此以后我们过着幸福而快乐的生活"。

萧水光的世界被章峥岚逐步渗透进来后，就像是被重新洗了牌。那天以后每天清早章老大都会来接她去上班，水光头几次都跟他说明了不用来接，后者"嗯嗯"了两声就问她中午想吃什么，转移话题可谓明显，水光多说无益也就随便由他去了。然后一天三通电话是少不了的。周末心血来潮就拉她去自驾游，有时候还会开着他那辆电瓶车载她在他那小区附近"兜风"。最让萧水光无言以对的是晚上的归宿问题，她不想去他那留宿，他就"退而求其次"说："我住你那也成，虽然挤了点。"章峥岚针对的是水光的大哥，而水光想到的是她那套租房断不能跟他的别墅比，就诚心诚意说："那你就别屈就挤过来了。"他就又马上回说："屈就在你之下我很愿意的，我喜欢让你在上位。"隔了两天水光才反应过来这话里有黄色成分。

日子就这样到了一月中下旬，水光被迫接手的那套片子总算是拍完了，起初还说两天就能搞定，结果却是弄了那么长的时间。那天她从那摄影公司出来不由松了口气，之前那化妆师凑上来问她："萧小姐，你家章老板这次没来接你啊？"毕竟前两次都是从头陪到尾的，温言细语，周到体贴，让他们公司里的不少女职员艳羡眼红，纷纷发表感慨说自己的男友如果有章老板三分贴心就足矣了。

"他出差去了。"这种自然而然的回复让水光自己也愣了一下。

此时此刻，林佳佳不由伸手到吃饭也发愣的水光面前挥了挥，"水光，发什么呆呢？我说你男友咋还不来？不会真打算只在最后出下场，然后给我们买下单就完了吧？我还奉着其他两位姑娘的命要对你男人深入了解，回头向那俩大忙人报告呢。"

水光无语，正要拿手机看时间，它就响了，正是章峥岚来电，一接通，那边就说："我马上到了，刚停好车。"

"嗯。"

那边又笑着说："刚来路上开太快了，差点出意外。"

这回萧水光皱眉了，"怎么那么不小心？"

章总挺无辜，"这不怕你等太久吗？"

林佳佳在对面压着声说："你男朋友来了？"

水光没答佳佳，只是对着手机了声"我收线了"。佳佳看到她挂断电话，不由呵呵笑出来，"水光宝宝，你男人刚跟你说啥了？把你紧张得，啧啧，眉头都拧成蝴蝶结了。"

水光认真说："我怕他不来付钱，我没带多少钱。"

"噗！"林佳佳笑喷。

很快章峥岚出现在了这家港式餐厅，上身一件暗色系的风衣，下面配着一条修身牛仔裤，显得潇洒极了，在人群中一站很是出类拔萃，面朝大门口的佳佳马上就发现了新进来的这帅哥，一看，可不正是水光的男朋友，马上热情招手，"这里！"

章峥岚偏头就看到了某人转过来的脑袋，四目相对，他笑着跨步过去，在她身边的位子落座，朝对面的林佳佳颔首说："不好意思，今天公司里事情多，来晚了。"

林佳佳忙说："没事没事，能来就行，呵呵，刚水光还怕你不来付钱呢。"

水光懊悔不已，忘了佳佳的口无遮拦。

章峥岚咳笑一声，转头去看身侧的人，"我带足钱了，想吃什么再点吧。"

"我吃饱了。"

章峥岚说："是吗？那我还没吃呢。"招来服务员又点了几道菜，等菜的空当落落大方地跟对面的林佳佳交谈，菜一上齐就拿着水光的碗筷吃将起来，水光说："服务员不是给你添碗筷了？"

章总含着菜"唔"了声，"节省资源。"

佳佳朝水光暧昧眨眼，后来佳佳还常跟水光开玩笑说："你男人提升了我找男朋友的水准。"

水光是实在看不出某人的水准高在哪里，胡搅蛮缠的水平倒确实挺高的，因为每次都弄得她很没辙，水光现在偶尔会去他那住，这自然归功于某人的胡搅蛮缠水平。

这天跟佳佳吃完饭后水光就是直接被带到了他的住处。

隔天水光早上起来去上班，在书房开了整晚夜工的章峥岚过来抱着她说："我四十岁之前一定要退休，完了我们一起去周游世界你说好不好？"

水光看着他英俊的脸上冒出来的新胡楂，说："你去洗澡吧，我去给你煮点粥，吃完就睡觉。"

中午章峥岚去公司开会，众人都看着这步履矫健、神清气爽的男人踏步进入会议室，手上拿着一只最近频繁出镜的保温杯，走到主座位上坐下，然后抬了下手示意会议可以开始。

坐他旁边的小何咂舌，满面春风啊简直是。

GIT 开会向来高效，会议很快到最后一项，老陈去关了灯，"《天下》二月初正式进入宣传阶段，海报成品已经全部出来，大家看看，咳，模特是萧水光小姐。"最后那句往常是不加的，这次之所以会"脱口而出"，实在是因这萧小姐的身份特殊，老板女朋友啊！

众人在看向幻灯片之前，都不由先回头看了眼自家老板，章峥岚面朝着大屏幕，闲适地靠在椅背上，右手的食指一下下敲着桌面，"开始啊。"

"哦好！"老陈翻过了那张标题页，按了自动播放，照片一张张播放下去，室内一片安静，在座的不是没见过美女，只不过……真的惊艳了，不知谁说了一句："美女在民间。"

最先起来的是首座的人，去开了灯，说了句："用第一张和第二张，至于其他的，老陈你等会把 U 盘给我，散会。"

会议室里的众精英面面相觑，何兰捧着资料起身，"知道什么叫占有欲了吧？"

江裕如对章峥岚已交上女朋友这点虽然早已察觉，甚至确定了，但正式被老同学周建明当面告知时，仍然难免有些许失落，她问周建明对方是什么样的人，后者说看起来比峥岚要小几岁，挺文静的，挺高。

江裕如从来不知道章峥岚喜欢小女生，或者说乖乖女。

周建明安慰裕如天涯何处无芳草，她也懂，更何况她也还没喜欢章峥岚喜欢到非他不可的地步，她只是……有点怅然若失。

这天事前跟章峥岚通了电话，对方在电话那头笑着跟她说："我下午在公司，要过来坐坐吗？我泡上好茶等着你江大小姐光临。"

裕如笑了一声，问他："章总，晚上一起吃饭吧？"

"可以啊，不过，不介意带家属吧？"

"当然。"裕如挂断电话的时候，吐了口气，见见吧，见见究竟是什么样的人抓住了章峥岚。

水光一下班就被章总接上了车，章峥岚给她拉过安全带系好，侧头亲了下她脸颊说："吃饭去。"

"你抽烟了？"刚刚靠近时闻到股烟草味，而至于那偷香行径萧水光已经习以为常到麻木了。

章峥岚对她的这类"盘问"很受用，不过被诬陷了得表明清白，"下班前有客户过来，在我办公室里抽烟，被迫沾到的烟味儿，我纯属被坑害。"说得自己纯良得像是从没碰过烟一样。

车子开出后，水光见路不对不免问："不是回家吃吗？"

"不是，乖乖坐好。今天我要去把你给卖了，完了我好吃顿大餐。"

水光反驳："我卖你的可能性更大，我的身手比你好。"惹得章老大哈哈大笑。

窗外的景色飞逝而过，不久后到了江裕如指名的餐厅，水光进去时在跟罗智打电话知会行踪，章峥岚揽着她的肩一边听她讲话一边找着人，而江裕如，从那两人相携着进门开始就已经看到了他们，她是故意选了有点隐秘却能一眼望到大门口的位子，那女人漂亮吗？不可否认，是好看的，简单暗沉的装束却也掩盖不了那股子出落的气质，人淡如菊，裕如想到的是这么一个词。

她看到章峥岚俯身在那女孩耳边说了点什么，女孩偏头看了他一眼，又回去跟电话里的人讲着话，章峥岚笑着摸了摸她短发，抬头时终于发现了江裕如，然后朝她扬了下手，江裕如微笑着站了起来，等着那两人走近，她说："章总，迟到了啊。"

"Sorry，路上有点堵车。"

水光已经挂断电话，章峥岚给两人作了介绍，江裕如伸手过去跟水光握了一下，意外发现这女孩子的手上薄茧很多，而更意外的是……此刻近距离面对面才让江裕如想起自己是见过此人的，上次去相亲，那警察没聊几句就起身去了另一桌，那会江裕如望着那一边的一男一女，还笑过自己竟有幸狗血地插足了别人的感情戏码。

江裕如坐下才回神，恢复笑颜道："章总，今天我看可得你请客了，女朋友这么漂亮，情场得意，理所当然地应该破点财吧？"

"自然。"章峥岚大方点头，本身他在场是绝不会让女士埋单的，说他随性，其实骨子里大男子主义很明显。服务员过来，章峥岚让两位美女点菜，他上洗手间，去前他弯腰对水光说了句，"你最近两天晚上盗汗，那些寒性食物就别点了。"

章峥岚走后，江裕如对水光开玩笑，"章老板到你这成妻奴了，实在是……如果不是亲眼所见，真是令人难以想象。"停顿了一下，裕如问道，"不知道萧小姐还记得我不？上回我相亲，我那相亲对象，就是那位警察先生中途跑去找你。"

水光经她一说，记起了那次在餐厅里梁成飞来找她帮忙，她拒绝了他，江裕如则正是坐在那边位子上朝她微笑的年轻女人。

"没想到你是峥岚的女朋友，我还以为你跟那梁警官……"

"我跟梁成飞只是有过几面之缘。"水光说明了一下，不想引起不必要的误会。

裕如笑道："看来真是我想错了……给我介绍梁成飞的那朋友讲过一些他的事给我听，说他很专一，就痴情过一个女孩子，后来那女的据说出意外成了植物人一直躺在医院里，所以我那次看到他一上来就去找你，还以为是我朋友在忽悠我呢，人家恋人不就在不远桌吃饭呢嘛。"

水光有点讪讪然，却也想起梁成飞那天跟她说的那句话："她跟死了又有什么差别。"原来是这样，不知怎么脱口问出，"那人……怎么会成植物人的？"

江裕如想了想，才慢慢道："车祸，他的故事如果是真的，那是挺伤感和悲哀的。"她见水光在听，就继续说下去，"那位梁警官跟我同龄，那女孩子好像是比他小上两岁，两人算是青梅竹马。梁成飞家境一般吧，那女孩子是富养出来的，看不上刚出社会还一无所成的梁成飞。据说那女孩子进大学后就跟一个高干子弟在交往了。那一年她的恋人有事要提前赶回老家，她送他去机场，回来路上却听到广播里说那架起飞没多久的飞机意外坠毁了，说起来那是 2006 年 6 月份，我记得很清楚，因为这场空难算是当年我们市最大的一起新闻了。而那女孩子听了那广播立刻让出租车司机停车跑了下去，就是这样巧，或者说不幸，女孩子被后面冲上来的车撞出了好几米，之后就成了植物人。"

江裕如说完也是长长叹了一声，而水光全身冰凉，2006 年 6 月，空难，这几个字足以让她胆战心颤。

章峥岚回来就注意到了她的状态不对，但有他人在场他也不便去旁敲侧击，坐下后在桌下拉住了她的手，发现有点凉，就摩挲着让它慢慢热起来，然后问裕如刚聊什么了，江裕如并未察觉水光的变化，但她毕竟也是机灵人，不会去讲聊你以外的男人了，就说："随便聊聊。"

后面吃饭，章峥岚跟江裕如随意谈着话，水光显得很沉默，裕如偶尔问她一句，她也答得漫不经心。

那天从餐厅出来时江裕如对章峥岚说："那我那两张 blue 的演唱会门票就麻烦您老给帮忙搞定了。"然后跟他们道了再会。

上车后，章峥岚终于问身旁的人："怎么了？吃饭时就一直不怎么吭声。"

水光说："回去吧，有点累。"

"吃饱了就睡，小心长成猪。"章峥岚笑着，"回我那还是你那？"

那天晚上，两人第三次交颈相缠，有点意外，也仿佛水到渠成。当一波波的热浪涌上来，水光渐渐迷失了方向，犹如跌进了海浪里，她抬起手想要抓住点什么，下一秒她的手被人牢牢握住，十指交缠，她听到有人说："我在这里。"

这一场性爱淋漓尽致，到最后水光几乎失去了知觉，两条汗淋淋的身子黏在一起，章峥岚爱极了这种感觉，宛如身心都融化。

而彼此心中存在着的问题又一次被轻巧地隐藏。

Chapter 20

这是我的故乡

时间很快进入二月份，这年二月三号便是春节了，GIT 这一年硕果累累，所以章峥岚早早给公司里的那批人放了假，而萧水光的公司也在一月的最后一天放了年假。

水光二月一号这天就要回老家了，章峥岚前一天晚上过来帮她弄行李，问她什么时候回来。

"初十上班，初九回来。"

"那我初九去机场接你。"

水光看他不帮忙理东西，跟前跟后尽碍事，就把他赶出去跟罗智聊。可章峥岚跟其他人哪有多少兴趣瞎聊天，不过他对罗智印象不错，又见女友实在不要他"帮忙"，就去外面跟在看新闻的罗智一起打发时间。

罗智对章老板挺敬佩的，虽然中间夹着"妹夫"这层关系，但罗大哥一贯大大咧咧，所以跟章老板相处一直算自然正常，除了刚开始知道这大老板要追他妹子，并对他做"思想工作"时惊了一下。

后来罗智想，如果景岚有章峥岚一半的果断，或者说直接，可能很多事都会不同，可事实上，景岚已经去世，而水光也应该放下她心里的包袱，她从始至终认定那是她的错。

景岚去世后的几天她断断续续地发高烧，整个人迷迷糊糊的，他陪在她身边，她抓着他的手说："罗智，罗智……我跟他打电话，在他回来前，我跟他打了电话……我如果……如果再忍忍……"她说着说着安静了下来，高烧让她失去意识，而脸上已全是泪水。

他抽纸巾给这个才十九岁的女孩擦去眼泪，给她盖好被子，"水光，不是你的错。"缘起缘落最终只能总结到一个"命"字里，她命里对他早早倾心，他命里顾虑重重，所有这些都是造成这结果的因，但你能怪她喜欢上他吗？

罗智对章峥岚是感激的，因为他让难受了好几年的水光又愿意去重新开始，他也有些好奇自己妹子跟章老板这样两个完全让人想不到一起去的人，怎么会走到一块？章峥岚跟景岚的性格是那么不同，相貌也是差别很大，一个是高大英俊，一个是文雅温润，唯一相同的……是名字里都有一个"岚"字。

水光理完东西从房间出来，走到章峥岚那边问他什么时候走，章峥岚拉住了她手，不介意有第三人在场，说："你房间那床不算太小。"

罗智再粗神经也不免尴尬了，起身去厨房找吃的暂避，水光被气红了脸，见罗智身影没入厨房后才说："我今天要早点睡，明天要早起，你赶紧回去吧。"

章峥岚这次竟然很干脆，站起来说："好，走了。"

水光倒是意外了，原想他会不会还有什么后续"阴谋"，没想到真的乖乖走人了，水光送他到门口，章老大说："你进去吧，外面冷，我走了，明早过来送你们去机场。"

水光目送他下楼，才确定这次章老大没耍花招，但在年初五那天，水光早上刷着牙目瞪口呆地看着从大院门口走进来的人时，深深觉得要让这人安分是天方夜谭。

当然，这是后话了，二月一号那天章峥岚送他们去机场。回家，水光的情绪是低落的，虽然四年来在外求学极少回家，理由正大光明，可父母又怎么会不清楚那里面真正的原因？

这次到家的第一天晚上，母亲坐在她床边说了好多话，水光抱着母亲问："妈妈，我是不是很不孝？"

萧妈妈笑着顺她的头发，"你只是爱钻牛角尖，跟你爸爸一样的脾性，固执，偏强。"

"光儿，听妈妈说，人不能只认定一条路走到死，如果那条路你走得累了，疲了，你要去试着走走别的路，它们会让你看到不一样的风景。"

水光闷着头"嗯"了一声，忽然就想到了章峥岚。

心打开往往在不经意间，就像豁然开朗总是在走出某一步的时候发生一样。而她不知道自己是何时打开了心门，让他走了进来。

年初二那天，罗智跟水光去找了景琴，于家已经搬出大院，三人在约定的餐厅里见面，两个女孩子一年见一次总是有很多话要说，而她们唯一不会说起的便是于景岚，"于景岚"三个字已成了两人，或者说很多人的禁忌，谁也不会轻易去触及。

跟小琴分手后，罗智问她要去哪里，水光说："我想去看看他。"

午后郊区的墓园并没有森冷可怖的气氛，冬日阳光照着这片安静的墓地，反而显得很祥和，水光走到墓碑前，照片上的人带着浅浅的笑，这张是他刚进高中的时候照的，剪着很短的头发，青春洋溢。

罗智站在萧水光身后，听她慢慢说着这一年里发生的事，罗智知道她这几年一直在做的都是他的梦想，读的专业，做的工作，所以他不止一次对着天空骂过："于景岚你干脆让她跟你走算了。"

只是这次，罗智听到水光在最后说了一声："景岚，我去试着喜欢别的人了……"

罗智看着面前人纤细的背影，微微红了眼睛。

后来有一次罗智大着胆问妹子："你看中了章老板哪里？豪爽性格还是……身材，咳咳，他身材挺好的说真的。"水光的回答是懒得回答。

她看中章峥岚哪里？她说不上来，从被纠缠到尝试到习惯，她都处在被动的位置，可水光心里清楚，如果她真不愿意，没有人能强迫得了她。

当然，这些也是后话了。

当年初五水光在院子里刷牙看到他出现时，差点咳出了嘴里的泡沫，匆匆漱完口跑上前去问："你怎么来了？"

章峥岚一笑，"有空就来了。"

章峥岚"有空"跑来了西安，搞得水光手足无措，而大院里的人在见到章峥岚时更是表现出了惊讶，因为据罗智说这人可是不得了的大老板，以及正是水光在相处的男友，萧家妈妈看着章峥岚有些难以置信，好半天才问出一句："你是我闺女的男朋友？"

风度翩翩的章总点头说："是。"

简单，干脆，没有一丝一毫的犹豫，水光望着他，渐渐松了暗中拽他的手。

章峥岚在西安这两天住的是酒店，虽然没打招呼就跑来见了她父母，但也没打算一上来就激进地去与她父母套关系，这大可慢慢来，他主要还是"一日不见如隔三秋"想念了某人来见见而已，想，所以过来了，从本质上来说章峥岚是个极度的浪漫主义者。

而萧水光呢，是习惯一步一个脚印来的人，所以两人刚开始相处那会，她会觉得吃力，对他的那些行为模式总是又气恼但又无可奈何，而慢慢地，竟也习惯了这人的任性，好比眼下的不期而至，意外之后也接受了，看着他赖在家里吃了晚饭，看他跟一向严肃的父亲谈天说地，相处融洽，看着他进了自己的房间转了一圈后说："终于看到了你从小待的地方，真不错。"

后来两天，萧水光没去走亲戚，而是陪着章峥岚逛了西安，章峥岚去了几处名胜后说还不如去你从小到大常去的地方走走，比方你的小学，中学，或者平日里爱逛的那些场所。水光本不想去那些地方，但他一再提，最后不得不带他去了离家不大远的那所小学。

小学里面有教职工宿舍，所以即使是节假日，对外还是开放着的，当然大门口的保安人员见生面孔进去会略作询问，当门卫大伯听水光说她以前是在这里念书的，今天过来看看，便笑着夸了一句："真有心。"

后来章峥岚牵着水光的手在里面溜达，说："以后要是有机会，我多来陪你逛逛母校，让人家多夸夸你有心。"

"我没有你那么无所事事。"

"我哪里无所事事了？顶多就是爱人放第一，其他靠边站。"

水光沉默是金了，章峥岚低下头笑了一声，然后转头看着她，却也没有继续再说什么，此时此刻，他觉得一切都很好。

水光念的这小学历史算得上悠久，环境清幽，古树很多，但这时节枝丫上都已经光秃秃了，幸好这几天天气晴朗，在里面走并没有荒凉之感，反倒有种天朗气清的感觉，挺好。

两人踩着冬日的阳光信步走着，而萧水光视线多停留的地方，章峥岚也会多看一眼，当两人走到学校后方的跑道上，迎面过来的一位中年妇女在错身而过时叫住了水光，"你是萧……萧水光是吧？"

水光意外，但还是点了点头。

对方一见她点头，笑容可掬道："还真是，我就看着觉得有些眼熟。"看眼前的姑娘一脸疑惑，便解释说，"我是以前罗智他们班的班主任啊，赵老师。"

水光"哦"了一声，叫了声"赵老师好"。

旁边章峥岚看着一笑，还真是典型的乖学生作风。

而那赵老师教过那么多学生之所以会记得罗智，主要也是当事人是她带到过的最头疼的学生之一。而会记住萧水光，一是这学生那时候年纪小小就得了不少县、市级，甚至国家级的武术奖项，让学校间接沾了不少光，二就是常见她跟罗智混 起了，后知道他们是住一个大院的青梅竹马，说起来那院里出来的四个孩子都出色……赵老师这一回忆倒是又想到了一个学生，也是她班里的，她看向水光旁边的男人，仪表堂堂，一表人才，跟她脑子里那品学兼优的男孩子倒很能联想到一起去，可一时间没能想起于景岚的名字。往往老师对文静的乖学生比对能闹腾的问题学生反而是要容易忘记，"你是……是叫什么岚？"

这话让水光皱了眉，她下意识看向身边的人，后者好像一点都没受影响，甚至学她之前那样唤了声"赵老师好"。

赵老师打量他们，感叹："唉，转眼你们都长得那么大了，我们是真老了。"

章峥岚说："您看上去可一点都不老，最多四十出头点。"赵老师笑着摆手，"五十多了呐。"然后问两人现在都在做什么，章峥岚回答说 IT。

"IT 好啊，做得好工资是相当不错的吧？两人都是做 IT 的？"

章峥岚笑道："对。"

两人交谈了好一会儿，赵老师最后走前说："以后多来母校走动走动，来看看我们。"

章峥岚颔首说一定，等到赵老师走远，水光开口："回去吧。"

"怎么了？"章峥岚问。

水光走出几步才回过身望着他，眼中有些难过的情绪，她想跟他说："章峥岚，你不是他。"

可终究没有说，不知从何说起。

而他也似乎并没察觉异样，上来揽住她，另一只手揉了揉她的头发，"傻瓜，走吧。"

Chapter 21

走在边缘的爱

　　章峥岚来西安来得突然，去得倒是从容，他跟大院里的人一一道了别，彬彬有礼，面面俱到，而在看向朝西的那处紧闭的住宅时，他也只是多看了一眼，然后朝水光说："我走了。"

　　章峥岚回去了，而水光是两天后跟罗智一同返回的，章峥岚来接了机，神色自若，看上去精神状态很不错。

　　他先送了他们去住处放下行李，然后一起出去吃了中饭。饭后罗智就赶去公司了，创业伊始，争先恐后，劳心劳力那都是基本的。等罗智一走，剩下的两人面对面看了一会儿，水光先转开了头。章峥岚眨眨眼，伸出手到她眼前晃了晃，"萧水光小姐，我今天还特意打扮了一番，好歹给点面子多看我几眼吧？"

　　于是水光又看了他两眼，章峥岚笑乐了。

　　时间就这么不惊不扰，或者说墨守成规地推到了四月份，期间章峥岚公司的那款游戏上市，成绩显著，而这导致的是大街小巷，尤其是那些网吧门口，都高高挂起了这款大型游戏的海报。

　　水光有一次去菜场买菜，路过一家网吧，走过去了又倒回来，看半天说了一句，"幸好处理得只有三成像了。"

　　而这中间还发生了一件不大不小的事情，就是水光遇到了害她丢了第一份工作的那对男女。

那天她跟章峥岚出去吃饭，有人上来跟章老板打招呼，隐隐带着点谄媚阿谀，这同行业里的人对章峥岚巴结，水光见识过了，也不足为奇，突兀的是上来奉承的人正是曾经借公事企图非礼她却反被她教训了的那名骄傲自大的客户，后面跟着的是他的女朋友孙芝萍，那两人也很快认出了她，自然是惊讶不已。

萧水光跟 GIT 的老板是什么关系？一开始没看出，之后还看不明白就是瞎子了，GIT 的老总在跟他们客套时不忘时刻周到地照顾着对面的人，这样的举措不是男女朋友是什么？

孙芝萍看水光时脸上闪过的嫉妒和仇视被章峥岚捕捉到，他刚就在想这女的哪里见到过。稍一回想就记起上次张宇给他看的那照片里这女的也在，水光抓着她的手，明显两人在起争执。

"争执"这概念让章峥岚皱了眉头，清楚女友不会吃亏，可这偏袒情绪起来了，那都是对方不识抬举。

所以后来章老板跟他们说了："好了，我和我爱人用餐的时候不喜欢他人打扰，工作上的事联系我秘书吧。"态度冷淡不少。

章峥岚向来不是拐弯抹角的人，或者说他是全凭自我意愿做事的人，之前没成见时应付一下无所谓，现在有成见了是一秒也懒得敷衍，所以有人说，要讨好章峥岚是比较难的，太过恣意随性，拿捏不准他的心态。

此时站着的两人脸色就有点儿难看，客套几句就匆匆告了别，其实那男人该庆幸章峥岚不知道他轻薄过他心上人，虽然未遂，可这也足以让他死一百遍了。

而水光看着走开的两人，真心感叹了一句："畏强欺弱。"

章老板接茬，"你也可以仗势欺人的。"

"……"

两人的相处越来越"融洽"，萧水光可能自己没有察觉，在不知不觉间，她开始有些依赖章峥岚了。她渐渐学会抱着他睡觉，晚上醒来发现他不在身边会下意识找他，跟林佳佳出去逛街看到一些男士用品会想到要不要给他买点。

也慢慢习惯了他的牵手和兴之所至的亲吻，甚至，肌肤相亲，而工作上碰到什么难题，也会很自然地去询问他，因为找他问比自己想省时太多太多。

水光面上不愿承认，但心里倒有那么点崇拜章老大了。

有人说，爱从信仰开始，就像她年少时喜欢上于景岚……

章峥岚最近多出的一项课余项目就是去学烹饪，前几天秘书何兰奉命去给他报的名，何 MM 那刻真是无限感叹世事无常，一向连吃什么都懒得想的人竟然去学做菜了，只能说爱情的力量无穷大，也不禁佩服那位萧水光小姐能将风流不羁的章老板给驯服住，而且看老板的样子明显是心甘情愿被套牢。

可有时候又会看到老板站在窗边出神，好像心有所想，神情不是全然的放松，甚至有些……忧郁，老实说何兰觉得是自己看错了，跟着章老板那么久，忧郁这种情绪是从未出现在他身上过的，所以，此时正处热恋期的人更加不可能忧郁了。

何兰再次见到萧水光是在四月中旬的一天，那次是公司有人提议去老板家里吃饭，毕竟有大嫂了嘛，老板家应该有点"家"的样子了，至少能供饭了吧？老板也难得明知道他们醉翁之意不在酒，也允许了他们过去。

其实也不能怪他们太八卦，前两次见到萧小姐还不知道她是老板的女朋友，后来知道了，却一次没见到过了，倒是能天天见着海报美女来着，可这更让人想猎奇，美女、侠女，让老板重回人间正道的女友，光环简直堪比偶像！

偶像那天姗姗来迟，当晚吃的是火锅，所以不用谁下厨房，老实说他们也不敢让老大或者大嫂煮饭的，大逆不道不是，所以一起出力，洗菜摆碗，最后开了火一圈人围着大桌也算其乐融融，就是那萧小姐席间话太少，但是神态里倒并没有丝毫排斥或者介怀跟他们一起用餐的意思，甚至他们敬酒过去，她都是喝的，挺爽快的一个人。

他们走时老板到门口送，他揽着萧小姐，眉眼带着笑意，那是何兰第一次真正意义上看到老板脸上出现"幸福"这种表情。

她那时真的以为老板会结婚了。

水光再次见到梁成飞，是她收到了一封电子邮件后，她主动约的他。

那天其实一整天她都在胃疼，身上忽冷忽热，原本想熬到下班就去检查，结果却看到了那封电子邮件，没有字，只是，几张照片。

于景岚的照片。

而每一张照片上，他的身边都还有另外一个人，一个陌生的女人，至少对于她来说是陌生的。

水光慢慢拉下来，她看得很仔细，因为这阶段的他，她知道得太少。

她甚至不知道，原来他笑起来可以那么快乐。

水光很久很久之后看向发件人。

梁成飞来到电话中说的地方，推门进入，服务员刚走上来他便说了句："找人。"他扫了一圈，找到要找的人，便径直走了过去。

梁成飞坐到她对面，"萧小姐，这次不是我找你了。"

"你认识于景岚？"她似乎只在意这点，可梁成飞知道，不可能，她难受着，如他一样。

梁成飞笑了笑，"我说过我不认识他，但我认识他爱的人。"

服务员过来，他点了一杯咖啡，她不再说话，他便继续说下去："原本并不打算告诉你，但后来想想，就我知道'真相'未免太不公平了。

"所以我大方地把收藏了那么多年的照片发给了你，让你也一起欣赏一下。

"萧小姐，发现原来爱的人从没有爱过自己，是不是很痛苦？

"你是不是要哭了？"

水光的额头细细冒着汗，他勾起了嘴角，"现实总是很残忍的，当你一层层剥开表象，那些鲜血淋漓的事实摆到眼前，恍然发现原来自己是那么愚蠢，自己掏心掏肺去爱的人，却爱着别人。"

水光忘了听到最后自己说了什么，她好像说了"是吗"，又好像说了"我不信"，或者，什么都没有说。

那天晚上，水光腹痛如刀绞，半夜起来摔在了地上。章峥岚被声音弄醒，看到倒在地上的人，立马清醒了，跳下床抱起她，看着怀中的人脸色惨白，浑身几乎被汗湿透，自然也吓得不轻，叫了她好几声却毫无反应，当机立断抱着人驱车去了医院。

一查，胃部出血，差点胃穿孔，幸亏送得及时。章峥岚在旁边守了一宿，快到第二天早上才在床沿趴着睡了一会儿。床上的人一动马上就又醒了，章峥岚见她疲惫地张开眼，凑上来小声问："还疼吗？我去叫医生，你再眯一会儿，现在还早。"

水光渐渐清醒，四处看了看，发现在医院，边上章峥岚正担忧地看着她。

"我怎么在这里？"

"昨天不舒服怎么不跟我说？差点胃穿孔！"他是真的心有余悸。

水光想起昨天，微微垂下了眼睑，说："我没事。"

章峥岚看了她一会儿，最后"嗯"了一声，起身去叫了医生。

水光在医院住了五天，章峥岚去给她请了假，云腾的老板当然是即刻就答应了，还说要来慰问，章峥岚客气拒绝，挂了电话便系了围裙开始煮粥，水光第一次吃到章峥岚煮的粥时，说了一句："还好。"

章峥岚笑着说："才还好啊，看来还得再接再厉。"

好像一切又恢复了过来，五月份的时候章峥岚的公司组织员工去海南旅游。他自然是想带上女友的，但水光本身不怎么喜欢旅游，再加上前段时间刚请过一周假，这连番请假影响不好，所以拒绝了他的好意。而章峥岚是公司老板，这类集体活动他不参加说不过去，去了，却兴致缺缺，心有所系，一到海南就拨来了电话，说热，水光说："这时节去海南，是热的。"

章峥岚笑道："公司里的人投票选出来的地儿，我是被逼上梁山，就你不地道，不舍命陪一下君子，让我独自一人在这里备受煎熬。"

"那你早点回来。"有一半真心，一半告诉自己，别再胡思乱想，既然决定走出来了，那么，景岚曾经有没有喜欢过自己都已不重要了不是吗？

而章峥岚听到她说的那句话就笑了，"搞得我现在就想马上飞回来了。"

水光定了心说："我等你。"

我等你。

话已出口，水光才惊觉这句话，也是景岚对她说的最后一句话。他终究还是不想和她在一起的，说"等"，至多也只是不愿伤她。

她一厢情愿地等着于景岚。而章峥岚，又一厢情愿地等她。

是不是真的该结束了？景岚也许从头至尾都不需要她的等待，而她也累了。有时，她照镜子，看着镜中的自己都快认不出来。旁边的人却说着，我喜欢你的眉，如果在古代，那我会天天早起为你执笔画眉。

也许是真的习惯了他在身旁，他的话，他的举动。她也分不清自己究竟是喜欢多一点还是习惯多一点？可毕竟，是接受了他。

那天晚上，她翻出了枕下那张被她用大小合适的透明尼龙装起的纸，上面的字迹依然新如初写：陌上花开，可缓缓归矣。

"景岚，我等不来你……想要跟那个人好好地过下去了。他跟我当年一样，一样的会装傻，却也一样的真心实意……如果你听见了，那么，请你祝福我吧。"

不知哪儿飞来的一群鸽子，夜晚也没有归巢，在窗外回旋，隐隐有声音传来，水光辨不清那是鸽哨还是风声。

第二天是周末，水光再一次按下了梁成飞的号码。不知是不是因为已经做好了决定，所以在她说"我想见见她"的时候竟是那般的心平如镜。

"为什么？"梁成飞笑了一下，很短促。

"你不是也想让我见见她吗？"

对面沉默了一会儿，最终告诉她地址和时间。

隔天中午，水光在医院门口等了一会儿，就见到梁成飞过来了。她与他无多余的话可说，于是只淡淡地说了一句："走吧。"

市人民医院的二十二楼是重症监护室，走道上冷冷清清。梁成飞先一步走出了电梯，水光跟在他后面。当班的护士端着几瓶药剂过来，仿佛熟识一般朝梁成飞微微笑了一下。水光与她目光一接，却抓到了从她脸上闪过的一丝遗憾。

梁成飞在安全门前停下，没有要进去的意思，只冷冰冰地说："2208。"

水光无心去在意他的态度。她只是来看她的……了却自己心里的结。可真要过去了，水光又起了怯意。她抬起头，看向身边的男人。她一直想不明白，为什么两张如此相似的脸，却会令人产生天差地别的感觉。

"看什么？"梁成飞察觉到了她的注视，紧了紧眉头。

"你真的很像他。"水光认真地、不带情绪地看着梁成飞，"你们这么像，可我却那么讨厌你。"

"哦？"梁成飞冷漠嘲讽，"于景岚如果没有家世，没有地位，你们会喜欢他？"

话不投机半句多，才觉得今天的梁成飞有些不同，谁知立马就变回了原形。在他眼里，仿佛世上都是龌龊的势利鬼，可时时执念着金钱、地位的，不正是他自己吗？

水光进了安全门，里面的消毒水味要比外面浓得多，耳边是一些机器发出的细微声响，她一间间过去，找到了2208。她站定，没有进去，隔着玻璃往里看，病房里的时间仿佛是静止的，病床上躺着的人沉沉地酣眠着，已经无法让人联想起那些照片上的样子，没有了光彩和欢笑，只剩下羸弱和寂静。

"你是在等景岚吗？"水光伸手抚上冰冷的玻璃，心里有一种说不出的感受，有惆怅，有难受，也有惋惜。

梁成飞依然没有过来，水光回过头，透过安全门的半截玻璃，看到他背身静静地站着，无端地，生出一股莫大的悲凉。她想，他一定是深爱着她的，只是一叶障目，苦了自己，也刺了她。从这一点上来讲，自己和他，何其相像。

水光忽然有点同情他，她曾在网上抄下一段很美的话：求佛能让你长在我每天眺望远方的那扇窗前，静静凝视你每天的来来往往每天的喜怒哀乐，直到老死。在阳光下郑重地开满花儿，将我前世的今生的来世的期待都写在花瓣中叶子里。你可知道，那纷纷扬扬的叶子是我多长、多长的思念；你可知道，那落英缤纷的花瓣是我多久、多久的盼望。

明知道那种盼望没有希望，却还在日夜地等。

水光走出安全门，梁成飞转身对着她，"看完了，有什么感想？"他的声音喑哑，水光看向窗外，看着外面虚空的一点，"要是她醒着，而景岚还活着，他们怕是已经双宿双栖了吧……其实，也挺好的。"

梁成飞讥讽："你倒是想得开。"

水光淡淡地道："不然还能怎么样？"

这简简单单的一句话，却把梁成飞噎住了，是啊，不然还能怎么样？可是，他不甘心！

"我不甘心，你甘心吗？那于景岚没爱过你，你甘心吗萧水光？"

水光并没有被他挑起情绪，"我不甘心，是因为不舍，不是没有得到。"

梁成飞冷笑出声，"你可真伟大。萧水光，你告诉我，你是怎么做到的，一边装深情伟大，一边移情别恋？"

水光知道他在讲章峥岚，这人总是在利用完景岚之后再用章峥岚来刺激她。

她虽然痛，却也从来不希望别人来负担她的痛；而他，似乎只有看到别人比他更痛，才能稍稍缓解自己的痛。

"你就这么见不得别人好吗？"

"不是。"梁成飞扯起嘴角，冷意却显而易见地凝在眼底，"我只是见不得你好。"

水光苦笑，"其实，我要谢谢你，让我知道除了我之外还有人那样爱过他，而，他至少也爱过了人……"

梁成飞的表情滞了一下，之后再无话。

与梁成飞分手后，水光一直留着疑惑，她隐约在医院大厅看到了章峥岚。可那熟悉的背影一闪就不见了，总让她有种恍惚的错觉。但又一想他此刻应该在海南，就觉得是自己多心了。

漫无目的地闲逛了一番，心里好像清空了所有的东西，空落落的，却又有一种轻松。

等回到家时，暮色已垂地。掏出钥匙开门进屋，顺手开了灯，水光蓦地一愣，他真的回来了。章峥岚靠坐在沙发里，就那样怔怔地看着天花板，直到光线亮起才回过神，见是她就冲她一笑，"回来了？"

水光点点头，从鞋柜中拿了拖鞋换。

章峥岚沉默了片刻，语气带点幽怨地说："你不关心我，也不问我为什么提前回来？"

他说话的时候表情却是沉静一片的。

在去海南前，在她胃病出院后的隔天，章峥岚跟梁成飞见过一面。

在一场饭局上，章峥岚跟与他交情不错的王副局聊天时随口问起他们单位是不是有位姓梁的警察，他说也叫出来坐坐。

梁成飞由服务员带进包厢时，还有些不解，这里面的不是达官就是贵人，上面领导无端端找他来干吗？当他看到在跟王副局聊天的人时有点明白了，心里也生出了一丝嘲讽。

王副局介绍梁成飞给章峥岚时后者并没有多说什么，只是习惯性地客套两句，后来在盥洗室里，两人碰面，章峥岚终于开口："梁警官，我们虽只有过几面之缘，但我对你也算……足够了解了，以后还烦请你别再找我爱人的麻烦。"

梁成飞有些意外，但面上不动声色，"章老板，我不懂你在说什么。"

章峥岚不介意，"不懂没关系，知道怎么做就行。"

如果以前梁成飞只觉得这人只是一个财大气粗的商人，那么现在他算是有点看出来了，这男人精明得很，或者说表里不一。

梁成飞笑起来，"章总，我找她，都是因为公事，妨碍警察办公是要吃官司的，我想章老板你应该很清楚。"

章峥岚认真了些，"因为'公事'要去联络我爱人，这也无可厚非，但如果是鸡毛蒜皮的公事，我想，以后你跟我说一声就可以了。"

梁成飞突然想起上次火气冲冲跑来投诉萧水光的那个男人，第二天就来撤了诉，此刻听他一说几乎立刻就明白了，处理的方法也根本不言而喻，梁成飞不由心生嫌恶，冷着脸说："你觉得钱能解决一切？"

章峥岚直言不讳，"至少能解决大部分。"

梁成飞脸上闪过鄙夷和一丝屈辱，他一直厌恶这种高高在上的人，"章老板，要不要跟我打赌——就算你花再多钱，你在她心里也照样一文不值！"

章峥岚不会拿她去跟任何人赌，但这不代表另一方不会。

梁成飞不足为惧，他惧的……从始至终是她的态度。

"萧水光，你怎么也不问我为什么提前回来？"

章峥岚没等到她的回答，索性站起身走到她面前直截了当地说出："明天，陪我去杭州吧。"水光已经习惯他一时风一时雨的做派，不过此时不由重复了一遍，"杭州？"她想起自己小时候还想过，长大了要跟心爱的人一起，牵手走过断桥，去看林风眠的小楼，去叩拜灵隐的菩萨，去三生石畔约许来世……

"是啊，那边有点事要过去，所以提前回来了。"章峥岚顿了顿，"海南路途远你不高兴请假陪我去就罢了，这次你一定得陪我。事情我很快就能办完，之后我们好好玩一下。"

水光沉吟，章峥岚也没有再继续游说，他在等，等她同意的回答。

水光说好的时候，对章峥岚来讲，不啻万金。

那天晚上，回了章峥岚住处，他看着水光坐在床边整理两人的行装，就像世间任何一对夫妻在做着一件最平常的事情。

他靠躺到床头，抬手覆住了眼睛。

"她跟我在一起，你要不要来见见？"

章峥岚有点疲倦，入了梦，看到她要走，不顾一切地伸手抓她，"别走。"

睁开眼发现在自己房间里，水光正跪在床边替他盖被子，他将人捞起来拥进了怀里，水光说："我东西还没整理好。"

"明天再整吧。"

水光不知道他今天的情绪波动是因为什么，只当他是累了的缘故，刚刚睡着时就在喃喃梦呓。

Chapter 22

但求无怨无悔

五月末的杭城，雨意方歇，艳阳抬头间，平铺着一层溽热。在宾馆下榻后，章峥岚就独自一人出去办事了。走前他叮嘱水光别乱走，等他回来。

宾馆离西湖颇近，散步就可以到达。水光想，他虽说很快就回来，但这洽公的事儿，一时半会儿怕也办不完，这样傻待着实在闷得慌，就留了字条独自一人朝湖边走去。

本来水光对西湖的热闹也有所预料了，果然，到了那边身临其境时，水光就发现湖光山色只一片，人影婆娑却无数。她有些无奈地一笑，想了想随人流往白堤方向涌去。

到了御碑亭边，驻足良久。前面就是断桥了，这座多少次听说过的桥，水光却是第一次真真实实地见到它。不过在梦里，年少时，听外婆讲了她年轻时候跟外公到西湖边游玩的经历，她倒是曾梦到过一回，是跟景岚撑着描花的纸伞缓步桥上。

水光四周看了看，西边的行人似乎稀少些，就决定先去那边看看。沿路的梧桐叶大成荫，湖上的水鸟亲切喜人。走了一段路后在幽静处寻了一张座椅坐下，这一坐竟坐了将近一个多小时。直到手机铃声响起，接起来那边就问：

"你在哪儿？纸条上说去了断桥，可我找不到你。"

"你在断桥？"

"嗯,你到底在哪儿呢?"

水光也说不清自己的具体位置,就道:"我在附近,你不要走,我过来吧。"

挂了电话,她就起身往断桥走去,此时太阳已没入了厚重的云层,凉爽很多。不过这难得体恤人的老天马上就变了脸。虽说江南的夏天是娃娃脸,但突然间毫无征兆的泼天大雨,也着实让人张皇失措。水光眼看快要到桥边,身畔都是四处奔走躲雨的人们,高矮肥瘦各种身影晃来晃去,根本无法找到章峥岚。

此刻的御碑亭已经被围得里三层外三层,就连碑前的大梧桐下也站满了人。水光去无可去,正不知怎么办时,却听到有人在高声喊她的名字。

她循声看去,只见慢慢稀疏的人群里,章峥岚正冒雨朝她跑过来,身上的衣服已经半湿。他跑上来就揽住了她,另一只手抬起挡在她头顶。身后的梧桐树下有人跑开了,水光拉着他到那空当里去躲雨。边上有小贩拎着塑料袋过来兜售雨伞,章峥岚二话不说要了一把。水光却看得皱起了眉,拉了拉他手臂,章峥岚问:"怎么?"

"太丑了,还贵。"水光轻声回应,惹得小贩偷眼剜了她一记。

"哈哈哈。"章峥岚大笑起来。他最终还是买了一把,撑开了举过两人头顶。

原来,生活就是如此荒谬。梦里浪漫的把臂同游,到现在,却是一对落汤鸡般的男女,以及一把黄色暗沉的劣质伞。水光看着身边的人,他的头发上还有雨水滴下来,他抬手擦了下,偏头看到她在看他,就是一笑。

今日的果当是来时的因,水光想,最后是她跟他来了这边,来时不管是怎么一笔糊涂账,她只求后面的路他跟她可以明白安然地走下去。

因为淋了雨,两人没再多逛,等雨小了便直接叫了车回酒店。

章峥岚在进房间时靠着她说:"我们不出去了吧。"他说着就亲上来,水光身上湿答答的,就推开他说要洗澡。

"好,那先洗澡。"这天章峥岚有些急切,在浴室就缠着水光,得逞后含着她的耳朵,就着在她体内的姿势将她抱到床上。房间里窗帘拉着,只有浴室里的一束灯光照射过来,昏幽暧昧。

水光咬着唇不发出声音,眼里是迷蒙的雾气。到床上后她的腿就滑下了他的腰身,他的手从她的小腿上一路滑上来,股部,腰身,后背,最后将她扶起,坐实在他腿上。水光终于经不住叫了声，他贪婪地去咬住她的唇舌，深深地吻，水光一点力气都没有了，软得任由他支配。

只是被雨淋了一场，却像是被淹没进了深不见底的水潭里，水光脑海里胡乱地窜出一些画面来，有这场雨，也有那场遥远的梦，梦渐渐淡去，她笑着轻轻叫了声："景岚。"

水光的嘴唇被咬痛了一下，她睁开眼，痴痴地看着眼前的人，随即又含糊地笑了一声，情怯地去回吻他。

身前的人紧紧拥住她，听到他说着什么，可终究分辨不清。

一番小憩后醒来，水光动了动，腰间四肢都有些酸疼。她拉开台灯，看向身边的人。章峥岚还在睡，双眉紧锁，仿佛有什么解不开的心结。水光伸手，抚上他的眉间，想要抚平那几道纹印。他似是感受到了她的触碰，不舒服地扭头，躲了过去。

章峥岚醒来的时候，水光已经梳洗完毕，正坐在窗前远眺，此时已近黄昏，雨也停了。

他看了她一会儿，去卫生间洗漱完出来后叫她下去二楼吃晚餐。水光不饿，说要不出去走走再看。他胃口也不怎么好，就点头同意了。

两人出了门，雨后的城市多了一分清新宁静，远处的山被一片朦胧的晚霞笼罩着，说不出的诗情画意。

穿过几条大路，拐进了一条小巷里。水光喜欢钻老巷子。小时候背书，那句"斜阳草树，寻常巷陌，人道寄奴曾住"最勾起她无限的遐想。她总觉得，这些道路狭隘、旧居破落的地方，会藏着"宝"。再说，杭州的"巷"更是有名，似乎每一条都藏着故事。

这条小巷不晓得叫什么名字，两边的小店特别多，一家挨着一家，卖各种看似不甚干净的吃食与粗制滥造的用物。最后两人光顾了一家点心店。店里的墙上贴着印了菜单的花纸，馄饨、蒸饺、面条，品种不少。里面的座位不多，两人挑了一处靠窗的空位坐下，点了一笼蒸饺，两碗馄饨。

水光不是多话的人，在章峥岚面前尤其是。而这两天章峥岚也有些不同，不像往常那样说这说那的活跃气氛，甚至有些神思恍惚。水光不知道缘由，心想或许是生意上的烦心事，也不多问，只是在叫的东西上来后帮他把筷子上的纸套拿去，在他前面的小碟子里倒了醋。

饭后两人去游了夜西湖。走到断桥上的时候，水光站了好一会儿，章峥岚站她身后，没有打扰。

夜晚，她在他怀里睡着，他还清醒地看着黑暗里的一点。

"同床异梦？"

她的梦里没有他，他永远只能站在她梦以外的地方，看着她，却进不去。

第二天，按计划他们的主要行程是去灵隐寺。

两人都不是佛教徒，但水光自从景岚死后，便对命运以及前世今生之说多了一些说不清道不明的亲近。都说进香拜佛一早去比较好，水光倒不以为意。早点去，只是为了不那么拥挤。

两人吃完早点就坐车去了灵隐。西湖西北面的灵隐山麓，山林掩映间，天光有些昏暗。"咫尺西天"的照壁静立着，不停地有游人站到前面拍照，两人一路走过来，到这边才停下来，水光看着照壁上的字突然有些感伤，咫尺西天，让她无端地想起了景岚。生死之间，可不就是咫尺西天的距离吗？看不破，便只能时时想，日日苦。

章峥岚在旁边说了声："走了吗？"水光才回过头来，"哦，好。"

去灵隐寺会先路过飞来峰，但他俩并没有先登飞来峰，而是直接朝寺门而去。远远地就能看到寺内氤氲的烟气，以及烟气熏染出来的一种庄严而温暖的感觉。因为收票处设在天王殿的侧面，因此入寺请香之后，进天王殿只能从后门入了。这样一来，香客们第一眼见到的不再是笑脸迎人的弥勒，而是黑口黑脸的韦陀。水光一直不喜欢韦陀，因为那个昙花一现的故事。或者韦陀从来没有爱过昙花吧，一切都是昙花的一厢情愿而已。倒是瘦弱的韦明氏，只因为一次偶然的驻足流连，却让自己永生灵魂漂泊。

水光朝殿外望了望，章峥岚已在殿外等她。背靠一棵大树，茕茕孑立。

之后，是一路的循殿参拜。

这天不知是什么日子，药师殿内燃灯昏黄，一场法会初歇。一个戴着眼镜、体态微胖的大和尚正被一群善男子信女人围着，祥和地说法。章峥岚揽着水光，站在人群的外围，听着大和尚的声音时有时无地传来。

"……执象而求，咫尺千里。你又怎知无缘不是另一种缘法？情执不断，永坠娑婆。何如放手，荣枯凭他……"

大概是有人正困于孽海情网，亟待一苇航之。

水光心念百转，章峥岚也有所动，他又偏头看向身侧的人。此刻大和尚已双手南无，对众人道："拿得起，也要放得下。留着下次再见的缘分，岂不更好？"众人欣然领悟，回以南无，口称"阿弥陀佛"。

众人散去，大和尚重新走回殿里。章峥岚心下想：如果真能那么轻易说放就放，世上哪来那么多为情所苦的人。

在寺内随便吃了份素斋后，两人便出寺返道去登飞来峰。水光看着指示牌上"一线天"三个字，颇有兴趣，章峥岚就带她去找。寻了好一会儿也没见到，然后听到一群游客在那里议论，说前边地面有块方砖垒砌的四方足印，只需要往足印右前面迈一小步，抬头望向极顶，找好角度，就能发现原本黑暗部分的窟顶微微露出一斑星子样的光点，这就是隐藏在石顶背后的"一线天"。水光照着试了试，还是什么也没看到。章峥岚便指着一旁石壁上的四个字告诉她说：知足常乐。

水光笑了笑，也不再执着。一圈参观下来，日头已慢慢西斜，章峥岚提议去寻一寻三生石。

水光沉吟，"听说不好找。"

章峥岚抬起手，看了看表，"如果半个小时后还找不到，就不找了。"水光见他坚持，便点了头。走上天竺香市，人明显少了很多，转弯处，能听到涧流的淙淙声。一路都是上坡，两边是店面，有些素食小吃，也卖酒和茶叶。两人走得很慢，沿路章峥岚仔细地留意着各种标示。路过法镜寺，按照路旁指示沿小路进去，没走几步却再没路引了。两人四下寻觅，只见左右都是茶丛。与西湖边其他的地方相比，这里显得乱石丛生，有点荒芜了。

章峥岚正要继续往上，水光却拉住了他，"别上去了吧，那边黑漆漆的，都没什么人。"章峥岚又看了一眼表，"还有五分钟。"说完就拉住她的手，神情有些执拗，水光也不再说什么了，跟着他继续拾级而上。

引起人们无限遐想的三生石，当真正见到的时候，也不过是块毫不起眼的巨石，上书三个碗口大小的红色篆字。石头较光滑的一面，还镌刻了一段铭文。年深日久，铭文已经有点模糊，但这个故事，原本也不需要再看。他的意思，她明白。

巨石的边上，零零落落地挂着一些红布条和小锁，这是情人们约定三生的誓言。章峥岚紧握着水光的手，在心里轻声道："萧水光，我们不求三世，就求这一世，你说好不好？"

水光那刻在心中也默念了一句："不求来生，但求这一世不再难走，无怨无悔。"

两人都在同一时去企盼了感情长久，只是谁也没有去点破。

从杭州回来，各自投入了自己的工作。彼此藏匿着心绪，相安无事。可有些东西越是小心谨慎地守着，越是容易破碎。

很快进了六月份，六月，对于水光来说，是一道坎。

章峥岚这边，六月十号是水光的生日，为了这生日，他从月初就开始准备了，他生日的时候两人没能一起烛光晚餐，这回她生日，一定要弄得尽善尽美。在某情调餐厅定好了位子，也亲自去挑选了礼物，他计划好了，等到当天吃完饭，送出礼物，就去听一场小提琴音乐会，她应该会喜欢，之后就直接开车去郊区的一处山庄，他们会在那里度过一晚。

第二天他们可以睡到自然醒，因为隔天是周六。

他设想得太好，以至于最后落得一场空时，会觉得那么失落那么累。

水光生日这天，章峥岚打她电话怎么也打不通，之后打去她公司，说是她今天请了一天假，最后他打给罗智，后者支吾了一下，说："章老板，今天你别找她了……让她独自待一天吧，过了这天就好了。"

章峥岚隐隐察觉到什么，可他还是无动于衷，至少表面上是，但也没再拨她的电话，他发了一条信息给她，告诉她，下班后会在他家里等她，陪她过生日。

可那天他等到夜幕全黑也没有收到一条消息。

他最后将餐桌上的蛋糕盒打开，取出那一堆五颜六色的蜡烛，将它们一根根插在蛋糕上，又一根根点燃，然后，看着它们一根根泪尽而熄。

出门的时候，随手穿上了昨天褪下的外套。

章峥岚不知道自己是怎么度过这一天的，仿佛三魂七魄已经离了身，只凭一副行尸走肉残喘于世。不知不觉中，走到了音乐厅的门口，看到不少人陆续地进场，他似乎想起了什么。伸手在外衣口袋中一掏，两张簇新的小提琴音乐会门票。他又不死心地摸出手机看了一次，依然没有一条她的回音，他无声笑了一下，随着人流走了进去。

VIP的位置特别靠前，章峥岚觉得脚下的台阶仿佛在不断延伸，没有尽头。直到坐下的那一刻，他才陡然松懈下来，也才发现自己一直紧捏着手里的票。

章峥岚不知道音乐会是何时开的场，只听见那弦音如西湖的烟雨萦绕在耳旁，细致绵长。这使他想起了江南的粉墙黛瓦，以及那旧墙上触目沧桑的屋漏痕。想人间这恩爱纠缠的日子也便如这屋漏痕，历历分明，但总有终点。

在《爱之喜悦》的欢乐浪漫中提早退了场，出了音乐厅，却迷了路，这是一种从未有过的体验，在熟悉的城市里，他却找不到方向。幽魂般荡了许久，当他再次抬眼时，却发现自己竟绕回了音乐厅的入口。此时，音乐厅门口的灯已全熄，人也散尽。他看着，想，原来，这就是散场了。

之后，他去了酒吧，一进去就扬手说了一句："我心情好，今晚全场酒水一律我埋单。"五光十色的场所立刻响起欢呼声，纷纷向这位英俊男士表示感谢！

章峥岚坐到吧台上，叫了一杯香槟，调酒师递上酒时笑着说："香槟是用来庆祝的，章老板今天是要庆祝什么？还请了全场的人陪你一起。"

他扯了扯嘴角，"我女友生日。"

调酒师一愣，随即笑道："那你怎么不陪她过？"

章峥岚脸上看不出情绪，他说："她不需要我陪她。"

调酒师跟章峥岚相识已久，但仅限插科打诨阶段，这样的话题可从来没涉及过，对方也不知道该怎么接茬，章峥岚也没想听对方说什么，径直喝起了酒。

他其实喜欢烟，并不爱酒，平时喝酒都是浅尝辄止，极少喝醉，但这一次却是真的喝醉了。

水光回了西安，去给景岚扫墓，以前这一天她从不曾敢来。

今年她来了，是因为已跨出了心里的牢笼，也是来道别……

错开了与于家去祭拜的时间，傍晚的墓园，紫牵牛缠着野藤蔓，仿佛千古情牵。水光独自坐在于景岚墓前的水泥板上，伸出食指，摸着墓碑上的名字，慢慢地描摹了一遍又一遍。食指的指腹上，渐渐地好像有了温度，仿佛是景岚的回应。

水光莫名地想到了苏东坡的《江城子》："十年生死两茫茫，不思量，自难忘……纵使相逢应不识，尘满面，鬓如霜……"她呢喃着，"景岚，记得那年我 19 岁，你 22 岁。现在我 24 岁了，你还是 22 岁。"照片上年轻的人用再不会改变的微笑回复着她。

"我是来跟你告别的。"水光轻声述说，"我来跟你道别……哥哥。"

将手上的盒子放在墓前，打开来，抚着里面的东西，那条琉璃挂坠，那张夜夜陪着她入眠的书签，那么多年来写给他的日记……

风吹落了墓前的牵牛花，水光合上盒子，捡起旁边那一朵紫色花，她起身将它放在了墓碑上方。

"我走了。"水光看着那张照片，终于微微地笑了笑，"等到明年再开花的时候，我带他来见你。"

直到上了飞机，水光才恍然想起，自己自早上上飞机前关了手机后，就再也没开过机。她来西安没有知会父母，也没有知会他，因为这一天，她想就这么留给于景岚。

她此刻才想起来，章峥岚如果找不到她，会不会着急？一路上，水光握着手机，在两只手中间不停地翻来覆去。

下飞机时已过十点，第一时间开了机，手机里噼里啪啦收到了十几条未接来电的提醒，几乎全是他的，间或有两条是罗智的。水光有些懊悔，赶紧拨了章峥岚的号码回去，那边手机铃声不停地重播，却没有人接。她又按下了罗智的号码。

罗智在那边说："他找了你一次，问你在哪里……很着急。"

"我知道了。我再打给他吧。"

罗智顿了顿，问道："水光，你是不是忘记了？今天是你生日。"

今天是她的生日，她没有忘记，只是，好多年不过生日，不怎么在意了，或者说，这一天她习惯了去逃避，去装鸵鸟，亲人包容了她的任性，但她忽略了，这样的日子那人会看重。

再次拨打章峥岚的号码，这次总算接了，却不是他本人，那人说他在酒吧里，喝醉了。

等她赶到酒吧的时候，章峥岚已经离开。她问了很多人，可没有人说得清楚那请了全场人喝酒的男人去了哪里。最后有人说看到他从后门走的，水光说了"谢谢"就焦急地跑出去，最终在酒吧后面的小巷子中找到了他。最糟糕的不是他喝得烂醉如泥，而是他在跟人打架！水光赶到时就眼尖地看到那陌生人手上还拿着一把钢制小刀，她的心倏地漏跳一拍，慌忙跑上去，那刀已经挥下来，想要拉开酒醉的章峥岚显然已不可能，水光只来得及伸手格住了刀面，但对方的力道太大，没能完全阻止他的动作，刀锋一偏便割进了她的无名指和小指里，血瞬间从手背滑下。

水光来不及去顾及那股锥心的疼痛，用另一只手将章峥岚推开，然后一扫腿将那混混踢开。对方狠狠瞪着她，啐了一口不甘心地再次凶狠冲上来，水光握了握痛得有些离谱的左手，一连串动作正面迎击，下腰，顶肘，侧踢，将人打趴在地，对方这次爬起来后不敢再冲上来，口中骂着脏话，跌跌撞撞跑了。

水光的左手已满是血，伤口有些深，不过应该没有伤到骨头，她跑回章峥岚身边，他正靠着墙歪坐着，水光用干净的手轻轻拍他的脸，"章峥岚，醒醒。"

章峥岚的眼神有些迷茫，他说："水光……"

水光"嗯"了一声，以为他清醒了，便问："能起来吗？"

可他好像就只会叫水光，水光，别的再不会说。

水光一个人扶不动他，最后去路口叫了出租车，多出了一百，让司机帮忙把人弄进车里。司机看到她受伤的手，开车前问："去医院？"

水光说了章峥岚住处的地址，她想先把人送回去，再去医院。

只是没想到这之后发生的事情，让她忘了手上那钻心的疼。

章峥岚下车的时候，有些清醒了，不用司机搀扶，水光一人扶着他进了屋里，将这高大的男人弄到沙发上躺着。水光要起身，却被他拉住了衣服，他口中喃喃说着什么，表情难受，水光最后没离开，她用家里的医药箱简单地处理了下自己手上的伤口，便陪在他旁边照顾了一夜。

只不过第二天天还没全亮，林佳佳打电话给她，说爱德华一早跑出去被一辆轿车撞了，当场死了。佳佳在那边已经哭出声，水光愣愣地听着，许久才明白过来她说的是什么。

她出门时，章峥岚还在睡，她去了林家，看着林父将浑身是血的大狗埋葬了，相比佳佳的伤心欲绝，水光的心里反而一直很平静。

她不是不难受，只是太突然，还来不及要怎么反应……真的，太突然。

水光再次回到章峥岚那里已快中午，精疲力竭，她原本是要去医院的，手真的太疼，却还是先来了这里，想先看看他怎么样了。

水光进门的时候，章峥岚正坐在客厅里安静地看电视，他听到声音抬起头来，看着她，水光换了鞋子，疲倦地闭了闭眼睛，想问他好点了吗，却听到了一句让她浑身凉透的话。

他说，水光，我们算了吧。

"自欺欺人久了也觉得挺累的，我现在有点累了。

"水光，你晚上睡着的时候会叫景岚，景岚……我有时候想，要不去改名字？"他苦笑，"可后来想想，改了你会因此爱上我吗？你爱的还是景岚，不是我。"

"你自己有没有发现……你每次叫我的名字，在到岚字的时候，总是会停顿一会儿……我总是在想，你在叫谁？"

"我说过我爱你就够了，我只要你在我身边时觉得快乐……我原以为这样就够了。"

"我一直想和你好，跟你白头到老，我想跟你一步步走下去……我们会生很多孩子，然后一起看着他们慢慢长大，这些我都想过了，可是唯独忘记了……你可能不需要我设想的这一切……水光，我从没让你真正快乐过，是不是？"

Chapter 23

不眠的人夜长

　　萧水光慢慢睁开眼，她做了噩梦，却醒得异常平静，而醒后就再也睡不着，这半年来都是如此。

　　她还记得半年前接到母亲的电话，那一刻她刚走出章峥岚的住处。

　　母亲的声音模模糊糊地传来，她说："水光……爸爸出事了。"

　　一向正直严肃的父亲被意外革去职务，并接受调查，母亲担惊受怕。

　　好像那一年所有的糟糕事情，都在那两天里发生了。

　　她坐在候机室里等着播音员播报她的航班，旁边被妈妈抱在怀里的小女孩凑过来轻轻问她："姐姐你为什么哭啊？"

　　她记得自己说了一句："因为太难过。"

　　萧水光起来得早，天还只是蒙蒙亮，院子里没有声音，除了几声错落的虫鸣，她洗漱完去房间里换上运动服，然后到外面跑步。一月份西安的温度已降到零下，呼出的气马上结成了白雾，她跑到公园的湖边，碧澄广阔的湖面上偶尔会有几只飞鸟掠水飞起，水光绕着湖跑了两圈，直到气喘吁吁才在一旁的长椅上坐下来。

　　她看着天边的白日慢慢升起，看到来湖边晨跑的人越来越多，才起身离开。

水光到家里洗了澡换了衣服，煮粥的时候听到父母房间里有声响了，是母亲起来了。萧母出来看到女儿，轻声问："怎么又这么早就起了？去跑步了？"

"嗯。爸还在睡？"

萧母点了下头，"他昨晚上又是翻来覆去一宿没睡……"

父亲自从那次事件之后，仿佛一下子苍老了好多，多半时间在家中养花种草，但心情总是不好。

水光陪着母亲吃过早饭，帮忙收拾碗筷时手机响起，是景琴的短信，让她今天再帮她照顾一下宝宝，"爸妈这两天刚好报了团去了厦门，我跟我老公都临时接到通知要加班，周六还要加班，这破公司。"景琴是在去年七月结的婚，另一半是她公司里的同事，相处一年结了婚。萧母看女儿在回短信就问是谁找她。

水光说："景琴让我等会去带思岚。"

萧妈妈听到思岚便在心底又叹息了一声，小琴已结婚生子，自己孩子却是对感情心灰意冷。没有过问过女儿的心事，不是不挂心她与那曾来过的年轻人发生了什么，孩子半年前回来，她全部心思都扑在丈夫身上，没能留意她的情绪，等到丈夫的事情勉强算过去，她才注意到一直陪在身旁的孩子脸上那种憔悴和消沉。

那天她坐在女儿的床边，看着她脸下半湿的枕巾，听到她说："妈妈，我没事，我只是……想回家了。"

那么倔强的孩子，就算景岚出事的时候，也没这么软弱过。

水光出门的时候给景琴打了电话，告诉她现在就去她那，挂了电话走到巷口打车。但是近年关，出租车极少，水光站那等着，看着对面的大院门口有人架着梯子在挂过年的红灯笼。

她想到去年过年好像还在眼前，眨眼又是一年，真是快。对面的人认出她，喊过话来："水光，要出门啊？"

她微笑着点头说"是"。

跟邻居聊了两句，一刻钟后终于等来一辆车，水光跟对面人道了别，坐车去了景琴那。在一处高层楼下接过宝宝的推车，小琴将手里的大袋子递给她，"尿片和奶粉，奶粉是三个小时喝一次，冲泡的时候水温五十度差不多了……"

水光连连点头，"我知道了，你每回讲一遍我也早就能背了。"

景琴的老公欧邵华站在旁边，文质彬彬，"水光，又要麻烦你了。"

"没事。反正周末我也没事做。"

她回来后，母亲让她去考了一家当时正在招工的事业单位，一百多人里选五人，她进去了，好像从小到大只要她花精力下去的考试总不会太差。这份工作工资不高，但休息日多，一周有两天半的假期，而她从来是没多少娱乐的人。人空着时总是容易想心事，能有点事做来分散注意力也是她所要的。

景琴夫妻俩走后，水光给宝宝盖了下毛毯，孩子刚半岁，却很乖，不吵不闹，只是伸着小手张着嘴笑，小巧圆润的脸蛋很像小琴小时候，也有点像景岚。

水光握住他的手，问他："思岚想去哪里？"

思岚，思岚，孩子的外婆取的名字，水光看着笑容越来越大的婴孩，轻声道："思岚，外公外婆有多想念你的舅舅……"

水光之后把他的小手放进毛毯里，推着他走在清净的小道上，打算先去离小区不远的那家报刊亭挑两本文摘杂志再回家。在付钱时过来两个女孩子，其中一人在看到水光时突然惊讶地捂住了嘴巴，然后指着她说："啊，你，你跟我玩的那款游戏海报上的人好像啊！"

旁边的同伴丢脸地拉住了她，对水光说："对不起对不起，她玩《天下》玩疯癫了……"

之前那女孩子笑骂："你才疯癫了呢。"

《天下》？水光恍惚了一下，之后笑笑表示不介意，刚才先开口的那女生看着水光还不停咕哝着，"我真的觉得有点像嘛。"

临走时水光还听到了一句："那游戏公司貌似快推出《天下Ⅱ》了，真期待！"

水光低头看了眼推着车子的左手，每次想到他，手指上的痛已不在，但却好像牵连出了心口阵阵刺痛。

思岚，思岚，她想起的不是景岚，而是他。

傍晚的时候景琴来接了孩子，萧母留他们小夫妻俩吃了饭。水光没什么胃口，早早吃好了就抱着孩子在院子里散步。萧母望着外面不由摇了摇头，小琴看到，给萧母夹了菜开口说："阿姨，你就别太为水光操心了。"

"……唉，你是不知道，小琴啊，我这孩子，太死心眼了。"

萧父抿了口酒，淡淡说："好了，儿孙自有儿孙福。"

欧邵华帮萧父斟满酒，岔开话头。萧母始终是心里有事，没吃两口就放下了筷子，景琴看着暗自叹了一声。

饭后景琴让欧邵华抱去了孩子，她搬了条长凳跟水光坐在院子里她们儿时常坐的那棵树下，"水光，还记得咱们小时候吗？吃饱了饭都要到这边来坐坐。"

"记得。"

"唉，忘了，你的记性最好。"屋内孩子大概不喜欢爸爸抱，扭着身子在咿咿呀呀地叫，景琴看着莞尔不已，"欧邵华抱孩子总能把孩子抱哭，真服了他。"

水光跟着看过去，也微微笑了笑。

两人谈了一会儿，小琴侧头看向身边的人，轻声道："水光，你跟我说你好像喜欢上了哥以外的人……我当时听到的时候有些意外，但真心为你感到高兴。"

知道她在听，景琴便一路讲了下去，"去年过年的时候，你说他过来了，想带他来见见我，结果我那两天刚好去走亲戚了，没能见到你说的人。"

"后来，你回来，我来见你，你抱着我轻轻地哭。"

"这半年里，我忙着结婚，忙着生孩子，没能跟你好好聊过……"

"水光，你跟那人，没有走下去吗……为什么？"

水光一直看着地上被月光照下来的树影，斑斑驳驳，"大概只是不够爱吧，所以没能走到最后。"她付出得太晚，而他……当所有的誓言最后化成一句"算了吧"的时候，就什么都没有意义了。

"水光，你恨他吗？"

水光的声音很平静，在这冬日的夜晚显得有些空寂，"没有恨，只是，觉得很难受。"

她一直以为，在那年听到于景岚去世，便是她人生中最痛苦的经历了，却原来不是的。

当他莽撞地闯进她灰色的生活里，一次次地搅乱她原以为不会再波动的心湖，当她渐渐走出那年的泥潭，开始在意于景岚以外的人，当她以为可以抓住一点幸福，开始去编织一些梦……却没有想到所谓的幸福会那么短暂，梦会醒得那么快。

有那么一瞬间她想冲上去对他说，章峥岚，求求你。

然而她到底什么都没有做。

景琴听完，嘴唇动了几次，最终叹息一声，"光儿，你知道吗？以前，我最喜欢你说哪句话？你说，我饿了。你总是容易饿,饿了就按着肚子说好饿，想吃什么什么。"

她练武运动量很大，从来是他们中最容易饿的。她听到小琴说："哥那时候总是会在包里放一些零食……有一次被他们班里的女生翻出彩虹糖，被取笑了好几天，罗智呢总是惹事，我呢，总想要超过哥哥……如果时间能回到过去该有多好。"

是啊，如果能回到过去，该有多好。

她会晚一点说那句"我喜欢你，于景岚"。她不会在那天跟他打电话。

她也不会认识章峥岚……

腊月二十三那天，西安下雪了，水光下班回家的时候地上已经积了薄薄的一层，中途接到罗智的电话，说他明天就回来了。

罗智一直留在那，他的事业越做越好，他最初去她那边发展，说是那里前景好，毕竟是全国数一数二的大城市，但说到底，他是因为担心她才过去的。而后来，她回来了，罗智没有问她多少，只是说，你在家里也好。

水光不知道怎么样才算是好的，但她是真的欣慰罗智能闯出自己的一番事业，哪里像她，来来去去，最后一事无成。

水光跟他说这边下雪了。

罗智笑道："那我回去咱们刚好可以打雪仗。"然后跟她说，帮他跟他爸妈讲一下他什么时候回，之前他跟两老打电话都没人接，估计都在打麻将。罗爸罗妈最大的业余爱好就是搓麻将。

水光说好，笑着收了线后，看雪越来越大了，她从包里拿出了伞撑起。望着眼前白茫茫的一片，心说不知这场雪会下多久。

半年的时间有多长，对于章峥岚来说，是无可忍耐的长。

有一次周建明看到他，说了一句："人生有八苦，生、老、病、死、爱别离、怨长久、求不得、放不下。章峥岚你知道你现在什么样吗？除了那死，这八苦里其他的你都占了。"

他是过得没了方向，可这样的难受，是活该了。

临近新年的一天里，章峥岚衣冠楚楚去出席了一场慈善晚会。主办方的负责人在上面讲完了话，他让何兰去捐了支票，他退到后方靠着墙壁看着场内纷纷扰扰的人群。

吵闹的声音好像能将他心里的冷清驱散掉一些。

片刻之后有人过来与他打招呼，一男一女，男的他认识，是本市一家传媒公司的老板，对方伸手过来说："章总，许久不见了。"

章峥岚回握了一下，"好久不见，俞老板。"那人向他介绍身边的女士，"这是 Legend（传奇）杂志中国版的副主编，朱莉，她刚回国不久，却是想采访你很久了。"

朱莉向章峥岚笑着颔首，"早耳闻 GIT 章总，今日得以一见，我想说，本人比那些照片还要英俊很多。"几句圆滑的场面话倒也说得真诚。

章峥岚笑了下，说了句"谢谢"。

三人交谈了一会儿，俞老板有人过来找，先走开了，朱莉与章峥岚继续聊着，她想做一期国内外 IT 行业杰出人物的报道，而 GIT 的章峥岚无疑是国内首屈一指的 IT 领军人物，朱莉自然希望能采访到他，但对方却似乎对此没有一丝兴趣，到最后她坦白说开，他也明确拒绝了，朱莉不解，"章总曾接受过俞老板旗下杂志的采访，也参与过几次其他杂志的访谈，甚至受邀参加过一期电视节目的录制，为什么如今没有这方面的意向了？"

章峥岚自始至终以一种懒洋洋的姿态靠在那里，他听了之后笑了下，说："以前是以前，现在是现在，我现在没心情。"

朱莉第一次遇到这样的人，他的举止态度不会让人觉得失礼，甚至算是彬彬有礼的，但他说的话却很……怎么说，非常自我而冷漠。章峥岚有着一米八的身高，完美的身材在精良西服的衬托下更显得英姿挺拔，他的五官端正耐看，站在那里玉树临风的，但隐隐的，身上又透露出一股冷肃来。

朱莉收了收心思，心想名望高的人多少有些难讨好，可她不愿就此放弃，但这人俨然是不会被人轻易左右想法的。

正想着，眼前的男人突然站直了身子，脸色也变得有些难看，他摸了一遍自己的西装裤兜，又抬手摸了下西服的内衬袋，脸色越来越沉，她忍不住问了一声："怎么了？什么东西不见了吗？"

章峥岚看了朱莉一眼，他的眼睛很黑，之前里面淡然无波，现在，朱莉确定，她看到了一丝惊慌，他沉声说："我的戒指掉了。"

随后章峥岚便朝一处走去，是他之前停留过的地方。

朱莉看着那高大的男人焦急地在自助餐桌处找了一圈，然后拉住了经过的服务员说了点什么，服务员也连忙帮着寻，朱莉望着章峥岚面上真真实实的焦躁，她心里唯一产生的念头是，戒指另一端维系的人在他心里一定有着至关重要的地位。

朱莉正欲上去帮忙，就看到他接了通电话，然后就往出口走去，神情已经放松，好像珍贵若宝的东西终于寻得，朱莉站在那，心想，是找到了戒指吧。

"戒指我帮你放在餐桌上了。给你送了汤过来，放在冰箱里，回来热一下就能喝，别老是在外面吃些没营养的。"母亲未多说什么，叹了一声便收了线。

原来掉在了门口，他坐上车后，靠着椅背，一种紧绷过后的疲累让他闭上了眼。

她留在他那的东西本来就不多，牙刷毛巾睡衣，她离开后没有来拿回去，大概是觉得不要了也罢，而他留在她那的东西，衣服书籍手提，以及他给她的那枚戒指，她让他兄长一起送还给了他。

当时罗智对着他说了一句："章总，我相信你不会去伤害她，没有人会舍得去伤害她。但是……"罗智打下那一拳，他承受了。

他是不舍得，他怎么舍得，可事实上，他确实让她难受地离开了。

他伸手摸着自己的颈侧，后来他将两只戒指用链子串在了一起，挂在颈项，日夜戴着，习惯到没了感觉，以至于掉了都没有及时发现。

跟何兰发了条信息，便发动了车子扬长而去，回了家，看到安然摆在餐桌上的两只戒指，他慢慢靠坐在了玄关的地上，微微地红了眼眶。

那一次从海南提早赶回来，就因为前天晚上他在天涯海角那儿，盯着那块大石头出了好一会儿神。当夜突然很想很想她，原本想当天晚上就回来，但已无机票，所以隔天一早买了机票马不停蹄飞回来，下飞机打车的时候却出了点意外。因为匆忙地跑去拦车，被一辆超上来的私家车擦撞了下，人没倒，但手臂擦伤了，没伤到骨头，却破皮流血疼痛难耐。肇事者下车连连道歉，他想骂人，越急越出绊子，最后不得不先去医院包扎伤口，那刻还想着，不知道某人看到他受伤会不会有点心疼？而就在那家医院里，他接到了那男人的电话，"她跟我在一起，你要不要来见见？"

"她来看她爱人的心上人。"

"章老板，你说世界上最可悲的是哪种人？"

"不死心的人……说真的，我都有点同情她了。"

他挂了电话。

这么久以来，他真的什么都不怕，什么都可以不顾，他最怕的，从来就只是她的态度。

原来，她那时就在后一幢住院楼里，跟他隔着百米的距离。

他总以为事情会渐渐顺利，结果，终究是太过自信了。

章峥岚苦笑，他站起来望着后面的那幢楼，那刻心底生出了一种可笑又悲凉的宿命感，明明离她那么近却让他觉得像是隔了千峰和万壑，远不可及。

疲倦万分地回到家，他就坐在客厅里等着她回来，他想问她，如果他死了，她会为他伤心吗？

可这问题实在蠢到家。

带她去杭州，在没有人认识他们的地方，两人的独处，自欺欺人地以为可以将所有心病揭过，却只是让他更清楚地看明白了，他比不过那已死多年的人。两情相悦的奢想终究是奢望。

六月十号，他忙碌地准备她的生日，他想跟她一起好好地过两天，他心里面有太多话想跟她说，可最终却是白忙和空等。

失望到一定地步，又做不到死心，就忍不住要自欺欺人，可自欺欺人的事做久了终究会累。

那天是他的忌日吧？

他突然有些恨她，恨她的念念不忘，恨她对自己的无情。

他在酒吧里一杯杯喝着酒，心里一遍遍地说，萧水光，他死了，你可怜他，无法忘怀？那你怎么不可怜可怜我？

他说算了的那一刻，觉得，这世上真有一种感受叫"生不如死"。

章峥岚按着额头，他走到今天这一步，是自己选的。

可半年了，他以为能熬过去，但发现不能。

Chapter 24

三生石上的印记

　　西安的冬天特别的阴冷漫长，大雪初霁，积素凝华，剩下的就是一地的寒冷。

　　水光在单位里抱着热水袋值班，她是年假头一天就轮到了值班。

　　早上过来，空荡荡的单位楼里除了传达室里那老大爷就只剩下她了。

　　开了电脑看了一上午的新闻，中午出去吃饭时，有人在身后叫了她的名字。

　　水光回身就看见一张眉开眼笑的脸，那人穿着一身大红呢大衣，长发飘飘，看着眼熟，但水光一下子没想起来是谁，直到那人皱起了眉说："怎么？不认识我啦老同桌？我可是一眼就认出你来了耶，太不给面子了！"

　　"……汤茉莉？"

　　"叫莉莉就行。"对方上下打量她，"五六年不见，萧水光你还真是没怎么变呢，依旧青春靓丽，就是又见瘦了。"

　　水光笑了笑，"好久不见了莉莉。"

　　"是啊，久到你都没认出我来。"汤茉莉的嘴巴还是跟以前一样不饶人。

　　两人就近选了一家餐厅进去叙了旧，汤茉莉说她之前是来这附近的银行办事的，取车时看到了她，几乎一眼就认了出来。茉莉一点也不生分，滔滔不绝地说了一堆高中同学的消息，最后感慨，"萧水光就你毕业后音信全无，同学聚会打你家里电话都是说你不在家，找你比当年那谁找本·拉登还难！"

水光说："这两年，比较忙点。"

"我说你哪一年不忙啊，你高中的时候就是每天看书看书看书，好吧，高中大家都要高考忙点也算是情有可原。可大学里人家都吃喝嫖赌去了，你怎么也还是不见踪影？我在班级群里都呼叫你好几回了。"

水光只是听着，脸上一直有笑容，只是很淡，她看着玻璃外面被雪铺满的世界，思绪渐渐飘去了别处。

吃好饭两人互存了手机号，分开时汤茉莉揽着她的肩还说了一句："萧水光啊萧水光，见到你我就像见到了七八点钟的太阳，唯有你见证了我最美好的青春啊。"

那么，又是谁见证了我最美好的青春？

人往往总要等到失去了才会明白有些东西珍贵。

回不去的总是最可贵的。

水光放假在家的时候，景琴带着宝宝来串门，这天父母和罗智一家人都出去置办年货了，而水光则留在家里看家。景琴进门时见她在洗头发，不由说："早上洗头，容易得偏头疼的。"

水光道："没事。习惯早上洗了。"

于景琴靠着浴室门抱着孩子一边摇着一边跟水光有一句没一句地聊，等水光吹干了头发，景琴把趴在她身上快要睡着的孩子给水光抱着，去拿了镜子张着嘴看嘴巴，"昨天还好好的……好像真是长口疮了，光儿，你家里有西瓜霜吗？"

水光想了下说没有。景琴无奈，"我去外面药店里买点吧，拖下去要越来越严重了，回头吃东西都要痛死了。"

景琴出去的时候，孩子已经在打盹了，半岁大的孩子最是嗜睡。

水光将他抱到里屋去睡，她坐在旁边轻轻哼着曲子。

于景琴快走出巷口的时候，看到迎面而来的一个男人，在冬日的稀薄阳光里慢慢走过来，他穿着一件深色厚质风衣，身形修长，一手插在裤袋里，微低着头，有种漫不经心的气质。等收回视线，对方已从她身边经过，景琴走出两米，又回头看了一眼，心说，这么显眼的男人，没在这里见到过。

宝宝很快睡着了，水光听到院子里有声音，心想着景琴应该不会那么快回来，她用手腕上的皮筋随意地将已及肩的头发在后面扎了起来，起身走到门口，原以为是早上叫的送水师傅过来了，却没能想到会是他。

想不到，是因为觉得这辈子不会再与他见面。毕竟，是他说了算了，她离开，她不去见，这一生两人便应该见不到了。

水光看着走上来的人，院子里的阳光照不到的地方还有些雪融化的湿印子，冷冰冰地印在那里，他走到离她还剩一米的地方停下，然后说："我……梦到你……出了事。"

半年的时间，水光竟有种恍如隔世的感觉，她低了低头，电视里总是会播放一对情侣分手后几年再相见的场景，有些会转身走开，有些会矫情地说一声，好久不见。

可这些她都做不来，他说我梦到了你，她觉得有些好笑，可她也笑不出来。最后水光听到自己说了一句："我很好。"平平实实，却让听的人有一种钻心的疼。

章峥岚站在门槛外，高大的男人身上淡淡地铺着一层阳光，却有种说不出来的孤独味道，他从喉咙里发出干巴巴的声音，"水光，能让我进去坐坐吗？"

萧水光低着头，让人看不清她脸上的表情，她犹豫了片刻，最后还是侧身让他进了屋子。

他们在一起虽不到一年，但牵绊的东西太多，分开后，即使心中生了太多惆怅，可毕竟没有多少的仇恨，她跟小琴说不恨是实话，太难受，也是实话。可难受是自己的。

章峥岚跟着她进到屋里，一直看着那道背影，她说你坐吧，我去给你泡杯茶。

他依言坐在椅子上，他没想过能真的进来，这里去年过年的时候他来过一次，那时候他们还好好的。分手是他提的，半年后跑到她面前，她平静地去给他泡茶。章峥岚闭了闭眼。

水光泡了一杯红茶，放在了他旁边的桌上，里屋传来孩子的哭声，她说不好意思，便转身去了房内，他呆了呆，过了好几秒才站起身，脑中猛然闪现出点什么，可马上又苦涩地摇头。

章峥岚犹豫了两秒，走到她房门口，这间不大的房间他曾详细参观过，那天跟她说三生有幸，终于如愿见到了爱人从小到大睡觉的地方。

水光看到跟进来的人，没说什么，她将孩子抱起来，轻轻拍着他的背安抚，等宝宝又闭眼睡去，她将他小心地放到床上，抽了张婴儿纸巾给他擦干净小脸上的口水。

章峥岚站着看着，心里说不出的味道，如果，如果他们能走下去，是不是……现在也会有孩子了。

水光起来的时候看到他还站着，一动不动，她怕交谈声再度将孩子吵醒，走到门边时才轻声道："去外面吧。"

章峥岚跟出来，水光右手握住左手，之前倒水时，那根无名指又隐隐作痛，差点将茶杯摔碎。两人坐下后，水光沉默着，她有些走神，想，景琛怎么还不回来？

"水光，陪我说点话吧……"

她松了手，偏头看那人，他们在一起的时候她就话少，现在这样还能说些什么？水光想不出来，"你想说什么？"

是啊，说什么？他只是不喜欢这样的无言以对，她这样的态度已经超过他的期望太多，他还想奢望什么？

章峥岚苦笑，觉得自己是多么不要脸才又出现在她面前，喝着她泡的茶，希冀她再多看自己一眼……他抬手抹了抹脸，说了声："对不起。"

他起身时，水光也起来了，却悄悄拉开了一点彼此的距离。他察觉到了，静默了半刻，他又忍不住想用手去按有些发疼的额头，"对不起……"

"我走了……你，好好的。"

外面巷子里传来小孩子半读半唱的声音，"二十四，扫房子；二十五，炸豆腐；二十六，煮白肉；二十七，杀公鸡；二十八，把面发；二十九，蒸馒头；三十晚上熬一宿；大年初一，扭一扭……"

水光望着那道身影走出院子，她曾经去找过他，曾试图挽回，既然明白心里已有他，在父亲的事终于告一段落后，她就回了那边。在他住处门口，看到他被江裕如从车上扶下来。她看了一会儿，终于还是上去，她对江裕如说"谢谢"，扶过酒醉的人，她皱眉问他怎么样，难受吗？

他含含糊糊地说水光，水光，他说水光，我不爱你了。

景琴回来时，看到水光趴在桌面上，她上去轻声唤道："水光，睡着了？"

水光过了会才抬起头，只是笑了笑，"没，怎么那么慢？"

说到这景琴就有点郁闷地道："大过年的药店都关门了，刚来路上都没注意，白跑了两趟地儿，算了，回家再去涂药吧，家里应该还有存货。宝宝睡了？怎么都没声音了。"

"嗯，睡下了。"

水光想起曾经年少时看的一本书，她说：如果情感和岁月也能轻轻撕碎，扔到海中，那么，我愿意从此就在海底沉默。

她不知道自己是否已沉入海底，只是，再也说不出一句话。

后一天的中午，水光陪着父母去了姥姥家吃午饭，舅妈一见她就上来跟她说对象的事，"之前你妈妈还担心你打算待在外头不回来了，现在好了，回家这边来工作了。那年轻人比你长两岁，工作和长相都不错，去见见吧，人好着，舅妈是不会诓你的。"

水光听舅妈说完，才勉强道："我还不想找对象。"

水光这舅妈是比较直来直去的人，"什么叫还不想找呢？你现在二十四了，过了年可就二十五了，女孩子一旦过了二十五就不走俏了，现在你还能挑人，再两年你到三十了，那就是别人挑你了。听舅妈话，去见见，啊，如果见了不喜欢也没关系，往后舅妈还可以给你介绍别的。你妈妈是不催你，可心里不知道有多着急呢。"

水光知道母亲一直担心着她的"感情"，以前，现在，这么多年来都在为她这女儿忧心，父亲虽什么话都不说，却也是一样的。

终究是违逆不了家人的挂心。

吃过饭她又重新去路口坐了车回市里。之前跟对方通了信息，约了两点定在一家茶馆里见面。水光看时间还早，自己手机也快没电了，就先回了家，到一点半才慢悠悠地出了门。

章峥岚再次过来的时候刚好看到水光走出巷口，他让司机停车，看着她拦了辆车上去。他是要跟她道别的，原本昨天就该走了，待在这里连自己都觉得站不住脚，可还是在酒店里住了一晚，第二天去机场的路上又给自己找了借口，再来看她一眼，然后他就走。章峥岚望着开远的车子，让司机跟了上去，他告诉自己，不管如何，离开时总要说一声再见。

水光到那家茶座的时候两点还没到，她先进去点了茶，等的时候翻看桌上放着的介绍一些新款茶点的单子。两点半的时候那人来了，两人碰头之后，对方跟她解释说："抱歉，家里来了朋友，聊过头了。"

水光说："没事。"

对方似乎对她印象不错，之后的聊天中主动地谈了不少话题，水光配合着他，尽量做到不冷场。

他最后说了一句："萧小姐，我觉得你很好，但我这人比较传统，如果我们俩真要交往的话，我想先知道一下……你是否还是处女？"

水光先是一愣，下一刻就有些哭笑不得，她说："不是。"

对面周正的男人皱了皱眉，后面他的话明显少了不少。水光还跟之前一样，客气地回复着，她的手指汲取着茶杯上的温度，让指尖不至于太凉。

两人在门口道了别，对方说："萧小姐，那我们再联系吧。"

水光只是笑笑，跟他道了再见，以后应该不会再见，水光是不介意的，就是不知道舅妈以及父母那边该如何交代。

他帮她拦了车，水光上去后说："谢谢了。"车子离去，男人嘴里低叹一声，"现在怎么就没正经点的女孩子了。"刚回身要去取车，就被迎面过来的一拳打得一踉跄差点摔倒在地，男人怒目看向出手的人，"你好端端干吗打人啊？！"

章峥岚站在那里，面色凛然，男人下意识后退一步，章峥岚冷声说："滚。"

男人心里一团火，但见对方明显是不好惹的，嘴里骂了一句"神经病"就绕道走了。

章峥岚是恨不得宰了这男的，他宝贝到心坎里的人，怎么容许别人欺负半分，可是，他不正是最伤她的人吗……

章峥岚望着水光坐的那辆车开远，终究不敢再跟随。

大年初一清晨，水光随母亲去香积寺烧香。那天山上人很多，两人在庙里拜完佛后，母亲去偏厅听禅学，水光就站在那棵百年老树下等着，看着人来人往。去年过年的时候她曾带他来过这里，他说他不信佛，但是却跪在了佛祖面前合了手膜拜，她跪在他旁边，学他合了手。他拉她起来的时候问她求了什么，她说求了万事如意，他笑道，你倒是一劳永逸，我今年只求了一件事，你猜猜看是什么？水光没猜，但心中有数，而她的万事里也包括了这一件，求一切旧事都随风而去，求他和她能走到最后……

佛说福是求不来的，是修来的。他们修不来他们的福，是因为叩拜得不够诚心还是因为彼此不够相爱？

好比那一次，在灵隐，求的那一句"无怨无悔"……也许从来跟心无关，只是，他跟她不是注定，向前一步是贪，后退一步是怨，仅此而已。

风穿过树枝，沙沙作响，水光听到母亲在唤她，她如梦初醒，过去与母亲会合。

萧母说还要去买一些香回家，水光把钱包拿出来给她，站在后面等着母亲去香火摊处买好香过来。

有人突然从身后拍了下她的腰，"算命算好了美女？"水光侧头就看到一张斯文的脸，对方也是一愣，"对不起，我以为……"

"哥！"旁边跑来的女孩子身高和发型跟水光差不多，气喘吁吁地站定在他们面前，刚要开口就被那斯文男子皱眉批评了，"你不是说要算命吗？跑哪去了？"他说的时候看了眼水光，脸上是明显的歉然。

对于这种失误水光也无从去介意，看母亲买好了，她走时，听到后面的女孩问："哥，她是谁啊？"

男人说的话不响，水光也没有去听。

过年的这段时间，水光并不太安逸，亲戚邻里时不时会有人来找她母亲，要介绍对象给她。母亲前几次叫她去，后来也不叫她了，别人来做媒，也都推掉了。她其实并不介意相亲，只是，也从来力不从心。

水光在初五那天，收到了一条梁成飞的短信，他说，她死了。自此以后，再没有他的消息。

谁说过的，这世上没有一样感情不是千疮百孔的。

短的是生命，长的是磨难。

逢年过节时，江裕如其实不怎么喜欢去走亲戚，反倒是朋友间的聚会去得多。

而在那次大学同学的聚会上，很难得遇到了章峥岚。

说难得，是真的有很久没见到他了，有时打他电话都是没人接，偶尔接了没聊两句就说忙。他是真的忙，她年前去他公司找过他一次，外表看不出丝毫破绽，还是衣衫整齐，下巴也剃得很光洁，眉宇间却让人看到了一种说不出的倦累，夜以继日、心神交瘁那种。

裕如上去拍了拍正跟旁人喝酒、玩骰子的章峥岚，"今天真难得，我都快要以为章老板你销声匿迹了。"

章峥岚微抬头，笑了笑，回头摇了下骰子，掀开看点数，二二三五，比对方小，他没说话就喝下了酒杯里的酒。

跟他玩的人哈哈笑，"岚哥，你今儿手气可真心差啊。"

章峥岚不置可否，裕如看了他一眼，坐他边上说："你喝了多少了？"

"三瓶红酒！"有人替他答了。

江裕如不由皱眉，要去拿他手上的酒杯，被章峥岚避开了，他笑道："江大才女，别扫兴。"旁边的一圈人也立即起哄。

江裕如鄙夷地"啧"了声，不插手了。后来章峥岚大概是玩腻了，就坐到旁边去玩手机。裕如望过去，不甚明亮的光线下，她就看到了他侧脸上的那颗泪痣，传说有着泪痣的人，是因为前生死的时候，爱人抱着他哭泣时，泪水滴落在脸上从而形成的印记，以作三生之后重逢之用。

三生石上刻下的印记，连转世都抹不掉的痕迹，是吗……

2012年的新年过去了，罗智年初八就去了那边。而水光去上班的头一天，同科室里的人看到她都说她胖了点，说这样好看，之前真的偏瘦了些。跟水光同一批考进来、比她小一岁的那女孩子还半开玩笑说："水光姐，你是不是过年在家猛吃啊？"

水光说："是吃得有点多。"

笑闹过后，那女孩子又过来，手上拿着一本杂志，说："你看这人帅不帅？像不像那些电影明星？不过他比那些明星还要有味道，看着让人很是心动！水光姐你觉得怎么样？"

水光垂眸看了一眼，笑了下说："你有没有听说过一句话，心不动则人不妄动，不动就不会伤，如心动则人妄动，便会伤筋动骨。"

对方想了下，随后露出惊讶表情，"这种话听起来好悲伤，感觉好像是那种对什么都死心的人才会说的吧？"

他们办公室的主任开口，"好了，小李，别聊天了，上班了。"

年假上来还未收心的小李意兴索然地"哦"了声，走回自己的办公桌。而这女孩一时兴起拿过来的杂志被遗留在了她的桌上，水光打了一会儿文档，最后将那本杂志拿起来，封面上照片的左边用浓厚的深红笔触写着：GIT掌权人，章峥岚。

水光从单位里出来，抬头看天空灰蒙蒙的，好像要下雨。她去停车场取了车，过完年刚拿到的驾照，车子则是父亲那辆半旧半新的沃尔沃。刚坐上车，有人敲了车窗，按下窗，那人弯着腰朝她说："嘿。"

水光慢了一拍认出是谁，上次在香积寺错认她的那名男子，意外之余不知道他这举动意欲为何，"有事吗？"

这男人很温和斯文，"没想到你也在这里上班，我是隔壁农行的。"他说话的时候带着恰到好处的浅笑。

他们单位和旁边的农行共用停车场这水光是知道的，她奇怪于他过来找她是什么事情，对方看出她的疑惑，抱歉道："Sorry，我车子出了点问题……"他指了指后方，"能否麻烦你，送我去一下尚朴路的路口，那边好打车。"他看了下手表补充，"我有点急事。"

这边出去三四百米就是尚朴路，走过去确实需要点时间，而自己本身就是要经过那里的，拒绝的话说不出口。对方见她点了头笑着道了声"谢谢"，然后绕到另一侧上了车。

水光慢慢地倒出车，因为是新手，所以一路过去速度一直没超过 60 码，而车子没开出多远，天就渐渐黑下来了，随后一道闪电，伴随着雷声的轰鸣，下一刻就有豆大的雨点落下，突如其来的雨惊散了路上的行人，没伞的人都匆匆忙忙地找避雨的场所。副驾驶座上的人也颇头疼的样子，"真是失误，我伞都没带出来。"

车里静了一会儿，水光问："你是要去哪里？"

对方犹豫着报了地点，"实在是不好意思，如果你有事的话，还是把我放到路口就行了。"

"我路过那里。"水光简单地说了一句。

男人不再客套，毕竟这样的大雨没有伞到路边打车也不现实。他不由又侧头看了眼安静开车的人，最后望向外面的雨幕。

在一家摆满花篮的酒店门口停下车，男人下车前再次跟她说了谢谢，水光微微颔首，等他下了车就发动了车子离开。而与此同时一直站在门口等的人这时迎了上来，"冯副行长，您可总算来了，开张大吉就等您了，来来来，里面请，里面请！"

暖锋过境后，天气就渐渐暖和起来了，三月初的一天，水光接到了一通电话，那边的人笑声传来，"水光，好久没联系了，最近可好？"

因为显示的是座机号码水光一开始不知道是谁，这时听出声音："阮静？"

阮静说她要结婚了，三月中旬，让她务必参加。离上次两人见面才隔了一年半的时间，水光意外之余衷心祝福她，并没有问跟她结婚的是否是曾经让她伤怀的人，不管是旧人也好新人也罢，听得出现在的阮静是满足的，那就足够了。

阮静再三强调："钱可以不用包，人一定要来。你可是我最中意的学妹。"

水光笑着应下了。

冯逸跟下属去离银行不远的那家餐厅里用午餐，刚坐下就看到了她跟她的同事坐在隔壁桌，她是侧对着他们的，大概是点的菜还没上来所以两人聊着天。

冯逸让下属点菜，他慢慢喝着茶。

"水光姐你说我们俩是不是有点失败啊？这么大了都还没男朋友。"

"没男朋友不是也蛮好。"

"哪里好哦，回家要自己挤公交，电脑坏了找哥们，哥们还经常见色忘友，周末没人约等等等等！唉，其实都是因为我们的交际面太窄小，不是在单位就是宅在家里，这样哪能找到对象嘛。"

"慢慢来吧，是你的终归是你的。"

"我怕我的他出现时我都已经老了。我现在就在等着人家给我介绍对象了，见得多点机会也大点吧。说起来我有一堂哥还在单身中，挺帅的，工作也不错，我们这电力局的编制人员，要不介绍给你水光姐？"

冯逸看到她摇了摇头，"不用了。"

"为什么？你排斥相亲吗？"

"不是。我只是不想再谈恋爱了。"

"为什么啊？"

"太累了。"她微微垂头，披散到肩的头发些许滑落，她拾取一束，半开玩笑说，"你看，我都有白头发了。"

冯逸望过去，只看到她乌黑的头发里果然隐隐夹着几根白发，很少，如果不是有心去看也不会注意到。少年白发，不是先天性的少白头，那便是太过费心力。

Chapter 25

一念天堂，一念地狱

　　章峥岚从饭局上提前出来，坐上车后，脸上的笑便全然卸下了，他靠在椅背上，掏出了一盒烟，点着了一根，烟雾慢慢朦胧了脸。

　　一支烟过后他给何兰打了电话，"明天我要出去两天，公司里有什么事情就让大国去处理。"

　　那边记下后，跟章峥岚报告了些事，因为白天老板手机一直打不通，小何最后说："章总，还有就是今天中午一位朱莉小姐来找过你。给你拿了一张请帖过来，说是感谢你上次答应让她做了采访。"

　　章峥岚挂断电话后想，感谢他吗？他只是突然想起这家杂志的知名度很高，想知道，那样的知名度是不是可以让她也看到？

　　他按住了额头，轻轻揉着。

　　"萧小姐，你一共谈过多少次恋爱？"

　　"……一次。"

　　"这样，我没谈过，不过我也不介意女方谈过，但是，我希望你已经跟前面的男朋友断干净关系了。"

　　她没有说，那相亲的男人也没再追问，等到那男人去厕所时，他听到她喃喃说了一句："爱上了，又生生掐掉了，痛得彻底之后死了心……算断干净了吗？"

那刻，他站在他们后方隐秘的位置上，全身僵硬，他低头发现自己的手微微抖着。

她说她已爱上了他，可他却明白得太迟了。

一念天堂，一念地狱。

第二天下午，章峥岚开车到了阮静所在的城市，他到举办婚礼的酒店时已有点晚，在礼堂入口处签名，刚低下头就看到了那眼熟心熟的名字，萧水光，笔画娟秀而端正，他下意识地就看出了神，直到后面有人出声他才收敛了心神签下自己的名字。

原本之前想送出礼金，人不过来的，却听到阮静问，是否还记得她上次带过去劳他一起请吃饭的那女孩子，说她也会来，如果一个人无聊，正好可以和她做个伴。

他过了半晌才回，"我去。"

章峥岚脱下外套走进大厅里，婚礼现场布置得很简单低调，没有过多的礼花和彩带，倒是提供了足够多的美酒。因为还没开席，所以宾客都在随意地走动，聊天。章峥岚走进去的时候一直在寻找，一圈下来却没有找到人。他就近选了一张圆桌坐下，临近坐着一位年轻女子，看到他坐旁边不由含蓄一笑，过了两秒主动跟他寒暄，"你好。"

章峥岚偏头，礼貌地颔首，"你好。"

"你是阿静的朋友，还是她家的亲戚？"

章峥岚心不在此，但还是跟对方聊了一会儿，直到有人在后面拍了下他肩膀，他转头，看到站跟前的两人，正是前年跟阮静一同去参加了婚礼的那对夫妻，他起身与他们打招呼，对面那高瘦的男人笑问他："你什么时候来的？早知道你也来我们就搭你顺风车了。"

"我也是刚到。"

男人的太太好奇地问："章总跟阮静也认识的？"

章峥岚说："校友。"

人陆续多起来，已经有人开始入席就座，男人的太太大概是看到了朋友，跟他们说了声"过去下"就走开了，老婆一走男人就邀请章峥岚到窗边抽烟，没走出两步就低声暧昧问道："刚坐你旁边的谁啊？女朋友？还不错啊挺漂亮的！"

"不是。"章峥岚淡淡道，他的视线又不经意地扫了一遍宴客厅，还是没有看到她，走到窗口就点了烟吸了一口，这半年来他又重新染上了烟瘾，甚至抽得比以前更厉害。

先前水光刚到宴客厅就接到了阮静的电话，阮静一听她已到了就立马叫她上了楼来。酒店的豪华房间里，化妆师和服装师正在给新娘子上上下下周全精致地装扮，闺蜜们站在周围你一语我一语地点评，最后纷纷感慨国外请来的大师就是不一样。

有人听到敲门声，去开了门，带着人进来，嘴上喊过来，"阿静，还有伴娘啊你？"

阮静歪头看见来人，摆了摆手让两位大师先停停，她朝水光招手，满面笑容，"学妹，来了啊？"

水光走进去时，有姑娘感叹了声，"阿静，你这学妹气质那么好，跟白莲花似的，如果她做伴娘我可没脸上场了。"

阮静道："别嫉妒人家白，嫌自己黑等会就让化妆师多给你扑两层粉。"

"哈哈，是啊，将黑珍珠生生扑成白珍珠。"

那姑娘捧住脸哇哇大叫，"不许叫我黑珍珠，谁叫我跟谁急，新娘子除外！"

水光也不在意别人的玩笑话，走到阮静跟前，由衷地说："恭喜。"

阮静笑着欣然接受，"谢谢。"然后对她说，"水光，等一下可能要麻烦你跟着我喝酒，我记得你跟我喝过一次酒，酒量好得不得了。我姐喝酒也厉害，不过她……人呢？又出去了啊？她今天特殊情况，感冒发烧着喝不了太多，至于其他这几位就更加不行了。"最后一句话引得房间里的众美女不服，说："学妹莫非是千杯不倒？"

阮静招化妆师过来继续上妆，然后对那些美女说："至少比你们强多了。"

水光确实是从未真正喝醉过……除了那次喝了掺有药物的酒。她坐在床沿看他们忙碌，新娘头上要不要再加朵花？玫瑰花苞？好俗的哪！那多弄几颗珍珠吧这样太简单了啦！我喜欢阿静的唇色！眼影带点金色会不会比较抢眼……

水光微微笑了一笑，有人见她从进来都不怎么说话，就过来坐她旁边陪她聊，"学妹你是哪儿人啊？"

"西安。"

"哦，好地方，世界四大古都之一！"讲到这里一伙人又将话题扯到了什么城市有什么特色什么小吃……

婚礼在晚上六点准时开始，水光记得自己那天喝了很多酒，一桌桌过去，红的，白的，替新娘子挡去了几乎大半的酒，阮静早就有点醉了，但她不忘靠近水光说："如果不行就别喝了，不勉强。"水光说没事，她是真的觉得喝酒不难，就是胃会有点难受，脸上会有些红。

到后半段新郎新娘都有点不胜酒力，宾客却还不肯善罢甘休，到阮静研究院同学那桌时，一群人更是起哄要新人连喝三杯交杯酒，还不得找人替，除非有姑娘愿意跟他们中的未婚男士喝交杯酒。

章峥岚和那对夫妻也在这一桌，水光也总算看到了坐在那、没有站起来的章峥岚。

她感觉有点头晕，不知道是因为酒精终于起作用了，还是因为面对他？

她隐约听到新郎说还请各位高抬贵手，我跟阮静真的喝不了了。又有声音说，那让那位美女跟我喝吧？水光听到阮静叫她，她转过头来，有男士正笑容璀璨地对着她，"美女，新郎新娘喝不来了，要不你陪我喝？"周围一圈人怪叫吹口哨。

水光接过后面的女孩子递上来的酒，一直沉静看着她的章峥岚这时站起了身，他手上拿着一酒杯，走到那男人旁边，淡淡开口，"让我跟她喝吧。"

章峥岚身材高大，之前坐那吃饭时几乎就是在沉默抽烟，给人的感觉是有点距离和派头的，那男人见是他，愣了下就说："行啊，兄弟你来，多搞点，把他们喝趴下咯！"

水光看着面前的人，脸上的红晕已经褪下，在酒店的白灯下显得有些苍白。

阮静说："章师兄，你怎么也学他们一样起哄了？你看我这学妹喝得也有点多了，看在我面子上就手下留情吧。"

章峥岚站得笔挺，身板甚至有些僵硬，他一字一句地说："我为什么要手下留情？"

水光微微垂下了眼睑，周围嘈杂的声音好像渐渐淡了下去。

这种场景多熟悉又多陌生，他想对你好的时候他可以放低姿态到尘埃里，让你不由得去退让，去想是不是自己退得还不够。他想冷言冷语了，便又是那般咄咄逼人。可到如今，他还要她退到哪里？都说人在荆棘里，不动便不刺。她现在是真的不敢动了，怕疼。

没有交杯，喝下了酒杯里的酒，水光转身对阮静说了声抱歉，阮静的眼里有着明显的关切，也隐约有点看明白，"没事的，水光。"她让拿着房卡的人带她去楼上休息，水光没有拒绝，走开的时候也没有去看他一眼。

出了大厅，水光对身边的人说："你进去吧，我去外面走走。"对方不放心，水光说："我没有喝醉，只是有些难受。"

"你其实喝得蛮多了，那好吧，去外面吹吹风应该会好受点。"对方还是递给了她一张房卡，"你先拿着，如果要休息就去上面。"

等到那人走开，水光去了洗手间，她忘了手上还捏着那只空了的酒杯，她把杯子放在大理石台上，洗了脸，不禁苦笑，她想起自己小时候练武术，脚磨得起了血泡，她一步一瘸地走，那时候觉得那种寸步难移的痛已是最无法忍受的，可后来才明白有些痛你没经历，就永远不会知道锥心刺骨究竟是什么感觉。

水光走出酒店的大门，外面已经黑下，路灯和酒店大堂里的灯光照得路面斑驳错落。有人走过来站在她旁边，他手里拽着外套，骨骼分明的手兴许是因为用力青筋淡淡显露着，他最终没有给她披上，低哑的声音说："你还有一些东西留在我那里。"

水光低头笑了，"那就都扔了吧。"

章峥岚觉得自己就像站在悬崖上，以前他还可以没皮没脸地在她身边纠缠，如今却是毫无资格了。可那人要跟她喝交杯酒，即便是玩笑性质，他也无法接受，所以才会那样杂乱无章地去阻止。

"水光……我们，只能这样了吗？"

水光好像真的累了，"就这样了吧。"

他看她要走开，下意识就伸手抓住了她的手。那根手指抽痛了一下，让水光微微地皱眉，她抬头看他，他的面色难看，"水光……我们真的……不可以了吗？"

水光突然想笑，他说的那句话在她心里重复过太多遍，她轻声复述："你忘了吗？是你说算了的。"人再傻也不会傻到明知道走到那会跌一跤，跌到痛得当时都不知道该怎么爬起来，还要再往那走一次。

章峥岚抓着她的那只手有点抖，想说话却发现喉咙口也涩得发疼。水光拉下他的手，她摊开被他捏红了的手心，无名指的指腹上有一道显眼不过的伤疤，她慢慢说："我这根手筋断了，在你跟我说分手的那天……我回来之后，去看医生，他问我，为什么刚受伤的时候不来？我说，那时候，我养了五年的狗死了，我父亲被诬陷革去了职位，我终于……爱上的人说不爱我了……他说这根手筋拖了太久已经死了，接上也是死的，这根手指没有用了……可你抓着我的时候，它却痛得厉害……"

面前的男人久久没有动静，满目的悲戚。

以前总想不通为什么电视里、书里面曾经那么相爱过的两人在分开后可以去伤害对方……原来只要心足够硬，是做得到的。

她不恨他，却也残忍地不想他过得太好。

因为她过得不好。

水光离开了，他还站在那里，一动不动。

阮静婚礼结束后的很长一段时间里，水光都没有再见到章峥岚。

而这期间有一日，阮静打她电话，在短短数语间水光已听出她在挂心她，水光说："阮静，你说人总要经历过了才会大彻大悟，如今我算是经历了一些事情……让我明白了，有些人是等不来的，而有些错，尝了一次，就不要再尝试第二次……我现在只想平平淡淡地过。"

四月份，西安路边上的国槐都冒了芽，春意盎然。

水光将车停好，然后进了这家装修古朴的饭店里，找到包厢，她来得迟，里面已经在热闹地聊天。也不清楚是哪位领导请他们经济科的人吃饭，还安排在了晚上七点。水光是下班后先回了家再出来的，本来之前是想推掉的，但他们主任说这算是公事餐，话到这份上水光也不能说其他了。六点从家里出发，原本时间算好的，却没想到路上堵车，再加上她车技不行，于是比预期晚了将近一刻钟才到。

水光进去后也没看清楚是哪些人，点头说了声抱歉，小李给她留了位子，她过去坐下。他们主任就开口说："好了，人都齐了。冯副行长，那咱们就点菜了？"

水光这才看到圆桌另一头差不多跟她正对着坐着的，正是她曾开车送过一程的那男人。

对方与她相视一笑，然后说："行吧，点菜吧。"

这次吃饭，水光的科室一共五人，都来了，加上对方银行三人，一共八人，其中女的只有萧水光和小李。那被称为冯副行长的人让两位女士点菜，小李当仁不让，"冯副行长，我家就是开餐馆的，让我来点保证不会让您失望的。"

对方温和笑说："那敢情好。"

后来水光轻声问小李那边都是些什么人，小李神秘兮兮靠着她耳朵说："隔壁银行里的主办，营运经理，还有就是他们副行长……啧啧，我跟你说，他们那副行长才二十九岁，真是年轻有为，据说还没女朋友呢，不知道是不是要求高所以至今单身。"

对这问题水光自然是无可奉告。而这天说是公事餐，但在餐桌上也没谈及多少公事。饭到后半场，桌上的人或多或少都喝了点酒气氛好了不少，莫不得有酒能助兴这一说。去了拘束后大大咧咧的小李左看右看见无人在敬酒，就站起来朝冯逸举了杯子说："冯副行长，我敬您，我先干为敬您随意，然后完了之后我想问您一问题不知道可不可以？"

冯逸也客气地起身，他笑着说："除了问三围，都 ok。"

小李呵呵笑，一杯酒下去就端正了表情问："请问冯副行长，您有对象了吗？"

冯逸莞尔，"没有。"

"那您觉得我怎么样？"

"很好。"冯逸说，顿了一下，神情有点惋惜，"不过，抱歉。"

小李反应过来，倒是也没有特别失望，其实她也就是一时心血来潮，见对方如此婉转地拒绝，嘿嘿一笑就转而说："那冯副行长，如果您手上有好的未嫁男同胞，请多多介绍给我，小女子急于相夫教子。"

这话引得在座的人都笑了出来，而冯逸点头说："一定。"

后一天在单位里小李问："那冯副行长怎么这么年轻就能做到行长级别了？"主任回了句，"后台硬，能力有，不就行了。"

有人感慨地说："这世上功成名就的人不外乎要么是出身好的，要么就是自身才华横溢的，如果两者兼得，自然就更加顺风顺水了。"

小李唉声叹气，"这种人真是难遇更难求。"

可这之后水光倒是经常能碰到冯逸，或者在停车场或者在单位对面的那两家餐厅里。

这天水光刚拆了筷子要吃上来的汤面，对面坐上了人，抬头就看到了冯逸。

他朝她点头打招呼，随后解释："那几张空位都已经被人预定了，萧小姐，不介意跟你拼一下桌吧？"

午餐时间本就人多，而他又已自行坐了下来，水光想她还能说介意不成，点了下头没说其他。

水光今天穿的是牛仔裤，白色的棉衬衣外面简单地套了一件深灰色的开襟毛衣，毛衣的袖子偏长，盖住了半只手背，她吃东西的时候很慢条斯理，好像时间再急也不会扰了她的步骤，抑或说教养。

冯逸突然很想知道，眼前这个人，她的生活背景，经历都是怎么样的。他记起上一回，也是在这家餐厅里，她说，谈恋爱太累了，我都有白头发了。他看向她散在肩膀上的头发，隐约能看到几丝银白头发夹在乌黑的发间。

在冯逸点的餐上来时，她刚吃好，放下手里的筷子，他不知怎么开口问了一句："萧小姐，你相信刹那就是永恒吗？"

她看了他一眼，"我信世上没有那么多的永恒。"

她拿出钱放在桌子上，她对他说"你慢用"就起来走了。

冯逸望向出去的那道背影，高挑却也有些偏瘦，她出了门，外面在下毛毛细雨，她要穿过马路，站在那里等着车辆过去，她的背很挺，隐隐地透着一种坚韧。

他看着她穿过了马路，进了他们单位的楼里。新闻报道上说，过几天会有连续降雨天气，好几天都将看不见阳光。

水光刚进单位楼，拂去头发上的雨水，衣袋里的手机就响了，景琴的电话，问她去不去香港购物，水光听后摇头，"没什么好买的。"景琴不可思议，"哪有姑娘不喜欢 shopping 的？"于是水光说："没有钱。"

小琴显然是不信的，"不说别的，你那些工资呢，大门不出二门不迈，赚的钞票都拿来折纸飞机了吗？"水光淡淡笑说："看病看光了。"

两天后的周末，水光没活动，小李约了她到市区的一家名店吃煲汤，结果到了才知道另外还有人。冯逸起身朝她们举了下手，小李走过去的时候对水光低语："是副行长主动约我的，说是要给我介绍对象，我那啥，临时怯场，就叫上了你，对不起啊水光姐，先斩后奏我罪大恶极，回头要杀要剐悉听尊便，但现在就请您老人家帮我撑撑场面做做亲友团吧。"

水光想也只能秋后算账了。

两人过去坐下后，冯逸给她们斟了茶水，说他那朋友还要过会再来，让她们先点煲。倒是一点都不意外萧水光也来了。

小李拿着菜单笑眯眯地问："冯副行长，你那朋友是干什么的？"

"他是中学老师，教数学的，人很不错。"

在旁边两人聊的时候，水光吃着桌上放着的花生米，她吃得很细致，拿一颗然后剥去那层红衣，再放到嘴巴里，刚吃到第五颗，听到温和的男声说："这层红衣能补血乌发的。"

水光抬起头看过去，冯逸又说："连皮吃吧，对人体有很多好处，剥掉浪费了。"

虽然对这人的言行有些不解，水光还是回了句："我习惯这么吃了。"

小李说："水光姐怪癖多着呢，冯副行长你就别管她了。"

"哦？有些什么怪癖？"冯逸好像挺有兴趣的样子。

水光不喜欢这种话题,更不喜欢自己成为话题人物被拿来谈论,"没什么。你不打电话催催你的朋友吗?"

冯逸看手表,"他差不多应该快到了。"

果然不多时冯逸的朋友就到了,落座在小李对面,冯逸给他们作了介绍,没有说及萧水光,那高大的数学老师若有所思地看了眼冯逸,没说什么,喝着茶跟小李聊了起来。

相亲的两人倒难得地很聊得来,等点的煲汤和几样配菜都上齐了,四人就边吃边聊。当然萧水光基本是沉默的,吃得也少,但这种沉静不会让人觉得她孤僻,或者说内向,就是很……寡淡。

当中途水光她们去洗手间时,数学老师才跟冯逸道:"原来你喜欢这种类型的。"

冯逸一笑,他还记得自己之前跟小李说:"你过来的时候,叫上你的同事萧小姐吧,我想跟她多谈谈。"

这种话说得很含蓄,说直白又是直白不过的,而小李似乎也明白了,惊讶过后很机灵地说了声 OK,没多余的话茬。

当天小李被冯逸的朋友送走后,冯逸叫住了要去取车的萧水光,"萧小姐,要不要去走走,消化一下?"

水光看了他一会儿,才说:"冯副行长……"结果话没讲完对方就说,"你叫我冯逸就行。"

水光在感情方面虽然传统而保守,但一向不迟钝。这冯逸对她的态度很暧昧,而这种暧昧是水光现在最抗拒的,她苦笑地摇了摇头,径直走开去远处取车。冯逸没多想想要拉住她,却被水光先行避开了碰触,他不禁皱了一下眉宇,复又温文尔雅地说:"我知道,你现在是单身,为什么……"

水光冷淡地听着,不疾不徐接下他的话,"冯先生,我们不可能。"

冯逸有片刻说不出话来,这么决绝的话让他有点束手无策,因为他不曾遇到过。

她走的时候他没有再留,因为没有理由,甚至连借口都说不出口。她拒绝一切她不想要碰的人和事,没有丝毫可以通融的余地。

Chapter 26

最后的最初

隔天中午的时候，小李在假装了一上午后，终于凑到水光面前好奇地问："水光姐，那冯副行长……他中意你啊？昨天晚饭之后你们有没有再去另外地方活动？"

"我跟他没有什么。"水光开口，想到她可能还会没完没了地问，便直接道，"也没有可能。"

小李露出惊讶的表情，"为什么？你不喜欢他吗？水光姐，那个冯副行长那么出色。"

要是换作往常、其他的事情，水光愿意去回答同事频繁的为什么，可是今天，她再无耐心去多解释一句，"他出色我就要去喜欢他，接受他吗？小李，以后，如果是这种事就不要再叫上我了。"

小李愣了愣，她昨天其实是出于好意的，冯逸很出众，如果他真看中了萧水光，那么她搭一下线，假如水光也有意思那便是一桩喜事了，现在却被这么一句冷酷的话顶过来不免就有些委屈，最后扔了句"那算我多管闲事吧"，转身出了办公室。

水光单手撑着额头靠在桌子上，倦怠地闭上了眼睛。

电脑屏幕上幽幽静静地显示着一条新闻："……乐坛歌星陈敏君前日与一名男子在一家高档夜店幽会，两人亲密无间，一向极注重隐私未曾传出过绯闻的陈敏君此次竟毫不避讳记者的镜头。之后记者得知这名一身名牌装束的男子是一家国内知名计算机信息企业 GIT 的经理章峥岚。章峥岚于 2005 年初始创立 GIT，这家企业目前市价高达 13.5 亿元人民币……"文字的最后就是照片，昏暗的光线里，是女人依偎着男人的画面。

佳佳发来地址后惊诧而小心地问她："水光，这不是你男朋友吗？"

看着上面的一字一句，好像已经没有多少感受了，心里凉到了极点就只剩下麻木。

那天她听到他说，水光，我不爱你了，看着那人扶着他进去，她坐在屋檐下的石阶上。江裕如出来的时候告诉她："他睡了，你……要不要过两天再来？他这几天心情不太好。"她心想，以后是真的不用来这里了。

她起身时江裕如问她："你没事吧？"

她无声笑了笑，"都已经这样了，还能更糟糕吗？"

下班的时候，水光走出单位楼里，就有几个人向她冲过来，举着相机按快门。

"请问你是萧水光小姐吗？"

"你跟 GIT 老总是情侣关系吗？"

"萧小姐你认识陈敏君吗？"

"据说萧小姐你曾经拍过 GIT 的游戏宣传片？"

水光一时愣怔，等到又有人对着她闪了两下快门，她才用手挡在了额前。她要穿过这些人，可娱记是出了名的难甩掉，水光寸步难行，心里悲凉地想，萧水光，你总以为那已是最糟糕的了，可下一刻现实就会来告诉你，不是的，你看，还有更糟糕的。

拦在她身前的人影和周围嘈杂的声音让她心里的某样东西正一点一滴地消磨殆尽，要到何时才能彻底结束这种闹剧？归根结底她不欠他什么的。

有人拽住了她手腕，她下意识地要甩开，却听那人低声说了句："是我。"

冯逸不知何时挤进了人群，替她挡在了那一些镜头前面。水光已经没有力气再去挣扎，随他拉着自己的手拨开那些人把她往外带，旁边的路上就停着冯逸的车，他打开门让她坐了进去，关上的车门隔绝了外面的飞短流长。

冯逸坐上驾驶座后发动了车子，开出了百来米才又开口，"没想到你还是名人。"这话里有调和气氛的语气。水光却连一丝敷衍他人的心都没有了，"麻烦你在前面停一下车……谢谢你了。"

冯逸看了看她，"上一次你送我到目的地，这次让我送你吧。再者你现在回去取车，估计那些人还没走。"

水光默然不语。

在到巷口下车的时候，她再次说了声"谢谢"。

而一路也未多说话的冯逸也只是说了一句："好好休息，一切都会好的。"

一切都会好？

水光想，这是人最不可能实现的奢想。

清早，萧水光从家里出来，天在下毛毛细雨，她撑着伞，走出院子的时候就看见他靠在对面的墙上。章峥岚在这等了很久，头发上衣服上都已经潮湿，他看到她，站直了身子走过来。

他站到她面前，柔声道："这么早。"

无人经过的弄堂里静悄悄的，外面街道上传来清洁工扫路面的声音。一切都是那么自然而然，他出现在这里，跟她打招呼，像是天经地义般。

水光垂下眼睑笑了笑，这种情形好像曾经也有过，那时候她觉得有点困扰，现在，是无比的倦。

"我送你吧。"

水光看着他，她说，不用了。她说得很平淡，但那种不需要是千真万确的。章峥岚眼中伪装的平静有些破碎，勉强"嗯"了一声，"水光，我是来跟你道歉的……我不知道那些人会来找你的麻烦，以后不会再发生了。"他的声音低了几许，"我跟她没有什么。"

萧水光听着，神情漠然，她轻声说："章峥岚，你是我见过的最虚情假意的人……"

面前的男人瞬间就白了脸。

他们之间似乎真的走到了无法挽回的地步。

她对着他说他虚情假意。是，他章峥岚是虚情假意，他的真情都给了她。可是所有的言语在她面前都已找不到支撑点。

"对不起。"时至今日，除了这一句，他再说不出其他话。

对不起没能守着你到最后，对不起让你独自一人面对那些无助，对不起，对不起……

水光没再开口，她越过他走向巷口，雨大了点，下在伞上噼里啪啦地响。走出弄堂便看到了那辆停在路口的车子，车身上铺满长途跋涉的痕迹，她只看了一眼，就朝不远的公交车站走去。

雨越下越大，雨水飘进了眼里，她也没有伸手去撩，任凭生出刺目的痛。

冯逸打着一把黑伞一边走近她一边说："早。你昨天没把车开回来，所以我想你今早上班可能会有点麻烦……"终于在看到她脸上的泪水时停住了口。

仿佛心有所感地抬头，望向她的身后，冯逸一眼就看到了站在巷口的章峥岚。

雨幕里，章峥岚望着她的背影，那男人伸手搭上了她的肩膀，然后将她带上了车。

雨大，冯逸的车速并不快。他微转头，看到她正看着车后镜，看着镜中人在雨中淋着，慢慢模糊。

在拐弯之后，冯逸说："据说今年这段雨季要持续到五六月份。"

半掩的车窗外，凉风丝丝地吹在身上，水光抹了下眼睛才微哑着说："谢谢你。"好像知道她下一句会说下车，冯逸先行道："让我再送你一次，算是有始有终吧。"这话里有点表明不会再"追求"她的意思。水光因为不想再与人有感情牵扯，所以做得很干脆。可这人并无恶意，又再三帮了自己，到底是做不来再去冷面相对。

"谢谢。"

"萧小姐，在谢别人的时候你至少应该笑一下吧？"冯逸斯文的脸上带着笑，"短短两天里，你对我说了四声'谢谢'，可没有一次是带着笑的。"

水光自然没有去笑，也没有搭腔，脸上淡淡的，老天爷倒是应景，几下闷雷，瓢泼的大雨下得越发凶猛了。

冯逸看着窗外模糊不清的景色，半晌后，开口说了句："人生有时候，总是很讽刺，一转身可能就是一辈子了。"

"……你想说什么？"

冯逸轻笑了声，"其实这话我挺不想说，但是，如果还放不开手，为什么不回头？"

车里安静了片刻，当他以为萧水光不会回答自己的时候，却听到她轻言说道："因为我不想再去挂念谁，不管他是活着还是死了。"

晚上水光回家的时候，又看到了他，没有多少的惊讶。他从车上下来，冬天的夜黑得早，路上已亮起了路灯，将他的脸衬得有些晦暗不明。他沙哑着喉咙挤出话，"他在追你吗？"

"……是。"

他靠在后面的车门上，仿佛十分疲惫地用手覆住了眼睛，"……你呢？要接受他吗？他对你好吗？"

水光看着潮湿的地面上自己的倒影，模糊冰冷，"他不错，至少，他爱我。"

章峥岚笑了出来，放下了手，眼里是一片通红，"你是说我不爱你吗……萧水光，你说我不爱你？"

水光一直扣着自己的手心，说一句便扣紧一分，"是不是……已经不关我的事了。"

眼前的男人一下子灰败了下来，苦涩地说："是吗？"那一刻，竟让人觉得他会倒下。

等到车子开远，水光才松了紧握的手，疼痛渐缓。但手上不疼了，心里却越发的痛起来。都说哀莫大于心死，可心已死了为什么它还会痛？

"萧小姐，如果你考虑好了，确定要打掉这孩子就在这里签一下字……"

"喂你好？"

"我找章峥岚……"

"章总不在，你是萧小姐吧？我是何兰，你还记得我吧？呃，老板他出去了，手机落公司了。"

　　"你能帮我找到他吗？"

　　"这……要不我打江小姐的电话看看，之前是江小姐来接他的，你等等可以吗？"

　　"Sorry，峥岚他现在不想接电话。你是哪一位？有什么事情可以跟我说，回头我帮你转达。"

　　"……不用了，没事了。"

　　水光从梦中醒来，已经是五月初的天气，她却觉得背后有一丝丝的凉意冒上来，寒冷刺骨。

　　二十四岁，却已在自己身上背了一条生命，自己的骨肉。

　　当时痛，是身体，现在夜夜回想起，却是身心都仿佛在被一刀一刀地割着。

　　这世界上没有什么是放不下的，痛了，你自然就会放下了，包括心里那唯一的一点期盼。

　　周六的下午，景琴又将孩子交给了水光看管，自己和老公去看电影，说是最近上映了一部美国大片很精彩。水光笑笑，祝他们约会愉快，送走景琴他们，她将思岚抱进屋里。

　　那时候孩子还好好的，水光还陪着他睡了午觉。晚饭后父母去附近的公园散步，宝宝却开始哭起来，之前泡给他吃的米粉也全吐了出来。

　　水光马上去拿毛巾给他擦，没想到孩子竟细微抽搐起来，她心急万分，摸他的额头竟发现还有点发烧了，孩子的状况是一下子坏起来的。

　　他推门进去时，水光正慌忙地将孩子裹在小毛毯里。她抬头看到他，只是愣了愣，就回头将孩子抱起，拿起旁边的湿毛巾，跑到客厅拿了包就往外跑。

　　章峥岚放下手里的一包东西，这是她的物品，来还给她，是来见她的借口，也是在回去的那几天里终于想明白了，或者说，不得不承认，她不想再跟他有瓜葛了，所以最后一次过来，跟她说一声，以后不来来寻她，让她……放心。

　　他追出去，弄堂里着急的脚步声回响着，她的背影看起来纤细得有些单薄，他咬了下牙跟了上去。

　　路口刚好停下来一辆车，水光伸手叫住，抱着孩子坐上车，旁边有人也坐了进来，她看了一眼，并没有阻拦，只对司机说："去医院，快一点！"

车子里，水光反复地用手测着孩子额上的温度，"师傅，麻烦你再开快一点。"

"姑娘，我这都已经快到130码了。"

"……水光，放心，会没事的。"章峥岚终于开了口，和水光的焦急比起来，他要显得冷静得多，可水光此时已经无心再去注意他分毫。

出租车就这样匆忙而紧张地开了十来分钟，突然一声刺耳的刹车声从车外传来，在夜晚寂静的道路上显得格外惊心。

原来是边上一位电动车人士因为是转弯口，刹车不及，冲到了机动车道上。

安全闪过去后，司机放了刹车踩了油门，望了望后视镜，火气不小地骂了两句脏话。这时章峥岚突然看到了车前方的状况，脸色一变，"小心！"可已来不及，刚刚就在司机加速的时候，迎面开来一辆小型货车，而水光乘坐的这辆出租车因为之前让人而开在了旁边的逆向车道上的。面对着驶来卡车刺眼的强光，司机紧急打了方向盘，只能本能地借位让路，但意外来得实在是太快了，一记猛烈的冲击力下，车子被狠狠撞在了路边的树干上！

水光当时只记得被人扑在了卜面，随即便是一片黑暗。

在医院醒来时，水光有种不真切的感觉。她愣了一会儿，下一秒便是仓皇地寻找孩子。护士拉住她，告诉她孩子没事。可她一定要亲眼看到才放心，挣扎着就要起身去拔吊针。此时景琴正提着水壶进来。她冲过来拉水光说，思岚没事，你躺着。小琴又说，孩子只是身上有些轻微的擦伤，而之前是患了惊风，医生都已经看过了，没大碍了，欧邵华在儿童病房那边顾着。

确定思岚没事后，水光还是觉得心一抽一抽地疼，还有……他呢？

景琴一向会看人，"水光，那人，医生说，他的手受了点伤，其他没什么问题，已经出院了。"

出院了……水光在脑中反复念着这词，最终闭上眼靠到了床头，完全松弛下来后胸口却还有些发闷，才发现之前自己在念及他的时候一直屏息着。

他出院了，却没有来看她。也许看过，在她昏迷的时候。水光想，无论如何，只要没事，就好。

小琴又道了句："那开车的司机倒是运气好，一点事都没，都撞在副驾驶了，幸好你们都没坐在副驾驶座上。"

水光脑海里隐约想到点什么，可又觉得是自己多想了。

她跟他都是坐在后座的。

于景琴见她又恍神，帮她拉高了点被子，柔声道："你才醒来，别想太多了。虽然医生说你没什么大伤，但总是经历了一场大险，应该多休息。"

水光默然地点点头，心思不定地躺了下去。他的伤恢复得很快，没多久就在家人的陪同下办了手续出了院。

那之后，一切又回到了原有的水静无波。

好像这一场车祸只是镜花水月，发生得那么突然，结束得又那般模糊，甚至没有在身上留下什么明显的疤痕，不去想起，就仿佛不曾发生过。

水光有时候想，是不是又是自己做了梦，梦到他来了，然后又悄无声息地走了。

之后有一天水光在超市门口遇到了冯逸。其实两人之前也有碰到过，或是在工作场合，或是在单位附近的餐馆里，但因为都跟各自的同事在一起，所以都只是互相点点头，没有说过一句话。

冯逸此刻看到她，走上来问候了她，"好巧，萧小姐。先前听说你出了车祸，后来听你领导说没什么事了，就没去打扰你。"

冯逸似乎天生就是谦谦君子，不管是在什么场合，不管是退还是进，表现得都是恰如其分，不会让人感觉到丝毫的不舒服。

水光说了声："谢谢。"

冯逸听到这句就不由笑了出来，"你看，你跟我说得最多的就是谢谢。可我压根没帮你什么。"他并没有等水光回复，这种浮于表面的来去，她应该也不知道要怎么来周旋了，于是他便接着说，"你这一大袋东西有点重吧？要不要帮你拿到车上？"

"不用了。"水光原本又想说谢谢，但停住了。

冯逸笑了下，"那好吧。"两人聊了两句就自然地告别。

冯逸走出两步才又回头去看那背影，他是很审时度势的人，更可以说是很有分寸的人。

明白自己心动的对象心里有了人，且烙骨入心。于是在用情未深前，提前收回了那份心动。

有人说世上有很多事可以求，唯缘分最难求。这话他是信的，在你遇到谁之前，其他人都入不了你的眼，等终于遇到那入了眼的人，可她可能已是别人的缘分。那么她于你来说只是得了缘。有缘无分，又何必耿耿于怀？

确定不可能，也就不强求了。

天气渐渐热起来后水光减少了晨跑的强度，她身体不比几年前。十几岁的时候精力好像怎么也用不完，二十岁过后却是一年不如一年，年纪，心态，都有关系，再后来……拿掉还不到六周的胎儿后生了一场大病，就变得更加差了。她那时候总想，可能是老天在惩罚她，惩罚她那么绝情地扼杀了生命。

跑完步洗了澡，水光出门时接到了那位出租车司机的电话。对方表明身份后，说了打电话来的用意，是关于车祸理赔的事，他需要先处理她这边的问题才能去保险公司拿赔偿。水光是差不多忘记了还有这件事，对面提醒她拿好一些必要的单据，然后约了时间去交警队调解。这起车祸没什么纠纷，因此接下来也就是例行公事而已。

再次与那司机见面，水光把自己和思岚的病历、诊断证明以及医院开具的发票一起递给了对方。

那中年司机大致翻了一下，不解地问："萧小姐，你和孩子的单据都在了，那你先生的呢？他不是伤得最重的吗？"

水光只觉得脑袋里轰的一声，连对方错误的说辞也没有指正，半晌才回过神来，"什么叫伤得最重？他伤哪儿了？"

对方这回疑惑了，莫非这不是一家的？可眼前这女子又这么紧张，他迟疑着开口，"他整只手臂都被树枝刺穿了。"

水光发现自己声音有些发抖，"我当时昏迷了，不知道发生了什么事……麻烦你说得再详细一点。"

对方一愣，说："其实我记得也不是很清楚，当时车子撞到那大树上，右侧一下被撞得变了形，我只看到有树枝从副驾驶座上穿透进来，对着是你那位置，他就用身体去挡住了，肩胛被刺穿了，不停地在流血，我都差点以为……"他想说这只手臂要废了，但见面前的人惨白的脸色就渐渐没了声音。

司机看她愣愣地立在那里，有些慌了，他试探地问了一句："你还好吗？"

好？她好像已经好久好久没有好过了……

她只求……若有来生，不要再爱上谁。

窗外的阳光照进来，万里无云。飞机慢慢起飞，水光的耳朵听不到声音，只能听到自己微弱而紊乱的心跳声，一声一声，伴着轻微的疼。

到那边时是傍晚时分，这座繁荣的大都市灯火通明。

晚高峰，出租车停停开开，司机无聊，就问后边沉默的乘客，"姑娘是来我们这边观光的吗？"

"不是。"水光的双手上下缓缓地交叠着，"我来找人。"

"哦？找亲戚啊？"

车上放着电台音乐，悠悠扬扬，水光没有再答，司机见今天交班前最后拉的这一位乘客实在沉默，也就不再自讨没趣地闲扯了，开大了点音响。

电台里正放着一首情歌，叙述了爱，叙述了离别，叙述了伤痛。

水光没有在他住处找到人，他的房子里一片漆黑，以前他买来挂在前院那颗银杏上的霓虹灯也没亮着。他曾说树上的彩灯只要到了晚上就会让它们亮起来，不管刮风下雨，这样她回来的时候就不会找不到路走丢了。

夜风吹上来，水光微微发抖。

再次下了车，走进曾经的校园，她不确定他会不会在这边，她只是随着心寻到了这里。

这里曾是她追逐景岚的脚步而来的地方，后来，也是她遇到他的地方。

因为是暑假，四周很安静，没有多少声响，月光朦胧得照下来，有种孤冷感。在她以前常常坐的那条长椅上，看到了那人，静静坐着，背对着她。

她一步步走过去，在离他还有两米的地方停下，他回过了头，见到她。没有意外的表情。他的脸瘦了些，棱角分明，他的眼一直是黑不见底。

有风吹落了树梢上的叶子，悠悠缓缓落下，无言地找着归宿。都说一花一世界，一叶一菩提。水光以前不懂，总觉得世界之大，岂是一花一叶能说尽的。如今看来，一直以来是她太过执拗，才误把彼岸作迷津，她已在彼岸，却以为还在渡口，要找船渡过去，一步错步步错。是是非非之后，再相见，有了怨，不想再踏错一步，却不知还是在错路上走，执迷不悟，不得解脱。非要多走了那些路，才知道不管以前如何兜兜转转，跌跌撞撞，最后，你都要走回这里。

他起身，走了那剩下的两米。彼此的呼吸浅浅的，谁都不忍心打破。

他最后低声说："我们走了太多的路，对的，错的。可好像又只走了一步，我们相遇，然后我跟你说，我叫章峥岚，你说你叫萧水光。"

水光无声流下了眼泪。

章峥岚举起右手，手臂上还缠着纱布，他轻轻道："我叫章峥岚。"

声声入耳，字字铭心。水光带着泪，学他抬起手，握住了，她的声音随着晚风散去，只有他听到，"我叫萧水光。"

Special Episode 01
陌上花开

于景岚睁开眼睛，听到外面有人喊他的名字，不响，但却能轻易将他从梦中叫醒。

起了床，走到窗边，就看到她站在那棵槐树下面朝他招手。她笑得明朗，像最纯净的水晶。他最爱的水晶。

他去浴室洗漱完，换好衣服走到大厅里。她跑上来，就站在门槛外面，手扶着门沿问他："景岚，罗智说去爬山，你去不？"

"难得的寒假第一天，怎么不多睡会？"昨天夜里开始有点感冒，不然今天也不会睡到这点上，可这女孩，平时去上学总要叫半天，贪睡得很，一到假期反倒不要睡了？

果然她挺郁闷地说："哪有不想多睡啊，是我爸，一早就叫我起来去跑步，跑一万米。说假期里学习的份少了，锻炼要加量。"

他笑出来，"辛苦你了。"

她没有笑，伸手过来，要探他的额头，他心一跳，微微退后了一步，"怎么了？"

她很认真地看着他，"你感冒了吧于景岚？"

她叫他全名的时候说明有点生气了。他忍不住摸了摸她的短发，说："不碍事，昨晚吃过药了，等会再吃。"

她"哦"了一声，沉默了会，然后说："那你不要去爬山了吧，在家好好休息。"

这一年，她高一，他高三。

半年之后，在那棵槐树下，她举杯跟他告白。他习惯了隐忍，克制，考虑周全。感情萌芽得越早，就越容易受挫受折，而他们还有很长的路要走。

固然，他也是自私的，他以为他能忍，她也就可以。

那两年看着她渐渐变得沉静，他在心里很多遍问过自己，是否做对了？

也许，他应该扶着她走，而不是站在远处，伸着手，等着她步履坚定了之后再走过来。而他也不用觉得自己是在熬日子。

额头上一阵冰冷，于景岚缓缓睁开眼，一双手挡着眼前，正在仔细地给他贴退烧贴。

"水光……"他轻声喃喃。

手移开，手的主人皱眉看着他，轻声道："还在做梦啊？"

于景岚有些头痛地微侧头看了一眼，他现在身处的地方并不是自幼熟悉的老家，而是大学宿舍，身边的人也不是萧水光，而是叶梅，"你怎么会在这里？"

"我听说你今天没去上课，就过来看看。"叶梅简洁地回答。

此刻寝室内只有他们两人，景岚沉默了几秒，最后用手按了按额头，有些无力地叹息，"我跟你之间的谣言怕是跳黄河也洗不清了……"

"能够免去那些麻烦，于你我而言都是天大的好事不是吗？"作为真正意义上的白富美和高富帅，她和于景岚在入学之后就不乏追求者，无奈两人都早已心有所属，其余的，一概不入眼，偏又纠扰不断，让她很是不耐烦。

"你就不怕他听信谣言误会你？"虽然叶梅说的是事实，于景岚还是提醒了她有得必有失的真理。就如他现在一般。

叶梅摇头，有些苦涩，"梁成飞……我也不知道他是怎么想的。"

景岚此刻无心去关心朋友的感情，因为前一刻梦到了她，让他有些……有些不好受。

会梦见高中那年的事，除了自己发烧的缘故之外，应该还有些许的愧疚一直萦绕在心底的缘故。

他一直都记得，那年她在向他告白被拒之后，眼中模糊的雾气。

直到现在，她都还在生气，或者说，尴尬。

她不再站在窗外唤他，不再缠着他，不再直视着他，也不再来单独地跟他说一句话。

他甚至有些怀疑，她会不会不再……喜欢他？

一想到这里，于景岚就有些焦躁。这样患得患失，实在是不像自己，明明知道过早过热烈的恋爱只会让这段感情早夭，但他却是有些后悔了。

是的，他后悔了。

在去年夏天暑假回家偶然遇到来家里找景琴玩的她时，悔意便在心底扎根，而后纠纠葛葛枝枝蔓蔓地缠满了他的心。

那天他刚到家，才放下行李，他就看到她猝不及防地闯了进来。

他知道她是来找景琴的，他也知道自己并没有通知她自己今天会回来，但当他看到她脸上一瞬间的惊慌和不知所措，心刹那间揪得很疼。

他听到她生疏而慌乱地询问他有没有吃饭，仿佛是抗拒着和他的会面般，胡乱说了几句，就匆匆走了。

他静静地看着她离开的背影。那年暑假，她很忙，忙得他见不到她……

暑假最末一天的清早，他站在院子里看着那一扇窗户许久，最后缓缓走到石凳前倾身坐下，拿起她昨天放在那里忘记拿回的书，抽出那一张尚且空白的书签。

他看着墙边的葡萄架，只要等到来年这些蔓藤开满花时……

清晨的露水沾湿了他的睫毛，润湿了他的头发，他也丝毫不觉。

水光，陌上花开，可缓缓归矣。

于景岚努力忍下了咳嗽，虽然叶梅去打饭了，寝室里没了他人，他还是不习惯表露出自己真实的性情。

今天是她和景琴高考结束的日子。

他闭着眼睛稳定了一下呼吸，高烧让他全身无力，费力地起来，走到桌边要拿手机，而在他的手触到手机的刹那，铃声先突兀地响了起来。

显示的名字让景岚愣了愣，有那么一瞬间他以为自己是发烧过度而产生了幻觉，但那边随即传过来的声音打断了他的疑惑。

"于景岚啊，我考完了。"

"嗯，我知道。"

"我……可不可以报你的学校？"

于景岚闭了闭眼，暗暗地压抑住因为瞬间的放松而冲到喉间的咳嗽，隐忍了许久之后，他才听到自己的声音。

"我等你。"

本来是想告诉她不用着急，慢慢来，好好看看沿途的风景，他会一直等着她，不必担心，不需害怕。

但到最后，他只能说出那三个字。

于景岚放下手机，脸上透出一抹隐隐的笑，些许自嘲，些许喜悦。

叶梅回来时，就看到于景岚半坐半靠在床沿，"这么快就好了？"

"好多了，"景岚也微微笑了一下，"叶梅，我想回家了。"

因为太突然，所以叶梅有些讶异，"什么时候？"

"后天。"六月十号。

"是为了你的心上人吧？"叶梅轻笑，"真羡慕。"

叶梅是真的羡慕。第一次见到于景岚，她只是觉得他跟梁成飞长得像，后来熟悉后发现性格是完全不同的，她好几次想，如果他能有于景岚一半的……一半的自信，他们的路也不会那么难走了。

跟于景岚的关系，是一点同病相怜，是一种君子之交。她出生干部家庭，他的背景跟她有些相似，也就少了一分虚应和攀附，再加上，他像梁成飞，所以第一次见面的时候她便跟他讲了他，"我喜欢的人，我爸妈不喜欢他，不希望我跟他来往。他呢，又自尊心特别强。"但下一刻又忍不住骄傲地说，"他的梦想是当军人当警察，为民除害保家卫国。"

于景岚当时带着笑，轻声说了一句："我的女孩是要保卫世界和平。"

之后两人常来往，谈的多是心里的另一半。

于景岚回去那天，烧是退了些，但感冒还是没好，于是叶梅坚持送了他去机场。

在上机前，景岚伸手温柔地理了理她的短发，"如果不说出来，又如何能怪人家不知道你的心意呢？"

其实叶梅跟他也挺像的，性格都一样的内敛，目光长远却总是遗忘了眼前，不知道自己的这份沉默带给对方多大的不安。

他说这话，是说给她听，也是说给自己听。这次回去，要还她心安，还她这些年的不弃，也还自己一份安然。

飞机终于起飞了，一直归心似箭的思绪也终于沉淀了下来，于景岚单手支颔看向窗外。

云团散开，朝日初生，昏昏沉沉入了梦。等到梦醒时，应该就可以见到她了吧。

有飞鸟从机窗前掠过，阴影覆住了他的脸。

一阵可怕的轰鸣声和爆炸声，飞机左侧的引擎爆炸了。

于景岚睁开眼睛，一朵朵艳丽至极的金红色火花在视野中跳跃、飘摇，吞噬了所有一切。

陌上，花开……

水光……

陌上花随暮雨飞，江山犹似，昔人非。

孩子

异地恋，最是相思苦，最是费用高，章峥岚所在的城市离西安，约一千公里，坐飞机一趟两小时，费用……章峥岚不在意。他在意的是两小时，在意的是直线距离也要一千公里。

航班延迟，水光坐在机场里等了半天，有点困了，就靠在椅子上打盹。没多久前面站了人，水光察觉到，睁开眼睛，面前的高大男人淡笑着说："美女，等人？"

水光站起来，说："来了。"

男人上前轻拥住了她，水光双手缓缓环到他的腰后。

一对出众的情侣总是会惹人多看一眼。

男的俊朗，女的清秀，没有言语的相拥，却让人觉出一种隽永。

"饿了吗？"章峥岚问，放开她改而牵了她的手。

水光确实饿了，就说："很饿。"

章峥岚笑着侧头亲了亲她发顶，淡淡道："下次航班再误点，小爷我要去投诉了。"

因为时间不早了，已经过了饭点，水光给家里去了电话，说要在外面吃完饭了再回。

吃好饭，天已经黑了，不过城市里就算是黑夜也照样灯光璀璨。

两人逛了一会儿，章峥岚转身弯腰，说："我背你。"

"不要了吧。"水光犹豫。

他很坚持，于是，萧水光上前一步趴在了他身上。他的背结实而温暖，没多久水光靠在上面就有点昏昏欲睡了，"我想睡了。"

"嗯。你睡吧。"

他的步子走得很稳，在不怎么热闹的这条街上慢慢踱步过去。

他们有过一个孩子，他知道，在她到那所学校里找他的那天，而她并不知道他已知道。她不说，要一个人把这秘密烂在心里。他也不问，学她把这秘密慢慢烂在心里……

他转头轻轻吻她的脸颊，她闭着眼说："累吗？"

"不累。睡不着？"

她笑了笑，"感觉像在船上，摇来摇去。"过了会又问，"峥岚，明天思岚生日，我们要送什么？"

章峥岚想了想，"玩具枪？汽车模型？要不……电脑？"

"他才一周岁而已。"

两人一边走一边聊，没有重点，却安然适从。

思岚生日过后两天章峥岚就搭上午的班机回去了，因为那边公司有点事务，必须他出面去处理。

这一别再相见已到国庆，这年的国庆，连带着中秋，一共八天假期。章峥岚陪家中父母过完中秋，一号那天来了西安，以前他过来住的都是酒店，这次是住在了水光那里。

一号晚上罗家在大院里请客吃饭，都是走得近的那几家人。饭后男人们在客厅里玩牌的时候，在于家客房里陪孩子玩的景琴叫来水光，问她："你跟他还不打算结婚吗？不是你过去就是他过来的，多麻烦。"

水光笑着摇了摇头，"还早。"

景琴拉她坐床边，"如果你真决定要跟他过了的话，那就早点定下来。免得跟我犯同样的错误，我对我这段婚姻最不满意的就是先上车后补票。"

水光神色滞了滞，沉默了几秒后，缓缓开口道："小琴，如果……我说，我怕，该怎么办？"

"怕什么？"于景琴迷惑，随即想到什么笑道，"怕结婚？现在都是大批剩女找不到郎。还是你怕生孩子？生孩子可以剖腹产的。"

"不是，我……很怕得到之后再失去，我也不知道我有没有资格去承担一条生命，这比想象中沉重太多……你不知道，我……"

景琴皱眉头，"唉，你操心这么多没有的事做什么呢？"

水光已经没有听到景琴在说什么了，她的脑中只有自己未说出口的那句话。

你不知道，我身上已经背负了一条生命了……

佛说："放下、看破、自在。"她已经放下了对于景岚的思念，已经勘破了她和章峥岚之间的恩怨，但是，却还是不得自在。

因为，她还有着亏欠……

那时的手术完成后，她便因为麻醉而昏睡了过去，再醒过来时，已经什么都没了。

只是这次，全是她的冤孽，无可推脱。

那天夜里，章峥岚在身后拥着她，"水光，我们结婚……"

水光听着，慢慢地红了眼眶，很久之后，她转过身将额头轻轻靠在了他的肩上。

"我有过孩子。"

"嗯。"

"但是我把孩子打掉了。"

"嗯。"

"我后悔了。"

"嗯。"

"但是孩子回不来了……"

"嗯。"

肩上的湿意越来越重，章峥岚听着水光压抑地啜泣，轻抚着她的肩背，微敛眼睫。

章峥岚抱紧了她，在她耳边轻声道："还记得我们上次见面时一起去看的那部电影吗？名字是《I do》，你说你记得最清楚的是那句'有些东西失去以后，可能再也回不来了，但它会永远在心里隐隐作痛。如果时光能倒流，我愿意永远停在那一刻'。而我记得最清楚的是那句'如果有女人愿意嫁给你，为你怀孕，再把孩子拿了，这说明她得对你有多么失望'。"

他稍稍推开萧水光些许，温柔而悲伤地看着她，"水光，对不起……是我让你失望了。"

泪光模糊了萧水光的视野，她终于失声痛哭。

"对不起，对不起……"她断断续续地念着。

章峥岚没有说话，他知道，她这一声声的"对不起"不是给他的，他们的恩怨早已了结然后重新开始了，她并没有欠他什么。

这句迟来的道歉，是给他们素未谋面的孩子的……

他跟她，其实就像张爱玲笔下的那一句话，他不过是一个自私的男子，她也不过是一个自私的女人。他们相爱，有失去，有得到。

最后，细水长流，碧海无波。

许你一世安然

一、关于年少

  章峥岚从小就很聪明，五六岁的时候就知道怎么利用头脑占小便宜，比如同意小伙伴抄他的作业但是要给他跑腿买冰棒，或者干了缺德事儿之后怎么让别人心甘情愿给他背黑锅之类的。

  章峥岚的父母虽然都是知识分子，但八九十年代的时候两人都忙着工作和养家糊口，除了周末能看着儿子练毛笔字妄图让他收点儿心之外，其他时间都没空管教他。这样几乎完全放任式的教育方式让章峥岚犹如脱了缰的野马，越长大越无法无天。从小学到初中，要不是他成绩一直名列前茅，老师都不知道要找他父母来学校报到多少次了。

  升高中后章峥岚安分了不少，把大部分精力放在了当时刚在中国兴起的计算机以及踢足球两件事上。他原本就成绩优异，长相也出众，加上足球场上飞扬的身影，让不少女生对他心生爱慕，有胆子大点的直接就给他写了小纸条表白，可章峥岚虽然从不驳女生的面子，却也不为所动，该干吗还是干吗，踢球，周末跟哥们去游戏厅打游戏，然后就是研究计算机。那时候，章峥岚在女生眼里是翩翩少年，在男生眼里是很能玩得来的好兄弟，在老师眼里则是上课睡觉，作业不做，偏偏成绩出奇好的天才学生。

　　章峥岚在高中里混得如鱼得水的时候，萧水光在西安读初中，小心翼翼地暗恋着于景岚。

　　章峥岚这年十九岁，拿到了全国创新科技奖，要去北京领奖。他的聪明才智带给了他太多过早的成功，以至于他越来越清高，越来越骄傲。而萧水光那时才十四岁，章峥岚去领奖的那天，她扎了半天马步，练习了半天舞拳，直到筋疲力尽，教练还是不给休息。中途去上厕所的时候水光脱下鞋子一看，脚上磨出了好多水泡，钻心地疼。

　　章峥岚二十一岁那年，暑期没事做，便约大学同学出去旅游。从北往南走，北京、石家庄、西安、成都、昆明。本来他们决定不去西安的，但章峥岚突然起了兴致说："去一下吧，应该挺有意思的，毕竟是古都嘛。"那时萧水光十六岁，首次拿到全国级的武术奖，萧父很开心，于是这年的暑假就没怎么逼女儿去练习，水光便有了时间跟于景琴他们玩。

　　章峥岚跟大学同学来西安的那天，水光跟于景岚、于景琴、罗智一起约好了去博物馆，结果小琴跟罗智一起放了她鸽子，说什么要去安馨园看"足协杯"大赛，于是最后只剩她跟景岚两人去博物馆。那天水光一直都很紧张，因为她很少有机会跟于景岚单独出去活动，而在水光心不在焉地在博物馆里参观的时候，章峥岚跟朋友也正在那里逛。那天他们甚至有一次擦肩而过，水光下意识地说了声"抱歉"，而戴着耳机边走边听音乐的章峥岚只是微微偏了下头，两人都没有看清楚对方，便已背道而驰。

　　而那之后过了五年多，他们相识、相爱、分开，最终又走在一起。

　　后来又过了很多年，三十好几岁的成功人士章老大在接受一个采访时被问到了一个有意思的问题："如果您有一次回到从前的机会，做一件您以前想做但是没有做的事情，请问您想回到几岁？做什么？"

　　章峥岚想了一下后笑着说："上次跟我太太聊天，聊到我们还不认识彼此的时候，曾在同一年的同一天去过同一个地方。所以，我挺想回到那年，在那里找到她，跟她说，以后我们会结婚，你愿不愿意现在就跟我在一起？免得晚了，多生波折。"

不可能有什么所谓的回到过去，但我依然庆幸，因为最后我们终归没有错过彼此，也庆幸，我们年少时，曾那么接近过。

——章峥岚

二、关于珍惜

周末跟朋友吃完午饭分道扬镳后章峥岚去取车，没走两步看到一位老人坐在路边要饭，他走了过去，从皮夹里取了几张整钱出来递给她，满面污垢的老太太抬头看他，连声说谢谢，章峥岚说："回去吧，这么冷的天。"

老人哆哆嗦嗦地说："好人有好报，好人有好报。"

章峥岚走开的时候说了句："好报给我太太就行了。"

章峥岚裹紧了衣服快步走向自己的车子，现在正是十二月，冷风吹上来还真有点吃不消。"这日子没法过了，我都要冻死了，章太太到底什么时候过来温暖我？"心动不如行动，章峥岚马上从衣袋里掏出手机拨了过去，那边一接起来他就说："我跟你说我要冻死了。"

"章大哥，水光在包饺子呢，我把电话拿给她听。"对面是于景琴。

章老大汗颜，忙说："好的。"

刚才景琴在萧家的客厅里教儿子扶着桌椅走路，水光放在桌上的手机响起，景琴一看上面显示的名字，就朝厨房里喊过去，"水光，章大哥电话。"厨房的玻璃门关着，水光回了句什么景琴没听清楚，她抱起儿子，看铃声一直响就接起了，然后一边听一边朝厨房走去。

厨房里萧妈妈在擀面皮，水光在放馅儿包饺子，手上都是面粉，景琴拿着手机贴到水光耳边，低声笑道："章大哥说他要冻死了。"

水光无奈地"喂"了一声。

那头的人已经坐上车，听到这声"喂"才哭笑不得地说："刚才撒娇撒错人了。"

"哦。"

"你什么时候回来？才新婚就抛下我自己去玩，太不厚道了！我求你快点回来拯救你老公我吧，你不在我晚上各种孤枕难眠，导致白天萎靡不振，工作效率极其低下。"

"峥岚，我在包饺子，先挂了，晚点打给你。"

章峥岚郁闷地拍方向盘，"你这女人……行吧，你负责无情无义，我负责无理取闹。晚点你要是不给我打电话，我就连夜飞西安去。挂了。"

水光听着听筒里传来的嘟嘟声，忍不住摇了摇头，景琴在一旁也听了个七七八八，收起了手机就取笑道："赶紧回去吧，否则章大哥真的要飞来抓你了。"

萧母也说："是啊，丫头，差不多就回去吧。"

被赶的水光不由感慨，嫁出去的女儿果然如同那泼出去的水啊。

水光抵达章峥岚这边的那天，也就是包饺子隔天，下飞机就发现这里下雪了。她穿上大衣往机场大门口走，然后摸出手机打电话，结果没人接，不免有些奇怪。再打过去的时候倒是接了，章峥岚在那头气恼地说："堵车了。水光你先别出来，外面冷，在里面等我，最多一刻钟。"

"哦，那你慢慢来吧，不急。"

"我急啊。"章峥岚笑出来，"里面有星巴克，你先买杯热饮喝着，我马上到。"

"好。"挂断电话，水光去找星巴克，转了半天没找到，就进了旁边的书店看书了。看书时间总是过得快，没一会儿手机响了。水光是觉得"没一会儿"，殊不知离之前那通电话已过去二十多分钟，有人找不到人已经急了，"美女你在哪儿呢？"

"在书店。"

"哪儿？"

"等等。"她退出去看书店名字，然后报了过去，"你在哪里？"

"星巴克啊，行了，你在那儿待着别动，我买两杯咖啡就过去。"

"我不要喝咖啡。"

"还挺挑，那你要喝什么？"那边笑着问。

"随便吧，别是咖啡就行。"

"知道了。"

　　之后水光继续翻手上的那本游记，直到有人从身后揽住了她的腰，"看这么入迷，我走近的时候你一点反应都没有，要是我是坏人你不就被人占去便宜了？"

　　水光拿着那本书走向结账台，说："我知道是你。"

　　"真的假的？"章峥岚将手上的那杯热巧克力递给她，拿过了她手里的书，付完书钱，搂着她出来的时候还在问，"莫非是心有灵犀一点通？"

　　"是你走路的声音。"

　　"我走路怎么了？胡说，我刚可是蹑着脚走的，哪里有声音？肯定是心有灵犀一点通。"

　　"哈哈。"水光干笑两声，不想说什么了。

　　两人走到大门口，章峥岚帮她把大衣拉链拉上，"在这儿等下，我去开车过来。"

　　雪比之前下得更大了，水光看着他跑出去，她手上的热饮还冒着热气，她望着那道背影，心里无比宁静。她真的不求上苍给她多少好，如今她只求他这一份好，然后，回他一世安然。

　　他说"结婚吧"的那晚，她哭了，为了很多事情。

　　那么多年来，她的快乐太少，悲伤太多，她就像是一直踩在荆棘上走路，而他，终究将她拉到了平路上。他说，水光，我们都需要幸福。

　　幸福其实很简单，人活着时，好的比坏的多一点，这样就可以了。她真的不贪心。

三、关于蜜月

　　两人的蜜月，是章峥岚安排的。元旦过后，欧洲意、瑞、法三国十日游，跟团。

　　这段蜜月之行，事后用水光的话来说就是"劳心劳力"。

　　去意大利之前，导游便告诫他们，要小心自己的贵重物品，钱包一定要看好，那些小偷最喜欢对中国人下手，因为国人出去旅游太爱随身带大把的现金了。

　　不过对于水光来说倒是没有这方面的困扰，她感官敏锐，身手又好，加上本身做事也仔细，不是丢三落四、粗心马虎的人，所以被偷东西这种事不太会发生在她身上。所以，没有意外的……财大气粗、大大咧咧的章老大被偷了钱包。

水光很无语，"之前是谁说'会被偷的估计是没带脑子出门'……是你吧？"

章峥岚更是极度郁闷，蜜月期间，本该是他在老婆面前好好显摆各种意义上的"能力"的时候，却一上来就被小偷给削了面子。

而导游还在旁边火上浇油，"我都再三提醒大家注意了，怎么还能丢啊？章先生，你是就丢了钱包吗？钱包里有什么？"

章峥岚沉着脸说："钱，几张银行卡，身份证，还有一张我老婆的照片。"听这越来越咬牙切齿的语气，看来最不爽的应该是老婆的照片被扒走这件事。

导游继续雪上加霜，"赶紧打电话回国去把那几张银行卡给挂失了吧。我跟你们说，这意大利的小偷可牛了，分分钟就把你们卡的密码给破解了。"

水光一听惊呆了，"这么厉害？"转头马上跟身边的章峥岚说，"那我们快点打电话去挂失吧？"

章老大这时倒是笑了，"要是那些小偷能有这种水准，还干什么小偷小摸的活儿啊？萧水光同学，亏你也是学 IT 的。"说完很轻视地看了一眼那位不懂装懂、推波助澜的导游。

导游大哥尴尬一笑，"我也是听我的同事们说的。"

"但是丢了东西是不争的事实，无论如何总要去挂失吧？还有你的身份证，回头补起来更麻烦。幸好护照是导游保管着，不然你都回不了国了。"水光皱眉，"赶紧去打电话吧。"

章老大再聪明能干，面对老婆时也是没辙的，"哦"了声便乖乖去打电话了。——对了，面对小偷时他也没辙。

结果章峥岚刚挂失好，同队的一位阿姨便拿着一只皮夹跑过来问水光："小姑娘，这是不是你啊？"

皮夹里的照片可不是她吗？

这皮夹可不是章峥岚的吗？

原来那小偷把可用的欧元拿出来后，就随手把皮夹塞进了他们同队的一名成员的包里。

导游大哥感叹："国外的小偷素质还挺高的嘛。"其他人纷纷附和。

水光无语。

章老大想骂人，从小偷，到导游，再到晚发现钱包的同队大姐，只除了他家亲亲老婆，因为老婆说啥都是对的。

意大利之行结束后他们团转而去了瑞士，自由活动的时候，水光要去给于景琴、罗智他们寄明信片。

好不容易找到邮政局，水光却发现，这寄明信片也不简单。首先要取号排队，可取号的机器上都是外文看不懂，水光求助身边的男人，章老大微微一笑道："放心，老婆，交给我吧。"

水光本以为他下一秒就会很迅捷地取号了，结果，他拉住了旁边经过的一位外国老大爷，指了指那机器说道："Number（数字）。"而老大爷竟然一下就明白了，很友善地帮他取了号。章老大说："Thank you very much（非常感谢）！"

然后章峥岚笑着将号递给水光，"我厉害吧？"其实章老大英语还是很牛的，但他是一贯擅长用最简单的方法达到最终效果的人，简言之，懒。

"……"

之后写地址，水光又头疼了，她看着手机上于景琴家的地址和罗智公司的地址，万分惆怅，这些用英文怎么写啊？工科生伤不起。

旁边的章老大又微笑地凑了过来，"我帮你啊。"

水光怀疑地看着他。

章峥岚拿过明信片和笔，只见他写上英文：To China，然后后面的地址，全部是中文。

水光觉得不可思议，更不可思议的是，这样写真的寄到了！

然后，在瑞士的第二天，爬少女峰，章老大高原反应了，于是水光不得不带着他先行下了山。

"对不起，老婆，让你少看了一道风景。"

水光忍不住笑他，"你这体质怎么那么差？回家后好好锻炼身体吧。"

章老大皱眉，体质差？这是含沙射影说他那方面也不怎么强大吗？

之后在法国的那三天，是水光最不想提及的三天。

导游在回程路上还好奇地问他们呢，"在法国那三天你们夫妻俩提出要自由行，都去哪儿逛了呀？我看萧小姐精神不太好，看来这几天逛得挺累的。"

精神大好的章峥岚只是笑，"去了很多美得意想不到的地方。"

水光睁开眼看了身边的人一眼，然后闭眼继续休息。蜜月什么的，真心一回就够了。

章峥岚刚好回头捕捉到水光那一眼，老婆在想什么一目了然，心道，一回怎么够？有生之年他要带她看遍这世间所有的美景。她看风景，他看她。

四、关于工作

水光毕业至今，一共做过三份工作，每一份工作她都尽心尽力，却都做不长，最后那份在别人眼里看起来很不错的事业单位好饭碗也因为结婚远嫁而不得不辞了职。而结婚后章峥岚一直劝说她在家当全职太太。

但水光觉得，她完全不是当全职太太的料。

所以蜜月回来没两天，水光便提出"等明年一开年，我想去找找工作看看"。

刚蜜月回来，龙心大悦的章老大心情不由有了一丝龟裂，但嘴上还是波澜不惊地说："我可提醒你啊，我们住的地方离市区可有点儿路的，你给人打工，八点得打卡上班了吧？早上你得几点起来？六点？七点？冬天的时候天都还没亮呢。要是摊上那些小公司，搞不好还会死命剥削你，要你加班，还不给你加班费。哦，还会叫你出差，你睡得惯外面的床吗？"

水光反驳，"我又不是没给人打过工。"

章峥岚退而求其次，"OK，如果你一定要上班，可以。我建议你到GIT，其他的地方，我不建议。"

水光无语了，"我们本来就生活在一起，工作要是也在一起的话，抬头不见低头见，很容易生厌的吧？"

"怎么会？"章峥岚笑嘻嘻道，"我爱你还来不及呢。"

水光摇头，"与其去你那儿，我宁愿去罗智那边。"

"什么意思啊你？"章老大龇牙，接着破罐子破摔地说，"别忘了小罗那公司我可也有股份的，呵，你到头来还不是照样落我手里。"

"……"

后来，萧水光同学考进了市地税局，做了一名主要工作之一是跟商人收税的公务员。

商人章老大："……"

五、关于心愿

又到一年新春时，水光回娘家，萧母一见到女儿就夸了句"气色看起来不错"，章老板接茬："妈，我跟你说，她这段时间特能吃。"

旁边的于景琴一听这话，忍俊不禁地说："章大哥，水光有没有跟你讲过，她最多的时候能吃多少？"

"没，说来听听？"

然后于景琴开始滔滔不绝地说起萧同学儿时的丢脸事，水光没有阻止。那段最无忧无虑的年少时光随着景琴的描述在她脑海里呈现，那段时光里有她，有景琴，有罗智，有景岚，他们总是在一起，或是在上下学的路上，或是在街边的小吃店里，或是在操场上。这些伴着欢声笑语的过去，如今都成了遥远的回忆，被珍藏在心底。

晚上，峥岚对水光说："学生时代逃课去吃东西，哥表示理解，但是你吃饭团？吃仨饭团？你好歹吃点肉吧？啊！不行了，太心疼了！"

水光淡定地说："零花钱不够。"

"你跟哥拿啊，哎哟，真是越听越疼。"

"那时候我还不认识你。"

"现在终于知道什么叫相见恨晚了吧？"

水光只是笑了笑，对此不予置评。谁能决定在自己的人生旅途中先遇上谁，爱上谁？只有到了当下才知道，最后是他同她看四季轮回。

春暖花开的时候，章峥岚带水光重游了杭州。两人是下午到的，在酒店里休息了一会儿后便去西湖边散步了。

心境不同了，即便看的是同样的风景，水光的感觉也完全不同了。上次看西湖，水光觉得是"湖气冷如冰，月光淡于雪"，现在自然是"水光潋滟晴方好，山色空蒙雨亦奇"。

章峥岚揽着水光的肩，沿湖边一路走过去，人挺多，来来往往的，一些老人在运动，一对对情侣在约会，有孩子嘻嘻哈哈地跑过，后面的父母在叫："慢点，慢点。"

章峥岚摇头说："以后咱们的孩子要是这么皮，得罚蹲马步。"

水光微微一愣，随后低头笑了下，"孩子如果像你，那估计得天天扎马步了。"

"嘿。"章峥岚笑出来，"如果像我，那你教嘛，肯定特别听你话。"

夕阳下，两人倒映在石板路上的身影慢慢拉长，在走上一座小桥时，两人驻足。他们的影子在水中慢慢重叠在了一起，难分难舍。

"水光，我们明天去寺里上炷香吧？"

"你不是不信佛？"

"谁说的，我最信佛了，我信善有善报。"

从杭州回来后，水光吃啥都没食欲。这天刚从章峥岚父母那儿吃完晚饭回到家，一进家门就冲进厕所里吐了。章峥岚等她刷完牙，二话不说带她去了医院。

当医生说"恭喜，你太太怀孕了"时，章峥岚愣了很久，之后才道了声谢，拉着水光出来。他一路深呼吸，等走到车边，才侧身抱住了她，"我刚掐了自己好几下，我以为……是在做梦。"

水光靠在他肩膀上，缓缓说："峥岚，我习惯了事先将最坏的结局设想好，那样，最终不管怎么样，即使依然伤心难过，至少也不会失望到无法接受了。但这一刻，我想让上天允许我贪心一次，让我想一下，最好的将来会是什么样的。"

章峥岚紧紧抱着她，声音有点嘶哑，"我们的将来会很好的，再好不过。"

如果真有轮回这种事，我希望下辈子可以再早点遇到她，就算折自己几年寿，也要让她少受些苦，少些累。

——章峥岚

这一段漫长旅程

写完《我站在桥上看风景》那天，心里长舒了一口气，是如释重负，也是欣喜满足。这个故事，我从 2007 年便开始构思，触发点是在家中翻看儿时的照片，在我六岁前后，有一度是住在西安的四合院里，当时院里一共住着两户人家，我记得院子里有棵树，但忘记是什么树了，也忘记了它的形状。于是看着照片，我就想，那必定是一棵不太高的老树，伸展开了许多的枝丫，夏天的时候郁郁葱葱。树下坐着年少的他和她，他们依偎着，相视而笑……这便是风景的源头了。

后来写大纲，遇到了很多问题，大多数是情绪问题，好比于景岚，是我所能想到的，最干净温柔的少年，怎么舍得让他死？容易被小说人物带动，这是我写作的硬伤。

再后来写完整的故事，写水光，写西安，写细节，西安虽是我童年时期待过的地方，但也没待得太久，记忆实在太单薄，便跑去问母亲，母亲说了一些，我听着，有做笔录，但母亲也说太久了，记得不多了。我按着母亲的述说，自己的零星记忆，开始了《风景》的旅程。但当时只写了开头，写完于景岚死后我就有点无以为继了，怎么写怎么不对，于是文档就这样存入电脑里尘封了几年。2011 年的时候我重新拾起《风景》，因为始终对这故事念念不忘。也是觉得自己可以将这酝酿了太久的故事写出来，并写好它了。当然，期间的困难也是不少的，写得不好各种改，写得不顺于是心情各种不好，停停写写，可以说这部小说是我写作时间跨度最长的一部了。最终写完的时候，只觉得，我需要休息，很长时间的休息。自然，那一刻心里的圆满也是无法言喻的。

关于写作，家人和周围的朋友给了我很多支持，是他们的关心和鼓励让我坚持写作至今。

另外还要感谢几个特别的人。

首先是亦师亦友、与我一见如故的何亚娟。亚娟姐姐是我遇过最负责任也是最懂我的图书策划人，我可以完全安心地将自己的作品交由她打理，写完之后便无后顾之忧。

也感谢我的编辑夏童把书包装得如此精美，封面图也好内文设计也好一直很费心。

还要感谢辛夷坞师姐。总觉得跟辛大很有缘，好几年前有人问过我喜欢的作家都有谁，我就有说过辛大乃其中之一。她的作品触动过我太多次，这次辛大给《风景》写序，感动之余，只觉得再找不到比她更适合给《风景》写序的人了。

当然，更加要感谢的是喜爱《风景》的可爱的姑娘们，或者也有帅气的小伙子吧（笑），谢谢大家喜欢《风景》。你们的爱情，会比这里面写的更美好。

———